妖花燦爛　赤江瀑アラベスク3

赤江　瀑

あの醜悪な凄《すさ》まじい面《めん》で、どうしてあんな美の世界が出てくるのか。一生でも抱きしめていたいと思うような女が描けるのか……怨《おん》霊《りよう》橋《はし》姫《ひめ》の面で『鶴《つる》』を舞い喝采を浴びた異端の能楽師・立花春睦。彼の舞姿に魅入られた若き能面師とその姉を狂わせた芸術への妄執を綴った傑作中編「阿修羅《あしゅら》花伝」。花市場の店先で花花に埋もれる一足の長靴に違和感を覚えた少年が、星明かりの庭で知る忌まわしい秘密「星月夜の首」、商家の箱入り娘が一目で恋に落ちた刀剣研師《とぎし》。彼を巡る女たちの執着の果てを描く「刃艶《はづや》」ほか、文庫初収録作多数の全十六編で贈る〈赤江瀑アラベスク〉最終巻。全三巻完結。

妖花燦爛　赤江瀑アラベスク3

赤　江　瀑

創元推理文庫

AKAE BAKU ARABESQUE VOL. 3

by

Baku Akae

2021

目次

妖花燦爛　赤江瀑アラベスク3

平家の桜

1

『人里はなれた山間の地に、平家の落人たちが住みついて、世に隠れながら生きのびてきた村落などを、よく平家谷とか、平家の隠れ里とか言って、あちこちに現在なお残っていたりするが、そういう地名や謂《いわ》れをもつ土地は、いったい、全国にどのくらいの数あるのだろうか。

調べてみたら、ずいぶんたくさんあるだろうな、と僕は、さっきちょっと考えた。

無論、調べてみたりするつもりはない。そんな興味は僕にはない。

だから、僕がいま、この記録をとっているのは、平家谷について僕が特別な関心をもったとか、また誰かにそのことでなにかを伝えたいと僕が考えたからだとか、そんな見当はずれの邪推《じやすい》はいっさいしないでもらいたい。

そうした意図など、まったくない。

どんな些《さ》細《さい》な意味にしろ、他人に見せるつもりがあって、僕はこのペンをいまとっているのではない。

ほかにすることがないから、さしあたって時間つぶしに、思いつくまま、こうして手帳の余白をつれづれの文字で埋めているだけだ。

もっとも、それもわざわざここにことわって書く必要のないことだ。この手帳が誰かの眼に触れることはないのだから。この記録が、僕以外の人間によって、読まれる気づかいはまるでありはしないのだから』

篤彦《あつひこ》は、手をとめて、頭上をあおいだ。

梢の間を、声だけで啼《な》いて渡る鳥があった。

姿を見せない鳥たちは、しきりに啼いて、とび交っていた。

空はけむるように晴れ、陽《ひ》ざしはのどかで、油断をするとふと睡《まど》みおちそうだった。

『僕は』

と、篤彦は、膝のうえの手帳へ眼をもどして、書いた。

『思い出す。〈旅の終り〉、そんな言葉があったことを。〈終焉《しゅうえん》の地〉。いい言葉ではないか。なにかがこれから僕のうえにはじまるだろうと考える、そんな暮らしにもう僕は飽きはてた。

これで終る、もうなにもはじまらない、はじめなくてすむのだと考えるこの平安。この安楽。これは確実なことだ。なにがはじまるかわからない暮らしのなかであくせくして、なにかがはじまるのを待つよりは、自分の意志で結着がつく、なにも待たなくてすむ暮らし。それを選びとることは、僕の人生のなかで、僕が、自分の手でなにかをしたと実感できる唯一の確実なことである。

人生を旅のようなものだとよく人は言うけれど、旅にたとえるならば、僕はまだどれほどの異土もまわってはいない。どれほどの見聞も広めてはいまい。旅ははじまったばかりだというほかはないのだろうが、それにしても、はじめてみてわかった旅は、僕には性《しょう》にあわないものなのかもしれない。こんな旅ならば、僕はおりたいのだ。ここらで、もう終りにしたい。

そう。ここが、僕の旅の終り。人生の終焉の地だ。

ここより先へは、もう一足も、僕は歩かないつもりである。

この西国の山深い山間の地を得て、僕はその気になった。ここが、僕の終りの場所だと、ごくすなおに心に決することができた。

平家谷。

土地の人間たちにそう呼ばれている尾根狭間《はざま》である。名もふさわしい場所ではないか。

時は春。陽ざしはみちて、うららかである。このうっとりするような人気《ひとけ》ない静けさのなかで、山の匂いと木洩れ陽にくるまって、ほかほかと睡《ねむ》りたい。睡れそうだ。

平家谷の春は、色濃く、いまたけなわである。よい終息地が見つかった』

篤彦はペンを握ったまま、背をうしろに倒し、陽《ひ》だまりの草を褥《しとね》に、ゆっくりと身をのばした。

黄金色の羽をふるわせ、光のなかを蜜蜂《みつばち》が唸《うな》っていた。

2

宇野《うの》篤彦が東京の巣鴨《すがも》のアパートを出たのは、つい一週間前のことである。三年目の浪人生活で志望校の慶応《けいおう》大学医学部合格のしらせを手にした翌日だった。

故郷の実家には、四、五日、一人旅をしてから帰省すると電話を入れている。

「いいだろ。よくやった。金はあるか?」

と、地方の高校教員をしている父親は、よろこびを隠しきれないような声で、受話器のむこうからたずね返してきた。

「ああ。バイト料、もらったばかりだから」

「そうか。うんと羽をのばしてこい。いや、おめでとう。よく頑張ったな」

「じゃ」

「はめをはずしすぎるなよ。できたら、早く帰ってこい」

「そうするよ」

篤彦は、ジーパンにジャンパー、登山帽をかぶって、ナップ・ザック一つを肩に、東京を発った。

帰省の途中あちこちを気ままに歩いて、故郷へむかう、目的のない旅だった。

そのつもりで篤彦はアパートを出たのだったが、彼が乗った列車は、故郷とは反対の方角へむかうものだった。

なんとなくそんなことになってしまったのだと、篤彦は思った。

ふらっとその気になったのだ。目的のない旅ならば、帰り着く先に故郷があるよりも、見知らぬ土地へむかう列車に乗るべきだ。どこで降りるかわからない。どこまで運ばれるかも、知らない。そんな列車で、ぼんやりしたい。行けるところまで行って、浪人生活最後のバイト料であるこの旅費を、つかい果たそう。

入学しても、親のすねだけをかじって大学生活を送れる身分ではなかったから、バイト暮らしにこれで縁《えん》がきれたわけでもなかったし、金のかかる医学部へ入るとなれば、いままでよりももっと倹約を強《し》いられるだろう。一銭の金も無駄に費やす余裕はありはしなかったけれど、このバイト料だけは、みんなつかってしまいたかった。

それが、けじめというものだ。

一つの区切りはついたのだ。

たいした金額ではなかったが、この金が浪人暮らしへの訣別《けつべつ》の、われとわが身へ供する餞《はなむけ》なのだと、篤彦は思った。

思うと、ごくしぜんに、足は東京をはなれていた。故郷とは反対の方角へむかって。

せめてこの金で購《あがな》われる数日間だけでも、これまでの暮らしとはいっさい無縁な時間が持ちたい。やがてはそこへ帰って行き、またはじめなければならない暮らし、そんな暮らしのすべてを忘れてすごしたい。

篤彦が西国行きの列車に乗ったのは、強いて言えば、そうした思いのあらわれだった。

彼は、ついふらりと、なんとなくその気になったと、自分では考えているのだけれど。

東海道線を下り、山陽本線に入ってO駅から支線に乗りかえ、中国山地を縦断して山陰へ出た。

彼は途中、思いつくままに列車をおり、町を歩き、海を見、潮干狩りの人群れにまじって貝を掘ったり、トラックに便乗させてもらったり、また別の町では漁師の釣舟で沖へ出たり、田舎駅のベンチに半日腰をおろしていたりもした。

ときには旅館もない小さな町で日暮れをむかえ、夜っぴて歩いて隣りの町からまたその次の町へとねぐらを探し、夜を明かしたこともあった。

山陰線へ出ると、西へ下った。

N市におりたのは、東京を発って四日目の午後だった。山陰ぞいの漁業町で、篤彦はその駅のホームにかかっていた古ぼけた広告板の端に、

——彦山《ひこやま》温泉

と書かれたペンキのはげかかった文字を、読んだ。

たぶん、彦という字が眼に入って、見るともなしに読んだのだろう。

小さなくたびれた広告板で、ホームのはずれにある陸橋の脚柱に打ちつけられていた。本来ならばポスターでも貼ってあるところだろうが、その広告板には木の枠にペンキで書かれた温泉名だけが残っていて、見るからにうらさびれてひなびた感じが、篤彦の気をそそった。

おりるつもりのなかった駅へ篤彦は知らぬ間におりていて、改札口でたずねると、その海ぎわの町から山奥へ二十キロ近くは入らなければならないという。

「宿なんかは、あるんでしょうか」

「ありますよ。十軒ばかりはあるじゃろう。年寄りの行く湯治場《とうじば》じゃからね、湯のほかにはなんにもありゃせんけども。神経痛、リュウマチ、皮膚病、そんなものにゃよう効くいうね」

中年の改札員は、バスの停留所を教えてくれた。

一日に彦山行きは二便しかないというその最終便が、三十分ばかり待ってやってきた。

川ぞいの道は間もなく山にとりつき、渓谷の見え隠れするかなりけわしい曲路となって、山峡を進む。途中、まばらな人家のある小さな農村聚落《しゅうらく》や峠を幾つか越えただろう。十人ばかり乗っていた乗客たちは、彦山に着いたとき、篤彦一人になっていた。

彦山温泉は、バスの停留所の前に、コーラやジュースの壜箱を積みあげたほこりをかぶった雑貨屋が一軒あり、まわりは山にかこまれた行きどまりのような谷合い道の両側に、駅の改札員が言ったように、十軒たらずの湯治宿が一かたまりに並んでいる。それだけの聚落だった。

篤彦は、一時代前のさびれた宿場町のはずれにでも立っているような気の迷いを、ふとおぼえた。

軒が傾き、屋根瓦や樋《とい》の上に菜の花が咲いていたりするその湯治宿のたたずまいに、そして、しばらく見とれていた。

夕暮れが近く、陽ざしはあらかた山の尾根のあたりまで逃げていたが、ぽかぽかと陽のあたるのどかな別世界に踏み込んだような気がしたのである。

湯治宿は一軒をのぞいてすべて平屋建てだった。

篤彦は、いちばん山ぎわの二階のある宿へ入った。その《彦屋《ひこや》》という家だけが、軒に看板を出していたからである。

ほの暗い広土間に立って、篤彦は何度か大声で案内を乞うた。十分ばかり、そうして玄関口に立っていただろうか。しまいには、くたびれて、沓《くつ》脱ぎに腰をおろした。

ちょうどそこへ、しずくのたれる大根を両手に束のようにぶらさげて、五十がらみの野良着にエプロンをかけたおばさんが、通りのほうから顔を出した。

「どなたさんで?」

彼女はちょっと立ちどまり、けげんそうに篤彦を見た。

「あの、ここへ泊めていただこうと思って……」

「おやまあ、お客さんですかいの」

おどろいたように、彼女はとっぴょうしもない声をたて、あわててたたきへ入ってきた。

「まあまあ、誰もおりませんかいの。そりゃまあ、ご無礼でございましたの。さあさ、あがってくださんせ。ようおいでなさんしたの」

と、大根を板間に放り出し、横の口から一度奥のほうへ馳けこんで、すぐにまたもどってきた。

「すみませんの。爺《じい》さんが奥におったんですけどの。湯口をいろうとりましての、気がつかんのですで。耳が遠ゆうていけませんいの」

彼女は泥のついた地下足袋《たび》を脱ぎ、エプロンをはずしながら板間へあがって、

「さあ、おあがりなさいませ」

と、言った。

それが、この宿の女主人であった。

通された部屋は、表の道に面した二階の六畳間だった。

違い棚のある古い床がついていて、黄ばんだ山水の掛軸もかかっている。ほんのりとかびくさい畳《たたみ》の匂いもひなびていて、篤彦はまた、はるばると遠く俗界をはなれてやってきたという実感をもった。

障子《しょうじ》をあけると、すぐ前の道越しに谷水の流れが見えて、対岸の山肌があかね色に染まっていた。

「生姜《しょうが》湯ですが、ま、おひとつあがりませ」

と、女主人が、くず餅《もち》と茶湯を運んできた。

「いいところですねえ」

「そうですかの。お気に入りましたかの」

「ええ。気に入りました。二、三日、ご厄介《やっかい》になれますか?」

「ええええ。よかったら、なんぼでもゆっくりしてくださいの。ごらんのとおりの山なかですけ、ろくなこともでけませんが、お湯だけはくさるほどありますけえの。朝でも、昼でも、夜なかでも、遠慮のう入ってつかあさい」

「ほとびちゃうな、そんなに入ると」

「いえのう、ここのお湯はの、ゆっくり長うつかって、しんから温《ぬく》もるお湯ですけ。ほとびるくらいつかっても、あがって水を一杯かぶられたら、とたんにしゃんとしますがな。ま、冷《さ》めんうちに、こっちのお湯も、おあがりなさんせ」

と、女主人は茶菓をすすめた。

湯呑み茶碗のふたをあけると、生姜のすがすがしい香りがした。ほんのりとした甘みと涼しい風がたつような舌ざわりが、ふしぎな味であった。

「うまい。おいしいですね」

「よかったら、おかわりしましょうか?」

「おねがいします」

篤彦は、二杯目がくる間に、宿帳《やどちょう》を記入した。

「あらまあ、東京からですか？」

と、女主人は、びっくりするような声をあげた。

篤彦は、山陰の駅でたまたま見かけて、ふとやってきたくなったことを話した。

「ありゃ、そんな看板が出とりましたかいの」

「ええ、名前だけが小さくね」

「はあはあ。そりゃあの、以前にゃここも、もちいっと温泉場らしゅう設備もして、宣伝したらどうかちゅうて、話が出たこともありましたのいの。けど、わたしらにゃ、とてもそんな資力はありゃあしませんしの。県やら町から援助金も出すいう話でしたけど、結局、よそから資本や業者が入って、大きな旅館や土産物屋なんかをつくって、人足《ひとあし》を呼ぶことになりましょうがの。そりゃあ人はきましょうで。景色も環境も、ええところですけえの。紅葉のころにゃ、あなた、この山がいちめん火のように燃えたちますけ。そりゃあ見事ですでえ。よその業者が眼をつけるのも、無理はありませんけどの。そんなことにでもなったら、あなた、わたしらどうすりゃええですかいの。ここの宿は、みんな畑や山仕事の片手間に湯を守っとるようなもんですけえの。それも軒並《のきなみ》、五十、六十の年寄りですで。なかにゃ、八十のお婆さんが、一人でやっとられる家もありますで。若い者は、さっさと山をおりますけ。そんなところにあなた、コンクリートの旅館やホテルでも建てられてごらんなさいませ。わたしら、首でもくくらんことにゃ、とっても太刀打ちできゃあしませんがの。庇《ひさし》を貸して母屋《おもや》をとられる。こりゃあいけんちゅうての、筵旗《むしろばた》をたてて、あなた、町に抗議しましたのです。結局、温泉設備を整える話は立ち消えになりましての。昔ながらの湯治場で、残っとりますんです。おおかた、その広告板も、そのとき出したもんでありましょうで」

女主人は、話し込むと、いつまでも喋りつづけた。

「ほかにも、いらっしゃるんですか？」

「はい？」

「いや、お客さんです」

「はあはあ、おられますで。昨日まで、この部屋も隣りの部屋も、老人ホームの団体さんが、二十人ばかり入っとられましたんですで」

「二十人？　そんなにですか」

「はい。十日ほどお泊りでしたわ。ここは湯治に見えますけえの。みんな長逗留《とうりゅう》なさいますんですよ」

「でも、そんなにたくさんじゃ、おばさんもたいへんでしょう」

「いいえのう。みなさん、勝手に台所で自炊をなさいますけえ。かえって、掃除をしてもらったり、お花を活けてもらったり、家のなかが賑《にぎ》やかで、わたしら夫婦のほうが楽しませてもろうてますんですよ。どっちがお客さんやらわからんちゅうて、いつも、大笑いしますいの」

「へえ。そうですか」

篤彦は、玄関口を入ったとき壁に貼ってあった料金表の、

——お湯　百円。

——お泊り　三百円（燃料別）

——三食つき　千円。

という意味が、やっとのみこめた。

ずいぶん安い値段だなと思って眺めたのだが、自炊の宿泊者が一泊三百円、賄《まかな》いつきだと千円、という内容なのだった。それにしても、その三食つきの手作りの膳は、食べてみて、川魚や山菜のうまさにおどろき、安すぎると、何度も口にしたくらいだった。

「僕は、あの部屋を一人で占領してるんですから、どうぞもっととって下さい」

「なにをいうてですかいの。わたしら年寄り夫婦で、行きとどかんことばっかりですし、田舎料理を食べてもらうだけですけ、千円いただきゃ充分です」

と言って、女主人はきかなかった。

階下の奥の部屋に、九州からやってきている老人たちが三人いた。もう一月滞在しているという。

すべてに時代ばなれのした湯の宿であった。

その夜は、ゆっくりと湯につかって、篤彦は久しぶりに熟睡した。

すこし黄味をおびた、やわらかくぬめりのある温泉だった。

3

翌日は、付近の山を散策したり、前の谷川へおりたりして、呆《ほう》けたようにぼんやりとしてすごした。

ときどき、ほかの宿からも老人客が出て門口の陽だまりにすわりこんだりしている姿が見かけられたが、そのほかにはほとんど人影もない。ただ山里の春だけがさかんな季節の息吹きを溶《と》いてのどかに熟れさかっているような、静かな村落であった。

（こんなところへ、きたかったのだ）

（そう。ここが、この旅の目的地だった）

とさえ、篤彦は思った。

あてのない旅に、あてのないまま旅立ってきた筈《はず》の自分が、じつは気づかずに、自分の知らない心の底に目的地をひそめていて、いまとつぜんにそれに気づき、その発見におどろいて、眼を見はっている――とでもいえばよいか。

ある筈のない目的地が、自分の知らぬ間に自分をそこへ導いた。はじめて見る土地なのに、ここはもう長いこと夢に見つづけていた土地なのだと、ふと確信できるおどろき。そんな理不尽さに、うろたえてあっけにとられているようなところが、篤彦にはあった。

人里はなれた山峡の古い湯治場。

時代にとり残された、ひなびた手入らずの自然があり、ごく素朴に老いた一握りの聚落と老人たちがいるだけの湧き湯の山村。

言ってみれば、それだけのことだった。特別に絶佳な風光といえるものでもなし、特別に風変りな人たちが住んでいるわけでもなかった。時代や世間に忘れられた風景が、そこにはあるだけだった。

それらのものが、あたたかい湯けむりにつつまれて、無欲にひっそりとさびれて陽をあびながら生きている。それが、ただ燦々《さんさん》と明るいだけの風景。

どうして、こんなものに心を奪われるのだろうか。

篤彦には、ふしぎでならなかった。

うっとりと蠱惑《こわく》の世界に魅せられて酔い落ちたように、篤彦は平安な眼の色を和《なご》ませて、時のたつのを忘れていた。

連翹《れんぎょう》の黄色い花が濃い陽かげを落としているひなたの道を、山のほうからリュックサックをかついだハイカー姿の男が一人おりてきたのは、午後になってからだった。

篤彦は、宿の二階の部屋で、もたれると壊れそうな朽《く》ちた手摺《てす》りにぼんやりと顎をのせて、それを眺めていた。

若い学生風な背の高い男だった。

最初それは、奇妙に信じがたい、あり得べきでない光景のように思われた。この山里の視界のなかに、そうした人間の姿が存在する筈はない。現われる筈のない人間を、眺めているような気さえしたのである。

若い男は、篤彦と同じくらいの年格好だった。

彼が近づいてくるにつれ、篤彦は不意の夢から眼ざめでもするように現実感をとりもどし、口の端に思わず苦笑をうかべた。

自分だって、ここにこうしているではないか。若いハイカーが山里の道を歩いていて、なんのふしぎがあろう。

わざわざバスに乗ってこんな山深い湯治場までやってきて、することもなくぼんやりと呆けて時をすごしている自分なんかより、あの男のほうが、よほどこの山里の風景に似合った、しぜんでふさわしい存在ではないか。

（彼のほうこそ、僕を見て、きっとおどろいたにちがいない）

篤彦は、自分がなにか見えないものの力に魅入られて、必要以上にこの山里の春に溺れこんでいたように思えた。どこかで現実感を忘れ、まるで蜃気楼《しんきろう》のなかで光に透けて生きていたような時間が、自分の身のまわりにあったのではあるまいかと、疑ってみたほどだった。

その若いハイカーは、宿の前までやってくると、陽に灼《や》けた顔をほころばせ、

「やあ」

と、手をあげて、下の道から挨拶した。

リュックサックに、桜の枝をさしていた。

「一人ですか?」

と、篤彦は、その人なつっこい笑顔に誘われて、声を返した。

「ええ」

「どちらから?」

「北海道です」

はきはきした、明朗な声だった。

「北海道?」

「札幌《さっぽろ》です」

「へえ。そりゃあまた、ずいぶん遠くからだねえ」

男は、ちょっとあたりを見まわして、

「ここ、なんてところです?」

と、たずねてきた。

「彦山温泉」

「温泉?」

「そう」

「あの、お湯が出るんですか?」

「そうだよ」

「へェ」

と、今度は、男のほうがびっくりしたような声をあげた。

「ここ、温泉場ですか」

信じられないふうで、あらためて周囲を見まわした。

「じゃ、風呂に入れるわけですか?」

「入れるよ」

「ここ、旅館?」

「そうだよ」

「ヒェー」

愉快《ゆかい》そうに、男はおどけた身振りをした。

それから、

「お願いします、そいじゃ」

と、言った。

篤彦は、吹き出した。

彼は、篤彦をこの宿の人間だと思いこんでいるらしかった。

「OK」

篤彦は、笑いながら立ちあがって、階下へおりて行った。

若い男は、もう上り框《かまち》へリュックサックをおろしていた。

「おばさん。お客さんですよ」

篤彦は奥へ入ってみたが、女主人はまた畑か山菜採《と》りにでも出ているらしかった。耳の遠い老人は、今朝町へ出かけて留守だった。

「あがりなさいよ。誰もいないみたいだ。僕の部屋にくるといい」

「あれェ、そいじゃ、おたく、お客さん？」

「そうだよ」

二人は顔を見合わせて、大笑いした。

若い男は、美濃村進介《みのむらしんすけ》と名乗った。北大の三年生で、毎年春と夏の休みには、どこかの山を歩いているという。

「冬はスキーをやるからね。北海道出るの、もったいないんだ」

三日前から、このあたり中国山地の西部の山へ入り、途中、地図をなくして、昨日から磁石だけが頼りで歩いていたのだという。

「ま、山には馴《な》れてるし、勘には自信があるから、どうってこともなかったけど。しかしこのあたりの山は、思ったよりも深いねえ。たいてい、樵夫《きこり》の道とか、猟師や土地の者たちがとおる通路が、どんな山にもあるんだけどね。迷いこんでも、こう、山の様子でわかるんだ。まちがったことなんかなかったんだがなあ。どういうもんか、そいつが見つからなくってねえ。昨日から、ずっと道なき道だよ。いや、ここの人家が見えたときには、ほっとしたよ。おまけに、温泉があるなんて。しばらく風呂に入ってないもんなあ。町へ出たら、イの一番に、風呂屋を探そうと思ってたんだ。いやいや、自信もったなあ。僕の勘は、やっぱり狂っちゃいなかったわけだ」

「神通力《じんずうりき》だね」

「いや、まさか温泉まで揃ってるとは思わなかったけどね。ここへ出られたことだけは、確かだもんね」

美濃村は、早速《さつそく》洗面袋をとり出して、湯屋のある階下へおりて行った。

女主人が帰ってきたのは、陽が翳《かげ》りはじめた頃だった。

美濃村は、寝袋に半分体をつっこんで気持ちよさそうに寝息をたてていた。

篤彦は事情を説明し、彼が今夜一泊したいという希望をもっていることを伝えた。

「はあはあ、よろしゅうありますとも」

と、女主人は気軽に答え、

「まあ、よっぽど疲れなさったのじゃねえ。山は冷えますからの」

と、掛け布団を出してきて、掛けた。

ふしぎなことは、夕食の膳が運ばれてきてから、起こった。

篤彦も、連れができたので話がはずみ、美濃村が頼んだ銚子《ちようし》の酒を、一、二杯は相伴《しようばん》した。

話がまた山の話題になり、道なき道を悪戦苦闘した様子を美濃村が喋っているときだった。

「いや、それにしてもね、あの桜は見事だったなあ」

と、彼はためいきをつくようにして言った。

「宇野さんね、そりゃあ凄い桜だったたんですよ。この村へおりる前の、一山むこうの谷間だったんですがね。いちめん、びっしり谷間を埋めて、桜が満開だったたんですよ」

「ほう」

「そりゃあ壮観でしたねえ。百本どころじゃないでしょう。櫟《くぬぎ》の傾斜をおりていてね、ひょいと下を見ると、桜でしょう。桜の谷なんだ。思わず喚声をあげましたねえ。眼が洗われるようでしたよ。それからですよ。つきがまわってきたのは」

と、美濃村は、眼をかがやかせて言った。

「もう夢中で馳《か》けおりましたね、その谷へ。これほどの桜が咲いてるんだから、きっと道があるだろう。だって、こんな桜を、土地の人たちが、ほうっておく筈はないもの。そう思ったんです。とにかく僕は、桜に見蕩《みと》れ、道を探し……いや、道を探すことなんか忘れて、桜に見惚れましたねえ。ほら、あるじゃないですか。

『願わくば花の下にて春死なん　そのきさらぎの望月《もちづき》の頃』

西行法師《さいぎょうほうし》の歌でしたかねえ。あの心境、わかりましたね。まったく、願わくば花の下にて春死にたいと、思いましたよ。死ぬのなら、ここで死にたいとね。ほんとに、ふっとそう思いましたね。おまけに、僕は、道に迷ってるさなかだ。

『行きくれて木の下蔭を宿とせば　花や今宵のあるじならまし』

そんな歌まで思い出しちゃってねえ。実感でしたよ。ひしひしきたんだなあ。しばらく僕は、その桜の花天井を見あげてね、その場に寝転がっていたら、動けない感じだったなあ。堪能《たんのう》しましたよ」

美濃村は、杯をあけて、また話し継いだ。

「見飽きないんですよねえ。いつまでも、腰をあげるのが惜しくてねえ。じっとそうしていたいって気になっちゃう。誰かが見つけにきてくれるまで、いっそここでこうしてようか。ほんと。ひょっとそんな気がしましたよ」

「夜だったんですか？」

「いいえ。今朝のことですよ。もう陽がのぼってましたよ。二、三時間は、そこにいたかなあ。十時近くに腰をあげたんですから」

「道が見つかったわけですね」

「ところが、やっぱり道らしい道はないんですよね。けどまあ、ずっと歩きやすくはなって、谷川ぞいにどんどん道中は捗《はかど》りましたがね。途中からこの裏の山にとりついて、尾根を越したら、この村の人家が見えたってわけですよ」

「へえ」

篤彦は、すこし眼もとを赤くしてうなずいた。飲み馴れぬ酒のせいだった。

「そうですか。そんな桜の名所があるんですか」

「いや、名所と言えるのかなあ。だって、あそこへ見にいけるのは、おそらくこの村の人たちだけじゃないのかなあ。それも、見に行く人がいるんだったら、すこしはそれらしい小径《こみち》でも、どこかにありそうなもんだけど」

「ないんですか?」

「すくなくとも、道と言えるような道はね。まあ、僕がとおってきたんだから、行って行けなくはないですよ。しかし、これだけは言えるね。たぶん、ほとんどあの桜は、人の眼に触れずに毎年咲いて、そして散っているんじゃないかなあ」

「神秘的ですね」

「でしょう? 山には、こんなおどろきがあるから、やめられないんですよ。あれほどの桜の谷が、よくいままで誰にも荒らされずに、手入らずのまま残されていたもんだ。これは、信じられないことですよ。もったいない。あれだけの桜が、人知れず咲いて散っていくってのはね。もったいないですよ」

「けど、だから、君にはこたえられなかったんでしょう?」

「そうですよ。素晴らしかった。ぜひこの先も、あのままにしておいてやりたいですね。あの桜。このままであってほしいですよ。僕は来年もまた、見にくるつもりです。こんなところに、こんな格好の宿があるんだから、今度はこの宿に落ち着いて、たっぷりと桜見物やりますよ」

「ねえ」

と、篤彦が、口をはさんだ。

「しかし、ふしぎだねえ。そんな凄い桜の名所が近くにあって、ここには湯がある。秋は、紅葉がこのあたり素敵なんだそうだ。こんな自然条件を、どうしてこの里の人たちは、いままで活《い》かそうとはしなかったんだろうね」

「僕も、ここが温泉場だと聞いたとき、一番先にそれを考えましたよ。山を壊《こ》わさなくってもさ、道をつけることさえ考えれば、あの谷は第一級の観光資源ですよ。この温泉は、たちまち有名温泉になること請《う》け合いですね」

「なにが請け合いですっての？」

と、宿の女主人が、銚子のお代りを持ってあがってきたのは、このときであった。

「いや、おばさん。ちょうどいいタイミングだ」

と、美濃村が、桜の話をしはじめると、女主人は、急にうすく口を開き、声のない咽声《のどごえ》を洩《も》らした。

彼女は、しばらく言葉もなく、美濃村の顔をみつめていた。

「どうしたの？」

篤彦が、たずねた。

女主人の様子は、どう見ても尋常とは思えなかったからだ。もしかして、急に体の具合いでも悪くなったのではないかと、篤彦はとっさに座を立って、彼女のそばへ寄った。

「おばさん。しっかりして」

女主人は、篤彦に肩を抱かれているのも気がつかないようで、ただ美濃村を見つめていた。

「おばさん」

その声に応じるかのように、やっと彼女は口もとを引きしめた。

「……ほんとうかの?」

と、そして、女主人は言った。意外にしっかりした声だった。

「ほんとに、あなた、桜を見さんしたのかの?」

「ええ……」

今度は美濃村が、なんとなくその語気におされて、口ごもりながらうなずいた。

「ええかの。しっかりせにゃならんのは、あなたですで。ほんとに、この山のむこう谷で、桜を見さんしたのかの?」

「嘘なんか言うものですか。ほら、そこにあるでしょうが」

と、言って、美濃村は、床の花活けにさしておいた一枝の桜の枝をとりに立ち、女主人の前に差し出した。

「これは、あんまり美しかったんで、つい枝の先をほんのすこし、そのとき僕が折ったものです」

女主人は、束の間、おびえの走る眼でその小枝を眺めた。

「ほんとに、あの谷で?」

「そうです」

「そんな筈はありませんで。あの谷にゃ、桜の木なんか、一本もありゃしませんで」

「ない?」

美濃村は、じきに笑い出した。

「おばさん。からかわないでくださいよ」

「からこうてなんかおりゃあしませんで。あの平家谷には、桜は一本もありゃあしません」

「ヘイケ谷？」

美濃村は、その名称のほうに、むしろ興味をひかれたようだった。

「はあ。あの谷はの、むかし、平家の落ち武者たちが住みついたちゅう小さい里があっての、いまでも掘ると、あっちこっちで、家の台石や碗のかけらなんかが出ると言いますいの」

「へえ……」

「それがの」

と、女主人は、一膝乗り出すようにして、話しはじめた。

「住むにゃ、もってこいの隠れ里。ここなら生きのびていけようと、落人たちがの、小さい里をつくったのも束の間。春になると、いちめん桜の花が咲いて、なんとまあここは美しい、天国のようなところじゃろうかと、みんな小躍りしてよろこんで、桜が咲くたびに、心が慰められて、花がわが身をあわれんで、咲いてくれるのじゃろうと、嬉し涙をながしての、暮らしとったそうですがの。ある日、ひょいと気がついたのですいの。これほど美しい花の咲く谷が、人の眼につかずにすむじゃろうか。そう思ったら、もうじっとしておられやしませんわの。花が見事に咲いてくれればくれるほど、谷は安住の地ではなくなるわけでしょうが。誰の眼につくかもわからない。そうなりゃ、ここはもう、隠れ里ではのうなる。この世の天国と思うた桜が、いっぺんに地獄になってしもうた。この谷を出て、またよその土地を探すか。この谷の桜を、一本残らず切り倒すか。二つに一つ。どっちかに決めにゃならんようになったのですいの。そのとき、誰かが言うたんじゃそうです。桜は白い。源氏の花じゃと。この一言で、みんなに、決心がついたんじゃそうですすで。根こそぎ桜は払われて、翌年からは、一本の影も形ものうなったと言うことですわ」

女主人は、真顔で話していた。

「これは、わたしらが子供の時分にの、祖父《じい》さまや祖母《ばあ》さまから聞いた話ですすで。ご維新《いしん》の頃にゃ、まだあの谷に、十軒ばかり廃屋が残っとったそうです。平家の末孫じゃいう人たちが、その頃まであの谷に住んどったことは、ほんとうです。不便な暮らしを捨てて、どっかへ移ったものやら。なにかほかの事情での、係累《けいるい》が絶えてしもうたのやら。わたしらにゃわかりゃしませんがの。わたしの祖父さまなんかは、疫病《えきびょう》で絶えたんじゃと言うとりました」

女主人は、美濃村の顔を見た。

「ええですかの。じゃから、あの谷にゃ、平家の落人が住みついた頃にゃ、桜が生えとったというお話はあります。けど、もう何百年もむかしですすで。これは伝説ですすで。じっさいに桜の谷じゃったか、どうじゃったか。これは、誰にもわかりゃしません。ですがの、あの谷に、いま桜の木が一本もないことだけは事実ですすで」

「そんなばかな！」

「いいえ。こりゃあ、ほんとうですすで」

「だったら、僕が今日見た桜は、あの満開の桜の谷は、どこにあるというんですか。この眼でちゃんと、僕は見たんだ。この手でちゃんと、ここにこうして、枝を折ってきてるじゃないですか。これは、この桜の枝は、だったら、どう説明すればいいんですか」

「ほかの山に咲いていたんじゃないですか」

「断じて、そんなことはありません」

美濃村は、言い放った。

「それとも、この近くで、すくなくとも一山越えにこの村へ出られるような山あいで、そんな桜が咲く谷が、どこかほかにありますか？」

女主人は、首を振った。

「いいえ」

と、そして、少し声をふるわせて、美濃村を見た。

「どこにも、そんな桜の谷はありゃあしません。けどの、学生さん。山へ入る樵夫《きこり》がの、あんたと同じようなことを言うたという話は、ときどき、耳にしますいの」

「なんですって？」

「わたしの祖父さまも、それは言うとりました。営林署の若い技師さんがの、桜の枝を腰にさして山をおりてきたのをの、祖父さまは見たそうです。もっとも、昭和のはじめか、まちっと前でしょうかいの、大正時分の話じゃありましたけどの」

「嘘だ」

と、美濃村は、咽《のど》にからまった声をあげた。

「よし、明日、そこへ案内する。宇野さん、その眼で確かめてくれよ」

篤彦は、このときの美濃村が投げた真剣な眼の色を忘れることができなかった。強い光のなかに、いくらかはおびえ、いくらかはうろたえのまじる、けれども確信的な眼であった。

4

『平家谷に、桜はない。

僕は、忘れはしない。彼が、まるで狂気のように、尾根から尾根へ、山から山へ、一つの桜に埋った谷を、さがしもとめてさまよいまわったあの姿を。そして、彦山の里をあとにしたときの、あの彼のうしろ姿を。

何度思い返しても、「やあ」と、はじめて出会ったときに手をあげて挨拶した一人の若者の屈託のない元気な姿を、その上に重ねてみることはできなかった。

潮垂《しおた》れたあの肩を、忘れない。

僕は、ここにいることにした。

彼が見た桜を、僕も見たいから。

そして、彼が口ずさんだいにしえの人の歌を、僕も、口ずさみたいから。

願わくば、花の下にて春死なん……。

そう。この春の谷が、僕の終息の地。終焉の場所である。

花を見るまでは、一歩もここを去らないつもりだ。

去って帰りつくところが、僕にはもうないのだということが、ここへきてはじめてよくわかったから。僕はこの目的地へたどりつくために、東京を出たのだということが、心からよくわかったから。

父さん。僕が志望校へ合格したということだけで、我慢してください。さようなら』

宇野篤彦は、書きこんだばかりの手帳のページをゆっくりと引き裂いて、マッチの火で燃した。

炎の消えるのを待って、彼はふたたび体を横たえた。

平家谷は、静かであった。

草も木も鳥の声も、春の陽ざしにつつまれていた。

櫻《さくら》　瀧《だき》

世の中に絶えて櫻のなかりせば
春の心はのどけからまし

在原業平

櫻が咲くと、やってくるものがあるのだが、それがやってくるものであるという自覚が、東蔵にはもうなくなりかけていた。

花見客でごったがえす櫻並木の長い参道、その先の境内《けいだい》がまた有名な櫻林で、この時季この神社は、花に酔うより人出にあたってげんなりするほどの混雑ぶりで、よれよれの菜っ葉服にひさしの折れた野球帽をかぶるというよりちょこんと後ろ頭にのせ、ごみ屑かごや空き缶入れなど花見客が捨てて行く残滓《ざんし》の山をあちこちと物色してまわっているこのしょぼくれた老人に、眼をとめる人間などはいなかった。

こんな日の、こんな花どき。うらうらと瞼の裏まで蕩《とろ》かすような花日和のさかんな陽ざしにあぶられていると、常なら、訪れてくるものが、もう訪れてきていてもいいはずだった。

くれば、手も無く正気を奪われ、奪われまいとどんなに抵抗してみても、まるで麻酔の針でも刺しこまれ見るまに自由を失って、骨抜きになり、正体無くし、なるがままに征服されるほかはない生身の餌食も同然、東蔵はその五体をそっくり明け渡さないわけにはいかなかった。

訪れてきて、東蔵の五体を乗っ取るものの気配や、足音や、息づかいが、いつもならもうそろそろ、彼の身辺には感じとられていい頃だった。

だが、花見客の食べ残しの弁当や、菓子や果物、料理類の入っていそうな包みや段ボール箱やビニール袋などを、特別丹念に、しかしじつに手早く手ぎわよく、一つ一つ選別し、手提げの大きな紙袋へ取りこんでいく東蔵の、ごく無表情な陽灼けした顔には、そんな不穏の予兆らしきものは翳りもなく、どこといってふだんと変った様子などは見られなかった。

そればかりか、ときどき、白い軍手の甲で額の汗をぬぐったりするとき、彼はつとその手をとめ、腰をのばし、なにごともあるとは思えぬ造作のなさで、ちょっと眩しそうに眼を細め、頭上の櫻を見あげた。

おだやかな、常人のまなざしだった。

もし竹岡がこの場にいたら、小躍りして、言ったにちがいない。

「東蔵さんよ。よかったなァ。ほんとに、よかった。あんた、あがったんだよ。血の道が。あがったんだ。もう本物だ。落ちたんだよ、長年の憑き物は。こんな日が、くるとは、思わなかった。一生、こないと、思っていた。オイ……。ホレ……。よろこばんかい。もちっと、うれしい顔をせんかい。万々歳《ばんばんざい》じゃないかよ。あんたが、櫻の花を見てる。のどかな顔して、眺めている。唸りも、叫びも、暴れもせずに。こんなことが、あったかよ。あんた、いいかい、あんたはいま、櫻の花の……、満開の花の……、正真正銘《しょうしんしょうめい》、そのど真ン中にいるんだぞ」

その昂奮した声や、うれしそうに破顔して感極まった嗚咽《おえつ》さえもれて出る竹岡の泣き顔は、東蔵には見えも聞こえもしなかったが、実際に、竹岡悠一郎は、このとき、東蔵のすぐそばに立っていた。

東蔵と別れた当時のままの姿で、四十代半ば、男ざかりの屈強な体躯《たいく》をした竹岡だった。

東蔵が工事現場を渡り歩いていた頃に、二人は出会った。

年恰好も同じだったし、「家ナシ」「身寄りナシ」とおたがいに言い放つ境遇も似通っていた。頼れるものは体一つ。これに頼れなくなったら、そこが人生の終りどき、終る場所、と肝に銘じてはじめた暮らしだったから、出来ることはなんでもやった。実際、東蔵はいま、その職種の一つ一つを正確にはおぼえていない。

そんな中で一番長く彼が続けた仕事が、土木、建築現場などでの肉体労働だった。三十代のはじめの頃から二十数年、ほとんど全国を渡り歩いている。その内の十数年を、東蔵は竹岡と行動を共にしていた。

馬が合うというのか、気心が知れてみると、不思議に離れがたい縁につながり合うことになったのだった。

その縁のはじまりも、櫻だった。

二人がまだ知り合って間もない時期、工事現場は東京だった。都心部の地下に潜っているときだった。東蔵が十日ばかり現場から姿を消したことがあった。

監督には前以《まえもつ》て届け出ていたらしかったが、竹岡はなにも聞かされていなかった。ほかの仲間たちに聞いても知らないと言う。

当時、東蔵は労務者たちの寝泊りには気楽な環境や簡易宿泊所などの多い旅館街で寝起きしていたし、竹岡もそうだったから、体調でも崩したのかと、仕事をあがると真っ先に彼の定宿へ顔を出してみた。部屋は引き払ったと言う。

「出たの?」

「そうだよ」

と宿泊所のおやじは言った。

その宿は、二階建てのくたびれたモルタル造りだが、特別料金の安い宿で、せまい廊下をはさんで薄い板壁で仕切った小部屋が両側に並んでいる。なかには三畳間に二段ベッドという部屋も幾つもあった。風呂なし。便所も洗面所も共同使用といった環境だった。

「なんで? この工事は、長いんだぜ」

「わたしも、そう聞いてるけど」

おやじは、べつにふしぎそうな顔もしない。

「どこへ行ったの」

「そんなこたァ、知らねえよ」

「なにか、あったの?」

「べつに」

「ちゃんとしてたのかい？」

「ちゃんとって？」

「様子だよ。なんか変った様子だとか。具合が悪そうだったとか。なにかあるだろ。おやじの眼で見たらよ。そういうことが、なにかよゥ」

「べつに。元気だったよ」

「あれかい。金欠かい？」

「だったら、仕事に出るんじゃないの？」

「そうだよな。今度の、歩合《ぶあい》、いいもんな。きついのァ、きついけど」

「そうかい。やっぱり出てないのかい」

とおやじは独りごちた。

「うん？」

「いや。ちょっとね、そういう気がしなくもなかったんで、休むのかいって、訊いたんだけどな。笑って、『いや』と言っただけでね……」

「どうしたのさ」

「それだけだよ。ほかに訊くことはねェわさ。休みャア、後釜はいくらもいるだろうしさ」

「オゥさ。それが気に入らねェんだよな。そこがわからねェからさ、こうして訊いてるんじゃァないか」

「わたしに訊いたって、わからねェよ」

「ドヤ、変えたのかなあ」

「そんなことなら、あんた、この街のどこかでいずれ顔を合わすだろうからさ。すぐにわかることじゃないか」

「そうだよな。ちょっとあちこち、当ってみるよ」

「いないんじゃあないのかな」

「いない？」

「ああ」

「東京を離れたってことかい？」

「さあ。そいつはどうだかね」

「どうだかねって、おやじさんよ……」

「この街を出たって、あんた、東京は広いからねェ」

「おい、おい」

「あんたら、気分がいいねえ。仲間が一人いなくなったからって、あんた、こんなに気負いこんで、あれこれせんさく、心配してくれる人間がいる。わたしゃ、そういうの大好きだねえ。まァ、心配しなさんな。じきに、戻ってくるよ、あの人は。自分でそう言ったんだから」

「なんだと？」

竹岡は、つい大声を張りあげて、おやじを見た。

「十日かそこいら、と言ったかねえ。また戻ってきますって、言ったよ。ここはしょっちゅう満杯だから、部屋が空いてるといいけどなって笑うから、サアそいつはなんとも請け負いかねるけど、マア顔だけは出してみなって、わたしも言いはしたけどさ。一部屋とっとくつもりだよ」

「そいつを早く言え。そいつをよォ」

と、竹岡は、じれったそうにまた大きな声をたてた。

しかし念のため、そのドヤ街と呼ばれる界隈《かいわい》一帯を当れるだけは当って聞いたり探してまわったりした。

戻ってくるとは言っても、東蔵がなぜ仕事を休み、ねぐらも引き払って、この街から姿を消したのか、その理由が知りたかった。

手掛かりは、まるで残されていなかった。「十日かそこいら」、それを待つほかはなかった。


それから一週間は過ぎていただろうか。

地下工事は夜間労務が多く、出番制はあったが、竹岡は夜出《よるで》を続けていて、進捗具合の関係とかで予定にない臨時の休日がぽかっとでき、かっこうの休息にはなったのだが、昼間寝て夜っぴて働くもぐら暮らしで、世間は花に浮かれる時季がきているのも、知らないわけではなかったが、つい関心の外に置いて忘れて過ごしていたのだった。

その花も盛りの峠を越えかけるという頃合いだった。「花見ってェ柄でもねェけどさァ」とがらっぱちな独り言も口には出たが、急に懶《ものぐさ》い腰をあげる気にもなったのだった。

竹岡悠一郎は、その後、何度も、この日のことを、この日急にその懶い腰を自分があげたことを、後悔した。

「柄でもねェあの腰さえあげなけりゃあ、なんにも知らずにすんだのに」

と、深い悔いとも、自責の念ともつかぬ思いにまみれるのである。

果たして、そうだったか、どうかは別にして。竹岡は、自らを呪った。


近場《ちかば》に上野《うえの》、浅草《あさくさ》、隅田川《すみだがわ》日本堤というような、花見の名所中の名所があったのも、確かに、竹岡の腰をあげやすく誘った原因だったと言えるだろう。

しかしそれは、或る意味では、天のみちびき、天の配剤《はいざい》、天が張りめぐらした見えない網《あみ》の中で起こった出来事だったと考えることもできるのではあるまいか。

竹岡と東蔵が、より親しく深く知り合えば知り合うほど、いずれは知らねばならないこと、知るにちがいない事柄でもあったからである。

けっして竹岡は、偶然にそれを眼にしたわけではない。いずれは見なければすまされないことを、天が見せたのだというふうに考えた方がよいかもしれぬ。

上野のお山は花ざかり。

午後の陽ざしも夕映えかけて、花は昼から夜櫻への色味《いろみ》の姿も賑わいも微妙に変えはじめていて、明るい所も、暗い所も、熱気をはらんで、狂躁的であった。

ひしめく人で押し合いへし合いする所もあれば、人影一つないもう夜の闇めいた暗がりが満ちはじめている樹間もあった。

竹岡がそれを見たのは、小一時間ばかりそうした花のお山の喧噪に身をまかせて、ぶらぶら歩きにも食傷し、そろそろ花より団子じゃないが、下の街へおりて、アメ横あたりで一杯もいいかなと、思っていた矢先にだった。

すぐ眼の前の暗い樹間を、ゆっくりと、人影が通り過ぎた。

白いシャツがからまりつくように片方の肩先にしどけなく引っかけられているだけで、あとはどんな着衣も身につけてはいない、あられもない裸形の人間だった。

男だった。

頑丈で、見るからに強健そうなしっかりとした肉づきが盛りあがり、じつにゆっくりとした足どりで暗がりからその先の暗がりへと彼が歩み去って行くのを、竹岡は見た。

不思議な、音もない、束の間の光景だった。

視界がそのまま動きをとめ、息つくことも竹岡は忘れていた。

奇怪な、あやかしのものを見たという気がした。

まだ夜がくる前の、それには少し間のある黄昏《たそがれ》どきの通り魔だった。

それはあんまりだしぬけに出くわした出来事だったから、ことの意味や判断もつかぬまま竹岡はしばらくぼんやりとしていたが、気がつくと無論、足は動き出していた。

東蔵であるはずはないとすぐに打ち消したが、東蔵を見たという驚愕感は去らなかった。そして、その驚愕感だけが消えずに大きく膨らみながら、竹岡をますます息苦しくさせた。

すぐに後を追ったと思うのに、男の姿が見つからないのだ。

どこにもいない。あっという間に消え果てて、追いつくことができなかった。

探せば探すほど、そのあっという間に消え果てた感じが、いっそう身辺に増幅して残り、竹岡をうろたえさせた。

あり得べきでないものを見たあの束の間の光景は、やはり気の迷いであったか。わが眼の錯覚だったのか。彼は何度もそう思い、思いながら樹間を歩いた。同時にまた、自分はいま、あやかしを追い、その見えない手に翻弄されて歩いているような気も、何度もした。

その日、夜がお山にやってきて、さらにぞくぞく繰り出してくる花見客の喧噪は深夜になっても絶えなかったが、二度とその裸体の男を見かけることはなかった。

竹岡がいまでも、思い出すたびに不思議に思うのは、なぜあんな時刻まで、あの日、自分は上野のお山にいたのだろうかということだった。

一度山はおりたのである。おりて、街なかの居酒屋でおでんと二合ばかりの酒を飲んだ。そのまま帰るつもりで出た足が、どういうわけか、再びお山へ向かっていた。

知らない客の振る舞い酒も飲んだし、どんちゃん騒ぎの宴座で酔歌も歌った。お重の馳走もつついたし、羽目もはずした。酔いがまわるにつれて、東蔵のことも気にならなくなっていた。

しかし、一度離れた櫻の山へ、また引き返して帰途も忘れて過ごした時間が、考えてみれば不思議だった。離れても、また自分をその山へ引き戻した見えない力のようなものを、竹岡は後になってからも思い出した。

彼が酔いから醒めて、人のいない広いビニールシートの上に一人寝転がっているのに気がついたのは、夜明け近い頃だった。

空は白みはじめていた。

とんだ花見だったと、竹岡は思った。

明け方近い櫻の名所は、宴果て、汐引き、嘘のように色褪《あ》せて、ただがらんとだだっ広く、ひっそりなりをひそめていた。

人のいなくなった櫻の下をくぐり抜けながら、竹岡は、ほかにも幾つかまるで無造作に放り出された死体のようにごろんごろんと転がって動かない酔いどれたちがいるのを、そこかしこに見た。実際、彼等は、野に捨てられたよるべない死体か、ゆきだおれた行旅病者かなにかの残骸のように見えた。

竹岡の足が運動靴を踏んづけたのはそんなときだった。芝の地面に靴は片っぽ裏返り、もう片っぽは少し離れた所にあって、持ち主の足にはまっていた。

その持ち主は、頭の方を躑躅《つつじ》の藪に突っこみ、仰向けに大の字に手足をのばし、野放図にふんぞり返ったまままぶっ倒れてでもしたような、太太《ふてぶて》しい姿で地面に寝ていた。

竹岡の眼をとめさせたのは、白いTシャツだった。

その男は上下つなぎの作業着ふうな衣服を身につけていたが、前開きのジッパーは鳩尾のあたりまでおりていて、そのはだけた胸もとにTシャツはまくれあがっていた。

しばらく、竹岡は、そのまくれあがってはだかった胸もとに眼を奪われていた。

褐色の地肌の上に濃い赤紫色のあざのような斑紋《はんもん》があちこちに見える。皮膚に染まりついた斑紋だった。一日でそれは強い接唇がつくるキスの痕跡だとわかる。皮膚が消さない淫靡《いんび》な跡形だった。

それに眼がとまったとき、とつぜん、竹岡は思ったのだった。

昨日の黄昏どきのお山、あのうす暗がりの樹間で見失った裸体の光景が、急によみがえった。

いま眼の前にいる男は、着衣をつけている。

だが、その着衣をはぎとったら、どうだろう。あのときの裸体が出現しはすまいか。

出現するのではあるまいかと思ったとたん、竹岡には、一度は忘れた黄昏どきの不思議な息苦しさが戻ってきた。

その寝姿の放埒さ。

白いTシャツ。

強壮な体軀。

この男は、裸ではなかったが、裸も同然の寝姿に見えたのだった。

竹岡が次にすることは、たった一つしかなかった。

むろん、竹岡は、それをした。しないわけにはいかなかった。

胸は波立っていたが息を殺し、竹岡は男の顔の上を蔽《おお》っていた藪の小枝をおしわけ、その下に現れた寝顔をしばらく凝《じ》っと見おろしていたが、やがて無言でその場を立ち去った。
白みはじめた空の雲に赤みが加わりかけていた。

東蔵がねぐらにしている宿へ帰ってきたのは、それから一週間とちょっとした頃だった。「十日かそこいら」と彼が言い残していったという期間にほぼ相当していた。東京の櫻はあらかたもう終っていた。

顔を合わせた日、竹岡は、ふだんの顔で、

「どこへ行ってたんだ」

と、一度、訊くだけは訊いた。

「ああ。ちょっとな」

と、東蔵も、ふだんと変りのない顔で、それに応えた。

ほかに二人の間に変ったことといえば、なにもなかった。

竹岡がある事柄、つまり櫻のことに気がついたのは、その後、二年も三年もたってからであった。

東蔵は、翌年の春も、同じ時期、「十日かそこいら」の間、所在不明になった。

むろん竹岡は、連日連夜というわけにはいかなかったが、仕事や時間の都合にやりくりがつく限り、多少無理をしてでも体を空け、上野のお山やその界隈を歩きまわった。

だが、東蔵に出会うことは、なかった。

次の年もそうだった。

いつも、不意に東蔵は姿を消した。そのいなくなる日の見当がつきかねたから、対策のたてようがなく、いなくなられてからいつも、舌打ちするのだった。

その繰り返しで、あるとき、ふっと気づいたのだ。どの年も、行方不明になる時期が、春で、櫻が咲いていて、とりわけ満開前後をはさんだ頃に重なっているということに。

そのことに思い当ってみると、不意に魔が現れて通り過ぎたという気がする何年か前の上野の山の花の記憶が、なにか様相を変えて身辺に立ち戻ってくる気配がした。

黄昏どきの通り魔の裸形に、濃い歓楽の匂いがした。

夜明け前の櫻林の木立の中で、胸をはだけて泥酔していたしどけない男の寝姿に、改めて、なまなましい靡爛《びらん》の色香がさまよいついて思い出された。

どちらも東蔵の思いがけない姿であったが、人には人、それぞれの秘匿《ひとく》の世界があるであろう。あって、なんの不思議があろうか。人の五体は謎である。その奥深くに隠されて、他人には見せないもの、見えないものが、生きている。

竹岡は、あの日、夜明けの櫻の下で、東蔵の寝顔を見おろしていて、そう思ったのだ。

竹岡のすぐそばを、おそらく竹岡とはつゆ知らず、通り過ぎて行った一人の男の裸体にも、はだけた褐色の胸もとに染まりついていたおびただしい煽情《せんじよう》的な斑紋にも、なにか物狂いめく、深い謎めいたあやしさが感じとれはしなくもなかったが、竹岡はそんなことに興味を持ったのではなかった。それはそれ。はからずも自分は、東蔵のある性向、性癖の一端を垣間見たに過ぎないのだ。騒ぐほどのことではない。うろたえることでもない。そう思った。

思ったけれども、意識の外に放り出すことはできなかった。毎年、定まったように彼が行方不明になることの理由だけは、知っておきたかったのである。

「櫻」と、気づいたとき、得知《え》れぬ感情が、竹岡の内で、ふと揺らいだ。

櫻は、上野のお山に限った花ではないではないか。名所はほかにも幾らもある。名所、名木。この国には、数えきれない櫻がある。春は、櫻だらけの国。咲く時季も、満開期も、異《こと》なる櫻がほぼ二箇月、南から北へ次々に咲いて行く。

そう思ったとき、竹岡の心は、不思議な感じにふるえた。彼は、自分でもわからない、奇妙な昂奮をおぼえたのであった。

「来年は、見とどけてやる」

竹岡悠一郎は、わが身に言い聞かせた。


その年の櫻の時季は、二人は九州にいた。

しかし、花が咲きはじめ、満開となり、やがて散ってしまっても、東蔵は飯場《はんば》にいた。休みをとったりもしなかった。

その後、そんな年もあるのだということを竹岡は知ったが、工事が昼間の仕事だったせいもあっただろう。

「しかし、毎晩、あんたは出掛けた。いや、毎晩とは言わないが、満開の頃は、そうだった。池のある公園。石垣の残ってる城址《しろあと》。それから、なんとか言ったなァ……展望台のある山の上。みんな櫻の名所だった。雪洞《ぼんぼり》や、提灯《ちょうちん》や、綱にぶらさがった裸電球や、照明灯や……。屋台も出てたし、鉄板焼きの煙もジュージュー鳴ってあがってた……」

東蔵は、暗い闇を闇を選んで歩いた。その闇の中にも櫻は咲いていた。歩くにつれて、歩きながら、東蔵はズボンを脱いだ。下穿きはない。下半身を夜気にさらし、さらしたままでしばらくはゆっくり歩く。次がジャンパー。次がTシャツ。着衣は見る間に消えて行く。消えた着衣は一まとめにして布袋につっこんで藪蔭へ放り込まれた。

暗がりには当然のごとく男女のカップルも多い。彼はじつに悠然と音もなくその傍を通り過ぎる。ときにはすっと木蔭に身を寄せる。そこに潜むのかと思うと、もう別の小径を歩いている。人がやってきたとぎょっと緊張するのは常に竹岡の方で、東蔵はあわてもしない。ゆったりと歩きながら、束の間その身は消えている。その消身ぶりの鮮《あざや》かさに竹岡は舌を巻いた。そして何度も、上野のお山で彼を見失ったときのことを思い出した。

物馴れた身ごなしを備えきった練達の裸形の徘徊者であった。

二時間ばかり、彼はその公園にいて、歩いたり、寝転がったり、ときには木の幹をひしとその総身双腕に抱え込んでみたり、また、少し離れた闇をとおしてしか見えない竹岡の眼には、必ずしも定かであったとは言えなかったが、定かには見えないだけに余計に東蔵の行動には竹岡の妄想を誘い出すようなところがあった。竹岡はしばしば、彼がある性的な快楽に耽ってでもいるのではあるまいかと思わすような姿態を目撃した。しかし、幾度かそうした姿態を見せはしたが、そのことのほかは、変ったこともなく、東蔵は引きあげた。

　変ったことが起こったのは、その翌日の夜だった。

「おれはな、櫻の花見どきに、あんたと一緒にいたことがないんで、あんなあんたははじめて見たんだ。朝から晩まで、いらいらしてる。落ち着かない。なにをしても上の空。現場じゃ、やるはずのないミスをやる。物を言わない。怒鳴り散らす。夜中にいきなり大声あげてとび起きる。みんな、あんたが夜出掛けない日のことだ。眼が血走ってるんだよな。ああ、これか。これだなって、思ったんだ。あんたが毎年いなくなるのは。理由はそれだ。あんたが、いつものあんたに戻るためには、あんたは、いなくならなきゃなンないんだ。東蔵さんよ。堪忍してくんな。好きでつけたんじゃねェんだ。あんたに訊いても、とても喋っちゃァくんないだろ。でもな、こうして一緒に暮らしてる身でよ、なんか、力になれることが、ありゃあしないかと思ったんだよ。あんたが隠してることをよ、暴《あば》きたてるつもりなんか、ちっともねェ。けど、それを知らなきゃ、力にもなれねェじゃあないか」

　東蔵は、黙って聞いていた。

　古い石垣の残る城址の櫻林だった。前夜のように東蔵はその林つづきの森の中を、一時間ばかり歩いた。木立の脇からそんな彼にすっと近寄った人影があった。東蔵は平然と歩いている。暗だがその人影はしきりになにか話しかけでもするようにして、東蔵の裸体にからみついた。暗くてはっきりとは見えなかったが、男のようだった。口を吸い、手は裸体に巻きついて片時も離れなかった。東蔵はされるがままになっていた。なりながら木立の奥へ引っぱりこまれた。竹岡には、近寄って確かめることができなかったが、もつれ合って裸体にとりついている人影は一人だけではないようだった。衣服を着たのもいれば、脱ぎ落したのもいるようで、どの裸体が東蔵なのかもわからなくなった。組んづ解《ほぐ》れつ、彼等は長い時間、飽きることもなく声を殺してもつれ合っていた。

「もういい」

と、東蔵は遮った。

「そうか」

と、そして、独りごちた。

「上野でおまえに見られたとはな……」

しばらく、二人の間に、沈黙がやってきた。

静かな声だった。東蔵が、そう言ったのは。

「溶けてくるんだ。心がな」

「え？」

と、竹岡は顔をあげ、東蔵を見た。

「心も、体も、溶けてくる。櫻が咲きはじめるとな。溶けて、とろとろ、崩れはじめる。とろとろになって、溶けてな、輪郭がなくなって、……なくなりながら……こう……沸《わ》いてくるんだ。沸騰《ふっとう》してくるんだ。心が、おれの心じゃなくなる。体が、おれのものじゃなくなる。しようがないんだ」

と、東蔵は、言った。

言ってから、「うん」と、独りで頷き、

「しようがないんだ」

と、もう一度繰り返した。自分に言い聞かせでもするように。

「おれな、つまらん人間なのさ。ろくでもない」

それも、感情のあまり読みとれない、そっけない声だった。

「ケッ。笑わせるな。自分でも、思うんだよな。なァ、櫻だなんてヨ。あほか、てめェは」

そう言って、この日、後にも先にも一度だけ、東蔵は、自分の故郷に触れた話を口にした。

地名は明かさなかったが、奈良の山奥の村だと言った。しかし、昔は土地持ち山持ちの庄屋だったとも聞かされていたと洩らしたから、大きな農家だったのであろう。

山つづきの裏庭に樹齢の知れぬ大枝垂《しだ》れ櫻の大木が、一本あったのだという。

この木が満開の花をつけると、なだれをうって紅の水しぶきを降りそそがせる花の大瀧が出現したそうだ。紅のナイヤガラ瀑布《ばくふ》と人が呼ぶほどだったという。

「裏の座敷の障子を開けて、縁に出ると、視界いちめんがさ、ほんとに、なだれ落ちてくるもえるような花の瀧なんだ。天を摩《ま》すって感じのな」

東蔵はその家の跡取りだった。上に年の離れた姉が一人いて、この姉が、裏の枝垂れ櫻が咲くと、ほうけたように一日中櫻に見入って、ほかにはなにもしなくなり、それが両親の悩みの種だった、と東蔵は話した。

彼が十歳だったというから、小学生の頃の春だった。大枝垂れ櫻は満開だった。

東蔵は夜中に眼をさまして、偶然にそれを聞いたのだった。声は低かったが、隣り部屋でいさかうような母と姉の声だった。

「なんやて？　いま何時やと思《おも》てんのや？　この真夜中に、女一人が、どこほっつける場所があんのや？」

「そやから、ほっついてやしまへんがな。裏で櫻眺めてただけや」

「嘘お言《い》。わたしがなんべん探しに出たか、知ってはるか。また悪い癖だして。なんでやろな。情ない。花が咲くとはじまんのやから。誰え？　相手は」

「そんなん、いてへん」

「いてへんいてへん言うてからに、親のわからん子ォを生んで……」

「またそれかいな」

「ええか。あんたは、男に狂《くる》て、色ぼけあそびですむかもしらんけど、十月十日《とつきとおか》たったらな、いやでも生まれてくるねんで」

「そんなにお母ちゃん、あの子、育てんのいややったら、里子に出したらええやんけ」

「なに言うてんのや」と、母は言い、いっそう声を落して言った。

「東蔵はわたしの子やで。この家の跡取りや。まちごうてもろたら、困るえ。あんたは、ここを出るひとや。男つくるなら、ちゃんとつくって、早うお出《で》よし。お父ちゃんも、言うてはったで。毎年毎年、このざま見ンにゃならんのやったら、早《はよ》追い出さなあかんて、あんた」

「いやや。うちは出ェへんで。行きますかいな、嫁になんか」

「そんなことができますかいな」

「出たかて、すぐに戻ってきます。ここはうちの家やさかい。お母ちゃんも、昔は言うてたやないの。櫻の瀧で、あんたは産ぶ湯をつこうた子ォやて」

東蔵には、その夜の母と姉の声が、久しぶりに思い出された。もう忘れ果てて、記憶をたどることさえしなかった声だったから。

「その、三日後の夜だった」

と、東蔵は、言った。

「やっぱり、ひょこっと眼がさめてな。なにか、不思議な音がしてるんだ。障子を開けて、雨戸を繰った。櫻の瀧が、燃えてるんだ。父が、いや父じゃなくて、祖父と言わなきゃならない人だったんだよな。その祖父が、稲束を櫻の根元に山と積んで、火をつけてまわってるんだ」

「ええ?」

竹岡は、一瞬、息をのんだ。

「咲いてる櫻に?」

「そう。満開に枝垂れ枝垂れて咲き盛っている瀑布のような櫻だった。ほんとうにその櫻の大瀧がもえてるんだ」

東蔵は、そして、じつに無造作に言った。

「おれがな、そこを出たのは、その晩だ」

「え？」

とつぜんの言葉を、竹岡は、聞き咎めた。

「十歳だったんだろ？」

「そうだ」

「独りで？」

「そうだ」

「それから、ずっと……？」

「ああ。帰る所なんか、なくなったんだ」

「凄ェや。上手《うわて》がいらァ。おれは中学途中だったからな」

「話さなくてもいいんだぞ」

「話せるほどのことがねェんだ。捨て子で、里子で、その里親がまた死んじゃって、その親戚とか遠類とか、つまりたらい回しで。チョンだ。とび出しちまっただけだから」

竹岡は、ちょっと笑った。

「そうか」

東蔵も、さばさばした顔で頷いた。

「けどな、ガキはガキだ。それ以来、櫻は見るのもいやだったし、また、見ることもできなかった。櫻の下は、眼をつぶって、顔をそむけて通ったもんだ。恐ろしくてな。あの燃えあがった櫻の木が、いつもよみがえってきて。見ると、気分が悪くなった。そいつがなあ……」

と言って、東蔵は言葉を切り、苦笑した。

「変なもんだな、人間てのは。おかしなもんだ。いや、いまでもおれは、櫻の花を直視したり、凝っと眺めていたりするのは、できないんだ。しないんだ。けど、ああいうことになっちまうんだ。いつ頃からか。ガキじゃなくなりはじめてから、妙な具合になっちまった」

櫻が咲きはじめると、心がとろとろと溶けて、沸きはじめる、と東蔵は言った。

「素っ裸になると、もっと、とろとろしてくるんだ。心が溶けてくるのがわかる。溶けて……おれは、男でもない、女でもない……そんなものに分けることのできないもの、そういうものに、なって行くのがわかるんだ。子供とも、大人ともつかない、そういうものに。裸で歩いてるとな、ふつふつと、そんなものが体の芯《しん》から沸きたってくる。おれは、おれじゃないものになってるんだ。やめられないんだ。とめられない。どうすることもできないんだ」

「東蔵さん」

と、竹岡は、言った。

「おれに、できることはないかい。なにか、おれのすることは」

「ない。放っておいてもらえばいいんだ」

「放っておけると思うのかい?」

「あれだろ。おまえは、快楽のことを言ってるんだろ。おれが、楽しんでると」

「ちがうって言うのかい?」

東蔵は、黙って、ただ頭だけを振った。

「放っておいてくれるのが、一番いいんだ。でなきゃ、おれの五体は、正常に働かなくなるだろう。自然体で生きて行けなくなるだろう。おまえは、思ってるんだよな。櫻が咲くと、おれは狂いだすんだと。その物狂いからおれを助け出したいと。ありがたいけど、それができたら、おれには、もっと別の、ほかの狂いが出てくるかもしれない」

「東蔵さん……」

竹岡は、なにをすればいいのか、結局、なにもわからなかった。わからないまま、しかし東蔵について、そのそばで、十数年を暮らしたのだった。

北海道の港湾工事の仕事中だった。

東蔵は知らなかったが、彼の死は、東蔵の風邪薬を買いにバイクで街へ出る途中の衝突事故であった。

「もう、何年になるんだろうねえ」

と、竹岡悠一郎は、花見客で賑やかな神社の境内でごみかご漁《あさ》りに余念のない東蔵の横に立って、話しかけた。

白髪頭に小さな野球帽をのせて、大きな紙袋をぶらさげながら歩いているしょぼくれた老人を見れば、彼がもう工事現場渡りの肉体労働者でないことだけは、わかる。

しかし、竹岡には、その老人が、この世でただ一人のよるべとも言うべき人間なのであった。

この老人と共に暮らす。ここよりほかに、彼が身を寄せる場所はなかった。

「しかし、東蔵さんよ。その帽子、よく似合うぜ」

と、竹岡は、また話しかけた。

野球帽は、東蔵が生家を捨てたときかぶって出てきたものだった。

東蔵には、その声も、聞こえなかった。

春の寵児

1

崩れたり崩れかけたりしている土塀や、立ち木の生け垣、無人の屋敷の庭囲い、高い石垣、森の土手、草のしげった石積み壁、墓地の裏みち、倉庫の板塀、林の空き地などにそって、入り組んだ通路や抜けみちが折れたり、曲がったりして、つながりあっているその路地は、いまたけなわな花ざかりである。

金雀児《えにしだ》、木瓜《ぼけ》、辛夷《こぶし》、野薔薇《のいばら》、桜《さくら》、木蓮《もくれん》、桃《もも》、庭石菖《にわぜきしょう》、宝鐸草《ほうちゃくそう》、三葉躑躅《みつばつつじ》、花菱草《はなびしそう》、小手毬《こでまり》、山吹《やまぶき》、踊子草《おどりこそう》、蓮華《れんげ》、菜種《なたね》、山桜桃《ゆすらうめ》、菫《すみれ》、連翹《れんぎょう》……と数えあげたらきりもない花々が咲き次《つ》いで、のどかな明るい陽溜《ひだま》りと、土の匂《にお》いと、草木の香と、蜜蜂《みつばち》の羽音も絶えない、陽炎《かげろう》がもえるにまかせた人気《ひとけ》ない路地。

古い城下町のなかの住宅地を歩いていると、知らぬ間に、そんな路地へ迷いこむ。

一度踏みこんだら、しばらくは、出てこれない。けれどもたぶん、抜け出す路が探しだせないことを、そのうち、よかったと思うようになるだろう。

歩いていると、やがて、出口も、入口も、見つからなくなってくる。

そうなってくると、君は、きっと、感謝するにちがいない。この真昼間の、のどかな陽《ひ》ざしが溶けるような春の路地へ、迷いこんでしまったことを。

そしてじきに、見つからない出口や入口のことなんか、忘れきってしまうはずだ。

それでいい。

この路地は、それからがたのしみな路地なのだから。


ほら、やってきた。

ちょうどそうだろ。君くらいの年恰好《としかっこう》だろ、あの少年。中学生かな。コットンパンツにスニーカー。シャツもすっかり春支度だな。大きな画板を肩にかけてる。道具箱も手にぶらさげている。絵を描きにやってきたんだな。

画材を探してるんだ、彼は。

そう。絵の画材なら、この路地は、どこへ行ってもふんだんにある。彼が、ここまで歩いてきたのは、正解だ。

少年は、陽のあたる土塀のそばに立ちどまって、桃の花群れを見あげている。背たけも高い。もう子供の骨格をなかば脱ぎ捨てかけている。ちょっと眩《まぶ》しげに細めた眼も、眉根《まゆね》のあたりの陽の浴びようも、無邪気一方の時期をすぎ、悪さの味見《あじみ》も知りはじめている大人びた顔つきだ。

枇杷《びわ》色の柔らかな土肌をむきだしにしたこの古い土塀のあたりまで入ってくると、前も後ろも両側も同じようにひっそり古びた土塀つづきのみちになり、まったく人の気配はなくなる。

花と陽ざしと土の匂いにむせるようなこの塀みちは、狭くて、長くて、幾曲がりにも曲がっていて、人の眼からは隠された密《ひそ》かな隠れみちを思わせなくもなかったが、それはたぶん、このみちの人気《ひとけ》なさにもよるだろうし、世間の春がこの一箇所に隠れた棲《す》みかを構えていて、人知れずその身を休める密かな場所ではあるまいかとさえ思えるほど、春爛漫《らんまん》の花の気にこのみちが満たされているせいでもあろう。

これほど情趣深いみちが、人に荒らされることもなく、古い城下町の一角にいま残されていることを、一度足を踏み入れた人間なら誰もがふしぎに思うだろうが、ふしぎがられてふしぎはない。それほど、ここは静謐《せいひつ》なのだ。

人に知られてないのである。というより、知らせようにも、この路地へ入ってくるみちすじが、誰にもよくわからないからだ。

そう。ここは、歩いてみないと、出くわさないみちなのである。

歩いていてふと、迷いこんだことに、気づかされるみちである。

日ざかりの、花ざかりの路地は、そんなみちつづきの奥にある。

そして、君たちのような、遊びざかり、元気ざかり、あちこち歩きまわることをすこしも苦にしない、なんでも探検したがりの、好奇心旺盛《おうせい》な、独《ひと》り歩き好きな子が、よく誘いこまれるみちなのだ。

みちがあったら、構わず入る。入れそうにないところでも、ちょっと興味をひかれれば、もうすべりこんでいる。考える前に、体が動く。動かすことに、すこしも労を厭《いと》わない……つまり、そういう連中ででもなきゃあ、この路地は、見つかりにくい。

春で、日和《ひより》も、上々なのだ。

多少の遠出もやってみる。出てみたら、足まかせ、あちこちほっつき歩いてみるのもいい。独り歩きのぼんやり型で、ぶらぶら放浪するのもよかろう。とにかく歩いてみなきゃ、ここは、行き当たれない場所である。

あの少年も、そんな一人だ。

ほら、さっきから彼も、同じ土塀の角を何度か、往ったり来たりしただろ。いま、むこうの角を曲がったけど、気がついてるかい、君はもう。

なんだか、すこし、この路地へ入ってきたときの彼とは、様子がちがうと、思わないかい？

2

画板をかけた少年は、心持ち眼が潤んでいて、ちょっと眠たげにさえ見える。

一度、崩れた土塀の破れ口から身を乗り出してなかの空き地を覗《のぞ》きこみ、桜や桃の立ち木の裾《すそ》を菜の花が埋めつくしている景色を眺《なが》め、塀の破れの土盛《も》りに腰をおろして、画板を膝《ひざ》の上に置いたが、クレヨンやパステルの入った道具箱を開きながら、手にとらず、ひょいとその土盛りからとびおりて、空き地のなかを一まわりし、コットンパンツの膝のあたりに菜の花の花粉のしみをつけたりしてもどってきた。

土盛りからもとの路地のみちへおりると、地面にあぐらをかいて、今度は土塀の連なりを狙《ねら》うつもりになったらしく、画板ごと画紙を縦に構えてみたり横にしたりして、前方の路地の曲がり角あたりに視点を据《す》えているようだったが、結局これも、パステルをとらずじまいで諦《あきら》めて立ちあがった。

どうやら画材がきまらないらしい。

少年は歩き出し、ぴょんぴょんと兎跳《うさぎと》びみたいなことをやったり、土塀の根もとに咲きみだれている芝桜をしゃがみこんでむしってみたり、小石を拾って、前方の土塀にぴしっと投げつけたりした。

その小石の的にされた塀から直角に折れる路地みちには、土塀のむこうにもこちら側にも、連翹の木が密生している。レモン色の合弁花が陽に透けて、大群の小羽をひらいたような花びらが圧倒的だった。

少年は、その木の下で、画板を構えた。すこし足を組むようにして塀にもたれ、対面の土塀に視線を注いだ。

黄色い花びらの影が、画紙の上にも透けて落ちる。彼は、明るい黄色のパステルをとりあげた。すらすらと走らせて行く。土塀の土の肌にでも興をそそられたのであろうか。

どうだい? 見えるかい? 君にも。

すこし形になってきたようだ。

形といえば、それは奇妙な形だった。しかしよく見れば、明らかなものの形を描き出していた。そしてそれは、どうやら、人間の体の一部分であるといわねばならないようだった。膕《ひかがみ》、つまり膝の裏側あたりから大腿部《だいたいぶ》、その上の臀部《でんぶ》。つまり尻《しり》のあたりまでを、彼はしきりに描いていた。しばらく土塀を見つめているかと思うと、またパステルを走らせる。人体の、後ろから見た尻の部分と、それに続く太股《ふともも》が、かなり克明に描かれていく。まるで、そのスケッチの対象物を、土塀のなかから見つけ出しでもしているように。

尻と太股。それを描き上げると、少年はパステルを置いた。

男の裸像のようである。

急に乱暴に、画板をとじると、少年はその場をはなれた。しかし、すこし行って、不意に振り返る。また歩き出す。足もとの石ころを蹴《け》る。空を見あげる。急にくるっと半回転して、唐手の技のような後足蹴りをやってみたりする。

落ち着かないのだ。

さっきから、そのようだ。

なにかもの憂《う》げにしていたり、かと思うと、いきなり荒っぽく動きまわってみたり、画板を構えてはやめてみたり、やっとパステルをにぎったかと思うと、眼の前の風景とはまるで関わりのないものを描きはじめる。

いらいらしているようでもあり、うっとりといまにも眠りこみそうな様子にも見えなくはない。眼がすこし充血している。

おや、またパステルを探している。今度は、枇杷色を選んだようだ。土塀の色かな。

少年は歩きながら、胸の前に吊《つる》した画板を開き、立ちどまっては描き、また歩きだしながら描きしている。

さっきの絵とは離れた部分に、やはり人体の裸像を描いている。肩から腰。背。また別の部分に、胸から腹。そして、それにつづく下腹部。

枇杷色のパステルは、臍《へそ》から胸へ、乳暈《にゅううん》へとさまよいあがり、また下腹部へおりてきて、粗い叢《くさむら》の濃淡を描き加えていく。

その手をとめて、急にまた別の部分へ、肩から腰、腰から尻と、新たに描き、また別に尻から下肢、さらに別に肩から腕……と、画面の絵は、いたるところに、あるいは重なり、あるいは交錯して、みるまに量を増していく。いずれも、男の裸体の部分像で、いずれも、その姿勢や体形や動作やしぐさがちがっている。つまり、その裸体の部分像は、いろんな動作を行なっている、動いている人体のいろんな瞬間を、勝手気ままに描きとったもののようだ、というべきだろうか。

少年はまた、そのスケッチを、動いている人間の束《つか》の間に消える動きをまるで追いかけ追いかけしでもするように、せわしなく、落ち着きなく、描きとめているようなところがあった。

陽のあたる古い土塀に囲まれた路地のなかを、多少眠たげに、多少いらだち気味にも見えるしぐさをくり返しながら、少年は、歩いてはとまり、とまっては歩く。

路地は静かで、明るかった。
陽ざしは熟《う》れて、燦爛《さんらん》たる花の香を漂わせていた。

少年は、一時《いっとき》、画板も道具箱も放り出して、陽のあたる地面に寝転び、大の字に手足をのばして、動かなかった。

三葉躑躅の花枝が、胸のあたりへのびている。風もない。

路地も、午睡の刻《とき》か。けだるい。

まもなく、彼も、心地よげに寝息をたてはじめたかに見えた。

が、少年の、手だけが動いた。

パステルを探している。つかむと、ごろんと寝返りを打ち、少年は眼をあけた。画板が引き寄せられている。描きはじめる。

その画面を、見てみよう。

さっきの画紙だ。枇杷色と黄色の裸像がいちめんに描きこまれている。少年は、それらの裸像の上に、うすい桃色のパステルを加えはじめていた。

うす桃色のパステルも、裸像を描いているようだ。そしてそれは、枇杷色と黄色の裸像に、一つ一つからみつくような具合に描きこまれていく。

どうやら今度は、男性ではなく、裸婦のようだ。そう。男の裸像に見合うように、肩には肩、腰には腰、尻には尻といった具合に、裸婦の肉体の部分部分が組み合わされていくようだ。

しかし彼は、ちょっと描いては、その手をとめる。描きかけたまま塗りつぶして、次の裸像にとりかかる。その手も、またじきにとまる。どうも、うまくいかないらしい。

路地の地面に寝転がっているかと思うと、起きあがり、膝を組む。すわりなおす。また寝転がる。その間、桃色のパステルは、紙面を動きつづけるが、やがて、少年は、そのパステルを、放り出す。

一度放り出したパステルを、拾って、今度は土塀に叩《たた》きつけた。

柔らかい棒絵具は、肉の破片をとび散らせて、足もとに転がった。

少年は、そのパステルを、スニーカーで踏みつぶした。

踏みつぶすと、画面も絵具もそのままにして、彼はとつぜん走り出した。路地の奥へ。その角を曲がって、さらに奥へ。

投げ出された画板。

その画面は、うす桃色と、枇杷色と、黄色で、あらかた塗りつぶされていた。

おや、と、君は、思わないかい?

この画面。

なんだか、土塀の感じが、出てるじゃないか。

そうは思わないかい?

ほら、陽ざらしの土の肌の色。古い、崩れかけた土塀。暖かそうな陽足《ひあし》を吸って、しんと静か。

柔らかそうで、でこぼこして、ざらざら荒々しい手触り。

どっか似てるとは、思わないかい？

やっぱり、彼は、土塀を描いていたんだと。

画板のまわりを、蜜蜂が、羽唸《はうな》りをあげてとんでいた。

3

少年は、生け垣つづきの墓地の裏や、石積み垣の間を抜け、だらだら坂をすこしおりたり、またのぼったりして、その先の、再び土塀がつづく路地へ出た。

どのみちも、狭くて、ひっそりして、のどかな陽ざしと花の気につつまれていた。

土塀は、前のとくらべると、いくらか赤みを増した濃い土色をしていたが、みちがとおれないほどの満開の山吹におおわれていた。

肩でその山吹をおしわけながら、ときにはその下を潜り抜けながら、少年は、次の土塀の曲がりみちを、勢いよく曲がりかけた。

その先は、行きどまりになっていて、木瓜《ぼけ》や、小手毬、金雀児《えにしだ》などが、しげり立って咲いていた。

左に曲がれば、土塀のみちはまっすぐにのびていたが、少年は、そのT字型の路地の角で、とつぜんとび出しかけた足を急にとめ、すばやく土塀に身を寄せた。走ったあとの息切れもいくらかあるにはあったろうが、その身のひそめようといい、とっさの息の殺しようは、やはりどこか異様だった。

彼は、しきりに開きかける口もとをつぐんでは、呼吸をととのえようとした。しながら、何度か、頭を低めて、土塀の角から顔を出した。

小手毬の花のしげみが手前にあって、その路地の行きどまりの赤い土塀は、なかば金雀児のしげみにも隠されるようにして、ぬくぬくとした陽溜りをつくっていた。

木瓜の緋色《ひ》が、ひときわ濃艶《のうえん》で、美しかった。

その陽溜りの赤い土塀に、背なかでもたれるようにして男が立ち、やや前に投げ出しかげんの腰の上に、女が跨《また》がるようにかけて両足をおしひろげ、二人は抱き合い、口を吸い合っていた。

どちらも、なにも体にはつけていなかった。

誰もいない、人気《ひとけ》ないみちだと思った路地の奥に、こんな男女がひそんでいた。

いや、ひそんでいたという表現はあたらない。

彼等は、じつにおおらかに、露《あらわ》で、明けっ広げであった。

全裸であるからには、脱いだ衣服がどこかに見あたりそうなものだが、着衣はおろか、靴さえ、近くには見つからない。ということは、彼等はどこかほかの場所で着衣を脱ぎ捨てたのだろうし、つまりこの路地の奥の行きどまりまで、彼等は素っ裸のまま、ほかの路地を、路地のみちを、あられもない格好で歩いてきたことになる。

少年の眼から見れば、こんな露骨で、大胆な、恥知らずな二人連れは、一驚に値しただろう。

事実、彼等の行動には、人の眼など気にしたところはまるでなく、そのあたりはばからない交歓ぶりは、眼を疑わせた。じつに、こともなげだった。

しかし、考えてみれば、この路地の人気《ひとけ》なさには、そんな放埒《ほうらつ》を平気にさせる、正気を忘れさせる束の間が、無数にあった。

その男女の二人連れが、つい羽目をはずしたくなったとしても、ふしぎではなかった。

むしろ、彼等が、この行きどまりの陽溜りまで、路地のなかのどこかのみちをたどりめぐってきたからには、そうした姿で、そうした行為をくりひろげるのは、ごく当然とも言うべきだろう。

そうは、思わないかい、君は。

あの少年も、きっといま、そう思っているはずだよ。

だって、彼は、いままで辛抱したんだから。こらえにこらえてきたんだから。

そうだとは思わないかい？

あの少年が描いたスケッチ。

あれはね、彼が、とてももやもやしたんだ。とても淫蕩《いんとう》で、とてもしどけなくて、とてもおさえちゃおれないような、もうたまらない気分……そう、君だって、そういうの、もうしょっちゅうもよおしているだろ？　経験してるだろ？

その何倍も、彼はもやもやしたんだ、あのとき。いや、あのときに限らない。いまだって、してるんだ。

ほんとに辛抱強い子だよ、あの少年は。

ほかの子だったら、もう何度も、心蕩《こころとろ》かして、あの美味《おい》しい、楽しい、嬉しい気分で夢中にさせられるようなこと……わかるだろ？　君もやってるようなこと、あれ満喫してるところだよ。

知らない子なら、ひとりでにおぼえさせられちゃってるはずだよ。

君も、とっくに気がついてるだろうけど、ここは、そういうところなんだ。

そういうことにはもってこい、ついその気にさせられる、そして、いくらでもきりがなくその気にさせられっ放しの、そういう場所なんだ。この路地は。とりわけ、春になるとね。

だのに、君も見ただろう。

君たちのような子には、たまらない場所なのに、あの子は、すこしも、そんな様子を見せようとしない。いや、見せてはいるんだけど、ほかの子たちがやるように、あからさまに、おくめんもなく、楽しんでる素振りは見せない。

見せたって、誰にもわかりゃしないのに。誰にも知られやしないってのが、この路地の楽しさなのに。

淫蕩、けっこう。卑猥《ひわい》、けっこう。劣情、けっこう。

そういうものに縁のない子は、ろくな子になりゃあしない。そういうものを、いっぱい持ってて、君たちは、はじめて君たちなんだ。君たちらしい、男の子なんだ。

だのにあの子は、シャツのボタン一つはずしはしなかった。コットンパンツの布地の上に指一つ触れはしない。知らん振りしてすごせないのに、知らん振りしてすごそうとする。おさえに、おさえた。とても意志の強い子だ。

けど、わかるかい？

その結果が、あの画板の絵だ。

この路地に入ったら、路地の風《ふう》にまかせばいい。とても逆らえやしないんだから。春が、ここは爛漫なんだ。自然が盛《さか》りに盛って揮《ふる》う力に、どうして逆らえよう。

おさえた分だけ、あの子は、見たんだ。

見えないものが、頭に溜《たま》って、見えるものに変ったんだ。それを、パステルが、絵にしたんだ。絵にして、外へ吐き出したんだ。

男の裸体。

女の裸体。

つまり、あの子の頭のなかには、男女の裸体が、渦巻いてたんだ。眼を開けば、それが見える。つぶっていても、それは見える。

描かないわけにはいかないんだ。見えてるだけでは、すまないんだから。体が、それを許さないんだ。吐き出さなきゃ。

それほどはげしい、淫蕩な、衝動に、彼は揺さぶられていたんだ。しぜんに指が動き出すほど。とめても、とめても、動き出すほど。

つまり、うんと淫猥《いんわい》な裸体を、男女を、彼は描きたかったんだ。描くことで、辛抱しようとしたんだから。

だから、もっと凄《すさ》まじい、もっと真に迫った、生々しい、卑しい絵が、描きたかったんだ。彼の頭のなかには、そんな絵が、次から次と浮かぶのだから。

そして、眼にも、見えるのだから。

しかし、パステルは、それをうまく描いてくれない。

そのとおりに描き出さない。

いや、描こうとして思いを凝《こ》らし、眼を凝らせば、凝らすほど、裸像の細部は、男女の姿態は、正確には見えなくなるのだ。形にできなくなるのだった。

そうだろ? 君だって、まだ現実に、男女のセックスの一部始終を、心ゆくまで、細部にわたって、見たという経験はないだろう。

あの少年にも、そいつが、ないんだ。

精密に、赤裸々に、迫真的に絵に描いて、形にするだけの材料が、あの子にはない。体験も、知識もないんだ。

ないのに、はげしい妄想だけが、いや、その妄想のはげしさだけが、頭のなかには満ち満ちるのだ。潮が一気にさすように。体のなかにあふれるのだ。

わかるだろう?

彼はいま、その満たされなさで、苦しくて、もの狂おしくて、どうしていいかわからないんだ。

わからないまま、あの路地で、あの二人に出会ったんだ。

そう。そういう風に考えたっていいかもしれない。あの二人は、いわば、彼の妄想が、願望が、つくり出した非実在の二人なのかもしれないと。

しかし、どう思うかい、君は。

あれが、執念や、空想や、幻想なんかでつくり出された人間たちに、見えるかい？

あの見事な肉体を持った男女の二人連れが。

じっさい、その二人は、よく釣り合いのとれた、おたがいがおたがいにいかにもふさわしい、強健な、野趣あふれる肉体に、恵まれていた。

少年が、やがて土塀の角をはなれ、小手毬のしげみにまでしのび寄り、二人から眼がはなせなくなったのも、ごくしぜんなことだった。

若い男女が、疲れ知らずの欲望をぶっつけ合って、したい放題な快楽に耽《ふ》ける様子を、これほど間近で、つぶさに見る体験など、そうたやすく手に入るものではない。

彼等は、ほんとに飽くことを知らなかったし、出し惜しみをしなかった。あからさまに、恥ずかしげもなく、相手を扱い、またどんな相手の扱いにも、くまなく体をまかせて応《こた》えた。

少年は、はじめて、男の性器の性能を、あますところなく知った。これほど多彩な使いみちが、それにあるとは思わなかった。そして、これほど強大な姿をそれが持つことも、知らなかった。

自分も、あんなになるのだろうかと、わが眼を疑った。

まして、女体の鮮烈さについては、想像を絶していた。人の体が、人の姿を失うほど、変形して、一つの肉の物体にまで形を変え、折り曲げられ、ねじり撚《よ》られ、撓《たわ》めひしがれるさまを、目撃したことはなかった。

彼等が交す声や、言葉も、また心をふるわせた。

少年が、知っていたり、予想したり、空想していた言葉や声を、彼等はほとんど使わなかった。いや、使わなかったと思われるほど、彼等の声や言葉は、少年の理解を寄せつけない、はるかにかけはなれたものだった。

淫蕩だった。

露骨だった。

卑しかった。

しかし、少年は、心をわななかせて、そんな彼等に見蕩《みと》れていた。

恍惚《こうこつ》とした。

酩酊《めいてい》した。

酔って、正体をなくしていた。

小手毬のたわわな花のしげみを出て、その先の、金雀児《えにしだ》のしげみにまでいつ歩いたのか、まるで少年はおぼえていなかった。

少年がおぼえているのは、その青年が手招きして、

「こい」

と、少年に言ったとき、自分も身につけているものはなにもない状態だった、ということだけである。

少年は、そして、もっとつぶさに、性の世界に手で触れた。肌で触った。五体で味わうことになったのである。

二人の体のいたるところに、少年は、唇でも触れた。

顔を寄せた。

無論、性器も。

しかし、誰かが、つまりそれはあの少年以外の誰かがということになるのだが、もしいまここにいて、あの路地の奥の陽溜りを覗くことができたなら、二人の男女の裸体にかしずき、それに手で触れ、顔を寄せ、唇でも触れている少年の姿は、あんな風にしか見えなかったであろう。

ほら、あんな風にだ。

君にも、見えるだろ。

あの行きどまりの陽溜りには、金雀児《えにしだ》や小手毬や木瓜《ぼけ》に飾られた赤い土塀は、確かにある。

けれど、二人の男女の姿はない。

どうしたんだろうな、彼等は。

どこへ、行ってしまったんだろう。
ほら、見ろよ。
あの少年だけが、一人、ひざまずいて、土塀に顔を寄せている。唇で、触れている。
いっしんに。熱心に。
ほんとに、どこへ消えたんだろう。
あの褐色の肌を持つ二人連れは。

古い土塀の路地は、いま、日ざかりのさなかにあった。
花もさかり。
春も、また、まっさかりの午後だった。

4

どうだい？
君も一度、この路地を、探してみる気にはならないかい？
ほら、また一人、坊やが入ってくる。
もう、ぼつぼつ日が暮れかけるというのにな。

自転車を押して入ってきた。

高校生くらいかな。背たけも、体も、もう大人並み。まったく、近頃の子は、なりがでかいや。

下駄ばきだな。

あまり遠くの子じゃないらしい。

ああ、ああ、どんどん入ってくる。知らないぞ。出口がわからなくなったって。

そう。ここは、夕暮れどきもまた、捨てたもんじゃないんだぜ。

春の夜の花。宵の花。こいつの風情《ふぜい》も、この路地は、ちょっとこたえられないのである。

花に誘われ踏みこむ手合いが、そう、ないではないけれど、そこはそれ、先が闇《やみ》。昼間ほどには、われを忘れて入りこんでくるのは、すくない。

自転車を押しながら、高校生は、野薔薇《のいばら》のからみついた土塀のみちを入ってくる。

木蓮が夜目にも花やぐ。

この路地へ入ってくる以前から、すでに、もう、彼は独りになりたがっている。人の眼のない場所がほしくて、ほしくてたまらない気になっている。

そういう意味では、いい勘だ。このみちを探し出すなんて。

ここは、そういう若いのには、うってつけの路地なんだ。

ほら、自転車をとめた。

土塀の肌に、まだほんのり、昼間のぬくみが残っている。

ブルージーンズの、金具の音がする。

薄闇《うすやみ》が、たちはじめていた。

ふと、高校生は、顔をもたげた。

その眼の前を、とおりすぎて行くものがある。

ちょっと透かし見るように、眼を凝らして、彼は見た。

薄闇の土塀のなかに、それはのまれて消えるところか、いま現われたところかは、わからなかった。

しかし、確かに甲冑《かっちゅう》を着た一人の鎧武者《よろいむしゃ》であった。鎧兜《かぶと》を身につけながら、全裸に透けて見える裸身が、たくましかった。

彼は、あっけにとられている。

なに、束の間のことだ、それも。すぐに忘れてしまうだろう。春が見せた、一瞬の、妖《あや》しい、ほんの気まぐれな悪ふざけのことなんか。

ここは、齢古《としふ》りた城下町。

古い土塀に囲まれた、古い時代の名残《なご》りの路地だ。

むせるような花時《はなどき》のこんな朧《おぼろ》な陽気の宵には、そうしたこともあるものさ。

なあ、君。

そうは思わないかい。

龍の訪れ

1

たわわな桜の花枝を透かして向側に海があった。

西から東へ、あるいは東から西へ、一日に四度その有名な急流の方角を真反対に変えて流れる、川のような姿を持った海だった。

ビルや人家の切れ間から国道越しにその海を行く外国船らしいタンカーや大型貨物船の巨体がゆっくりと見え隠れする。

英孝は、墓地つづきの人気《ひとけ》ない境内《けいだい》に立ち、しばらくぼんやりと、そんな陽《ひ》ざしのなかの春景色に眼をあずけていた。

「関門海峡《かんもんかいきょう》、壇ノ浦《だんのうら》、源平《げんぺい》の古戦場、平家《へいけ》一族の滅んだ海……その海が、その水が、すぐ眼の前を流れているの。平家にまつわる怨霊《おんりょう》話、伝説、史跡、伝承地……そんなものなら、山ほどある土地柄なのよ。それどころか、ほんのちょっと歩いた所に、水からあがった八歳の安徳天皇の亡骸《なきがら》を葬ったという御陵墓や、一門武将が肩を並べて眠っている平家の七盛塚《ななもりづか》なんていわれる墓所があったり、生きのびて遊女に身を落した女官たちが人目をしのんで幼帝の陵《みささぎ》に香花を手向けたという故事が、上臈《じょうろう》参拝というお祭りの神事になったり、社殿は海の底の都を模《かたど》ったという龍宮造り、宝物殿の文化財や美術品もすべて平家ゆかりの品品ていう、それこそ文字どおり平家ずくめの神社があるの。ほら、知ってるでしょ。小泉八雲《こいずみやくも》の『耳なし芳一』。あの怪談伝説の舞台にもなったお寺なの。いえ、むかしは阿弥陀《あみだ》寺というお寺だったの。明治になって、赤間宮《あかまぐう》とよばれる神社になったのよ。そうでしょう？　怨霊といえば、怨霊鎮《しず》めの総本山みたいなお宮さんでしょ。その赤間神宮が、ほんのつい眼と鼻の先にあるのよ。

だからもし、これがせめて、平家の怨霊とか、祟《たた》りとか、そんなことでも考えられそうなお話だったら、こうして人に話すにしたって、土地柄といい、場所柄といい、さまになるっていうのかしら……なにかこう、真に迫ったところがあったり、ひょっとしたら、あり得ることかもしれないっていう現実感も、持ってもらえるかもしれないんだけど……きっと、だめだわ。あなたには、わかってもらえない。信じてはくださらないわね……」

死ぬ間際に、菱子《りょうこ》が残した言葉の断片が、頭のなかに甦《よみがえ》ってくる。

不思議な、奇怪な告白だった。

この季節、関門海峡を前面に望み、朱塗りの水天門がそびえる赤間神宮は、観光客や結婚式の式典披露宴などに参列したりする人間たちで、参拝者の賑《にぎ》わいは絶えるいとまもあるまいが、英孝の立っている一寺の境内は、じつにひっそりかんとして、陽ざしだけがもえていた。

かげろうだろうか、と英孝は思った。

花枝の向こうの海が、ときどき不意に揺らぎ立つ。

眩《まぶ》しげに、彼は眼を細めた。

サンダルの音がして、振り返ると、寺の主婦らしい小柄な女性が後ろに立っていた。

「あのう……このお供《そな》えをいただきましたのは、おたくさんでございましょうか」

手に白い封筒を持っている。

さっき、本堂の戸がわずかばかり開いていたので、ちょっと中を覗きこみ、仏にも手を合わせて、賽銭《さいせん》箱の横の畳に英孝が置いてきたものだった。表に『御布施《おふせ》』と書いておいた。

「ああ……ええ、そうです。些少ですが」

「まあま、それは、どうも……」

彼女は丁寧に頭をさげ、

「よろしかったら、お茶でもと、住職が申しておりますが」

と告げた。

「いえ。通りすがりの者です。無断で境内に立ち入りまして……」

「ちっともかまいませんのよ」

「もう失礼しますから」

「どうぞまあ、ごゆっくり」

「下の通りから見た桜が、あんまり綺麗だったもんで……つい石段をのぼってしまいましてね」

そんな行きずりの花見客が、御布施に一万円札なんかを包むだろうかと、英孝はちょっと思い、なにがなしにうろたえた。

だが主婦は、柔和な顔を穏やかにうなずかせて、すなおに相槌《あいづち》を打ってくれた。

「そうですか。この桜はね、よその木よりは、特別遅いんですよ、咲くのが、いつも」

「そういえば、そうですね。ほかはもうたいてい散って、葉桜ですもんね」

「そうでしょう?」

「ああ、そうか。それで、特別あざやかな気がしたんだ。ほかのがもう、みんな、なくなってる時期ですもんね。そこに気がつかなかったなあ。だから、ひときわ、新鮮に見えたんだ」

「そうかもしれませんねえ」

主婦も、微笑んで花枝を見渡していた。

「今が満開だ」

「ええ」

二つ三つの墓石や、宝塔や、雑草のなかに転がっている壊れた多重塔などの上に、枝をおしひろげた桜の木は三本あった。

そのいちばん端の幹が長くのばした横枝の先が、山門の方へひろがっている。

英孝の眼は、ともすると、その枝づたいにそって流れ、横の山門へと移る。

そのたびに、しかし彼は慌てて視線を元の花叢《はなむら》の上へ戻すのだった。

両脇門を左右に備えたどっしりとした雄勁《ゆうけい》な四脚門の山門だった。

「お近くのかたですか?」

「いえ、東京です」

「まあ、それはまた遠方から……」

主婦は、あらためて英孝を見て、ごくさりげない口調で言った。

「なにか、お探し物でもおありだったんじゃございませんのですか?」

「はあ?」

「いえね、お墓のなかを、あちこちまわっておいでのようでしたんで……おたずねのお墓でもあったんじゃないかと、住職が申しますんでね……」

英孝は、ちょっとどぎまぎして、

「いや……」

と、束の間、口ごもった。

街なかの商店街を抜けた通りの道角から、いきなり二十数段ばかりのゆるい傾斜の石段をあがったところに、この寺の山門は建っていた。

時代の古色に黒ずんだ堂堂たる意匠を凝《こ》らした四脚門と、それをくぐってひらける境内のがらんとした質素な感じのだだっ広さは、ひどく釣合いを欠いていた。堂宇といえば、その広場の一段高まった奥に本堂と平棟の母屋《おもや》らしい建物が並んで建っているだけだった。

永禄《えいろく》三年(一五六〇)の開基、慶長《けいちょう》三年(一五九八)小早川隆景の菩提寺《ぼだいじ》として再興成り、その後寺運隆盛を保ち、明治、大正期の七百年、七百五十年遠忌の折などにも、伽藍《がらん》堂宇の大営繕をほどこし、本堂、釈迦《しやか》堂、大方丈、小方丈、庫裡《くり》、山門、宝庫、鐘楼《しょうろう》など相連なり、その宏大壮麗さは甚《はなは》だ美しく、前庭には方数千歩の地面をおおう美麗の大笠松、数百年を経たる蘇鉄《そてつ》、大楠、臥龍《がりよう》の梅などあり唄音《ばいおん》経声香煙絶えず、寺域幽邃《ゆうすい》清浄にして、市内屈指の名刹なり。探勝観光の人士みなその壮観を賞せざるなし——と物の記録などにも見えるかつての寺の面影《おもかげ》は、わずかにその山門の四脚門を除けば、偲《しの》ぶよすがもないのだった。

それもまた当然だった。

下関市《しものせきし》中之町にあるこの浄土宗の寺、引接寺《いんじようじ》は、昭和二十年の戦災で、山門と鐘楼だけを残して、ほかはすべて焼失したのであった。

その鐘楼も、あとで聞いた主婦の話によると、傷《いた》みがひどく、傾いて危険なので解体してとりのけたのだという。今は楼跡の石積み壇だけが残っている。

つまり、わずかに山門だけがこの寺のかつての古姿をとどめている唯一の建造物だった。

英孝が、この日、この引接寺の山門をはじめてくぐり抜けたとき、（いや、彼は、その山門をそう簡単にくぐり抜けたわけではないのだが、くぐり抜けられずに、まるでとつぜん立ち往《おう》生《じよう》でもしたように、その山門下で茫然《ぼうぜん》と時を忘れて過ごした時間が、いったいどれくらいの間だったか、はっきりとおぼえてはいない。ずいぶん長い間、自分は門の中にいて、門の外へは出なかったという気が彼にはするのである。しかし、ともかく、その門をくぐり抜けて）、最初に彼が感じた空漠感は、ちょうどタイム・トンネルでも通り抜けて、ある殷賑《いんしん》をきわめた異界の雑踏から、人気《ひとけ》ない春の日なただけがあるがらんとした現世の空地へ、いきなり連れ出されでもしたような、奇妙な覚醒感によく似ていた。

英孝はあたりを見まわし、今抜け出てきたばかりの山門と呼応する、同じ時代の古姿をとどめたものはほかにないかと眼で探した。

あるといえば、石だった。壊れた宝篋印塔《ほうきょういんとう》や、板碑《いたび》や、卵塔《らんとう》、昔の堂塔伽藍を支えた石壇、礎石……そして、眼に入る境内の眺めの大半を占めているそれは墓石の群れだった。

墓地は、裏山の迫った境内の奥半分の山蔭を傾斜状に埋めていた。

英孝の足は、ためらわずに、そっちへ歩いた。

寺域に人影はなかったが、そんな彼の行動は、逐一見られていたのかもしれないという気がした。

「そうじゃありません。お墓を探していたわけじゃないんです。まあ確かに、探し物といえば、探していたと言えなくもないんですが……」

そう言って、彼はまた口ごもった。

墓地の道は、どの道も山に囲まれ、行きどまりになっている。

その山蔭の墓石の間をしきりに出たり入ったりして、行きどまりの苔《こけ》むした山肌や土の壁を手で触ったり、下草の茂みをわけて石畳の切れ間を探ったり、立ってみたり、しゃがんでみたりして、山ぎわを歩きまわった男の姿は、きっとひどく奇妙なものに見えただろうと思ったからだ。

「あの裏山は、ずっとつづいているんでしょう？　つまり、赤間神宮あたりまで」

「はいはい、そうです。赤間神宮さんの裏山と、これ、山つづきです」

「紅石山《べにいしやま》……って言うんでしたね」

「まあ、よくご存じで。わたしらは、紅石山《べにしやま》とよんでますけど」

「道をね……探していたんです」

「え？」

主婦は、いきなりだったので、けげんそうな顔をした。

「道？……ですか？」

「ええ。李鴻章《りこうしょう》の通った道です」

「李鴻章……？」

彼女は、さらにきょとんとし、束の間めんくらってもいるようだった。

「そうでしょう？　確か、李鴻章は、銃撃を受けた後は、下の本通りは使わずに、この境内から直接、会談場へ向かえる小さな山道を通って、春帆楼《しゅんぱんろう》へ出かけたんでしょう？　清国全権大使・李鴻章が泊ったこのお寺には、つまり、あの表の四脚門をくぐらずに、赤間神宮の隣にある料亭まで往復できる道が、あったわけでしょう？　山沿いの細い小道。その道への出口を、探していたんですよ」

英孝は、そう言った。

寺の主婦は、明らかにおどろいた顔になって、まじまじと英孝を見つめなおした。

2

菱子の聞き分けのなさが手に負えなくなったのは、彼女の心臓病の発作が眼に見えて頻度を増しはじめるのと軌を一にしていた。

医師は神経症だと言い、それなりの治療はつづけていたが、いっこうによくならなかった。夜昼を問わず、救急車の世話になることもたびたびだった。

「こんな病気持ちだとは、あなた、思わなかったでしょう。隠してたわけじゃないわよ。わたしも、知らなかったんですからね。そりゃ、踏んでも蹴ってもぶんなぐっても、びくともしない心臓だったなんてことは言わないわよ。多少はその気が、あったのかもしれないと、今になって思えば、思えなくもないことも、あったような気もするわ。でも、病気だなんて、一度だって思ったことはなかったんですからね」

「当り前だろ。将来罹《かか》る病気をいちいち、罹らぬ先から自覚するやつが、どこにいる」

「でも、あなたは、思ってるわ。結婚して丸四年。この女が、青い顔して、胸に手を当てない日が、いったい幾《いく》ん日《ち》あっただろう。とんだ貧乏くじを引いた。厄病神《やくびょうがみ》をしょいこんだ。これじゃ結婚詐欺じゃないか」

「いいかげんにしないか。おまえの心臓は、どこにも障害はない。病気じゃないって、先生も言ってるだろうが」

「これが病気じゃないって言うの？　この動悸《どうき》。この痛み。ほんとに胸が割れるように痛むのよ。息ができなくなるのよ。窒息《ちっそく》しそうになるのよ」

声をふるわせ、手指もふるわせ、瞼や顔の皮膚もふるわせ、菱子は食ってかかったり、泣き叫んだり、萎え沈んだり、放心したりして、訴える。いつものことだった。

不快で不快でならない胸の異常感、手足のしびれ、頭痛、不眠、悪夢、疲労感の深さを、その全身で表現する。巻き返しくり返し、そんな日がつづきはじめ、そして最後には、いつもそれを口にした。

「わかってるわ、わたしには、あなたが、臍《ほぞ》をかんでるのは。選びそこねた。とりちがえた。あっちを選ぶんだったたって、毎日毎日、思わない日はないのよね。菱子じゃなかった。若子《わかこ》のほうだった。おれが妻にするのは、あっちのほうだったたって」

そして、叫ぶのだ。

「でも、もう遅いのよ。あなたは、選んでしまったんだから。若子じゃなくて、菱子をね。姉じゃなくて、妹をね。もう、とり返しはきかないのよ。もう、やり直しはできないの。どんなにじだんだ踏んだって、手のとどかないところへ、あのひとは、行ってしまったんだから」

菱子が、姉の若子のことを、臆面《おくめん》もなく口にしはじめたのは、顕著《けんちょ》な痛みの症状を訴えだした頃からのことだった。

ことに、死ぬ前の一箇月ばかりというものは、虫の知らせとでもいうか、すでに死の予感が彼女にだけはあったのだろうか、執拗《しつよう》に一つことをくり返し口にした。

「本望ね、わたしが死んだら。万歳《ばんざい》ね。きっと、するわね、両手をひろげて、思いっきり高くひろげて、あなた、小躍りして、飛びあがって、万歳するわ」

「なにをばかなこと言ってるんだ」

「いいえ。するわ。死んだら、わたしは、もう跡形もなく、あなたのなかから、消えてしまう。おっぽり出されて、蹴とばされて、影も形もなくなっちゃう。そう、なくなるわ。無になっちゃう。どんなにわたしが、消えまいとしても、あなたは、そうする。消してしまう。そして二度と、もう寄せつけない。そしたら、今度こそ、あなたたちは、水入らず。二人っきりで暮せるものね。誰に邪魔されることもなく、あのひとのことだけを想って、暮せるもの。あなたのなかに、若子が住む。どこへ行くのも、二人連れ。そう。きっと、そうするわ。その日を、あなた、待ってるわ。わたしが消えて、若子が帰ってくる日を。彼女を、再びとり戻せる日を。首を長くして。そうでしょう?」

　そして、必ず言うのだった。

　くぐもった含み笑いと共にそれは口にすることもあったし、涙に濡れまみれて言うことも、まなじりを裂いて言うことも、またあるときは、無表情に、どんな心も読みとれない顔や声で言うことも、あった。

「ほんとうに、そんな日がくると、思って?　ほんとうに、そんなことができる日が、あなたたちの上にやってくると。ねえ、あなた、信じられて?」

おおむね、菱子と死に別れるまでの日日は、そんなことの反復で、菱子にも、英孝にも、心の安まる時間はなかった。

だから、あの一日は、おおげさでなく奇蹟《きせき》のような、あり得べきでない出来事があり得たといった感じのする、めずらしい日だったと言えなくもないのであった。

どんな風の吹きまわしだったか、その日、菱子は朝の内からじつに穏やかで、もうその頃ではめったにつき合うことのなかった英孝の朝食に、二階からおりてきて顔を出した。

「いい色。くださる？　わたしにも」

と、淹《い》れたばかりの紅茶に眼をほそめ、自分のカップにも注いだ。

血色も悪くはなかった。

「眠れたのか？」

「ぜんぜん」

「そんなふうには、見えないな」

「そう？」

声の調子も和やかだった。

「見てたわ、一晩中、夢。厭《いや》な夢」

「つまり、眠れたということだ、それは」

「そうね。そうかもしれない。眠れなきゃ、見れないものですものね」

菱子は、「いい？」と言って、英孝の皿からラディッシュを一つ抓《つま》みあげ、軽やかな音をたてかじった。

「話そうかしら、あなたに」

「ん？」

「いえね……その夢のこと」

「なんだい」

「そう思ってたのよね。もう、ずっと前から、何度も。話そうか。よしとこうかって」

「話したほうが、いいんだ。なんでも。医者も、そう言っただろ。内にためちゃいけないって」

「厭ァね。病院くさい話なんて、しないでよ、こんなときに。せっかく、その気になってたのに。決心が、つきかけてたのに」

菱子は、朝の陽光をまともにその顔に浴び、すこし眩しそうに眼をほそめただけで、こともなげにざっくりと長い髪をかきあげた。

光の中に素顔をさらし、動じるふうもない。そんな平然としたしぐさは、このところ、ついぞ見かけたことがなかった。

「病院なんて、関係ないわ。わたしは、あなたに話したいの。あの藪《やぶ》医者に、こんなこと、聞かせるつもりなんか、まるでないわ」

「わかった、わかった」

「ほら、またそれ。ちっともわかっちゃいないんだわ。あなた、近頃、よく似てきたわ。あの藪医者の口振りに」

「そうかい」

「そうよ」

「じゃ、聞かないことにするか」

「ほら、その誘導訊問口調も、そう。あなたの妻が、長年、たった一人の胸の内に抱えこんで、人には言えない、人には言えないって、思いつづけて辛抱してきたことなのよ」

英孝は、黙って手をのばし、テーブルの上でティー・カップをつつみこんで硬張《こわば》っている菱子の手の上に重ねた。

すこしふるえているのがわかる、冷えきった指たちだった。

「……笑わない？」

と、菱子は、言った。

「ん？」

「ばかばかしいって、笑うわ、きっと」

「いいじゃないか、笑ったって。おかしけりゃあ、笑うさ、人間」

「そうね……」

菱子は、すなおにうなずいて、しばらく仰《あお》むいて瞼をとじた。

「大きな……光の球がね、二つ。そこに、あるの」

と、不意に、言った。

仰むいた顔全体で、その上の宙を指し示しでもするように、とつぜん咽《のど》をのけぞらせて。

「火の玉みたいに燃えてるの。氷のような眼なんだけど」

「眼？」

「ええ、眼。ギラギラ動く眼。いまも、いそう。ええ、いるわ。見えなくっても、いるの。わたしが忘れていても、向こうが忘れやしないんだから。ぽっかりと、空中に浮かんでね……凝《じ》っと、にらみすえてるの。わたしを、凝っと、見おろして」

「いまも……そうだっていうのか？」

「見えやしないわよ。でも、つい今朝方までいたんだもの。いるわよ、きっと。だって、あなたにこんな話、してるんだもの。決して誰にもしちゃあいけないって、言われていた話なのに。急に、なぜだか、むしょうに話したくなって……あなたにだけは、そうしたくって、辛抱ができなくて、こうしておりてきたんだもの。聞いてるわよ、きっと、どこかで。見逃がす筈《はず》がないわ」

「誰にだい？」

「え？」

「誰に、口どめされたんだい？」

一瞬、菱子ははっとして、口に手を当てた。言いよどむような声で、

「母よ」

と、そして、言った。

「お母さん？」

「アアだめ。だめよ。母に言っちゃあ。これだけは約束して。絶対に、言わないって」

「どうして」

「どうしてでも。でないと、わたし、話せないわ。よすわ、もう。この話」

決然とした真顔だった。

多少あっけにとられて、英孝は妻を見返したが、

「いいよ」

と、うなずいた。

「ほんとに？」

「ああ」

「なにも聞かない。なにも知らない。守れる？　いえ、守ってくださるわ。きっと、あなたも。この話を聞けば」

「わかった」

菱子は、しばらく硝子《ガラス》越しに晴れあがった外の空へ眼を放ち、眺めていた。この折にも、英孝は思った。こんなにしみじみとした妻の顔を見るのは何年振りだろうと。

「ふしぎねえ……あなたに話せると思ったら、胸のつかえが、おりたみたい」

静かな感じの声だった。

「なんにもしないのよ。大きな……そりゃあ大きな眼なの。それが、ただ二つ、ジーッとわた

しを見てるだけなの。暴れまわるのは、わたしのほう。一晩中、ただただ恐ろしくて、恐怖で狂い死にするの。ええ、死ぬわ。何度も、わたし。ほんとうに、暴れ狂って死ぬの、何度も、何度も。また、ある日はね、悲しくなるの。悲しくて、悲しくてね……もう胸が張り裂けそうで……泣いても泣いても、後から後から、悲しさが噴きあげてきて……息もできない。声も出ない。悶《もだ》え死ぬの。その悲しさで。その苦しさで。ほんとうよ。七転八倒して死ぬわ。そう。厭な……憂鬱な……ただもうそりゃあ厭な気分で、苦しみ抜く日もあるわ。不快で不快でならないの。どんなにあなた、それが苦しいか。話せやしないわ、あの苦しさは。とても言葉でなんかでは」

菱子の顔は、いつの間にか暗く青ずんでいて、辛苦を刻んだ顔に見えた。

「憤怒、瞋恚《しんい》……怒りにわれを忘れる日も、あるわ。怨みや、憎しみ……やみくもに、そんなものにとりつかれ、吠えてまわるような日も。くたくたに翻弄される日も。あさましくて……恥知らずで……人でなしな人間になっている日だって、あるわ。心が荒れて、荒れ果てて……廃墟のような人間にもなっている。言うじゃない？　ほら、よく。三悪道《さんなくどう》、六道《ろくどう》、十界《じっかい》なんて。この世に生きてるものは、みんな、おのれの善悪、業の報《むく》いで、住みつく迷界がちがうって、あれ。地獄、餓鬼道、畜生道、修羅道、人間、天上界。ふっと、わたしね、思うのよ。あれ、やってるんじゃないんだろうかって」

「あれ？」

「そう。六道、六つの迷界。あれがみんな、わたしの夜のなかにある。夢のなかに、あるじゃない？　ね、そんな気がしない？」

英孝は、固唾《かたず》をのんだ。

「あの眼が、夢に出てくる夜。わたしは、六道、廻ってるのよ。いえ、廻らされてるのかもしれないけど。住んでるのよ、六道に。住むの、夜ごと夜ごとに、否応なく。うむを言わせず、住まわされるの。『六道輪廻《ろくどうりんね》』って言うじゃないのよ。生きかわり、死にかわりして、迷いの生をつづけること。あれ。やってるのよ。わたしは、きっと」

菱子は、断定するように、そう言った。

二人は、しばらく、どちらからも口を開かなかった。

「なんだい、それ」

と、やがて英孝が言った。

「え？」

「その眼さ。二つの、眼ってやつ」

菱子は、寸時おいてから答えた。

「龍、だと思うわ」

「龍？」

聞きとがめるように、英孝は彼女を見た。

「ええ。龍の、眼なの」

と、菱子は、言った。

「笑わないのね」

「軽口はよせ」

「あら……まじめに聞いてくださったのね」

「泣くな」

「だって……嬉しいもの……」

「しかし、龍とはな……」

「おとぎ噺《ばなし》じゃないわよ。絵空事《えそらごと》じゃないのよ。いるのよ、その龍。現実に」

「ん？」

「この世にいるの。実在するの」

「菱子……」

「嘘じゃないわよ。行けば、いるわ。本州の西の端。下関市。知ってるでしょ？　関門海峡の街。そこに、棲《す》んでる。水のほとりに建つお寺の、山門の天井に。いまでも、いるわ。引接寺というお寺なの」

必死な色を眼にうかべて、菱子は訴えるように言った。

3

引接寺が、日清戦争終結のために大きな役割を果たした寺であることを、英孝に教えたのは、菱子である。

一ぴきの龍の話を聞くまでは、この寺の名を英孝は知らなかった。

明治二十八年三月、日清《につしん》講和会議が、日本側の全権は伊藤博文《いとうひろぶみ》、陸奥宗光《むつむねみつ》、清国全権大使は李鴻章によって、下関市阿弥陀寺町の旅館料亭・春帆楼で行われた際、李鴻章の宿舎にあてられたのが引接寺であった。

会談三日目の帰途、李鴻章の乗った輿《こし》が引接寺前の道にさしかかった折、暴漢の短銃で襲撃されるという突発事が起こり、この事件によって、引接寺は、歴史の舞台に名をとどめる寺となったとも言えるだろう。多少血なまぐさい高名だが。

しかし、二隻の大船、おびただしい随員従者を引きつれた清国一等の実力者である直隷総督李鴻章の名と、彼が受けた凶弾が左上顎骨の前壁を砕き、左眼の下三、四センチ奥の、つまり最も危険な顔面内の骨に密着してとまり、摘出不能という事態で、事件は国をあげての深刻なものとなり、日本全土の関心がこの一寺に注がれるという劇的な状況が、その血なまぐさい高名に、華華しさも添えたと言ってもよいだろう。

引接寺は、一躍、当時、時の寺になったのである。

だが、この寺には、もう一つ、有名なものがあった。

山門の龍である。

今はもう知る人もすくないけれど、四脚門の天井の鏡板にとぐろを巻いている龍は、その彫刻の出色さが並みの彫物師の手ではなく、左甚五郎の作だという言い伝えがある。

「甚五郎?」

英孝も、菱子の口からその名を聞かされたとき、ちょっとびっくりはしたが、ある種の納得はすぐにできた。

日本全土のあちこちに、いったいどれほどあるだろう。左甚五郎が彫ったという彫刻が。数限りなくあるようにも思え、案外それはすくないのかもしれぬという気もする。

名に見合った腕前がやはりなくてはなるまいし、時代を越えて歳月を生きのびる強靭さや、鑑賞の眼の風雪にも耐えしのぎ抜く稟性《りんせい》に、秀でたものがなくてはなるまい。

引接寺の龍にも、そんなものが、備わっているということだろうと、英孝は思った。

そしてご多分に洩れず、この龍にも、左甚五郎の作にふさわしい『伝説』は、ちゃんと残されていた。

江戸の頃、山陽道の起終地として賑わった外浜《とばま》の浜は、引接寺のちょうど門前町のようなものだった。

その頃、寺の近辺でしきりに旅人や住民たちが、正体のわからない殺戮《さつりく》者の手によって惨殺されるという出来事がもちあがった。

番所も血まなこで犯人捜しに手をつくしたが、犠牲者は出るばかり。その殺しっぷりも、惨虐をきわめ、物のけ、妖怪のしわざかと、思わざるを得ないものだった。村人たちは、日が暮れると、誰も外へ出る者もなく、早々と家戸を閉し、息を殺して夜を過ごした。

この種の話にはつきものの、怪物妖怪退治の豪の者が、ここでも登場する。旅の途中に立ち寄った剣の使い手が、この話を耳にして、早速、人の気も絶えた真夜中に、殺戮者の出没する淋しい寺の近辺へ出向く。

待つほどに、漆《うるし》の闇夜に妖気を発し、躍りかかるものの気配。

「すわ」

と一太刀。確かに斬りつけた手応えがあり、しかし、殺戮者はとり逃がし、闇はもとの静寂に立ち返ったのだった。

翌朝のこと、斬りつけた場所へ戻ってみると、大量の血溜りがあり、その血の跡をたどって行くと、寺の山門の下で消えていたというのである。不審に思って、見あげると、鏡天井を飾っている龍の彫刻の胴体が真っ二つに斬り裂かれていた――というのが、その伝説のあらましである。

「今でもそうよ。真っ二つにたち切られてるわ。ちょうどまあるくとぐろを巻いて天井にとりついている胴体の、真中あたりに、その切断線が一本、はっきりと見えるのよ」

と、菱子は、話した。

昔からその龍は、咽が渇くと用水の水を飲みに出ると言われていたそうだから、人を殺《あや》める凶龍の伝説よりも、水飲みにおりてくる物騒な怪物の精気の根を、あるいは作者自身が絶ったのだというもう一つの伝説も、考えられそうだ。

いずれにせよ、黒ぐろと古色に染まった一ぴきの頭上の龍は、昼間でもその蛇鱗の身に薄闇をまといつかせ、天井の暗がりに音もなくひそんでいる。

眼を凝らすと、いたるところ岩緑青《いわろくしょう》の名残りの跡か、それとも現実に苔むした黴《かび》にでもおおわれているのかと思わせる青い翳りが全身にとりついていて、不意に生身《なまみ》の気配を帯びるかにも見える。

そんな束の間、龍はあるかなきかにうねり、人目のとどかぬところで、一くねり、その老身を波うたせるかにも見えた。

英孝は、首を折って、飽きず眺めた。

眺めるというよりも、眼が離せなかったのかもしれない。

「小学校に入る前か……入ったばかりの頃だったかしら……」

と、菱子は話した。

「そういえば、覚えているの。母に連れられてね、あの山門をくぐったことがあったのを……。わたしね、その龍を見た途端、火がついたみたいに泣き出して、その場を動けなくなっちゃったんだって。泣いたことは覚えてるの。でも、立ちあがれなくなって、そのまま、あなたは、病院へ担ぎこまなきゃならなくなったのよって、母は言うけど、そんなことは、まるで記憶にないの。わたしね、そのまま、隔離されたんだって」

「カクリ？」

「ええ。猩紅熱《しょうこうねつ》に罹ってたんだって。あのときは怖かったって、後で母はよく言ったわ。どうしようかと思ったって。あなたを、連れて行くんじゃなかった、やっぱり連れて行かなきゃよかったって、母は泣くの。ごめん、ごめんって、謝るの」

そして、菱子が引接寺の龍を見たそれが最初の日の出来事だった。

「二つの大きな眼」が、時折、菱子の夢の中に現われはじめた発端となった日だったという。

父親の仕事の関係で、彼女の一家が四年間下関で暮した折のことだった。

「夢のことを母に話したのは、小学校の頃に何度かあったんだけど、母はただ、ごめんね、ごめんねと言って、一緒に泣いてくれるだけで、それは母にもわたしにもどうしようもないことなんだと、諦《あきら》めていたのね。東京へ帰ってからも、ずっと夢は見つづけてたから。子供心に見た龍の、恐ろしい風貌が、焼きついて離れないんだと、わたしは思ったの。ところが、そうじゃなかったのよ」

と、菱子は言った。

高校を卒業してからだったという。

「ちゃんと話が聞きわけられる時期がくるのを待っていたんだと、母は言ってね、わたしに、李鴻章の話をしてくれたわ。明治二十八年三月十九日。李鴻章の一行の滞留用の荷物が陸揚げされた日の模様を、母は、まるで自分が見てきでもしたように、詳しく話すのよ。荷揚げの海岸に押しかけた見物人たち、野次《やじ》や怒号《どごう》や、敵国人見たさの物見高い人たちで、おしあいへしあい、ごった返す荷揚げ場へ、次次と揚がってくる物珍しい品物や、家具や調度、食料品、炊事道具や、こまごまとした日用品、野菜や、食肉、飲料水まで、持ってきたんですってね……」

なかでも、ひときわ注目を集めたのは、華麗な意匠と色濃い異国情趣をふんだんに鏤《ちりば》めた李鴻章の乗り物だったという。

その輿は、堅木《かたき》の長い二本の担《かつ》ぎ棒の上に乗っていて、豪華なラシャ張りの外囲いに、ガラスの小窓を左右に切り、真紅のビロード飾りの屋根を持っていた。

「その輿のあげおろしは、八人の専属の担ぎ手がついていてね、その担ぎ手たちがまた、とびきり人目をひく人たちだったんですって。屈強で、恭恭《うやうや》しくて……背丈も高く、容姿端麗で……粒揃いの若者たちだったそうよ。おまけに、その人たちが、お揃いの服装で、きちんと櫛《くし》目《め》を整えた、ほら、あれ、なんて言ったっけ……清国風の髪……」

「後ろで編んで、長く垂らしたやつだろ。弁髪《べんぱつ》って言ったかな」

「そう。それ。弁髪。その弁髪の上に、緋色の帽子をかぶってたんだそうよ。そりゃあ綺麗だったんだって。美しい輿に、立派な担ぎ手たち。だから、そのまわりはね、特別、黒山の人だかりだったんですって」

菱子の母親の話というのは、その八人の担ぎ手の内の一人に、恋い焦がれた女の話であった。

「見物の群衆のなかにいたのね、きっと、その娘さんも。清国の担ぎ手を、見染めちゃったの。

それも、全権大使・李鴻章の輿の担ぎ手をね。そりゃあ、いい男たちばかりだったっていうから、そんなこともあったでしょうよ。彼女に限らず、その担ぎ手たちに、心のなかで恋した女は、ほかにも、たくさんいたかもしれない。でも、普通だったら、それは、それだけ。独り胸はときめかせても、人垣の向こうとこっち。それだけのものよね。まして、敵国の人間だもの。ところが、その娘さん、ほんとに、想いを相手に通じさせてしまったんですって」

下関の商家の娘だったという。

李鴻章が上陸したのは翌三月二十日の午後である。彼は会議場である春帆楼へ向かい、会見後、この日は本船に帰っている。

引接寺へ入ったのは翌二十一日。会議の折衝《せっしょう》が本腰に入るのは、そのまた翌日の二十二日からで、一日おいて三回目の会議が、二十四日に行われた。

これらの日日はすべて、李鴻章の行くところ、その身辺は厳重な警備態勢が敷かれていて、輿の担ぎ手たちは、いつもその警固の輪の中心にいることになる。

講和談判が順調に進んでいたら、日ならずして李鴻章一行は条約に調印し、帰国の途についただろう。

輿の担ぎ手とはいえ、たえず李鴻章の身辺に身を置き、随行しなければならない彼等に、一民家の娘が近寄る機会は、まずないと考えるのが普通だろう。

李鴻章が凶弾《きょうだん》を浴びなかったら、この娘の恋も、単なる乙女心の片想いで終ったにちがいない。

三月二十四日、見物の群衆でごった返す人垣のなかを行く李鴻章の輿が襲撃されたから、一行は思わぬ長期間の滞在を強いられることになったのである。

李鴻章の傷が凶弾を顔中に残したまま回復し、本会議を再開して、条約調印にまで漕《こ》ぎつけたのは、じつに翌月の四月十七日であった。

このほぼ一箇月に近い滞在が、一人の商家の娘と、一人の李鴻章の輿の担ぎ手との恋を、成《じょう》就《じゅ》させることになったのである。

「でも、どうやって成就させたのか。そんなことは知らないの。母も話してくれなかったから。きっと、李鴻章の外出がなくなっただけ、輿の担ぎ手たちにも、それなりの時間のゆとりなんかができたんでしょうね。もちろん、人目をはばかる、ほんの短い間の逢う瀬。そんなものだったんだと思うわ。それにしても、芯の強い女なのよねえ。初志《しょし》貫徹《かんてつ》したんだものね。女の一念、怖いわねえ」

しかし、その恋の成就も束の間のこと。

男はやがて清国へ帰って行った。

「当り前よね。そんなこと、はじめからわかってることだもの。わたしは、ていよく遊ばれたんだと思うの。それで済んでりゃ、彼女は十七、八歳だったたっていうから、世間知らずのお嬢さんの、恋は盲目、向こうみずな恋の火遊び……まあ、どっちもどっちってことで世の中過ぎて行ったんだろうけどねえ……男がいなくなってから、ほんとの恋に火がついたらしいのね。子供をみごもってたんだって」

「え？」

「会いたい、見たいの想いがつのれば、やってくるのは引接寺。男を偲ぶよすがとなるのは、みんなこの引接寺。くれば、ますます会いたさ見たさが、身を焦がす……。彼女が、ほんとにそうしたのなら、それは、ごく自然なことだったかもしれないわね」

「ん？」

「彼女ね、見つけたの。自分よりもっとたくさん、その恋しい人の顔や姿を、見てもいるし、知ってもいる、話し相手を」

菱子は、英孝の顔を見た。

「山門の龍よ」

と、そして、言った。

「そうでしょ？　彼が山門の下をくぐれば、あの眼は、見ないわけにはいかないわ。厭でも、見たわ。映したわ。彼の姿を。彼がこの下を通ったとき、開いていた眼が、そのままそっくり、ここにある。そのときのままの眼が。そう思ったんだって」

英孝は、なにがなしに、菱子の顔から眼がはなせなくなっていた。

「それからは、毎日毎日、きたそうよ。でも、お腹《なか》の子の親の名は誰にも明かさないものだから、親たちは世間に知れる前に、こっそり他所《よそ》で産ませたんだって。そして生まれるとすぐ、その子は人にもらわれて、彼女にもその行先は決して教えなかったの。だから、彼女の引接寺通いは、もっとひどくなったそうよ。そしてね、生まれたときからそばにいる女中さんに、毎日言ってたそうなのよ。あの子を見つけて。もう、とり返せなくてもいい。見つけるだけでいいから、見つけて。そして伝えて。おまえがもし、ほんとうの父親に会いたくなるようなことがあったら、引接寺の龍をご覧て。お父さんは、そこにいるって。きっと、そこにいるから。おまえに、会ってくれるから。……そう言いつづけて、亡くなったんだって」

「その女中さんね……」と、菱子は言った。

「ほんとに、探し出したんだってよ」

「ええ？」

「それから、二十年近くもかけて」

「へえ……」

「おどろくわね。わざわざ、そんなこと、ばか正直に、真《ま》に受けて。先方には先方の、人の暮しってのがあるのにね。そして、伝えたんだってよ」

「うむ？」

「そっくりそのまま。あなたのお母さんのご遺言ですからって」

一呼吸おいて、菱子は、言った。

「わたしの祖母なの」

「ええ？」

「いいえ、女中さんじゃなく、その探し出されて、遺言を伝えられた方よ」

「おいおい……」

「そうなの。李鴻章の輿の担ぎ手の子供ってのは、わたしの祖母なの」

「まさか……」

「ほんとうよ。こんなこと、誰が冗談で言うもんですか」

「じゃ……」

「そう。その勇猛果敢な、日清恋の掛け橋をやってのけた明治のお嬢さん。それが曾《そう》祖母ってことになるわねえ」

「おどろいたな……」

「こんなことで、おどろかないでよ」

「まだあるのかい?」

「あるじゃないよ。わたしの夢の話があるでしょ。なにもかもが、その龍なのよ。わたしの祖母にとっては、あなた、自分がよその子だったなんて、青天の霹靂《へきれき》ですよ。びっくり仰天したんだって。不幸中の幸いはね、その女中さんが、祖母だけを呼び出して、それを伝えてくれたこと。祖母も明治の女ですからね、どこか芯は強いのよ。両親には内緒でね、当時二十歳《はたち》かそこらだったんでしょうけど、遺言どおり、下関まで、その龍に会いにでかけたんだって」

英孝はちょっと身じろいだ。

「半年ばかりしてからなんですって。夢にしきりに雨が降ったり、真赤な支那帽子が出てきたりするようになったのは」

「それ、龍は水神、雨呼び……なんていう、あれのこと、言ってるのか?」

「言ってるわけじゃないわよ。事実の話をしてるのよ。祖母ばかりじゃないのよ」

「おい……」

「そうよ。こんな話、母に話して聞かせた人間といえば、祖母しかいないでしょ。祖母はね、母には、あんな龍、おまえは見ることないわよって、言ったんですって。でも、見に行かない前から、母の夢にはね、出てたんだって」

「龍が……か?」

「いいえ。支那の輿が」

「輿って……つまり……」

「李鴻章の輿だと、母は言うわ。いつも自分が担いでるんですって。担いで、芋の子洗うような人混みの中を、走りまわってるんですって。母が引接寺へでかけたのは、もう大人になってからだと聞いてるけど」

菱子は急に、語調を荒らげた。

「でも、みんな、話しちゃいないわ。夢には、人に話せない部分があるわ。もっとずっとあからさまで、残酷な。下等で、下品な部分があるわ」

そう言って、彼女は、英孝を見た。激した物狂おしい眼であった。

「ええ、そうよ。もっとひどいわ。母だって、そう。悲鳴をあげたり、叫んだり、わめいたり、七転八倒してるわよ。見せる必要のない龍を、つい子供に見せてしまうのも、ひょっとしたら、この子はなにごともなく、平気でいてくれはしないだろうか。自分のように恐ろしい目に遭《あ》わずに済みはしないだろうか。それ、知りたいばっかりの不安や、祈りの思いに、つい負けてしまうのよ。祖母も、母も、隠してるわ。人には言えない、もっとひどい、苦しい目に遭わされてるにちがいないわ。わたしは厭。しないの。決して、それだけは。子供にだけは、こんなくり返し……こんないわれのない、理不尽なくり返しを、引き継がせたくはなかったの。そうよ、だから、生まなかったの。いえ、生めなかったの、恐ろしくて。わかって！　どれだけ欲しかったか！　あなたの子供が、わたしにだって！」

菱子が死んだのは、それから日ならずしてであった。いつもの発作のしわざだった。救急車も間に合わなかった。心臓神経症、と医師は告げた。あらためて聞かされるまでもない病名だった。

英孝は、ゆっくりと天井を見まわした。

明治の世のある一日の賑わいが、空耳のように退いて行く。

海峡の音だったかと、ふと思う。

菱子の母親の顔が眼にうかぶ。

一周忌の法要のあとだった。なにかの話の折に、菱子の猩紅熱騒ぎのことを想い出し、口にした。

あのときの母親のけげんな顔は忘れられない。

「猩紅熱？」

と、彼女はたずね返した。

そんな筈はないと言う。患ったのは若子のほうだと言う。ことのはずみで英孝は、菱子との禁を破り、死の間際のいきさつを話さざるを得なかった。母親のおどろいた幾つもの顔が甦る。それは菱子ではないと言う。そっくりすべて、若子の身に起こった話だと、彼女は語った。

「……確かにわたしたちにはね、そういうことがありました。ふしぎだけど、現実です。でもね、菱子のほうは、あの龍には、びくともしませんでしたのよ。下関にいる間、何度も、あそこへは連れて行きましたもの。だからまあ、ほっとしてたんですよ。……」

母親は言いよどみ、そして決心した顔になった。

「もう、みんないなくなったから……不都合もありますまい。じつはね、菱子は、わたしとは血のつながりはないんですよ。ごめんなさいね。あなたにも、黙っていて。あの子はね、主人が外の女につくった子です……でも、わたしが産んでもふしぎはない状況をつくって、こっちへ引取った子ですから、誰も疑いはしません。でもねえ……どうしてそんなこと、言ったんでしょうねえ。若子には、話して聞かせたんですよ。その龍の話は、みんな。包み隠さずね。きっと、聞いていたんですわねえ……そんな若子とわたしだけの間の話を」

英孝は、耳を澄ます。

蜜蜂《みつばち》がとんでいた。

若子が山陰の海で潮に運ばれて浮いていたのは、菱子との婚姻が整った日の数日後のことだった。

菱子に妊娠を告げられなかったら、その婚姻も整うことはなかっただろう。若子を選んでいたのだから。ただ、「待って」と若子は言うだけで、ためらいつづける彼女の態度に業をにやしていた隙を、菱子にはつかれたようなところがあった。たった一夜、酒を飲んで前後不覚になった夜が、菱子との間にはあった。英孝には、まるで覚えはないのだが、菱子は「あなたに抱かれた」と、告げた。妊娠。それで心を決めた結婚だった。

しかし、その子は生まれなかった。菱子は流れたと言った。英孝も最初は信じた。何度もそんなことがあって、医者にたずねたのだった。医者のほうがけげんな顔をした。菱子は生まれつき不妊の体で、流れるものさえ宿らないのだという。

無論、菱子には一度もそのことは喋らなかった。

生まれる筈のない子を、彼女は、

「生まなかったの。恐ろしくて。わかって！」

と、訴えた。

考えてみれば、その一言を訴えるために、あの死の間際の告白はあったような気がするのだった。

英孝は、眼を動かす。

なにかが動いたと思ったからだ。

しかし、天井は、鎮まっていた。

龍の眼も、静かだった。

4

「ええ、あの道ねえ……」

と、寺の主婦は言った。

「ほら、あのお家が建ってるところ、あそこから向こうへ抜けてたらしいんですわ」

隣の人家の塀がその道をつぶしていた。

「なにか……お調べのことでも、ありましたんですか？」

「いえ。ただ、ちょっとね……李鴻章が、最初からその山道のほうを使っていたら、あの銃撃事件はですね、どうなっていただろうか……なんて、ついちょっと、考えたもんですからね」

英孝は、肩をすくめ、

「だめですかね。やっぱり、撃たれたかなあ……今度は散弾銃かなんかで」

「まァ……」

と言って、主婦も笑った。

桜が初夏のような陽ざしの風に舞っていた。四脚門の屋根のあたりで。

恋《こい》川《かわ》恋《こい》草《ぐさ》恋《こい》衣《ごろも》

1

「先生、行くっておっしゃってるけど」

と、濤子《とうこ》の付人《つきびと》で座の女優でもある李江《りえ》が制作の大宮の所へ伝えてきた時、演出部の竜彦もちょうど傍にいた。

今年最初の旅公演の途中、京都G会館での二日目の芝居がはねた後の、楽屋裏でのことだった。

「アラアラ」

大宮と竜彦は、ちょっと、顔を見合わせた。

「どういう風の吹き回し」

「知らない。でも、吹いたのは、たった今よ」

と李江は言った。

「舞台のお衣裳脱いでてね、急にだったの。『どうするの、あの人たち』って、おっしゃるじゃない。わたし、いきなりだったんで、なんのことだかわかんないから、『え？』て聞き返したら、『あした』っておっしゃるでしょ。驚いたわよ。やっぱり気にはなってるみたいよ。でもね、空とぼけたの。『あしたって、なにかあるんですか』って、知らんふりしてみせたらね、とたんに、すうっと首をまわして、睨《にら》まれたわよ。『厭《いや》ァねえ。あなたが聞いてきたんでしょ。あした、あの人たち、お花見に行くとかどうとか言ってますって、今朝起きぬけに、ホテルの食堂でわたしに言ったの、あなたでしょうが』って」

李江は小首をすくめた。

「ちゃんと耳には入ってるのよ。『あら、そう』なんて、気にもとめない顔して、今朝はスープ召しあがってたのに」

「それで？」

「それでって？」

「ただの花見じゃないんだよ」

「そんなこと、わかってますよ。琵琶湖《びわこ》の桜もいいかもねって、おっしゃったんだから」

「おいおい。本気かよ」

「本気よ」

「京都の桜じゃないんですよ」

「ええ。はっきり、『琵琶湖』とおっしゃったわ。時間、聞いてきなさいって、言われたんだもの、わたし」

大宮と竜彦は、もう一度、顔を見合わせた。

「お疲れサマー」

「お先にデスー」

と、てんでに帰り支度に着替えた劇団員たちが、早々と傍を通り抜け、あがって行く。

みんなどこか心持ち浮かれた陽気な感じがして、いそいそとして見えた。

それもそのはず。京都で三日打つ公演の二日目と三日目の間に、一日、G会館の休館日がはさまっていて、明日はまるまる一日休み、正確には明後日の夜の部の開演まで、俳優たちも、またスタッフの劇団員たちも全員、躰が空くのである。

芝居の旅公演は、着けば荷を解《と》き、飾りつけ、終ればそれを分解して、再び荷にして、道具も人も次の乗り込み地へ向かう。乗り込み乗り込み打ってまわる舞台の旅は、飽きる目もない繰り返しだが、見る客たちは、土地柄も人柄もその日替りで移りに移って、なかなかに気の抜けない、それでもってあわただしくもある時間の連続だった。

まる一日がぽっかり空いて、舞台の道具も畳《たた》まずに、飾りっぱなしにしておいていい。

こんな休みが、旅公演の息抜きだった。

むろん中には、その休みも、ほかの仕事で東京へとんぼ返りの俳優たちもいるにはいたが、ほかの土地ではない、京都でのそんな一日は、また格別なものがあった。

しかも、季節が春のさかり。

桜が満開の都であった。

天気もよし、名だたる花見の名所も多し、古都の横綱、千二百年の歴史を持つ都会である。ここで、芝居から解き放たれて、思い思いに自由行動の時間が過ごせる。今夜も、明日の一日も、そして次の日の午後までは……。

そうした思いに、なんとなく心がはずむのだろう。竜彦たちの傍を通って楽屋口へ出て行く座員たちの顔は、みんなほかの旅先とは一味ちがった元気さを持っていた。

こうして手の空いた連中からどんどん彼等は引きあげて行くけれども、肝腎《かんじん》のこの劇団の御《おん》大《たい》、日野濤子は、まだ奥の楽屋に残っていた。

中堅どころの女優が、これも外出着に着替えていて、傍に寄ってきた。

「李江さん。探してらっしゃるわよ」

「あら、いけない」

李江は、ぺろっと舌を出し、

「油、売りすぎちゃった」

と、すっとぶようにして、奥へ戻って行った。

濤子の舞台は、このところ、出す芝居出す芝居が話題になり、好評つづきで、演劇界の最高位にある大女優の実力を、まさにいかんなく発揮して、老い知らず、疲れ知らずの仕事ぶりを見せつける活躍がつづいていた。

この旅公演も、昨年いくつもの演技賞や演劇大賞をとった作品で、どこへ行っても入りは掛け値なしの満員だった。

昭和の初めから舞台に立っている女優だったから、今も主役の座をゆずらずに、どの舞台も作品の花である主人公を演じおおせるということは、ちょっと人間離れのした至難技で、じっさい、濤子のいまもって衰《おとろ》え知らずの活躍ぶりや、その類のない年齢不詳ぶりは、舌を巻くばかりであった。

そして、こうして何箇月も東京を留守にする旅公演も、こともなげにこなしてのける。並みの大女優ではないのであった。

「どこで、気が変ったのかなあ」

と、大宮が、首をかしげた。

「さあ……」

と、竜彦も、いぶかしそうな顔で応じた。

夜の舞台のはねた楽屋は、見るまに汐《しお》の退《ひ》くように、静かに人気《ひとけ》なくなって行く。

旅の楽屋は、ことにその退き足の速さが身にこたえた。

いつもなら、道具壊わしや運び出しでてんてこ舞ってる時間だったが、今夜はその必要もなかった。

「なんか、思い当たること、ある？」

「ない」

「ないよなあ」

「うん」

二人は、やはり解《げ》せないといった顔つきで、うなずき合いながら、足は奥の楽屋へ向かっていた。

G会館の外の舗道にも、桜は咲いていた。

夜桜もいいな、としばし足をとめ、昨夜もそのたわわな花の枝の下を眺めながら通ったのを、なにがなしに竜彦は、思い出していた。

2

翌日の琵琶湖の東岸めぐりは、大宮がレンタカーを運転し、朝早く京都を出た。

明るい水色のつば広帽子に同系色の透けたネッカチーフを上からかぶり、首もとでふわりと結んで後ろの肩へながした装いは、柔らかな水色のパンタロンとよく似合って、不思議な花やぎを濤子にあたえていた。

外出時、濤子は、まるで人に気づかれない、じつに見事な顔隠しをやってのけるかと思えば、この日のようにこともなげに帽子の上からネッカチーフをひっかぶり、それを不思議な装いの味にしてしまうようなところもあった。

わたしは女優。舞台の上が、わたしの人生。舞台でだったら、どんな女にだって、なってみせるわ。いいえ。なってきたわ。これまで、数えきれないほどの女に。それが、わたし。

人さまに見せるわたし、見てもらうわたしは、舞台の上にいるんだから、舞台を下《お》りたわたしは、これは、わたしの影みたいなもの。綺麗も、美しいも、ここには要《い》らない。そんなことに、うき身をやつすようなことは、ここではしない。それが女優。

濤子に聞けば、そう答えるかもしれない。

けれども、現実の濤子は、人目に立ったら立ったで、やはりただものでないオーラが、その小柄な五体を不思議な花やぎで装うのだった。

ホテルを出る時、

「まあ！」

と嘆声《たんせい》をあげ、

「ほんとに上天気ねえ。いいお花見日和」

と言った濤子は、名神《めいしん》高速道路に乗って琵琶湖の東岸を走っている間も、何度か同じ言葉を口にして、上機嫌だった。

始終ぼやきづめだったのは、その横にすわっている李江の方だった。

「ねえ、ちょっとったら。琵琶湖がどこにもないじゃないのよ。もっと琵琶湖が見える道を走ってよ」

「これじゃなきゃ、むこうでゆっくりできないの」

「だって、せっかく先生も、こうしてご一緒してるのに」

「彦根《ひこね》あたりで、ちょっとおりるから、それまでは辛抱してよ」

「彦根ですって？　それ、井伊直弼《いいなおすけ》のお城のある、あの彦根？」

「そうですよ」

「まあ。そんな所まで行くの？」

「長浜は、もっと先ですよ」

大宮は、けろりとしている。

「あんた、琵琶湖が、どれくらい大きな湖なのか、知ってんのかい？」

「知らないわよ」

「湖西、湖南、湖東、湖北なんて、簡単に言っちゃうけどさ、これを眺め眺めして回った日にゃあ、いくら休みがあったって、足りるもんじゃござんせんよ」

「誰がそんなこと言ってるのよ」

大宮と李江の掛け合いみたいなやりとりがしばらくつづきはじめてから、濤子の声がまるでしなくなっていた。

竜彦は、首をまわして、何度か後ろの座席を見た。

顔にかかったネッカチーフの奥で、濤子は眠っているように見えた。

だが、何度目かの折に、

「なに？」

と、濤子の方が言って、竜彦を面喰《めんくら》わせた。

「いや、ご気分……悪くはないかと……」

「だいじょうぶよ」

「先生、車にはお強いから」

と、李江が引きとった。

「なんせあなた、あのタクラマカン砂漠をさ、とんだりはねたりするおんぼろ自動車で、渡ったこともあるんだから」

「まハ」

と、濤子は、笑った。

この短い笑い方は濤子の癖で、独特な趣《おもむき》があった。

「あなたにかかっちゃ、かなわないわねえ。もう何十年も前のことよ」

そう言ってから、濤子は、なにげない声でつづけた。

「あなたたち、まだ、なにか、不思議がってるところが、あるみたいねえ」

「え?」

竜彦が後ろを向き、李江もちょっと濤子を見たが、その顔をすぐにもとに戻した。

「そりゃまあ、そうだわよねえ。あなたたちの、せっかくのお花見に、わたしが便乗することはないものねえ」

「いや、そんなこと、思ってもいません」

と、竜彦が答えた。

「僕たちが、その墨絵の桜の話を耳にしたのは、五年くらい前だったたし、昨日もお話ししたように、もしそんなのが、ほんとにあるのなら、ぜひ見に行こうぜって、その当時から、大宮とは話してたんです。ただ機会がなかっただけで」

「あるらしいわよ」

と、濤子は言った。

「わたしが聞いたのはねえ、もうちょっと前。そう、十四、五年にはなるかしらねえ。亡くなった田所さんが教えてくれたの」

田所というのは劇団の創立以来のメンバーで、老け役や脇を固める地味な口数の少ない俳優だった。

「濤子さんが絵をかくなんて、知らなかったよって、ほら、あのぼそっとした、口の中でゴジャゴジャッと草でも噛んでるみたいな声で、言ったの。なんのことだか、わたしにゃさっぱりわかんない。あの人、ちょっと変ってたでしょ。芝居なんかほっぽらかして、年がら年中、山歩きしてたらもう極楽って人だったから、その絵のことは、ほんとなんでしょうよ。北陸のど、こだか山とかなんだか岳とか、もう忘れちゃったけど、あちこち歩いて、琵琶湖の北の方へ下りたんだって言ったわ。その晩は、なんとか街道ぞいのね……」

「北国脇街道《ほっこくわきかいどう》だと思います」

と大宮が言った。

「ええ、そんな名前の街道。その旧街道に面した古い旅館にね、一泊したんだそうよ。そこに、わたしがかいたっていう墨絵の桜の衝立《ついたて》があったっていうのよ。旅館の主人がそう言ったって。

そう言ったっていったってねえ。わたしにおぼえがないんだから。わたし、絵なんて、かけません。まるで、かいたことなんかない」

濤子は、また、「まハ」と笑って、

「わたしが、絵をかくなんて……それも、あなた、墨絵の桜だなんて。もう、びっくりしちゃったわよ」

「ほんとに、先生のじゃないんですか？」

「当たり前でしょ。わたし、そんな器用なこと、できないわよ」

「でも、色紙とか、揮毫《きごう》とか……ねえ、頼まれてなさることもおありだし……」

「李江さん」

「はい」

「あなた、何年、わたしについて下さってる？」

「足掛け、八年目でしょうか」

「あります？　色紙に絵なんて、かいたこと」

「ございません」

「当たり前よ。かけないんだから」

「ほかにも、見た人は、いるわけでしょ？」

と、竜彦がたずねた。

「そうらしいわね。その頃、ちょっとこの話、おもしろがった人たちもいるから。何人かは、見に行ってますよ。ほら、地唄舞のお師匠《しょ》さん」

「兵衛門さん」

「そう。あの国宝のセンセも、そうよ。見に行ったって、そう言うの。物好きだからねえ、あのセンセも」

「まあ、その話、まだうかがってませんでしたわ」

「今思い出したんだから、そりゃそうよ。こんな話、ばかばかしくって、いちいちおぼえちゃいないわよ」

　劇団内でも、この話は知っている人間の方が少なかった。

　濤子がてんから相手にせず、笑いとばして、歯牙《しが》にもかけなかったからである。

　竜彦たちが知ったのも、なにかの折に、古顔の役者が又聞《またぎ》きだけどとことわって喋ってくれたものだったが、ただおもしろ半分に、いつか機会があれば、見ておくのも話のたねだと、軽い気持でもった好奇心なのだった。

　それが、今度の旅公演の日程表を見て、急に現実の運びとなったのだった。

「おい、この休みに、片づけちゃおう」

「うん。この日だと、行けそうだな」

　そんな話をしている所へ、李江が顔を出し、仲間に加わったのだった。

　濤子には内緒で行って、帰ってきてから、自分たちの感想を伝えて土産話にしようということになっていた。

李江が行く前に喋ってしまったのは、予定外であったけれど、まあそれはそれでいいとして、笑って相手にもすまいと思った濤子が、突然同行すると言い出した意外さが、三人には不思議な感じがしたのである。

車は、春の陽《ひ》ざしを浴びたハイウエーを、快調に走っていた。

「わたしねえ」

と、濤子が、言った。

「なんだか知らないけど、急に、そんな気になったのよ。その贋物《にせもの》の絵が、ふっと、見たくなったの」

「まハ」と、濤子は、そして笑った。

「だって、あなた、言うじゃない？　贋物が出るようじゃなきゃ、人間、一流じゃないなんて、あなた。考えてみてよ。日野濤子の贋物が出たって話、今までに、あって？」

一瞬、誰も言葉が返せなかった。

「この年まで生きてきて、贋物の一人も出ない。それも、あなた、ひょいと、淋しい気がしない？」

「まねられないからですよ、先生」

と、李江が言った。

「まハ」

と、また、濤子は笑った。

「だから、それも、また、淋しいことなんじゃないかと……あなた、思わない？」

「先生」

「いいのよ、そんな大きな声たてなくても。あたしゃ、耳はしっかりしてます」

そう言って、濤子は、窓外へ眼を移した。

「どんな絵だか知らないけど、そして、絵は絵、わたしの贋物なんて呼べやしないだろうけど、もし、そんな絵がほんとにあるのなら……ちょっと、見てみたいって、思ったのよ。そう。急に、そんな気がしたの」

水色の透けたベールの奥で、眩しそうに陽ざしに細めたまなざしが、おだやかだった。

（綺麗だ）

と、竜彦は、思った。

3

その旅館には、前もって電話もいれたし、場所も教えてもらっていたから、見つけ出すのに苦労はなかったが、桜の衝立のことはわざと聞かないでおいた。

「旅館ちがいってこともあるぜ」と大宮は言ったが、『鮒屋《ふなや》』という名が竜彦たちの調べた旅館名簿の中には一軒しかなかったので、ここにまちがいあるまいということになったのだった。

その旅館名を、濤子はおぼえていなかった。それだけ、濤子には、一枚の衝立の絵のことなど、関心がなかったのだと、竜彦にはわかりもした。

「うちは、だいたい、お泊りのお宿させてもろてるだけですのやけど。ま、こうして前もってお話入れてもらいましたら、ご用意せんこともおへん。田舎料理ですねんけど。それでよろしのやったら、どうぞ」

と、電話で昼の席を受けてくれた『鮒屋』は、旧街道からちょっと脇道へ入った小さな川ぞいにあった。

その水に連子《れんじ》の格子戸が映っていた風情のほかは、とりたてて飾り気もない旅宿《りよしゆく》、旅籠《はたご》といった趣きの濃い古い二階家《や》だった。

玄関へ入った時、四人は四様、それぞれに、平静には見えたけれど、視野に入る物はすべて、残らずその眼の内へおさめたはずである。

話の衝立は、そこに飾ってなければならなかったから。

しかし、それは見当たらなかった。

地味な着物で引っ詰め髪の六十かっこうの女が出てきて、すぐに四人を招じ上げたから、竜彦たちは奥の座敷へ案内されるまで絶えず落ち着きなく眼はあちこちを探しまわっていた。

料理はすぐに運ばれてきたが、李江が「先生」「先生」を連発して、足を崩させたり、背凭《せもた》れを頼んだり、脇息《きようそく》にしてもらおうかと言ってみたり、しきりに濤子の世話をやいてみせたので、きっかけは意外に早く『鮒屋』の方がつくってくれた。

玄関で出迎えた女がじきに脇息を持って現われ、入り口の畳に手をついた。

「あの、お人ちがいでございましたら、ご無礼ですねんけど……もしかして、日野濤子先生で……」

「そうですが」

と、大宮が答えた。

「やっぱり……」と、女は驚いて、「いや、そうやないかと思たんです。さっき、玄関で、アラっと……いや、まあ、そうでしたか。どないしましょう……」

そう言いながら、うろたえはしたけれども、改めてその手をつき直して挨拶した。

「まあこんな所へようこそお運び下さいまして、おおきに、ありがとさんでございます」

「女将《おかみ》さんですか？」

濤子は、にこやかな顔で受けた。

「はい。そんなご大層なものやおへんけど、この宿の主《あるじ》でございます」

「お世話になります」

「めっそうな。そうと知っておりましたら、お好みなんかも聞きましたのに。お口に合いますやろか。こんな田舎のお昼御膳で」

「おいしい！」

と、早速箸《はし》をつけはじめていた李江が、声をあげた。

「そうどすか。いや、よかった。諸子《もろこ》ですねん」

「モロコ?」

「はい。冬が旬で、琵琶湖の名物ですねんけどねえ、近頃めっきり数が減って、高級魚やなあいうてますねん。炭焼きにしたんどすけど」

濤子も箸を動かしはじめた。

大宮は、鯉《こい》の洗いに手をつけていた。

さあ、誰が切り出すかと、竜彦は思いながら、土筆《つくし》の胡麻《ごま》よごしを食っていた。

「京都の方《かた》ですか?」

と、濤子が、言った。

「へ?」

「いえ、女将さん」

「わたしです?」

「はい」

「いえいえ」

と、女将は手を振った。

「あら、ごめんなさい。京都かなあと思っちゃった。この辺も、そういう言葉をおつかいになるのね」

「まあどうしましょう。天下の大女優でいらっしゃる先生に、そんな風におっしゃられると、……これ、はんちゃらけな言葉ですねん。若い頃、ちょっとあっちにおりましたさかい、あっちゃこっちゃごちゃまぜで。どうぞ、お耳に半分栓《せん》して聞いておくれやす」

「そのハンチャラケ……って、いうのは？」

「あ、ごめんなさい。お里が知れますわねえ。これ、中途半端いうことどすねん」

「まあ。おもしろい言葉」

「ところでですねえ……」

と、大宮が言った。業を煮やしたな、と竜彦は思った。

「ここに、濤子先生の、絵があるんだそうですね」

「あ、はい」

女将は、むしろその問いかけを待ってでもいたような、どこかはずんでさえ見える顔を、大宮へ向けた。

「さっきから、それ、いつ言《ゆ》お、いつ言《ゆ》お、思てましてん。お食事はじまったばっかりやし、お話の邪魔になってもと思たり、あとにしょか、いや、なにをおいてもいの一番に、お礼だけでもゆわへんとあかん……そればっかりが気になって。なァ、えらい鈍《どん》なことでおす」

「あるんですね？」

「はい」

「墨絵の桜」

「はい、そうでおす」

「衝立ですね？」

「ま、ようご存じで」

「玄関上った所にあると、聞いてたんですがね」

「へえ。あそこに飾らせてもろてました。毎年、桜の時季には必ず、あのお衝立、出しましてん。いえ、一年中でも、ここ動かしとうないな、ゆうてましたんですけどな。日にやけますし、傷みまっしゃろ。そんで、桜の時季だけは、あそこで咲いてもらうことにいたしましてん。『鮒屋』の宝物ですさかい」

女将は、そう言って、濤子の方へ向き直った。

「先生。まあ、結構なものいただかせてもろてまして、長い間、お礼も申し上げませんで、申しわけのないことどす。また、こんな、願ってもないお目みえの機会を、今日はつくっていただきまして、ありがとうさんでございます」

「あらまあ……」

濤子は、ちょっと言葉に窮し、面映《おもはゆ》そうな笑顔をつくった。

「女将さん」と、大宮が言った。

「今年の桜は、外は満開なんですが……」

「はい」

と、女将は応えた。

「そうどすのや。選《よ》りにも選《よ》って、せっかくのこんな日に、なんであの桜のお衝立で、みなさんをお迎えできなんだかと、わたし今、それがくやしゅうて、情《なさけ》のうて……じだんだ踏《ふ》みとおすねんやわ」

「と、言いますと……？」

みんなが女将を見つめていた。

「去年から、飾ってしませんねん、あのお衝立」

束の間の、沈黙だった。

「いえ、飾られしまへんねん」

と、女将は言った。

「『もう、ええ』先代の遺言でしたんどす。お納戸にしもうて、『もう出すな』とゆうて亡《の》うなりましたんどす」

「先代……とおっしゃいますと？」

濤子が、たずねた。

「父でございます」

また、言葉のない短い沈黙がきた。

破ったのは、大宮だった。

「じゃ、その衝立は、今お納戸に……」

「はい」

「つまり、それは、これから先もずっと……ということですか？　ずっと、陽の目を見ずに……」

「そうしろと、父は申しましたんです。けど、今日ばかりは、従えまへん。日野先生が、こうしてお見えになってる。こんなこと、後にも先にもないことどす。破ったかて、父も怒りはしませんでっしゃろ。お見せします。『鮒屋』の自慢の桜どす。長いこと、この家で咲いてきた桜ですもん。よろしおすか、先生、ここへお運びしても」

と、女将は、もう膝立ちになって言った。

ちょっとした緊張感が座に漂った。

「ええ。ぜひ、そうしてくださいな。わたし、その絵を見るために、やってきたんですから。ここに」

濤子も、顔をしゃんと立て、まっすぐに女将を見た。

「まあ、嬉しい」

女将は、ほんとに嬉しそうに、勢い込んだ感じで立ちあがり、そして、出て行った。

一同は、なにがなしに、ふと、顔を見合わせたのだった。

4

その衝立は、絵面の縦横がほぼ一メートル二、三十センチ見当の正方形に近く、周囲の枠木《わくぎ》や支脚台は紅漆《べにうるし》塗りになっていた。

全体がうっすらと古色におおわれ、近景に枝をのばした桜の一枝、遠景にあるかなきかの淡いかすみだつような一山、それも桜の遠山かと思わせる薄墨《うすずみ》いろの濃淡で描きあげられている墨絵だった。

墨の量より、空白の白紙の部分の方が多く、墨も白紙もおぼろおぼろとかすみたち、もやだっているように見えた。

「まア……」

と、濤子が、運び込まれてきた座敷に据えられたその衝立とむかい合った時、一声発した低い驚嘆とも緊張ともつかぬ声のほかは、しばらく、誰も、なにも、口にするものはいなかった。

長い静寂が、まるで、その衝立とともにこの座敷へ運び込まれ、音もなく居据《いす》わったかのようであった。

障子の外では花日和の昼の陽がもえていた。

どのくらいたっただろうか。

口を開いたのは、やはり濤子だった。

それも、静かな声だった。

静かではあったが、きっぱりとした、物言いだった。

「誰が、こんなこと、思いつくんだろ。わたしが、どうして、こんな絵をかくんだろ。不思議ねえ、世の中って」

「先生……」

と、女将が言った。

「ええ」

と、断定するように、濤子は応えた。

「もちろん、わたしの絵なんかじゃありません。わたしは絵をかきません。かかないんじゃなくて、かけないの。絵筆なんて持ったことない。ただの一度も。絵はデクの坊。こんなに大事になさってる絵に、泥でもひっかけるみたいな、心ないことを言うと、あなた、思われるかもしれないけど、ごめんなさいね。この絵を見るのは、今がはじめて」

「ほんまに、そない思わはります？　よう見てやっておくれやす」

「見ました」

「ほんまに？」

女将の顔が変っていた。真剣な眼の色だった。

「署名とか、落款《らっかん》とか……そんなものも、ありませんねえ」

と、大宮が言った。

女将の真顔に返った変りようが、なんとなく異様な感じがしたからである。

「そう。これが濤子先生のかかれた絵だという証拠のようなもの……サインでも、印でもいいんだけど、なにか、そんなものがあるんですか？」

これは、李江がはさんだ言葉だった。

女将は、しかしその大宮や李江には一べつもくれなかった。

ただ濤子を見つめたまま、答えたのだった。

「ご署名はありまへん。ご覧のとおり、落款の印もおへん。そうどすのや。これは、無印無名の絵ェどす。見た人は、みなさん、そのことをおっしゃいます。けど、父は、ふんふんうなずいて、ほかにはなんにもゆわへんで、ただにこにこ笑うてました。そやさかい、これが、ほんとうに、天下の大女優、日野濤子先生縁《ゆかり》の絵やいうことは、父と、そのわけ話してもろたわたしと、それから当のご本人の先生と、これ以外には、知ってる人はおへんやろ。それでよろしんどす。けど、先生には、思い出していただけるかと、思たんどす。署名や印はあらしまへんけど、先生がそのお手で持たはった筆の墨は、消えまへん。消えずに、ここに、残ってます」

濤子は、すこし眉根をよせ、身じろぎもせずに女将を見返していた。

「先生。思い出しておくれやす。昭和の十三、四年の頃やと思います。まだ、先生もお若《わこ》おしたやろ。ぎょうさん映画にも、先生、出ておいやすから、おぼえてはらしまへんかもしれへんけど……『恋草《こいくさ》』いう映画どす。父は、そないゆうてました」

「『恋草』……」

「はい」

「ええ、ええ。おぼえてますよ。わたしが映画に出はじめた頃ですよ。四本目か五本目の作品」

「閨秀画家を演じはったんとちがいます？」

「そう。そうですよ。なんだかえらく意地の悪い女流画家の役でしたよ……」

そう言いながら、濤子は、その言葉尻をふとのんだ。

「墨絵を、おかきにならはりましたやろ？　大きな白い紙を画面いっぱいにひろげて、墨筆を走らせはる。気にいらない。次をかかはる。これもだめ。筆の穂先の薄墨がぽたぽたしたたる。紙に滲《にじ》む。そんな場面が、大写しで画面いっぱいに映《うつ》し出される。何枚も何枚も、紙つこうて撮《と》らはりましたんやろ？」

「ちょっと、あなた……」

　と、濤子は、やにわにさえぎった。

「そりゃ、映画の中では凄い絵をかきますよ。でもあれはみんな本職の絵かきさんがかくんですよ」

「けど、画面の中で先生が実さいにおかきになる、手もとも紙も映ってる。そういう場面もおすのんどっしゃろ」

「そりゃありますよ。わたしは絵が下手だから、その分《ぶん》、監督さんがうまく撮って下さる。後でつなげりゃ、凄い女流画家になるのよ」

「これ、その時の紙どすねん」

「ええ？」

「何枚も何枚もつかわはった、為損《しそん》じ紙の一枚どす」

「冗談じゃないわよ。あの時の絵は、こんな桜の花なんかじゃないわよ。似てもつかない」

「牡丹《ぼたん》どしたそうどすなあ」

「よくご存じねえ。あなた、ご覧になった？」

「いえいえ。まだ子供ですもん」

「そうでしょうね」

「けど、ほんとどすねん。筆の先から薄墨がぽたぽた落ちる。先生、その筆を紙の上へ投げ出さはる。その墨がぱあっと散る。そんなシーンがおしたやろ。その時の、紙どすねん」

「でもあなた……」と言って、濤子はまた言葉をのんだ。

その眼は、しばし墨絵の上を往《ゆ》き来《き》した。

「そうですねん。これ、その墨の滴《したた》りや、しずくや、滲みの跡の上に、父が筆を入れまして、桜にしてしもたんどす。いえ、父はこない申しました。手ェ入れへんでも、なんやしらん、桜の景色に見えたんや。ぼんじゃりした、近見《ちかみ》、遠見《とおみ》の、桜の花が咲いとった。手ェ入れへん方が、よかったと、今では思う。あの人の直筆やさかいな。値打ちが出たで。日本一にならはったんやから」

濤子は、女将を見つめていた。あぜんとした顔にも見え、息を凝《こ》らした顔にも見えた。

「どういう方《かた》なの？　あなたの、お父さん」

「高村月子はん。おぼえてはりまっしゃろか」

「高村さん……？　映画の？」

「はい」

「ええ知っていますとも。銀幕のスターだったもの。何本もご一緒しましたよ。そう。その
『恋草』も、あの人の主演作品でしたよ確か」

「そうどす」

「そうでしょ。わたしなんか、映画の人間じゃないから、そりゃたくさんの映画には出ましたよ、でも出《で》は舞台、演劇の人間だから、まあ、二十代の頃から、くるのは老け役、中年女、一癖も二癖もあるような、そんな役ばっかり。その時分に、あちらは銀幕の大スター。年はわたしよりお若かったと思うけど、飛ぶ鳥落とす勢いでしたよ。なんだか、トラブルがあったのよね。途中で消えてしまわれたけど……」

「はい。駈け落ちしはったんどす」

「そうそう。そんな話だったわ。大部屋の俳優さんかなにか……だったわね」

「付人です」

「そうだった？」

「『恋草』にも、付いてました」

「え？」

「大部屋の俳優でもありましたけど。父なんです。それが」

「ええ？」

濤子だけでなく、大宮も、竜彦も、李江も、思った。なにかこの女将から眼がはなせないと。そんな感じがしたのだった。

「この墨絵の為損じ紙を、父が持ってましても不思議やないゆうことが、おわかりになりましたやろ？」

「いいえ」と、異議をとなえたのは李江だった。「どうして、そんなしくじり紙を、絵にして、衝立にして、持ってらっしゃるのかが、わかんないわ」

「『恋草』の記念に、とでも思たんとちがいますやろか」

「記念？」

「はい。その映画に、父も、出てますんやそうどす。俥《くるま》引きの役で。せりふが三言《みこと》、ありましたんやと。そんで三回、画面に出ましたんやと。『三回とも、日野濤子はんとのからみや』と申しました。先生を乗せたり、降《お》ろしたり、走ったりしたんやそうです。父の顔が、画面に大きく映《うつ》ったはじめての映画やそうどすねん」

「まあ……」

と、濤子が、声を洩らした。

「おぼえていらっしゃいます？」

と、李江がたずねた。

「ええ。そんなシーンがあったのは思い出すわ。あなた、でも、顔まではねえ……」

短い沈黙が、やってきた。

「でも……」

と、女将が言った。

「よろこびますわ、父はきっと。先生に、この絵、見てもらえましたんやもの」

衝立を見あげた女将の眼が、見る間に濡れてくるのを、濤子たちは見た。

そのままの顔で、女将は、言った。

「世間は、そない思たそうどす。父と高村月子はんが駈け落ちしたんやと。片っぽは大スター。片っぽは名無しのピーピー役者で、その付人。大っぴらにはでけしまへんわな。会社も、ファンも許さへん。逃げて、姿くらまさへんと、一緒になることでけしまへんやろ。そんで、駈け落ちしたんやと、みんな、思わはった。二人の狙いも、それどしてん。駈け落ちしたと、思てくれんことには、映画も捨てて、世間も捨てて、二人がしたことの、意味がない。甲斐《かい》がない。それ一心《いっしん》どしたんや」

そう言いながら、女将は濤子を振り返った。

濤子は平静な顔は保ってはいたが、なにがなしに固唾をのんだ。

「弓川公介はんてお名前、先生、ご記憶におありでしょうか」

「弓川……。それ、もしかしたら、『蜂』を撮った新進監督さんじゃない？」

「まあ、ようおぼえてはる。『恋草』の時の助監督どしたんですと」

「そうそう。ファーストだった。そう、あの後何年かして、『蜂』で一本立ちになった人よ。当時の有望な若手監督だったわ」

「じゃ、その人が、『蜂』の後、体調崩さはって療養生活に入らはったのは……？」

「いいえ、知らない。まあ、そうだったの？　わたしも、あなた、ファースト時代に、何度かお世話になったのよ」

「そうどすか。胸やったらしおすねん」

「まあ」

「高村月子はんの、本当の恋人は、その人どしてん」

「ええ？」

驚愕した声だった。

「月子はんは、自分の女優人生は捨てても、弓川はんの監督としての将来を大事に思わはったんどす。傍についてて、看病がしとおしたんやわ。早う治《なお》して復帰させたい、思わはった。けど、そんな二人の仲が会社に知れたら、どうどっしゃろ。ドル箱スターどすねやさかい。睨まれはるのは弓川はんの方どっしゃろ？　スターやめて看病なんかしとおみやす。弓川はんは一生会社に恨まれまっせ。そういう時代でしたんどっしゃろ？」

濤子は、言葉を返せなかった。

「そうどすねん。父は、駈け落ちの身代《みがわ》りに立ったんどす」

「なんてまあ……」

「ここへ帰って、しょうもない田舎旅館の主《あるじ》で、一生連れ合いも持たずに死にました」

「待ってくださいよ。そしたら女将さん、あなたは……」

「もらわれて、養女に入ったんどす」

「まあ……」

濤子は、つらそうに首を振った。

「けどねえ、先生。ほんとは、父は、好きやったんやおへんやろか。この衝立の裏側に小さい字で書き込みがありますねん。見とくれやすか……」

無論、濤子と三人の従者たちは、示されるままに、衝立の裏側へまわって、その墨文字を読んだ。

――恋草《こいぐさ》を力車《ちからぐるま》に七車《ななぐるま》積みて恋ふらくわが心から
「万葉集の歌どすて。映画の『恋草』いう題名もこの歌からとったんや、そんでここへ書いてんのやと、父は笑とりましたけど……」

「月子さんを？」

「ちがいまっしゃろか」

「で、どうなさったの、そっちのお二人は」

「弓川はんの実家で暮らさはりましてん。スターのスの字も見せん、ひっそりした暮らしぶりやったそうどっせ。間もなく亡うならはりましたけど」

「え？」

「弓川はん」

「じゃあ、月子さんは」

「さあ、どないしはりましたやろ。石道《いしみち》にいてはるて、父はゆうてましたけど……」

「石道？」

「はい。弓川はんの実家のある所どす。この琵琶湖の、もっと北、湖北の山の中の村どすねん」

「まあ、この近くなんですか？」

「近くいうても、まだ、この先、奥がだいぶありますけど」

女将はそう言って、衝立の絵にまた眼を戻した。

誰も、もうなにも話さなかった。


その日、濤子たちは、湖東の墨絵を訪ねたことを悔いたが、湖北の山裾にある集落へ帰途の足をのばしたことを、もっと後悔した。

弓川の実家は無人だった。隣の農家で「トキさんならお堂やろ」と聞いて、石道寺《しゃくどうじ》の観音堂へ立ち寄る気になったのだ。トキというのが弓川の妻の名だと教えられたからだった。

湖北には、たくさんの十一面観音たちが棲《す》んでいる。無住の寺や、廃寺の跡の収蔵庫や、草深いお堂の中で、ひっそりと村人たちに守られて。国宝、重文級の観音たちである。

石道寺の観音堂もその内の一つだった。

華やかな瓔珞《ようらく》で飾られた古色、衣の流れの襞《ひだ》に残る極彩色、傷んだ顔に匂い立つような艶の気配、等身大の平安の美女は唇に朱をさし婉然と厨子の奥の暗がりに佇んでいた。

その祭壇の蠟燭《ろうそく》台を、皺まみれの顔の老婦が拭いていた。

「月子さん……」

と、口まで出かかった声を、濤子は辛《かろ》うじてのみ込んだ。

トキは一度、顔をあげて濤子を見た。知らない人間を見る眼だった。

だが、濤子にはその一瞬に、なにかがわかるような気もした。この観音の美しさ。それが月子を生きのびさせているのだと。

恋の心の深さを、深い川にたとえていうではないか、恋川と。恋は、身に離さずに着けた衣装、恋衣を脱ぐ日はないというではないか。

ふと、そんなことを、濤子は思った。

(恋草を力車に七車積みて恋ふらく……)

湖北を走る帰り道の車中でも、口に浮かべた歌であった。

「でも……」

と、李江が、呟いた。

「鮒屋の主人が、どうして濤子先生の書き損じを、衝立の絵にして持ってたのかっていう理由が、も一つ、わからないのよね。月子さんへの恋心なんて言われたってねえ……」

「うん」

と、竜彦も、うなずいた。

「どうしてそれが、濤子先生の書き損じじゃなきゃならなかったのかという、説明にはなっていない」

「しかも、恋の万葉歌の裏書きがある……」

と、大宮も、言った。

「もしかしたら……」

と、李江が呟く。あとの言葉は口にしなかったけれど。

聞こえているのか、いないのか、濤子は一人、寝息をたてて、車中では眠っていた。

明日からはまた、旅の舞台の幕があくのである。

霧ホテル

1

いくらか年代物風な感じはあるが、ちょっとした人目避《よ》けにも、また顔隠しにも重宝《ちょうほう》して、秋の外歩きには手ばなせない枯葉色のつば広《びろ》の帽子を目深にかぶって、濤子《とうこ》はひっそりと腰掛けていた。

その横にすわっているのが兵衛門《ひょうえもん》。地味なくすんだ色めの結城《ゆうき》をこともなげに身につけた和服姿が、よく見るとただ者ではないとわかるのだが、じつに自然に周囲の景色に溶けこんでいて、誰も特別な関心をはらわない。

それは、やせた小柄な体につば広の帽子をことさら目深くすっぽりとかぶった濤子についても、言えることだった。

よく見れば、十分に目に立つ二人連れであったのに、周囲の視線を誘わない。

まるで、そうした人目ばらいの神通力《じんつうりき》をそなえでもしているかのようなひっそりとした目立たなさが、二人のまわりにはあった。

時折、二人は、額を寄せ合うようにして、話しこんでいた。

午後のお茶どきでもあって、帝国ホテルの広いティー・ラウンジは、賑やかに客たちが群れていた。

じっさい、片や演劇界の頂点に立ち、年齢不詳、いまもなお華華しい主役の座に君臨して旺盛な作品を次次に演じつづけている舞台の大女優、片や人間国宝の地唄舞《じうたまい》の第一人者というこの取り合わせを、ラウンジにいる客たちは、誰一人として気がついてはいなかった。

もっとも、二人には、それが、ひどく心地よいことだったのかも知れず、そのコーナーのテーブルは始終ひっそりとはしていたが、二人とも、てんから傍《はた》の目のことなど眼中にはない様子で、和やかにくつろいで、話の切れ間はないようだった。

濤子が、口もとへ運びかけていたティー・カップを急にとめて、兵衛門を見た。

「おや、マ。あなたも、ご覧になった」

「そうですのや」

真顔で、兵衛門がうなずいた。

「ほんとうですか?」

と、濤子。

「アラ。笑《わろ》てはる」

と、兵衛門。

濤子は、ゆっくりとティー・カップに口をつけ、もう一度念を押すようにして訊いた。

「ほんとうに?」

「ほんとですがな。今日の会合に出てきたのも、濤子はんに、この話、ぜひとも、報告しとかなならんとおもたさかい、重いお尻《いど》もあがったんどす。めずらしことに、あなたもお出ましやと聞いたんで」

「まあ、それは恐れ入ります」

「ほんまでっせ。芸術院たらなんたらいう、ああいうお偉いさん方の顔揃えは、わて、とんと性に合いませんねん」

「他人事《ひとごと》みたいなことおっしゃって」

「けどまあ、よろしおしたがな。それも、早早とお開きで。おかげで、ゆっくりお茶も飲めて」

「で、いつ、いらしたんです?」

「え?」

「西ノ関《にしせき》」

「ああ、それ。それですがな」

と、兵衛門は、ちょっと身を乗り出すようにして、長い筋ばった指先でポンと軽くテーブルを叩いた。

近くで見れば、筋ばった異様に大きな男の手だが、余分な肉のそぎ落されたその手指の長さや大きさは、舞台の上では千変万化、自由自在な舞の手数《てかず》を造形する、兵衛門の有名な武器であった。

「一月前になりまっしゃろかな。福岡の、あれ、なんたら言いましたわな。立派なホールでしたで。そこのこけら落しでな、ちょっと、あっちの舞の会に招《よ》ばれましたんや。その帰りに、ひょこっとな、その街のこと、思い出したんどす。ああ、そやった。濤子はんから聞いた話の街が、帰り道にあるのやった。そない思たら、急に、足がふらふらっとな……」

「まあ。もの好きなおっ師匠《しょ》さん」

「そうでんのや。もう何年も前に聞いた街の名やのにな、なんのはずみか、ひょこっとその時思い出したのも、なにかの縁やろ。こりゃ、ちょっとおりてみよか。いや、ほんまにふらっと、その気になって、新幹線の途中下車どす」

「じゃ、わざわざ、そのためだけに？」

「そうですねん」

「お泊りになった」

「そうですのや」

「知らない街に」

「はい、そうどす」

「お一人で？」

「いや、弟子には一人、おりてもらいましたけど」

「そりゃそうですわよね。なにしろ、あなた、あなたの地理オンチときたら、国立劇場だって、演舞場だって、歌舞伎座だって、ほかのどんな劇場だって、まあ、楽屋へ入って、舞台へ出て行く道が、あんなにわからないなんてねえ。どういうんでしょうねえ、あれ。一人じゃ、必ず迷子におなりだなんて……ふしぎな方ですものねえ。いまだに、そうですの？」

「はい」

「わたし、最初にそれうかがった時、まあ、なんて無意味な冗談おっしゃる方かしらって、興醒めしましたのよ」

「なんべんも、うかごうてます」

「おや、そうでした？」

「はい。そういう舞手《まいて》も、いてるんです」

「それがわからないんですよねえ。それでよく、あの複雑怪奇な、めざましい舞の手順が、すらすらと、あんなに映え映えしく、出てきますのよねえ」

「わてに聞かはっても、お答えのしようがおへん」

濤子は、なにがなしに、帽子の奥で、ぷっと吹いた。

薄い色つきの大きな眼鏡の奥で、笑った眼は、ひさしを持ちあげ、覗《のぞ》きこみでもしなければ、確かめられはしなかったが。

しかしすぐに、話は本題にもどった。

「厭《いや》だわ」

と、濤子は、あらためて思い出しでもしたような口調で、言った。

「まあ、そんなに、あの幽霊ばなしに興味を持ってらしたなんて、あたし、ちっとも知らなかったし、考えてもみなかったから……。だったら、おっしゃってくださればよござんしたのに。そんな、あなた、はじめてお訪ねの、不案内な街に、一人でおろしたりはしませんわ」

「いや、一人やおへんねん」

「おつきがいらしたんでしょ」

「そうどす」

「そんなの当り前ですよ。舞のほかには、一人じゃなんにもできない人なんだもの。あたしは、旅の公演で、何度も寄った街だから、知り人もいるし、便宜《べんぎ》はいくらもはかれたのに」

「だから言いましたやろ。それがでけしまへんのや。なんせ、帰りの列車へ乗って、そこでひょいと思いついたことやさかい。それにあなた、かりに連絡したところで、あなたは東京にいてはらへん」

「そうでしたか?」

「はい。わたしな、その西ノ関に一晩泊って、翌日こっちへもどってきて、とる物もとりあえず、すぐに電話しましたんや。濤子はんは、東北公演の旅に出てはるいうのんでな、じつは今日までこの話、する機会がおへなんだのや」

「一月前と、おっしゃった?」

「いてはらへんやろ?」

「ええ。そう。旅を打ってましたわねえ。四日前に打ち上げて、帰ってきたばかりですから」

「それみとみやす」

濤子は、顔をあげて、兵衛門を見た。

「でも、おっ師匠さん。そうすると、どこにお泊りになったんです? まさか、あなた、わたしがいつかお話ししたあのホテルの名を、おぼえてらして……」

「そんなん、おぼえてますかいな」

「そうでしょうねえ。あれ、もう四、五年も前のことですものねえ」

「いや、おぼえてることも、無論、おす。ほれ、ホテルの玄関口が、坂道に面していて、その自動ドアが開くと、表の霧が吹きこんできて、ロビーの中までいちめんの霧の海。もうもうとたちこめたその霧で、なんにも見えへんようになってまう。そうでしたやろ? そや。それや。霧ホテルや。と手を打ちましてな。ええな。霧ホテルを探せ。いうてな、弟子に命じましたんです」

「霧ホテル?」

「はい。そんでまあ、駅の旅行案内所とか、ホテル予約センターとか……」

「ちょっと、あなた……」

「そんなん、ないて言いまっしゃろ」

「当り前でしょうが」

濤子は、あきれたような声になった。

「それは、あなた、あたしにだけ見えた霧で、現実のものじゃありませんよゥ」

「わかってますて。けど、言うてみたかてよろしやん。口にしてみんことには、どんな答えが返ってくるか、わからしまへんやろ。そうどっしゃろ。濤子はんが、見はったのや。ほかにも、見た人、あるかもしれしまへんやないか」

兵衛門は、薄くなった半白の頭髪をきちんと七三にわけ、往年の端正さをしのばせる風貌に、しっかりと老いは刻んでいたが、ふしぎな感じで消え残っている艶《えん》が精気にもなっている、その浅黒い顔を、愉快そうにほころばせた。

「あるもんですか」

と、にべもなく、濤子は応えた。

「幽霊の出るホテル？　ああ、それならここですなんて、あなた、造作もなしに教えてくれる案内所が、どこにありますか」

兵衛門は、一瞬、腑に落ちぬ顔をした。

「あれ、幽霊でっしゃろか」

「え？」

帽子のひさしが、束《つか》の間、あがった。

虚をつかれたような眼が、その奥で動いた。

「ま、それはともかくとして……」

と、兵衛門は、すぐにもとの口調にもどった。

「濤子はんの話の中で、あと、おぼえてることというたら、イチョウ並木と、遊廓や。どうどす？　これやったら、かなり具体的な手掛かりになりまっしゃろ」

「まあ驚いた。いろんなこと、おぼえていてくださるのねえ」

「いえいえ。おぼえてるのは、そこまでどす。けど、これ言うたら、場所はわかると、踏んだんどす。いや、じっさい、わかりはしましたんやけど。けど、イチョウ並木。これが決め手の一枚札でな、この札があらへんかったら、お手あげでしたんや。昔、遊廓のあった場所。これですんなりわかると思たら、そうは問屋がおろさへん。西ノ関は古い港町やさかい、そういう所は、あちこちにありますと、言うんですわ。今は繁華街になってんのやと重ねてたんねるとな、これも、あかん。東と西に分かれてそういう街があるという。どっちも繁華街やと、こうですねん。ホテルも宿も、その周辺には、いろいろある。坂もある。丘もあるて、言いまっしゃろ。こりゃあかんわと思いましたわ。ほんまに。イチョウ並木のこと、思い出さなんだら、お手あげやった。これ、先に言うたらよかったんどすわ。『イチョウ並木？』案内所の、奥の机にすわっとったおっちゃんがな、じつに簡単に言いましてん。『ああ、それ、稲荷町《いなりまち》や』」

と、濤子も、つられるように、それに応じて言った。

「そう。その町ですよ」

「そうでっしゃろ？」

「そう。それは、昔の遊女町の名前なの。さっきから、わたし、その町の名を、思い出そう思い出そうとしてたんです。だって、あなた、その町の名を、わたしに教えてくれたのは、平成や昭和の人じゃない。明治や大正の人じゃない。江戸の花魁《おいらん》なんですからねえ。こんりんざい、忘れることじゃござんせんよ。いえ、忘れやしまいと思ってましたわ。それが、さっきから、出てこない。どうしても、出てこない。まるで、忘れてしまってる……」

濤子は、ちょっと、頭を振った。

そして、「ハハ」と短く笑った。

「厭ァねえ。老いぼれるのって」

「なんの、なんの」

「ちょいと、センセ。そんな意味のわからないような相槌《あいづち》、打たないでくださいましよ」

兵衛門は、一口、グラスの水を飲んで、グルグルッと首を回し、同時に咽《のど》をゴロゴロ鳴らせた。なんとも、異様な音だった。

そして、ゆっくりと、さもうまそうにその水を飲み下した。

「このごろな、わて、妙に咽が狭《せも》うなったような気がしますねん。なんや、物の通りが、きゅうくつでな」

それから、一呼吸置いて、言った。

「アレかも、しれしまへんわな」

「え?」

なかばあっけにとられて顔をあげた濤子に、

「いやいや」

と、兵衛門は、気軽に手を振って、濤子が口を開く前に遮《さえぎ》った。

「アレでも、コレでも、よろしねん。ドレかて、ナニかて、よろしのや。ガタも、もう、くるころどす。なにがきたかて、ちょっともかまへん。その内に、いずれ、お迎えもきますやろしな。そんなん、なんの苦でもあらしまへんのや。舞えるだけは、舞うてもきたし。残したものが、この先に、まだある、まだある、とも思わしまへんねん。舞い切り、舞い切り、きたつもりどす。それが、わたしの、流儀やさかい」

てんたんとした声だった。

「よう言う人がいますわな。生涯、未完。未成。未熟。自分の仕事に、出来たと思たことはありませんて。なんか、そういう意味合いのこと、言う人がおっしゃろ。わて、あれ聞くと、虫酸《むしず》が走りますのんや。なに甘っちょろいこと、言うてんのや。一舞い、一舞い、これが、生きるか死ぬかの、真剣勝負。もうこの上はない、これが頂上。自分でそない思えんような舞いなら、舞うな。見せるな。満足しきったものだけを持って、出てこい。人にものを見せるということは、そういうことや。精根尽くし、空《から》になって、もうその先は、あらへんのや。一舞い、一舞い、明日はない。舞い切って、生きるということは、そういうことやと、肝に銘《めい》じてきてますのや」

濤子は、黙って、聞いていた。

「あなたは、笑うかもしれへんけど、まだ舞うてへん、舞い足らん、舞い及ばんとは、だから、わたしは思わんのです」

「羨《うらや》ましい」

帽子の奥で、声がした。

「わたしだって、そうですよ。昭和の突端《とっぱな》から、あなた、この女優やってんだから、そりゃいろんなことがありましたよ。でも、なにがあったって、変らない、変えられないことが、一つ、あったと思うんですよ。一舞台、一舞台、どの舞台だって、必死でした。このことだけは、変らない。その時その時の、ありったけの力は注いで、ふりしぼって、つとめました。出来たかどうかは、わかんないけど、出来たと思わなきゃあ、あなた、一日だって、一歩だって、舞台へ出て行けやしませんよ。明日の舞いを思うより、今日のこの舞い。この舞台。この芝居。そう思ってきたと、思うんですよ。でも、今振り返って、どうでしょう。兵衛門さんのように、言えるかしら。一舞い、一舞い、舞い切って、生きてきたとは、とてもあなた、言えやしません。いえ、そりゃ、言いたいですよ。わたしだって。誰が選んだもんでもない。自分が選んで、歩き出した道ですもの。歩きとおした。とおしてここまでやってきた。そう言いたい。思いたい。でもねえ、どうだろ。それが、出来たか、出来なかったか。あなたのように、きっぱりと、言えない気がして、恥ずかしいの」

「濤子はん」

と、兵衛門は、言った。

「はい?」

「あなた、その帽子のひさしなあ、も一つ大けな、下に垂れるのにしなはれ。ほしたら、そない深うにかぶらはらんでも、すっぽり顔は隠れます」

「まハ」

と、濤子は、首をすくめた。

「姿も、その方が、美しおす」

「あら、うれしい」

ぱっと、はしゃぎたった声だった。

二人とも、どこか現実ばなれのした、ちょっとどこか魔法のかかったような不思議の国の住人に、見えるようなところがあった。

「おっ師匠さん」

「はい」

「で、見つかりましたの？」

「はい？」

「ホテル」

「ああ。はい。おかげさんでな」

兵衛門は、「エエッと……」と、束の間眉根に皺《しわ》をよせ、

「あれ、なんてホテルやったかいな」

と、首をひねった。

濤子が、すかさず、そのホテルの名を告げた。

「いいや。そんなんと、ちがいまっせ」

「そんなこと、ありませんよ」

「いいえ」

「坂、ありました？」

「はい。ござんしたえ」

「玄関が、自動ドアで」

「いや。それが、ちごてましてん。大きなガラスの一枚ドア、手で押して入りましたで。ほれ、メリーゴーラウンドみたいな、こうぐるっと回る、回転ドアがおすやろ」

「そんなの、ありませんでしたよ」

「いや、おした」

「まあ。じゃ、別のホテルですわ」

「別の……？」

「そうですよ」

「けど……」

と、兵衛門は、言った。

「ご覧になったのよね」

と、濤子。

「はい」

「出ました？」

「出ました」

「まあ……」

二人は、額を寄せるようにして、おたがいの顔を見合わせた。

2

芝居の舞台のようだ、と、濤子は思った。

はらはらと黄色い葉っぱが、散っている。一、二枚、テーブルの上へも降りかかる。

ちょっと首をもたげて、濤子は頭上を仰いだ。

幻の感覚は消えていた。

帝国ホテルのティー・ラウンジの天井が、そこにはあった。

「してました？　黄葉《こうよう》」

「はい。八分方《はちぶかた》は、色づききってましたわな」

と、兵衛門。

「そうですか。わたしの時にはもう終りでね、さかんに散りしきっていて……。ねえ、なんでもないちょっとした、ごくありふれた坂ですのにねえ。よくおぼえてますよ。車をおりて、ひょいと振り返って見おろした時の、あの並木道。まるで、芝居の花道みたいな感じがして。それも、たった今、そこを通って出てきたばかりの……絵に描いたような、イチョウのトンネル」

「お待ちやす。あんた、見おろさはった？」

「ええ。短い坂をのぼった所で、車、おりましたもの」

「わてはのぼってしまへんで。ホテルは、あの並木の坂の、のぼり口にありましたさかい」

「じゃ、やっぱりホテル違い」

「そうらしおすわな。いや、こういうことは、はっきりしといた方が、よろしねん」

「まあ。おっ師匠さんがホテルの名前をおぼえといてくだされば、もっと確実でしたのに」

「濤子はん。そこが、それ、このてのお話にはつきものの、不条理なとこどすがな。おぼえていたつもりでも、すっぽりと消えている。身辺、前後左右に、どこか、なにやら脱《ぬ》けて落ちたみたいな、空白がおますのや。のっぺらぼうのな」

「おお怖《こわ》」

「心にもないこと」

「え？」

「あんたの歯の根は、しっかりと合うてます。カチカチとも、ブルブルとも、ガタガタともしてしまへん」

「まあ、あんなこと。冗談じゃありませんわよ。あたし、ほんとに、色を失ったんですから。前後不覚。正体なくして。身の毛もよだつって、きっと、ああいうことを言うんだと思いますわ」

濤子は、その言葉を不意に切り、舞台の上で、一瞬瞳をとめて、それからスーッと客席の中央あたりを見込む、ちょっと背すじをのばしたような姿になった。

彼女が、芝居の中でもよく見せる、独特な身ごなしだった。

汽笛が鳴って、遠い所を通りすぎたような気が、濤子にはしたのだった。

「そのホテル、はじめて泊ったんですよ。あれは、うちの劇団の、五十周年だかなんだかの記念公演の芝居を持って回ってる時でしたよ。西ノ関の常宿は、もっとほかにあるんですよ。駅の近くの東急イン。劇団の連中は、だから、みんなそっちへ泊ってました……」

濤子はまた、ちょっと顔をあげた。

船の汽笛だと、思った。

「古いお客さまでね、西ノ関へ行くと、待っててくださって、あれやこれやと、よくしてくださる方があるの。その方のお招ばれでね、市長さんがお友だちだとかで、ぜひ一緒にお食事でもっておっしゃるもんだから……それがまた、ひどい旅だったの。出発する前までには、あがってなきゃならない筈の映画があなた、あがらなかったり、テレビのスケジュールが狂ったり……みんな、よそさまの突発事故でそういうことになったんだけど、あたしゃ、もう旅に出てますもんねえ。乗り込み乗り込み打って行く、こっちの日取りだけは、変えられませんもの。まア、さんざんでしたよ。移動の時間や、たまの休みの日程の、合い間合い間を縫って、わたし一人は東京へとんぼ返り。あっちをすませ、こっちへもどりで、へとへとでした……」

濤子の地声は、舞台をぱっと華やぎたたせるあのライトの中の女優の声とはまた一味ちがって、底太かった。

近ごろ、この底太い低い声も、彼女は舞台で使ってみせる。大女優の凄みが、そんな時、一層ぎらりと光ったりする。

「それもやっと一段落して、わたしが、西ノ関へ入った日は、ちょうどマチネーでね。夜が休めると思ったから、そのお席へも出たんです。昼間の舞台はねた足で。劇団も、もう動かすのはかわいそうだからって、その夜はわたしだけ、そのホテルに宿とっちゃったの」

口調は、変らなかった。

「まだ日ざしは明るくって、夕方前って感じもしませんでしたよ」

と、濤子は言った。

「ガラスのドアがスーッと開いて……当り前ですよね自動ドアだもの。わたし、ホテルの玄関を入って行きました。制作の子が、一人ついてきてましたんで、それがフロントの方へ行くのを見て、なんとなくわたし、後ろを振り返ったんです。今入ってきたばかりのドアが、サアーッと、また、開くところでした。誰も入ってくる人なんかいないのに。いいえ、そんなこと、不思議に思うひまなんか、ありませんでしたわ。なにしろ、あなた、津波のようにザアーッと流れ込んできたんですから」

濤子は、両手でその大波をひっかぶるようなしぐさをつけた。

「なにがなんだか、わかりませんでしたわ。理性もヘチマもありませんわよ。ただこうやって、後で考えてみると、霧か靄《もや》か……そんなようなものだったという気がするだけで、その時は、あなた、もうあっけにとられて、茫然自失《ぼうぜんじしつ》。霧だか靄だか知らないけど、濛濛《もうもう》と渦巻いて、物凄い勢いで、噴流みたいに押し寄せてきちゃったのよ……」

ふん、ふんと、いちいちうなずきながら、兵衛門は聞いていた。

「それこそ、あっという間でしたよ。ロビー中にその霧はたちこめて、わたし一人が、そのまん中に立ってました」

「誰もいない」

「はい。誰も。霧のほかには、なんにも見えない。その霧だけが、ただ濛濛と、あなた、動いて、渦を巻いて……」

濤子は、そう言って、言葉をおいた。

ほんの短い沈黙だった。

帽子が、わずかに、ゆるやかに動いた。

「話しましたかしら、わたし。この後のこと。おっ師匠さんに」

「はい。聞いたと思いますねんけど」

「厭だわ。話さなきゃあ、よかった。だって、幽霊と喋ったなんて、あなた、ばかばかしくって、誰が聞いたって、ほんとになんかしやしませんよ」

「わては、しましたけど」

「ええ。だから、あなた、わたしは驚いちゃったんですよ。まじめに聞いてくださってたなんて、思いもしませんでしたから」

「逢魔《おうま》が時《とき》って、あるのんです」

「あたしもね、信じました。そういう不思議な時間というか、時空が、あるんだってこと……」

「誰かが、呼んだんでっしゃろ?」

「ええ。そんな気がしてね。あたし、後ろを振り向いたんです」

「霧の中で」

「はい。……そりゃ、もう、びっくりしたとか仰天したとか、言葉にすりゃあそうですけど、なにしろあなた、すぐ後ろに、眼と鼻の先にですよ、芝居の楽屋からでも抜けて出てきたような花魁姿の女が一人、しーんと物も言わないで、つっ立ってるじゃありませんか。肝をつぶすの、当り前でしょ。あら、笑ってらっしゃるの?」

兵衛門は、長い指の揃った手を「いやいや」という風に、あわてて振った。

「そやおへんがな。おへんけどな……おうちがどんな顔しはったかと、それ、想像したらな……」

「まあ。冷血漢」

「そうでっしゃろか。誰かて、そない思いまっせ。女優の中の女優の頭領《とうりょう》。芝居道の海千山千。幽霊だろうと、妖怪だろうと、あんたが演じはるとみんな、芸術作品になってまう。怪異、変《へん》化《げ》の類《たぐ》いも、あんた、ぎょうさん、当り芝居を持ってはるやおへんかいな」

「それとこれとは、別ですよう」

「そうや。別やさかい、そういう場面の、あんたの顔、ちょっと見たい。見物《みもの》やろなあ思たんどすがな。まさかギャアとも言わはらへんやろし」

「まあ、見損《みそこ》なわないでくださいよ。あたしゃ、トカゲを見たって、あなた、ヤモリや、ムカデ、あれを見たって、ギャアですよ」

「おや、そうですか」

「そうですよ」

濤子は、冗談口を返しながら、つと顔をもたげたまま、スーッとまた瞳をとめた。

「……そう。あれは、霧笛だったんだわ」

と、そして独りごちた。

「え?」

と、兵衛門も、聞き返し、真顔にもどった。

「立兵庫《たてひょうご》に結《ゆ》った頭に、櫛《くし》、笄《こうがい》、簪《かんざし》を、こォんなにさして、金糸銀糸の縫取《ぬいと》りのある、そりゃあ豪華な裲襠《うちかけ》を着て、その花魁姿の女はじっと、あたしを見つめてるの。こう……眼の奥まで見入るような……そりゃあ物凄い眼だったわよ。静かで、しーんとなりをひそめて、微動だにしない眼……。その間中ね、あたしは、霧の中で、いえ、霧の中の、もっとずっと遠い所で、なにかぼおぼおと燃えるような……咆《ほ》えるような音を、聞いてたような気がするの。咆えるような……泣くような……」

濤子は、再び独語した。

「霧笛だったんだわ、あれ」

それから、兵衛門を、見た。

「とつぜんにね、その人が、口をきいたんですよ、あなた。あたしの眼を、じいっと見つめながら。

——稲荷町の、巴屋《ともえや》の、天神《てんじん》でござんす。

そ言ったの。

——唐橋《からはし》でござんす。

って。

そしてね、こうスーッと、あなた、手をのばして、わたしの腕をつかんだんです。

——お頼みします。つれて帰ってくださんせ。お江戸へ。一緒に。どうぞ一緒に。

そう言って、涙をほろほろっとこぼしたの。

——帰りたい。お江戸に、帰りたい。

って。

二度ほど言ったの、はっきりとおぼえてますよ」

「それで?」

「それだけですよ。あたし、腕をつかまれたまま、急に意識が遠のいてくみたいな、なんだか変な気分になって、ふらふらっとしたところまでは、おぼえてます。気がついたら、ロビーに膝をついていて、ウチの制作が駈け寄ってくるところでしたよ。女も、霧も、跡形もなくて、もとのホテルに返ってました。『どうしました』って、制作が聞きましたけど、どうしましたって聞かれたって、あなた、説明のしようがないじゃありませんか」

「外も明るうて？」

「はい。たった今入ってきたばかりのロビーで、あたしは、ちょっとふらついたってだけなんですよ。でも、あなた、『稲荷町』ってコトバが、あたしの頭の中に残ってます。今迄聞いたこともない町の名ですよ。それに、『天神』。これ、遊女の位の呼び名でしょ？」

「そうどす。太夫の次の位名《くらいな》どす」

「わたしね、後で調べてもらいました。それではじめて知ったんです。そのあたりが、古い遊廓のあった場所で、稲荷町と呼ばれていたって。そして、あなた、『巴屋』も、実在したんですよ。なんと、それも、元禄《げんろく》、享保《きょうほ》の頃の書付けに残っている遊女屋なんですって。いえ、もっとびっくりしたのは、『からはし』という遊女の名も、ちゃんと、過去帳に残ってるんですよ」

「うーむ」

兵衛門は、溜め息ともなんともつかぬ声を発した。

「わたしね」と、濤子は言った。

「考えないことにしたの。あの天神さんが、どんな事情があった人かは知らないけど、またそんなこと、わたしにわかる筈もないことだけど、とにかく、江戸に帰りたがっていた、その一心だけは、わかりましたよ。でも、だからって、あなた、どうやって連れて帰るんですか？　それに、どうしてまた、わたしなんかにそんなこと、頼みに出てきたのか。わけがわからないじゃありませんか。元禄、享保ですよ、あなた。そりゃ、あの物凄い、しーんとした眼や、ほろほろっとこぼした涙のことは、とうぶん頭に灼きついて、忘れられやしないでしょうけど……でも、どうしてあげることもできないじゃありませんか」

「うーむ」

と、また兵衛門は、唸った。

「まあ、どうなさいましたの。あなたが、口火をお切りになったんじゃありませんか。濤子さん、出たよ。見た見たって、おっしゃるから、こういうことになったんですよ。そうでなきゃ、わたしだって、あなた、こんな思い出したくもない話、わざわざ引っぱり出してきて、またのおめもじ、再度のご覧に供しやなんかしませんよ。すっかり、封してお蔵に入れて、錠もおろしてたつもりなのに」

濤子は、独りでぼやいて、独りでぷっと吹き出した。

「でもまあ、いい年した雁首《がんくび》そろえて、兵衛門と濤子がヒソヒソ談義。なに話してるのかと思ったら、お盆も、夏も過ぎたってのに、時期外れな幽霊話。人が聞いたら、ひっくり返りますよ」

「そうでっしゃろか」

と、兵衛門は、応えた。

「幽霊話でっしゃろか……」

それはべつに、濤子に向かって言ったのでもなさそうだった。

独りごちた声だった。

「え?」

と、濤子は、兵衛門の方を見た。

「わてのはな、ホテルやあらしまへんねん」

「へえ?」

「弟子とな、一杯、飲みに出ましてん」

兵衛門は、盃を持つ手を微妙な一瞬の形で現出してみせた。

長い指が、舞いの年季の底力を見せつけた、こともなげなしぐさだったが。

「いつもの癖どしてな。見知らぬ街の、旅先の夜。これ、宿でちんとしてたかて、もったいない。ちょっと出よか、いうことになりましてな」

「ま」

「その点、あんたは、お気の毒やな」

「なにがです?」

「どこへ行っても、天下の大女優。その顔、知らん者おへんやろし」

「お生憎さま。わたし、飲めませんもの、あなた。でも、いかが? このラウンジで、今気づいてる人なんて、だァれもいないじゃありませんか。これくらいのことは、しましてよ」

「確かに。お見事。そのえらい目立つ大けなシャッポで、人目を逆手にとってはるとこなんかは、芸の内。も一つ言うたら、そのハンカチも、レースやのうて、ガーゼかなんかにしはったら、言うことおへん」

「まハ」

嬉しそうに、濤子は首をすくめた。

「そんでな」

と、兵衛門は、つづけた。

「小さい店が軒並べて、路地がごちゃごちゃ入り組んでる、一杯飲み屋へ入りましたんや。婆さん一人でやっている。これが当りで、地酒がうまい。肴《さかな》も、小鉢でいろいろ出してくれるのが、年季の入った地の味や。うまい、うまいと、やってるうちにな……出ましたのや」

「ええ?」

「いや。弟子に言わせるとな、わてが、ダウンしたらしおすのや」

「ダウン」

「そうでんのや。年甲斐《としがい》ものう、見さかいなしに、うまいうまいやるさかい、そないなるのや言うんです」

「それはそう。言えてます」

「ちょっと。濤子はんと、近ごろ、ご一緒したこと、おしたかいな」

「おへん」

「そうでっしゃろ」

「けど、お好きなのは知っています。腹も身の内というじゃありませんか」

「恐れ入ります」

「それで？」

と、濤子は、先をうながした。

「二、三十分、その飲み屋のカウンターで眠ってたと、弟子は言うんです。確かに、わて、そのカウンターで目ェさましましたさかい、それは、ほんまのことでっしゃろ」

「けどな」と、兵衛門は、つと声をひそめ、首をのばすようにして、言った。

「わて、船に乗ってましてん」

「船？」

「いや、乗ってたのは、わてやのうて、女の方でしたけどな……その船、確かに、水の上に浮かんでましたよってな。わても、近くにいた筈ですねん。その女と、話したんやさかい」

「女ですか。あなたも、やっぱり」

「遊女どす」

「そうですか」

「けど、わての方は、天神でも、太夫でも、おへんえ。惣嫁《そうか》ですがな」

「ソウカ？」

「そうどす」

「ま、ふざけないでくださいよ」

「ふざけてなんかいてしまへんで。惣嫁いうたら、遊女の種類の最下級。船女郎というてな」

「お船で、春をひさぎに行くんでしょう？」

「そうどす。そうどす。手漕ぎの伝馬船《てんません》に乗って、沖にいかりをおろしてる船をあちこち渡って回って、体を売る女たちどす。沖売り女郎とも言いますわな」

兵衛門が見たのは、暗い夜の海に浮かんだ一艘の伝馬船だった。

「髪は解き流して束ねただけ。粗末な夜着一枚を腰紐で結んだだけ。顔も暗うてよう見えへん。そんな女が、たった一人、船にはいて、お三味線ひいてますねん。ああ、この人、指が足りんわ。わて、そない思たんや」

「足りん？」

「ほれ、指の丈《たけ》。それが短い」

「ああ」

「音にそれが出ますのや」

「恐れ入ります」

「わて、口に出して、言うたんとちがいまっせ。聞いてて、思ただけですのや。途端に、その女がな、口きいたんです。『そうです』て。芝居の舞台にも立てず、好きな歌舞伎踊りも踊れん。それも、これも、みんなこの指のため。この手のため。と、こう言うんです」

「ちょっと待ってくださいよ。その芝居というのは……」

「あんたも調べはったと言わはったやおへんか」

「そいじゃ……」

「そうどす。あれですてな、この稲荷町には、江戸時代から、遊女屋が芝居の舞台を持ったり、組んだり、しとったそうどすな」

「そうですってねえ」

「わても、後で弟子に当らせましたんやけど、びっくりしましたわ。揚屋《あげや》の二階に舞台を構えて、遊女たちが役者になって、歌舞伎の芝居を興行してたいうの聞いてな」

「それも、あなた、花道、せり出しなんかもあって、大きな揚屋は、一軒で三百人もの桟敷《さじき》を作ったんですってねえ。衣装も一流、浄瑠璃《じようるり》は義太夫、江戸や上方の役者たちが、教えにきてたりもしたっていうんですもの、あなた」

「それそれ。それを言うんですがな。その女もな、芝居や踊りのタチはええ、タチはええと、人はほめてくれるのやけど、舞台には上げてもらわれへん。みんなこの、短い指のせいやいうて、泣くんですがな」

「おっ師匠さん……」

と、その時、濤子が、急に言った。

「もしかして、その人……おっ師匠さんの、その指に……」

「そうですのや。羨ましい、羨ましいいうてな。それに引きかえ、わが身のこの手が、なさけない。悲しい。憎い。苦しい……と、身をよじって泣きますのや」

「おや、まあ。あなたの方も、泣かれたんですか」

「そうでんのや。この手が、ここまで、わたしを落した。そないいうて、船べりへ頭を沈めて泣きますねん」

「まあ」

「そこで、目がさめたんどす」

二人は、なんとなく、おたがいに、それぞれの顔をあげ、そして見合わせたのだった。

「惚《ほ》れ惚《ほ》れしますものねえ、わたしだって。兵衛門さんのお舞台の、その手の魔力。あの美しさ」

濤子が、独りごちた。

しばらく、沈黙がやってきた。

長い、沈黙だった。

先に口を開いたのは、濤子の方だった。

「でも……」と、彼女は言った。

「なぜなんです。なぜ、わたしたち二人に、つまり、選《よ》りにも選って、この二人に、あの人たち、姿を見せたんです？　それとも、しょっちゅう、誰にでも、出る所なんですか、あそこは」

「あんたも、聞かはったんでっしゃろ」

「ええ、聞きましたとも。わたしが見たと言ったわけじゃありませんけど」

「出ないと、どなたも、言いましたなあ」

「ええ」

「そんな話、聞いたためしがない、て」

「はい」

「わても、そない聞きました」

短い沈黙が、またやってきた。

兵衛門が、言った。

「見込まれたようなところが、あるのんやないですか」

「え？」

「魔が、とりつく」

「魔、ですって？」

思いがけなさそうに、濤子は、たずね返した。

「口はばったいようなこと、言うようやけど、あなたも、わたしも、人さまの眼には一応、功成り名遂げた人間に、見えるかもしれまへんわな。生きるだけは、生きた。満足はしないまでも、自分の志した道、選んで、歩こうと思た道、それは歩けた。ちがいますか？」

濤子は、兵衛門を、見つめていた。

「歩けなかった魔、満足しなかった魔、生きるだけは生きたと思わない魔。……そんな魔物みたいなものが、どこかにいると、考えても、そう不都合なこと、ないのんとちがいますか。芸能の世界では」

濤子は、ちょっと、眼鏡の縁《ふち》へ手をあげかけて、やめた。

「執着残した魔ァどすな」

と、兵衛門は、言った。

「幽霊というよりも、芸能の魂。どうどす？　これやったら。濤子はん」

「まあ……」

「人間の魂魄《こんぱく》なんかじゃのうて、芸能の、魂魄。そう考えることはでけまへんか？　そういうものが、ふっと寄る。寄ってくる土壌が……あるのんかもしれへん、われわれには」

「おっ師匠さん……」

濤子は、無言で兵衛門の方へ手をのばした。

その手を、軽く、兵衛門もにぎった。

「ああ、誰か。見てくれへんかな、こんなとこ」

と、そして言った。

「ま。そんなにあなた、大声をたてないでくださいよ。また、なにが聞くか、知れたもんじゃありませんよ」

ハハハと、濤子は、笑った。

その眼がうつす視界のどこかで、黄葉樹の葉が散っていた。

「え？　なにか、おっしゃった？」

と、濤子。

「いいえ。なにも」

と、兵衛門。

血みどろの弓なりに反《そ》った右手が、束の間、視界をよぎったような気が、兵衛門にはした。

汽笛が、どこかで鳴っていた。

秋の日の帝国ホテルの午後のティー・ラウンジだった。

阿《あ》修羅《しゅら》花伝

1

野《の》の宮《みや》の小さな社《やしろ》へたどりつくまでの狭い竹の藪《やぶ》みちは、長くて淋しい。いにしえの、草ぶかい荒涼たる嵯峨野《さがの》の幻を、不意によびさますみちであった。

あかるい初秋の木洩《こも》れ陽《び》にあふれていながら、底ふかくほの冥《ぐら》い。抜けられるかな、と、いつも一瞬立ち止まりたくなる。揚幕《あげまく》があがり、その先の舞台までの長い長い橋掛《はしがか》りを眼前にして立つ時、それは突然とりつかれる理由のない不安の気に、どこか似ていた。そんなところが、春睦《はるむつ》には気に入っているみちであった。

女は、その竹のトンネルを思わす藪みちを、まっすぐにむこうから歩いてきた。

すれちがう際、二、三歩手前でふと顔をあげ、春睦を見た。瞬間、何気ない瞳がとまり、みひらかれて、それからやにわに外された。眼を伏せて通りすぎたその風《ふう》が、咄嗟《とっさ》の会釈《えしゃく》のようにもとれたし、顔を背《そむ》けたという気がしないでもない、奇妙な出合い頭《がしら》の仕種《しぐさ》であった。

薄茶の着馴れした紬《つむぎ》の一重に、時代髷《まげ》をおもわせる黒髪の束《たば》ねが無造作で、面《おも》やつれした感じがかえって冴え冴えと映《は》え、足《さ》さばきもきりりとした、三十前の女にみえた。

春睦も、足をとめはしなかった。

行きすぎながら、ほんの束の間、誰だったかな、と、思うには思ったが、それだけのことだった。

すぐ後で、もう一度、この時の女の顔をつぶさに思い起こさねばならぬような出来事が持ち上ったのだが、その時にはもう女の顔は、ほとんど春睦の記憶のなかでは形をとどめてはいなかった。

「お知りあいどすか？」

と、口に出したのは、並んで歩いていた雪政《ゆきまさ》の方だった。

「いや。知らん」

「粋筋《いきすじ》にも見えしまへなんだなあ……」

雪政は独りで心得顔に、しかしとぼけたような口振りで呟いた。

「けどなんやしらん、キラッと凄い眼エどしたな。底光りがして……ま、気ィつけておくれやっしゃ。なんせ場所が場所でっさかい……」

「おいとけ。しょむない」

春睦は、いっこうにとりあわなかった。

野の宮は、光源氏の寵愛をうしない妄執の生霊《いきりょう》と化した女、六条御息所《ろくじょうみやすどころ》が傷心の身をひそめた古典に名高い縁《ゆかり》の地である。

能の有名曲にも、『野宮《ののみや》』という曲名がある。晴れぬ女の妄執を、秋風茫々《ぼうぼう》たる洛西の地、野の宮の情趣のなかで美しく怨《うら》みふかく描ききった名作である。

立花春睦は、能楽鑑賞会が主催するこの秋の演能会で、K流からその『野宮』を出す。

家元を継承する以前に一度、その後に一度、公《おおやけ》には今度で三度目の曲目だった。そのたびに彼は、主後見《おもこうけん》の雪政をともなって、曲の舞台となるこの嵯峨の野の宮近辺を小一時間ばかり逍遙《しょうよう》する。それは習い性《しょう》となっていた。

能舞台の簡素な道具《つくりもの》にもそっくりそのまま登場する黒木の鳥居と小柴垣《こしばがき》が、ほの冥い森木立におおわれてひっそりと建っている。

その物寂《ものさ》びた風情が今は身上《しんじょう》の、比較的人気《ひとけ》のすくない観光名所となっていた。

「しかし来るたんびに、ここも竹が無残どすなあ……」

雪政は、鉄無地の結城《ゆうき》の胸もとで舞う蚋《ぶよ》の小群れを、しきりに扇で払い落しながら言った。

「あれは、いつどしたかいな。先代のお供《とも》をした時やから……ぼんが、まだ小学時分でしたやろな。わたしが、十六、七の頃でしたさかい。やっぱりこのみち、歩いてましたんや。いきなりどした。『雪政、お前、聴いてるか』いわはるんです。キョトンとしてますとな、『女や』、て一言いわはりました。『このみちあるいてたら、女の声を聴かなあかん。女の残した、執着の声や』」

雪政はさりげなく春睦をみた。

先刻の女の眼が、妙に気掛かりなのだった。

野の宮にはその昔、斎宮《さいぐう》といって、伊勢神宮の祭祀《さいし》の任に選ばれた未婚の皇女が、任につく前の三年間、俗界から遮断され、この地にこもってけがれを絶ち、禊《みそぎ》の明け暮れを送らねばならなかった、いわば一種の人間放棄を強制された、幽閉の歴史がある。天皇代理として伊勢の祭事をつかさどるという無上の名誉はあったであろうが、うら若い盛んな女の花の時期を毟《むし》りとる残酷な制度にはちがいなかった。

野の宮は、そんな女たちの、禁忌《きんき》に明け暮れた地でもあった。

「『斎宮いうたら、ちょうど今の、お前と同じ年頃や。どや。お前に今、その若さ捨てられるか？』先代が、そないいわはった口の下どした。この竹が、いちめんわさわさと鳴って、動いたんどす。なんやしらん、ゾッときましたな。風が吹いて、藪が騒いだだけのことでっしゃろ。けど、いまだによう覚えとるんです。あの時の竹の動き、藪の音……もっとこう、うっそうとした竹林どしたさかい、そりゃあちょっと薄気味悪うおしたで」

「しょむないこと喋っとらんと、ほれ、蠟燭《ろうそく》でも買《こ》うてこんかい」

「いや、お灯明《とうみよう》やったら確か、鳥居のなかにありましたで」

「そやったかいな」

竹みちを出て、そぞろ歩きの主従二人はやがて黒木の鳥居をくぐった。神明造りの小さな社殿と古い石井戸、木陰の奥に古びた稲荷の祠《ほこら》があるだけの狭い苔むした境内《けいだい》は、ひんやりとして、無人であった。

かすかに、風が動いていた。

「ところで家元……」と、雪政は、十円銅貨を木箱へ落し、かわりに蠟燭を一本とった。

「先刻のお方は、誰方《どなた》さんです？」

火をつけながら、彼はなにげなくまた言った。

「阿呆《あほう》。まだいうてんのかいな。知らんというたら知らんのじゃ」

立花春睦が、或る異様なものに眼を奪われたのは、この直後のことであった。

春睦は参拝をすませ、神殿の前をはなれながら、見るとはなしに、かたわらの供物台《くもつだい》に目をとめた。備え付けの大形三方《さんぼう》の上に白紙が敷かれ、参拝者がてんでに残していった細い護摩木《ごまぎ》がうずたかく積みあげられている。神社だから、御札《おふだ》とでもいうのであろうか。檜《ひのき》の白木で、幅二センチ、長さ三十センチ見当の、細長い棒状の木片であった。

横に硯《すずり》と小筆の入った木箱が置いてあり、各自料金入れに一本分二十円を入れさえすれば、勝手に祈願の文字が書きこめるように、まだ手つかずの白木の札木《ふだぎ》は二、三十本残っていた。

春睦の眼をとらえたのは、すでに奉納されてある、三方の山の一番上にのっていた一本だった。

『祈・○大合格』とか『商売繁盛』『安産御礼』『旅行安全』『家内安泰』……などといった、この種のものにはつきものの極《き》まり文句のなかにまじって、一番上に置かれたその札木だけが、墨のにじみ加減のせいか、ちょっと見には読みとりにくい文字に見えた。春睦は、一度離した視線を、無意識のうちに再びその札木の上へ戻していた。そして、顔を近づけた。

それは、幅狭い木片にすり切れた筆の穂で書き込んだ細字であるから、明瞭な文字ではなかったが、そう読むより他はなかった。

『孫次郎調伏《まごじろうちょうぶく》　綾』

暫く春睦は、ぼんやりとその文字を眺めていた。

確かに、祈願文字はそう読めた。

――孫次郎調伏。

そこに表わされている字義通りに解釈すれば、それは、

――孫次郎をのろい殺す。

と、いうことにでもなるのであろうか……。

『調伏』とは、神仏に祈って、怨敵《おんてき》、魔障《ましょう》をおさえしずめること。のろい殺すこと――そんな意味の言葉であろう。

『孫次郎』は、おそらく、人の名前だろう。

――孫次郎という人物を、のろい殺す。神かけて、殺してほしい。いや、殺さずにおくものか……。

札木に書かれた文字の意味は、そういう穏やかでない内容を持っていると、いや、表明していると、理解するより他はあるまい。

すくなくとも、春睦以外の人間ならば、そう解釈してまちがいのない文字であった。

春睦の瞳は、すわっていた。

「どないしはりましたんどす?」

境内の奥にある小さな稲荷の祠まで拍手《かしわで》を打ちにいって戻ってきた雪政が、気がつくと、春睦の傍に立っていた。

雪政は声をかけながら、早くも眼は、春睦の視線をたどって三方の上へ落ちていた。

「家元……」

と、ややあって、咽《のど》のつまったような声を彼もあげた。

「こ、これは……いったい、どういうことですか?」

「そんなこと、わしが知るかい……」

「綾て、誰どす?」

「知らんて、いうてるやろ」

「知らんで済みますか? これは、呪いの祈願やおへんか。見とおみやす。まだ墨を吸いだちの木ィやおへんか。書いて間もない字ィでっせ。他に誰もいてしまへん。あの女や。そうですやろ。先刻の、あの女にまちがいおへん。こんなこと、ようまあぬけぬけと書きおって……」

雪政は、いきなりその札木を引っ摑むと、足許《あしもと》の地面へ叩き捨てようとした。

「やめんか」

春睦は、低く一喝《いっかつ》した。

「かりにも奉納された御札やで。手にかけることは、ならん」

忿《いか》りをみなぎらせた雪政の顔面は、だがそんなことではおさまらなかった。

「ぼん一人のことやおへんで」と、彼は真顔で食ってかかった。「ぼんは、立花一門を背負てはるお人どっせ。どんな事情があったにしたって、こんなこと女に書かせて、放っておいたらあきません。こんな女がいるならいるで、なんで打ち明けてくれはらしまへんのや。こないになるまで、なんで放っておいたんです……」

「待たんか、雪政。勘ちがいするな」

「なにが勘ちがいどす。『孫次郎調伏』、ここにはっきり、書いてあるやおへんか。ぼんをのろうて、死ィまで願《がん》かけしてる女が、ちゃんとここにいてるやありまへんか」

「だから、待てというとるのや。なるほど、『孫次郎調伏』とは書いてある。けど、『立花春睦調伏』とは、どこにも書いてないやないか」

「まだそんなことをいうてはるんでっか。今しがた、竹藪のみちで出会《お》うたあの女。そして今、この『孫次郎』。ここは、場所も野の宮のお社どっせ。これだけ揃うたら、この御札の『孫次郎』が、ぼんのことやのうて誰のことやといわはるのです」

雪政の語調は荒かった。

「そんなこと、そいつを書いた人間に聞け」

春睦も、ひるんではいなかった。

「なるほどわしは、今度の能で『野宮』を出す。その舞台で、孫次郎の面を被《き》る。『野宮』には孫次郎の面、これは立花の家のキマリや。けど、だからというて、その御札の『孫次郎』がなんでわしやということになる？　確かに、先刻《さっき》の女には、わしを知ってるような素振りはあった。けど、わしにはないのや。心当りはない。人ちがいかもしれへんやないか。偶然の符合かもしれへん。誰が書いたともわからん他人の御札や。そんな素姓もしれん文句に、わしらがおたおたとりのぼせて、めくじらたてることはない。早とちりはせんとおけ」

春睦は、吐き出すように言って、雪政を睨《にら》みつけた。色浅黒い端正な顔はひき締まり、脂《あぶら》の乗り盛りの美貌であった。

「じゃ、ほんまにあの女、ご存じやないのですか……」

雪政は、その春睦を見返しながら、やがて恐ろしいものでもみるように、再び視線を三方の上へと返した。

白木の札木はうずたかく盛ってあった。生木《なまぎ》のせいか、幽《かす》かに檜の香りがした。

この時、春睦も、雪政も、一瞬、同じことを考えていた。

能楽師には命である能面もまた、檜を彫ってつくられるのである。

野の宮は森閑として、木立ちの暗《くら》みの上の方で、やはり少し、風が動いていた。冷えた、吹くともない風であった。

2

能面には、おびただしい種類が数えあげられる。なかでも、能のもっとも花やかな部分を代表する女面《おんなめん》は、その王座をほしいままにするものといえるだろう。

女面、つけても若い女の典型面に、小面《こおもて》とよばれる面がある。この小面と並んで、ほとんど能の代名詞役をつとめる女面が、孫次郎なのである。

どちらも若い女の傑作面だが、小面は可憐、ゆたかなふくらみの肉付きがういういしく、孫次郎には、うっすらと蜜に濡《ぬ》れて花開いた、けむりたつような女の花々しさがあった。

原作者、金剛孫次郎の名をそのままとってかぶせた呼称である。

能の〈三番目・鬘物《かずらもの》〉といわれる女物には、なくてはならない面であった。

シテ方《かた》K流家元、立花春睦が『野宮』の舞台で演じる六条御息所は、この孫次郎をつけて出るのであった。

春睦が雪政をつれて嵯峨の野の宮をたずねた日の翌日も、京都は、陽射しの穏やかな雲のない秋晴れだった。

「家元、吉崎が顔出してますのやけど……」

午後になって、来客がとぎれたと思ったのは束の間のことで、雪政がそれを取次いだのは、装束の織屋が注文仕立ての長絹《ちょうけん》を届けて帰った後、すぐにのことだった。

「吉崎?」

「へえ」

「面《めん》打ちのか?」

「そうどす」

春睦は、黒漆《くろうるし》塗りの文机の上に和綴《わと》じの伝書《でんしょ》を開いていた。能の型付、心得などが、先祖累代の手で書き遺《のこ》された家伝の書である。

「お前、相手しといてくれ」

にべもない声であった。

「孫次郎、持って来てますのやけど……」

「孫次郎?」

「へえ」

「急がんでもええというた筈《はず》やないか」

「へえ」

「今度は本面《ほんめん》で行く。話してあるのやろ?」

「話してます。このたびは見送りになったさかい、じっくり練《ね》り直してもらうよう、先月、話は通してあります」

「ほんなら、何でや。あの面、細工しなおして、また持ってきたんかいな」

「いえ。別口《べつくち》のです」

「別口？」

「へえ」

「阿呆。一年かかって打ち上げた面が、気に入らんというてるのやで。あれから、まだ一月にもなってへんやないか。そんな即席面頼んでるのやないぞ。本面にとって代れるようなものが欲しいのや。吉崎やったら、打てると思うたさかい、頼んでるのやで。お前もお前や。そんな十日か二十日やそこらで、てのひら返したみたいにハイ出来ましたて持ってくるのを、ようまあ子供の使いみたいに、取次げるな。あとで見る。置いといてもらえ」

背を見せたまま、春睦は言うだけのことを言って、再び伝書の上へ眼を置いた。演能前には、必ず目を通す伝書であった。何度も読み返している家伝であるが、そのたびに、新しい発見がある。殊に春睦の場合、この演能前の読書は、人の寝静まった夜更けにではなく、いつも明るい真昼間に限られていた。伝書中にたちこめる伝統の古色につい惹《ひ》きこまれ、我を忘れ、それにつきすぎるのを恐れたからだ。古典への警戒の態度であった。

だから、演能前の数日、昼間の体の空き時間は、春睦にとって極めて貴重なものであった。

しかし、春睦は、伏せかけた眼を不意にとめ、その顔をあげた。

「お前、見たのか？　その面」

「へえ」

「いけるのか?」

彼は、首をまわして、雪政を振り返った。

いけないものを、この男が取次ぐ筈はないのであった。

生まれた時からの主従ではあったけれど、能の腕は互角であった。無論、雪政は、おくびにもそんな腕を表に出したりはしなかったが、春睦にだけはわかる腕だった。年こそ五歳年長だが、子供の頃から、春睦に影のようにつき添って、決して離れることのない、いわば分身も同然の男であった。

片や名流Kのシテ方の家に生まれ、片やその付弟子として育った仲だが、真剣勝負に立合えば、技は雪政にかなうまいと春睦は知っていた。しかし、主従の分を心得ている雪政である。生まれてこのかた、まだ現実には一度も目にすることの出来ぬ技であった。そしてこの先とも、決して見せはしまいと思われる技だった。だがその技を、雪政は、まちがいなく、その頑丈《がんじょう》なガッシリとした体軀の奥に隠しきっている男であった。

兄が死に、そして父が死んで、五年前、一度はとび出した家を否応《いやおう》なく継がねばならぬ身となった時にも、この雪政がいたからこそ、春睦は、名流Kを背負う決心がついたのである。若い頃から能楽界の新星と評判される春睦だったが、一門宗家を背負うむずかしさは、舞台の上の伎倆や力だけでは及ばないものがあった。それを埋めてくれるのは、いつもこの雪政だった。春睦には、かけがえのない後見役《こうけんやく》なのだった。

その雪政は、廊下に膝をついたまま、

「スンマセン」と、ただ無骨《ぶこつ》に頭をさげた。

「よろしおしたら、ちょっと見てやっておくれやす」

そんな雪政を、春睦はわずかな間、黙って見た。

「そうか」

と、やがて言って、伝書を閉じた。

秋の陽射しは傾いて、音もなく畳目を焼いていた。

吉崎青村《せいそん》は、表の間《ま》で、きちんと正座して春睦を待っていた。

四十代半ばの、蓬髪《ほうはつ》、やや肥満ぎみの精力的な風貌が、いつ見ても、面打ちなどという職業とはどこかかけはなれた俗臭を感じさせる。だが、腕は確かな男だった。現在、東京、関西をあわせて、数少ない能面制作者の内では、貴重な中堅どころの一人である。

「いや、お忙しいとこお邪魔させてもろうてます……」

と、吉崎は、大阪訛《なま》りで磊落《らいらく》に挨拶した。

「ま、なにはともあれ、ご一見願った上で」

かなり自信のある声であった。

春睦がこの男に依頼した孫次郎の面は、立花の家に伝わる本面の模刻ではなく、本面と同質の古《ふる》び、つまり時代色を持ち、本面と同程度の働きをしてくれる面、というむつかしい注文だった。

本面といわれる面は、原作者の原型作品のことである。多くが、重要美術品の指定を受けている。孫次郎でいえば、〈伝・孫次郎作〉として立花家に伝わっている古面が、それである。

普通、本面は、めったに使われることはない。古いものになると、破損の怖れがあることは勿論だが、この世界では各流派とも、ふだんは〈写《うつ》し〉といって、本面そっくりに似せて彫った模刻品を使用する。つまり、代用面なのである。

立花にも、孫次郎の代用面はあった。孫次郎の面をつける曲目には、ほとんどこの模刻の面が使われているわけだ。

しかし、模刻はしょせん模刻である。本面の力強さには及ばない。本面を超《こ》えるほどの精巧な写しがあれば、これに越したことはないのだが、そんな作は、一朝一夕に望んで得られるというものではなかった。また、本面を超える出来ばえの面ならば、それはもう写しではなく、立派な本物の一流面として価値のあるものだ。

春睦が吉崎に望んだのは、本面を超えなくとも、せめて模刻ではないとはっきり感じさせる面、それであった。言葉をかえていうならば、新作面ではなく、あくまでも孫次郎という型の中で、孫次郎を創作せよ、という注文であった。

一月前、吉崎が打ちあげて持参した孫次郎は、面自身の出来は素晴らしいものだったが、それはもう孫次郎ではなかった。孫次郎の型を逸脱した、別の若い女の顔であった。

型の中にあって、型を出る作。そんな面が、春睦は欲しかったのである。

出来ばえの如何によっては、各流派の家元が出揃う、いわば立合能《たちあいのう》の形となるこの秋の演能会に、春睦は、その面をつけて『野宮』を舞う心づもりもあったのである。

庭の立木で、茅蜩《ひぐらし》が鳴きしきっていた。

「……どうでっしゃろ？」

と、吉崎は、面を手にとり見入っている春睦に、声をかけた。

春睦は、黙ったまま、やがて面を箱の内へ静かに返した。

「いいですね」

と、そして言った。京都訛りのない声だった。

「孫次郎です。よく出来ています」

「そうだっか……」

ホッとしたような満足の声が、吉崎の咽《のど》から洩れた。

「けどこれ、あなたの作じゃありませんね？」

春睦は、面箱の蓋を閉めながら、そう言った。

途端に吉崎は、いかにも嬉しそうな顔をした。

「そうだす、そうだす。そうだすがな。いや、やっぱりばれてまいよった……」

「いい面打ちになりましたね」

春睦は、相変らず、静かな声で、その時言った。

「おや、御家元はん、ご存じでっか？」

「いつかあなたが連れてきたことがあるでしょう。若いお弟子さん」

「ほう、これはまた恐れいりましたな。そこまでお見通しやとは……」

「一度、あなたのお仕事場でも会ったことがある筈ですよ。そう、あの時もそういえば、孫次郎の面、打ってたんじゃなかったかな」

「いや、そうでっか。そんなことがおましたか」

「もう、二、三年前になりますかね」

「いや、いや、これは、おおきに。ありがとさんでございます。本人が聞いたら、とびあがってよろこびまっしゃろ」

「しかし」と、春睦は、吉崎を見た。

「どうしてお弟子さんの面なんかを？」

「いや、それだすがな……。じつはあの子、ちょっとノイローゼみたいになりよりましてな。ここ一年ばっかり、顔出しませんのや。ま、わても、素人さんの出張教授みたようなことしてまっさかい、あの子がいてたら助かりますのや。けど、病気やったらしょうもおまへんしな……なんせ、大阪と京都でっさかい、わても気にはなりながらついつい そのままになっとったんだす」

「あの人、京都にいるんですか？」

「そうですのや。月に五、六回、出張教授の手伝いに通うてきてましたんだすわ。ちょうど先月、こちらに、わてがうかがいましたやろ。そいでまあ、ええ機会やし、ちょっと様子見に寄りましてん。そしたら、まあ、青い顔して、この面、打っとるやおまへんか。とにかく仕上げて持ってこい、いうて帰りましたんや。出けてきたのが、この孫次郎だす」

吉崎は、節くれだった短い指のてのひらで、つるりと顔を拭うようにした。

「ま、出来はともかく、わての面とはちがいまっしゃろ。御家元はんが探してはる面が、どの線狙うてはる面か……正直いうて、わてにはも一つ、具体的に把《つか》めんようなところがおました。かんにんしとくれやっしゃ。サンプルいうたら、言葉が汚うおますわな。けど、これ、わてのサンプルですねん。サンプル出して、ちょっとでも御家元の狙いが、具体的に知りとおましたんや。とにかく、何かおっしゃってくれはりまっしゃろ。それ聞いて、なんでもええ、手掛かりが把みとうおましたのや」

春睦は、黙って聞いていた。そして、やはり平静な声で、この時言った。

「あなたがそうおっしゃるなら、私の感じたことも聞いてもらいましょう。この孫次郎の面は、腕ではとてもあなたの面にはかなわないと思います。あなたは、素晴らしい創作面をお打ちになった。この人には、そんなことはまだとても望めないでしょう。面打ちの腕と、位《くらい》のちがいでは、比べようもありません。当り前のことですがね。でも、この人の面は、誰が見ても孫次郎です。孫次郎を、一生懸命に写している……写すのに、せいいっぱいという感じがしますね。そして、よく写してあると思います。きっと、正確に、寸分たがわず孫次郎を写しだす……そのことだけしか、頭にはなかったんでしょうね。また、他のことを考えるユトリなんか、この人の腕では持てないでしょう。それが、かえって、この面の不思議な味になったんじゃありませんか？　これは、孫次郎だけを、ただ夢中で写している。それでいて、孫次郎とはどこかちがう……」

「そうなんじゃありませんか?」と、春睦は言葉をついで、吉崎を見た。

「この面……本人に、似てるんじゃありませんか?」

吉崎は一瞬、怪訝《けげん》な顔をした。

「先刻《さつき》、急に想い出したんですがね……」

と春睦は、言った。

「二、三年前、あなたのお仕事場で、内弟子さんの一人に、私は同じようなことをいった記憶があるんです。もっとも、もっとまずい孫次郎でしたけれどね。『君に似てるね』って、確か、そんな言葉をつかった……。もう、そのお弟子さんの顔も、その時の面の具合いも、すっかり忘れちゃってるけど……そんなことがあったのを、いま、この面見ていて、急に想い出したんです。どうしてだかね。そしたら、その後も確か一度……あなたについてウチに来た人のような気がしたんです。顔はよく覚えてないんだけど……そうなんでしょ? この孫次郎、その人にどこか似てるでしょう?」

「ウーム」と、吉崎は、唸《うな》った。

「そういえば……そんな気、せんこともおまへんなあ……」

「きっと、この人も、自分では気がついちゃいないでしょうけどね……」

ちょっと、春睦は言葉をきった。きりながら、ふと、新たに想い出す部分があった。

そうだ。あの若い面打ちとは、吉崎の家の廊下の外れでぶっつかったのだ。絹布に包んで持っていた面が畳に落ちたので、自分が拾ってやったのだ。確か、男らしい爽やかな顔立ちの若者だった。その男の顔が、拾った女面の中にそのままあるので、瞬間、不思議に思ったのだ。面白い子だなという気がしたのだった。

「この人の……癖《くせ》みたいなものなんじゃありませんか？」

と、春睦は言った。

「知らぬ間に自分の顔の感じが出てくる……。この面がいいのは、きっとそこだと思います。孫次郎であって、孫次郎でない。私が欲しいのも、そんな面です。出来たら、今度の『野宮』に使わせてもらいたいくらいの面です」

「そんなら……合格だっか？」

吉崎は、両膝に手を置いて、思わず、両肩をせりだした。

「お役に立ちまっか？」

春睦の顔を、いきおいこんで見守った。

「それが、出来ません」

「え？」

「出来ないのです」

「そりゃまた、どういうことだす？」

「吉崎さん」と、春睦はむしろ、冷《さ》めた声で応えた。

「能役者には顔がありません。自分の顔がないのです。そうでしょ？　私が舞台に立つ。私が立っているんじゃない。面が立っているんです。私にはもう、その時顔がないんです。面の顔だけがある。私が面に入っていけなかったら、面は動き出してはくれません。私は『野宮』の舞台で、六条御息所になりますよね。この面の上に、六条御息所の顔を見なくちゃならないんです。見なきゃ、面の中へ入ってはいけませんものね。ちがいますか？　いつも誰かに似ていると思ってなきゃならない面で、そんなことが出来ますか？」

吉崎は、かすかに身じろぎした。

「そうですよ」

と、春睦は言った。

「あの面打ちさんに……私が会ってさえいなければ、問題はないんです。私はためらわずに、この面を使わせてもらいます。よろこんで、そうします」

言いながら春睦は、しかし、その若い面打ちの顔を、はっきりとは想像することが出来なかったのである。

想い出すことが出来ないその面打ちの顔を、何故この一枚の面は、見た途端に、自分に思い起こさせたのだろうか……。若い、男らしい、爽やかな顔だったという印象だけが、春睦にはあるのであった。

不思議な面であった。

春睦は、もう一度、孫次郎の入っている木の箱へ視線を注いだ。すると……、

『孫次郎調伏』

という筆文字が、いきなりその面箱の上に重なるようにして出現し、黒々と墨を噴《ふ》くかに見

えるのだった。

（昨日といい、今日といい……妙な日だ）

と、春睦は、とりとめもなく思った。

庭の木立で鳴く茅蜩《ひぐらし》が、刃物のきしるような声に聴こえた。

3

その夜、十一時近いころだった。立花家の表の間にある電話が鳴った。内弟子の一人が出たが、すぐに雪政を呼びにきた。

「面打ちの吉崎はんからです。替ってくれとおっしゃってます」

吉崎の声は、なにか落着きのない調子を含んでいた。

「ああ、お昼間はどうも……あの……御家元はん、もうお寝みだっか？」

「いえ。宵っ張りのほうですさかい、まだ起きとられるようです。何どすか？」

「いや……あの、おうちの表門、もう閉めてはりまっしゃろな？」

「へえ、閉めてますが……」

「ああ、それやったらよろしおまんねん。変ったこと、おまへんなあ？」

「何どす？　何ぞおしたんか？」

「いや、スンマヘン……わけは、またお話しさせてもらいまっさかい。あ、それからこの電話、どうぞ御家元はんにはご内聞に。スミマヘンなあ。かんにんしとくれやっしゃ。お寝みやす」

電話は切れた。まったくわけのわからない電話だった。だが、よく考えれば、幾つか気になる内容を持っているような気が雪政にはした。

急に雪政は表に出て、ぶらりと一まわり、家の周囲を点検し、門扉の閂《かんぬき》と勝手口の木戸の施錠を自分の手で確かめ直した。しかし、そんなことをしている自分にも、わけのわからないところがあった。

『孫次郎調伏 綾』

と、いう護摩木の文句が、やはりどこかで、忘れられないせいであった。

木犀《もくせい》の高垣塀の上に、夜雲をはらんだ月が出ていた。

翌朝早く、雪政は大阪の吉崎の家に電話を入れた。吉崎はまだ帰っておらず、昨夜は京都泊りだという返事であった。木屋町筋の宿の名を聞き、そこへも電話した。だが、昨夜出たまま帰っていないという。

「へえ、一ぺんは帰っておこしやしたんどす。遅うにお食事おしやして、お寝間とらせてもろてますとこへ、お電話がおしたんどすわ。えらいあわててお出かけどしたえ……」

「その電話、どこからだかわかりませんか?」

「へえ……確か、ウゲツさんとか、いわはりましたと思いますけど……」

「ウゲツ? そうですか。えろ、おおきに。ごめんやしておくれやっしゃ」

雪政は受話器を置いた。

『雨月《うげつ》』にちがいない、とそして思った。

昨日、吉崎が持ってきた孫次郎の、若い面打ちの名前であった。

春睦は名前を尋ねもしなかったが、雪政は、吉崎からその面打ちの名を聞き出しておくことを忘れはしなかった。

しかし吉崎は、雅号の『雨月』という名だけを明かして、なぜか彼の本名や京都の住まいなどについては、妙に言い渋った。

「なんせ、まだ修業中の身でっさかい……わても、内弟子として面倒みてます手前、ま、何事も吉崎身内としてお扱い願いとおますのやけど」

その言い分にも一理あった。

雪政は、あの孫次郎を彫ったこの『雨月』という面打ちに、一度会ってみるつもりだったのだが、態《てい》よくかわされたという感じであった。

木屋町の旅館への電話を切った後、雪政は、再び大阪の吉崎の宅を呼び出した。最初と同じ、住込み弟子らしい男の声が出た。

「雨月の住所でっか？　待っとくれやっしゃ」

と、その声は、簡単に言った。暫くして、

「よろしおまっか、読みまっせ……」という声がはねかえってきた。

「京都の下《しも》嵯峨でんな……」

「下嵯峨？」

一瞬、雪政は言葉をのんだ。どこかで、ひんやりとした風が動いた。風は、雪政の体の奥にあった。風のなかには、幽かな檜の香りが漂った。

右京区嵯峨天竜寺××町……。

野の宮とは、一キロと離れていない場所ではないか。

雪政は、理由もなく胸下が漣《さざなみ》だつのを覚えながら、電話を切った。

離れで春睦が起き出したらしく、雨戸を繰る音が聞こえ、硝子越しに、浅黒い上半身裸体の春睦が庭に下り立つ姿が見えた。


山陰鉄道の線路を越えて、有栖川《ありすがわ》沿道までの畑地の多い一劃《かく》が、天竜寺××町に該当する場所らしかった。

この辺り一帯は、最近急激に田圃や畑地、藪などを潰《つぶ》して建てた公団団地や、新興住宅、小棟のアパート群などが、いたるところに集散し、嵯峨の風致などというものはない。わずかに、新丸太町車道を越して田圃のひらける前方に、近々と迫る北嵯峨の円《まろ》やかな山並みが、古趣をたもっているといえばいえ、それが救いとなってくれている。

雨月の住まいは、稲田に面した平屋建ての五所帯続きのアパートだった。アパートと書いてあるが、それぞれの家屋は独立していた。モルタル建ての一番奥のドアが、それらしかった。らしかったというのは、表札もなにもなく、雨戸は閉めきってあって、ドアにも鍵がおりていたからだ。隣の住人に尋ねても、名前は知らないと言う。

「でも、いらっしゃるんじゃないですか？　いつも雨戸は閉めてるみたいだから」

と、その乳呑子《ちのみご》を抱えた若い主婦は言った。

「いや、何度も呼んだんですけどね……ドアも叩いてみたんです……」

「だったら、お留守だわ」

「能面を彫ってはる人でっしゃろ？　若い……二十三、四の……」

「いいえ」と、彼女は首を振った。「ちがうわ。二十三、四って感じじゃないわよ。めったに顔を見ないから……わたしもはっきりしたことといえないけど……そうねえ、何だか年の見当がつかないような人よ。こう……陰気っていうのかしら……とっても陰気。ちょっと見たら、ゾッとするほどそうよ。皺《しわ》まみれって感じの……痩せこけた……そう、ほんとに皺っぽい顔をした人よ」

雪政が、人ちがいしたかな、と一瞬思ったのは、女が確信をもってそう言いきったからである。

少なくとも、能面を代表する最も美しい女面の一つ、あのけむりたつような〈孫次郎〉の面に、その顔の感じが重なるような若者に、それはふさわしい表現だとは思えなかった。

「お宅は、ここ……もう長いんですか？」

「いいえエ。だってこのアパート、建ってまだ一年半くらいじゃないの？　みんな最近入ったばっかりよ。わたし達が入ったのは昨年だけど。その時もうお隣りはいたわよ」

「一人で住んではるんですか?」

「そう、一人みたいだわね。でも、時々、お姉さんていう人が通ってきてるようだけど……」

雪政は聞き返した。

「お姉さん?」

「でもねえ……」と、その若い主婦は、乳呑子を揺すりあげて、ちょっと笑った。

「その人がきてる時も、雨戸、閉まったまんまですよ」

雪政は、それを訊《き》いたものかどうか、瞬間ためらった。だが、口に出していた。

「そのお姉さんて人……三十恰好の……和服がよう似合う人とちがいますか?」

「そうねえ……三十前後だわね……若く見える時もあるけど。そう、着物もよく着てるわよ」

「長い髪の……ちょっと変った結《ゆ》い方してる……」

「そうそう。そうよ。ほら、テレビなんかによく出るじゃない。お花の家元してる人……」

「ああ、安達瞳子さん……」

「そう。その人よ。安達瞳子。あの人みたいな髪でしょ? こう、ひっつめて……ちょっと、風変りにふくらませた……あんなにキチンとはしてないけどさア。そう。そんな感じの髪してるわよ」

まちがいない……と、雪政は思った。

竹の藪みちを、まっすぐに歩いてきたあの時の女だ。

『綾』――『孫次郎調伏』――嵯峨――孫次郎の面を写す面打ち――雨月。

一つの思いがけない筋糸が、眼前に現われて、いきなりつながったという実感があった。
そして、孫次郎と嵯峨野が、『綾』と雨月を結びつけたというこの突然の感じには、野の宮の藪みちを歩いてきた女の顔をまのあたりにしているだけに、ふしぎな現実感があった。あの女がこの部屋に出入りしている以上、この狭いモルタル造りのアパートに雨戸を閉めきって住んでいるという男は、雨月でなければならないような気がしたのである。吉崎も、雨月は一年ばかりノイローゼ気味だったと言っている。青い顔をして、あの孫次郎の面を彫っていた、と言っている。

どんな事情があって、そういうことになったのかはわからないけれど、或いは彼が、陰気な……痩せこけた青年に変り得ることは、あるかもしれなかった。

しかし、まだ二十歳を出たばかりの、いわばみずみずしい盛んな花時《はなどき》の肉体に、年齢の見境《みさかい》さえつかぬ……ゾッとするような、皺まみれの顔と化す変化《へんげ》の刻《とき》が、現実に、そうたやすく忍び寄れるものだろうか。

しかも、ほんの二、三年前、春睦の眼に、その顔は孫次郎と重なって見えた顔だ。そしてつい昨日、本面と見まごうほどの孫次郎の写しの上で、再び春睦に、その面影をよび醒《さま》させた顔である。

雨月である筈だ、と思う一方で、それを納得させきらない……奇妙な、つかみどころのない混乱に、雪政はしばし浸《ひた》っていた。

雨月。

それが、ふと、この時、いわれのない恐怖の頭をもたげ、見えない波頭の気配をまとった。そんな気が、雪政にはしたのである。どこか遠い五体の先端で、それを感じた。

野の宮の境内で、

『綾』

という文字をまのあたりにした時、雪政の体をはいのぼった理由のない不安と懼《おそ》れに、それはひどくよく似ていた。

どちらも、先の見えない怯《おび》えであった。

雨戸のぴったりと閉まった部屋。開かないドア。六畳と四畳、二間がせいいっぱいと思われる住居の内は、やはり、人の気《け》はないように感じられた。

無論昨夜遅く、雨月からの電話で呼び出されあわてて出掛けていったという吉崎の姿も、そこにはなかった。

雪政は腕の時計を見た。日が上《のぼ》って、まだそう間のあるという時刻ではなかった。すぐ傍を走る田野《でんや》のなかの広い車道を、車がひっきりなしに擦過《さっか》していた。その車体のきらめきにも、まだ朝の光は残っていた。左手に小倉山、正面に嵯峨北山の連なりが、すぐ届きそうで手の届かない近さに見えた。

雪政が、吉崎青村に出あったのは、有栖川沿いの道を東にかなりとって返した、踏切り間際の坂みちであった。上着を脱いで肩にぶらさげ、油っぽい長髪を掻きあげ掻きあげしながら、吉崎は踏切りを向う側から上ってきた。

一人であった。

4

「雪政はん……」

と、吉崎は、咽《のど》の奥で声を呑んだ。目の充血に、憔悴《しょうすい》の跡がみえた。

だがすぐに、そのうろたえを顔から消した。

「えらいまた、ひょんなところで……」

「そうですねん」

と、雪政は、その愛想顔をしりぞけるように、言った。

「雨月さんのところへいったんです」

吉崎は、黙ったまままみつめ返していた。

雨月の住所を知ることになったいきさつを、雪政は一応かいつまんで彼に話した。

「……そうでしたんか」

と、やがて吉崎は、神妙な声で言った。

「じゃ、もうお話しすることもおまへんな。スンマヘン。お舞台前のことでっさかい、こんな不仕末……お耳に入れて、御家元はんのお邪魔にでもなったらと、それが心配でおましたんや……」

「何のことですか、吉崎さん」

「あの、雨月がお話ししましたんだっしゃろ?」

「雨月さんはお留守でした」

「留守?」

吉崎はふしぎそうに見返した。

「ほんならまだ、雨月に会《お》うてはらしまへんのだっか?」

「そうどす。雨戸もドアも閉めきってありました」

「そうでっか……」

吉崎は、独り言のように呟いた。

それからやや間をおいて、

「お会いになりまっか?」

と、ぽつんと言った。

「え?」

「わても、もう昼過ぎには大阪へ戻らなあきまへんのや。お会いになんのやったら、ご一緒しまひょ」

「でも雨月さんは……」

「いてるんです」

「?」

「足がもう、片っぽ萎《な》えかかってんのだす。外にはよう出まへん」

「何どすて……?」

雪政は、唾を呑んだ。

足許でレールが鳴っていた。遮断機が下りかかっていた。

二人は、線路の真ン中に突っ立っている自分達に、はじめて気付きでもしたように、どちらからともなく、ぎごちなく顔を上げた。

雨月の住まいに引き返す道すがら、吉崎は、話した。

「昨日お宅を下《さが》ってから……あの孫次郎持って、雨月のところへ戻るのは、実はしんどおましたのや。いや、わては御家元はんにはあないいいましたけどな、あの孫次郎、きっと使うていただけると確信持ってましたのや。あの面見た時、これや、思いました。目見張ったんだす。一年見ん間に、こいつ、こんな面打ちよった……正直いうて、足許すくわれた気がしましてん。もとから、孫次郎には打ちこんどるようでおました……じつはな、あの子を面打ちの世界に引きずり込んだのも、孫次郎やというてもよろしいんだす」

雨月が、はじめて能面を打ったのは、大阪市立工芸高校在学中のことである。

「芸術祭というのがおまっしゃろ。わての娘もその学校にいてましてな、展示会見に出掛けましたのや。そこで、あの子の作品見て、ま、声かけたんだす……」

雨月は高校では、日本画を専攻していた。

「日本画の君が、何でまた能面打ったんや？」

「わかりません」

と、雨月は答えた。

そして、ちょっと眼をかがやかせて、

「あの……能面打ってはるんでしたら、能楽師の方たちとのお付合いもあるんでしょ？」

逆に、吉崎に尋ね返してきたという。

「そらまあ、面打ちは、能家の仕事主《おも》にしてるのやさかい」

「K流の立花春睦さん、ご存じですか？」

「ああ、立花の次男坊はんやな」

「あの人の『鶴《つる》』、見やはりましたか？」

「『鶴』？」

「あの人、家を出てはったて、ほんとですか？　大阪でグラフィック・デザイナーしてはったそうですね？」

「そうや。将来の能界を背負うて立つ人やて、子供の時分から、えらい騒がれはった人やねんけどな」

「どうしてK流を出はったんですか？」

「そんなこと、知らんがな」

「去年、『鶴』で、また復帰しはったんですやろ?」

「ああ、あの『鶴』か」

「そうです。見はりましたか?」

「いや、見てないのや。あそこも、長男の跡取りが病弱やさかい、いずれは復帰しはるやろうてみんな思うてはいたけどな……そやったいな、あの『鶴』は、えらい評判やったな」

「凄い能でした。僕、能て、はじめて見たんですけど……度胆《どぎも》抜かれたっていうのかな……恐ろしい芸術やなあて、思うたんです」

「ほう」

「〈橋姫《はしひめ》〉て、いうんですてね、あの女面。美しさとは逆の面《めん》ですよね? あの面で、どうしてあんな美の世界が出てくるのか……あの醜悪な凄《すさ》まじい面で、なんで……一生でも抱きしめていたいと思うような女が描けるのか……」

雨月は、少年っぽい切れ長の眼に、夢中の光をたたえて言ったのだという。

〈橋姫〉といわれる面は、嫉妬の女の怨霊《おんりよう》面である。眉《まゆ》陰惨に落ち、金《きん》を吐く獰猛《どうもう》な眼には朱を注ぎ、朱は眉根にも鼻皺にも鉄漿《かね》を含んだ裂口にも流し込まれ、代赭《たいしや》いろに塗りつぶされた顔面には、おどろの黒髪がはりついている。生きながら怨敵を呪い殺さんとする鬼相の面だ。

「僕、能て、何にもわかりません。謡《うた》いの言葉かて、わかりません。けど、僕、なんでか……勃起したんです。美しゅうて……可愛ゆうて……抱きしめとうて……むしょうに、あの女が、欲しいと思ったんです」

雨月は、含羞《はじらい》も見せずに、そう言ったという。

「鶴て、美しい禽《とり》ですやろ？　それをあの人、ぶちこわさはってるんです。獰猛で、恐怖的で、醜悪で……うまくいえへんけど、とにかく見てたら、常識的な価値観念がひっくり返るんです。見事にひっくり返される。常識というものが、何とつまらんものかということが、思い知らされる。それでいて、あの人の鶴は美しいんです。可憐で……官能的で……ドキッとするほど美しい。能は、古い芸術やなかったんですね。僕みたいなド素人にも、ちゃんと芸術やていうことをわからせてくれる……。それから僕、あの人の能だけは欠かさず見ることにしてるんです」

雨月は、自分がはじめて打った能面を照れくさそうにちらっと見た。

「……なんでこんな面、打つ気になったのか……自分でもわからないんです。これ、あの人が『野宮』でつけてはった孫次郎です。あの人の孫次郎見てたら、むしょうに彫りとうなったんです……」

「面は、心だす」

と吉崎は、言った。

「雨月のまねやおまへんねやけど、わて、その時、この子欲しいな、思うたんです。つまり、わてが雨月を、面打ちに引っ張り込んだようなものですねや」

高校を卒業すると、日本画を捨て、雨月は吉崎青村の内弟子となった。

太秦《うずまさ》の旧家の息子で、両親はすでになく、姉一人弟一人の二人暮らし。十数軒ある借家の上《あが》りと、姉が書道塾を開いていて、嵯峨のアパートは雨月が仕事場として持っているものであった。月に五、六度は、吉崎が大阪で開いている素人指南の稽古場へ助手としての仕事があり、自らの修業もあって、それやこれやで毎月十日は大阪通い。あと、自宅で面を打つという暮らしであった。

雨月は、一年一年腕をあげ、吉崎を通して彼に持ちこまれる依頼面は、一面、四、五万の値はつくようになっていた。しかし、姉がかりの生活であることには、ちがいはなかった。

「もともと、孫次郎の面打って、面打ちの世界に入った奴でっさかい、孫次郎に打ち込むのはわからんことはおまへん。女面は、いうたら能でも、面の世界でも、花のものでっさかい、これに闌《た》けるということは、面に闌けることでもおます。それだけに、至難だす。そりゃまあ、向き不向き、得手《えて》不得手は誰にもおますのやけど……いきなり頂上の花だけめざしても、花は姿を見せてはくれへん。男も女も、子供も大人も、爺婆《じじばば》も、鬼も異形《いぎょう》も……広うに知ってなあきまへん。……二年ばっかし前ころからだした……」

吉崎は、そう言った。

「あの子の孫次郎狂いの度が、ちょっと過ぎるんだすわ。尋常やおまへんのや。いうた面は彫ってこん。修理や彩色の手直しも、ずさんになる。そこで、持ち込んでくる面というたら、いつもかつも、孫次郎だす。わても、気が短い方だすさかい、いきなり面を割る。ぶっつけるわ、呶鳴《どな》りちらすわ……ま、そんなことの繰り返しでおましたんや。……とうとうあの子、ノイローゼみたいになりましてな、やめさせてくれいいますねん。泣いて頼みよりますねん。やめてどうすんねやて問うたら……やっぱり孫次郎彫る、いいますねん。わても、カッとしましてな。駆け出しの青二才が、何をぬかす。それで面打ってるとでも思うてるのか。面打ちてよばれる身分になれたとでも、思うてるのか。彫れるもんなら、彫ったらええ。ああ、やめ。やめて、出てさらせ。たった今、出てさらせ」

吉崎は、そのぶ厚い唇の間から現実にも泡をとばした。

そしてふと、沈黙した。

「……それが昨年のことでおました」

と、彼は、言った。

「……先月、一年振りで訪ねて、あの孫次郎見た時……わて、何やしらん、あの子が少しわかったような気がしましたのや。御家元はんがいわはったように、立花のお家の本面を、いっしんに写してる。よっぽどあの子、御家元はんの孫次郎に参ったんですわな。そう思うたら、何や不憫《ふびん》にもなりましてな……それに……」

と、再び吉崎は、言葉を切った。

「あの子の変り様が……ひどいんだすわ。見た時、わが目を疑いました……。ものもろくに食べずに、あんさん、坐ったきりやというんだっせ。ものも食べんで、どうして面が打てますか。面は力や。体に力がのうては、とうてい、気力だけでは彫れまへん。食べても、すぐにもどすのやていうんだす。体が、受けつけへんのやていうんだす。それで一年、面打ってたんでおます。わてな……あの子見てて、なんや知らん恐ろしなりましてな……これはあかん……医者に診《み》せなあかん……そない思いましてん。思うた時に、御家元はんの『野宮』が、ふと頭をかすめましてん。自分がよう打たへんかったから、苦しまぎれにお目にかけたのやおまへん。弟子の面など持ち出す無礼は、百も千も承知してま。けど、この子を立ち直らせるのは、この面や、と思うたんだす。本面写してても、ちゃんと雨月の孫次郎になってる。この面、もし使うてもらえたら……いや、きっと使うてもらえるて気が、わてにはしたんだす。そしたら、この子の執着も晴れるやろ。とびあがって喜ぶやろ。もとの顔にもどるやろ……。この話、本人に聞かせただけでも、いっぺんに元気つけきりよるやろ。わては、そう思うたんだす。

……ところが、どうだす。雨月は、顔色変えましてな。厭や、ていうんだす。こんな面、御家元はんに見せられへん。そんな大それたこと、思うてもいん。

『大それたことかどうかは、わしが決める。お前が心痛せんでもええ』……けど、どないしても、承知せえへんのだす。とうとう、無理矢理にあれ、引きとって、わての一存でお目にかけた面だんねん……」

吉崎は、ちょっとの間、黙って歩いた。

「……勿論わては、御家元はんの言葉は、帰って、あの子によう話してやりました。ええか、この面見て、お前の作やといい当てはったんやぞ。お前を、覚えてくれていやはったんやぞ。あの御家元はんが、わたしの欲しいのはこんな面や、お前に会うてさえいなんだら、この面は『野宮』で使う。そうはっきりいわはったんや。これを忘れたらあかんで。お前は今日、やっと一人前の面打ちになったんや。わしが一人前やと認めても、能家に使うてもらえなんだら、お前の面は飾り物や。なんぼ新しい、意欲面打ったかて……創作したかて、それを生かす能のお家がなかったら、面は、いつまでたってもただの面や。一枚の木の彫り物や。ええな。お前が一番心酔してるあのお人が、新境地ひらこうと意欲燃やさはってる『野宮』に、この孫次郎やったら使えるていうてくれはったんや。伊達《だて》や酔狂《すいきよ》で聞いたらあかんで。こんなことは、お前の一生でも、そう何べんもあることやないかもしれへんのやで。

御家元はんは、お前に似てるから使えんとおっしゃった。あのお人は、役者はんや。役者はんには役者はんの、面打ちにはわからん観察や神経がある。つける面にも、微妙な神経くばらはる。それはそれで、大事なことや。面打ちも、よう覚えとかなならんことや。けどな、これもよう覚えとけ。わしは、この面、特別にお前に似てるとは思わへん。面いうのは、そういうもんや。よう見たら、誰にかて似る。それが、面の肝要《かんよう》や。そうやろ？　お前が見た御家元の〈橋姫〉かて、可憐な女に見えたやろ？　色っぽい女にも、美しい鶴にも見えたやろ？　それが、面や。ええ面は、千変万化。いうたら、誰にでも似てなあかへんのや。

ええか。御家元はんが使えんいわはったのはな、お前の面が、出来てないからやあらへん。それは、御家元はんの、シテ方の役者としての立場の内の問題や。この孫次郎は、ちゃんと出来てる。そこをまちごうたらあかんのやで」

しかし、雨月は、何も言わなかった、という。

聞いているのか、そうではないのか、ただ黙ってぼんやりと、孫次郎の面の表《おもて》を見おろしているだけだった。

「……わてはとにかく、面を置いて、昨夜はひとまず宿へ戻ったんだす。雨月の姉にも、会うて話しときとうおましたんやけど、丹波《たんば》の奥まで出掛けてるとかで、夜まで待っても会えへんかったんだすわ。いずれ、雨月の体のこともおまっさかい……このままではあかん。医者に診《み》せるなり、何とかせな……その相談もおましたさかいね、出直してくるつもりだした。いや、この姉に泣かれた時には、わても往生しましたのや。なんせ、近頃ではおかゆと生野菜のジュース……それも、食べたりもどしたりでっしゃろ? 本人のいいなりにはなってはおられへんと、そりゃ、何べんも医者を招《よ》んだのやそうですねん。けど、一歩も家のなかに入れへんのやそうだす。病気やない、いうてききませんのやて。しまいには、その姉まで、ドア閉めて、近寄らせへんこともおましたのやそうだす……。姉がいうんだす。そんな時、鍵あけて入るのは簡単やった。けど、今入ったら、この子死ぬのとちがうやろか……そんな気が、フッとするのやそうだす。あの子のいうままにさせてやらにゃ、あの子は死ぬ。……そないいうんだす。何の因果で、こんな面にとり憑《つ》かれたんやろ、いうて……、そらもう、声をあげて、歯噛《はが》みして、泣きますねんや。お前が面打ちにした、いうて、責められてるみたいで……そらもう、辛《つろ》うおました……」

木屋町の宿へ雨月からの電話があったのは、昨夜、吉崎が雪政を電話口に呼び出した、そのちょっと前のことだったという。

「『先生、助けておくれやす。姉が……剣《けん》サキつかんで……先刻、とび出していきよりました』

いきなり、そない叫ぶんだす。……よう聞いたら、丹波から遅うになって帰った姉に、わての話をしたんやそうでんねや。そしたら、俄《にわか》にこの仕末だ。剣サキいうのは、ご存じでおまっしゃろけど、面の目や口彫り出す鋭い鑿《のみ》でおますのや。

御家元に会ういうて、とび出していきよりました、ていうんだす。姉は逆上してま。とめておくれやす。御家元の家に着く前にとめておくれやす。御家元に何の障《さわ》りもあったらあかん。ひき倒してでも、ひきずってでも、連れて帰ってきておくれやす。そう叫ぶんだす。

……そんでまあ、あんたはんに、とりあえずあないなお電話差し上げたんだす。すまんこってした。あんたはんにお任せして、おすがりするよりほかなかったんだす。なんせ、雨月はあの体だっしゃろ。あの子の部屋に、電話なんかはないんでっせ。お前、どこから電話かけてんのや……わては真っ先にそれをききました。公衆電話やいうんですよ。見とくれやす」

と、吉崎は、不意にあたりを見廻した。

「あそこが雨月の部屋だす。どこにも、公衆電話なんか、あらしまへんやろ? わても昨日、ちょっと宿に電話しようと思うて探したんでっさかい、よう知ってますのや。あの広い車道を、ずっと下《しも》までくだらなあきまへんねん。あの体で、夜の田圃みち……あの子、這《は》うて歩いたんだす。車道も横切らなあきまへん……わて、その雨月のことが気になって……どないもこないもならしませんねん。すんまへん。姉のほうは、ちょっとの間、あんたはんにおすがりするより仕方なかったんですわ。雨月をみたらすぐに引っ返して、お家の様子はうかがうつもりだした」

と、吉崎は、声をうるませて言った。

「公衆電話のねきにへたり込んどりましてな……動けしまへんねん。ま、とにかく運んどいて、わては立花のお家へ引っ返したんだす。お家の前で、夜明かししました……。何事もおまへんで、ホッとしました」

彼は、現実にも、大きく一息、息をついた。

「……姉は、夜明け方、雨月の部屋にもどってきたんやそうです。一晩中街のなかをうろついて、グッタリしてました。今、その姉を太秦の自宅へ送っていって、よう話して聞かせたとこでんねん……」

吉崎は、さすがに疲れて見えた。脂の浮いた、ふだんならエネルギッシュな感じに見える顔の皮膚も、荒れてむくみがちに力がなかった。

新建材やコンクリート固めの住居が立ち並ぶ嵯峨の田野は、白っぽい陽に曝《さら》されて、どこかの新興都市の外れを歩いてでもいる気がした。雪政にも、吉崎にも、まるで関わりのない土地のような明るさだった。

「その、お姉さんていう人の、お名前は……」

雪政は、訊かずもがなのことを、やはり訊いた。

確認しておきたいと思ったからだ。

「梨本《なしもと》綾、……アヤギヌの綾だんねん」

吉崎は、そう答えた。

彼方の車道を、相変らず車が疾駆していた。

雪政には、その時、萎えた足をひきずって暗夜の道をいっしんに這う人影の、必死な黒い輪郭だけが、眼前に見えていた。

〈御家元に何の障りもあったらあかん。ひき倒してでも、ひきずってでも、連れて帰ってきておくれやす……〉

その声が、耳許に聴こえてくるようだった。

5

翌日は〈申し合わせ〉の日にも当り、雪政は終日、立花の家を離れることは出来なかった。

〈申し合わせ〉というのは、演能の前に行なわれる舞台上の打ち合わせ稽古のようなものである。稽古といっても、曲目を総ざらいするのではなく、普通一門のシテ方、ワキ方、それに囃《はや》子《し》方や狂言方が一堂に会し、技術的な段取りや舞台の要《かなめ》を打ち合わすにすぎない。

しかし春睦は、いつもこれに時間をかけた。

雪政がやっと体の空きを見つけたのは、その翌日の午後であった。

この丸一日半の時間は、雪政にはひどく長かった。絶えず、一つの顔が、彼の眼裏を去らなかった。

それは、吉崎青村と雨月の部屋の前に立った時、モルタル造りの壁にはめこまれた木のドアを、うすめに開けて覗いた、一つの顔であった。

雨月は、すぐに扉を閉めた。

「雨月、開けんか。わしはもう大阪へ戻らなあかん。ちょっと、ここ開け」

ドアの内には、返事はなかった。

それはほんの一瞬の間、見た顔だったが、屋内の薄暗がりに浮かびあがった或る変化《へんげ》を思わせた。

「吉崎さん……」

雪政は、声を呑んだ。

「ああ、あの顔だっか」

と、吉崎は応《こた》えた。

「白布かぶっとるんですわ」

「白布?」

「漆《うるし》にまけたんやそうだす。かぶれとるさかい、みっとむないいうて外さへんのだす」

「漆?」

雪政は口にして、すぐに思い当りはした。

面打ちは漆を使う。打ち上った面の裏に塗りあげる仕事である。

そういえば、変化《へんげ》と見えたのは確かに白布のせいだった。目の部分だけをくり抜いて、首で裾を結わえたような形であった。その白布の奥で、瞳だけが一瞬雪政の方へじっと注がれて、動いた。

「そんなら、吉崎さん……顔、まだ見てはらへんのですか?」

「そうだんねん」

「けど先刻、いわはりましたやろ? わが目を疑うたて……」

「ま、見てもろたら、わかりまっさ。腕も足も骨だらけだす。肩はまがって……背中のなかにめり込んでます。顔見んで済むのが、せめてもの慰めだす。まるで……」

吉崎は不意に鼻をつまらせ、後の言葉は言わなかった。そんな身振りを隠しでもするように、再び彼はドアに対《むか》った。

顔を寄せて、

「雨月」

と、呼んだ。

その時、かすかな低い声が、不意にそれに応えたのだった。

「先生」

と、その嗄《しわが》れた力のない声は言った。

「お帰りになって下さい。大丈夫です。面が打てたら……また、みてもらいます。どなたにも、お目にかかりとうはないんです……」

「雨月」

「お願いします……」

そして、それっきり、屋内は物音をたてなくなった。

何を言っても、もう答えはなかった。

雪政は、太秦の商店街を抜け、府道を南に下っていた。白布におおわれた一つの顔が、眼底にあった。

〈皺まみれって感じの……そう、ほんとに皺っぽい顔した人よ……〉

〈漆にまけたんやそうだす〉

二つの言葉が、身辺にさまよっていた。水底の深みの藻を掻きゆらす、上からでは見えない水のうねりにそれは似ていた。うねりの源がわからなかった。わからないことが、彼を落着きのない人間にしていた。落着かないというよりも、それはなにか、いても立ってもいられない、奇妙な焦燥感に近かった。

『梨本』という門札は、府道沿いの、黒ずんだ間口の広い家の表に掛かっていた。両脇に古い櫺子《れんじ》の欲《は》まった本陣ふうの、街道筋に似つかわしい家屋であった。

『書道教授』という貼札《はりふだ》が、戸口に出ていた。

「梨本はん、お留守どすのや」

奥から五十がらみの気さくな感じの小女《こおんな》が出てきて、言った。

「どなたはんどす？」

「Kの家の者ですが……」

「K？　まあまあ、お能の？　いやそうどすか。間の悪いこっとすなあ」

「お留守て、いわはりますと？」

「いや、どないひょ……あのなあ、病院に入ってはりますのんどっせ」

「病院？」

「へえ……」と小女はちょっとためらったが、エプロンを外しながら、「まあ、お掛けやしておくれやす」と言った。

「それがえらいこっとしてな……目エ突かはったんどすわ」

「目エ？」

　雪政は、ぎくりとした。

「へえ。目をな、鑿で突かはったんどす」

　小女は、急に、丸めたエプロンで鼻頭をおさえ、シュンとすすった。

「おとついの夜どした……」

　と、そして言った。

「わたしはお手伝いさせてもろてますのんやけど……夜遅うにどしたいな。いきなりそこの戸ガラリと開けて……まあ、血みどろになってこの土間に立っといやすのんどっせ……」

　梨本綾は、血を噴いている片眼をしっかりと着物の袖でおおいながら、片手に先の尖った鑿をぶらさげていたのだという。

「びっくり仰天しましてな……救急車呼ぶやら、薬箱とりに入るやら……まあ何をしてるのか、おろおろして……自分でもようわからしまへんのどす……わたしがちょっと目をはなした隙どした……おっ師匠《しょ》はん、奥の間へそのままスウッと入らはりましてな、じきどした。おそろし声がしたのどす。たまげて駈け込んで見たら、まあ……どうどす。もう片っぽの目にも、鑿、刺し込んどいやすやないか……」

「ええ？」

「そうどすねや！」

「じゃ……」

と、雪政は、平静を保とうとしながら、聞き返した。

「ここに帰ってみえるまでは、片目は開いていたんですか？」

「そうどす。そうどす。傷しはりましたんは、片目だけどした。片目は無事どしたんえ。この家で、潰さはったのどす」

暫く、雪政には、言葉が出なかった。

「それで……」

と、かすれた声で、彼は言った。喉《のど》が深く渇いていた。

「ほんとに……潰れたんですか、眼は」

「へえ……それがまだ、はっきりしいへんらしおすのんどす。片っぽは傷がそれとるらしおすのやそうどすけど……神経が、切れてるいわはんのどす。もう片っぽは、あかんていわはりました……」

「そうですか……」

雪政は、暗然とした。

「一昨日《おととい》の晩や、ていわはりましたな……？」

「そうでおます。十二時過ぎてましたわ」

吉崎と雨月の仕事場を訪ねた日の夜である。

背筋に、幽かな肌寒いものがあった。

あの日、雨月は、どうしてもドアを開こうとせず、やむなく吉崎は大阪へ、雪政は立花の家へ引きあげたのである。時間さえあれば、その足で、雨月の姉を訪ねたいと思ったのだ。

演能前の数日間は、雪政に自由な時間はもともとなかった。春睦に気付かれずに何かをするとなれば、あの日、雨月を訪ねただけでも、せいいっぱいのやりくりだった。

しかし、あのあと、雨月の姉に会ったとしても、自分に何かが出来たとはとても思われないような気が、またどこかでするのでもあった。

「病院は、どこですやろ？」

女は、或る外科病院の名をあげ、

「当分は面会できしまへんのどっせ。今日もまだ、麻酔かかってはりますのんどす」

「それで……その、一昨日の晩て……いったいどこへお出掛けやったんです？」

「それがわからしまへんのや。どこへ行くとも聞いてしまへんし……いつお出掛けやしたか、それも知らしまへんのどっせ。いつの間にか、いんようになっておしたさかいねえ……」

「弟さんが、いてはりまっしゃろ？」

「へえ。嵯峨にいてはります。それがまた間の悪いことで……行方がしれしまへんのんどす」

「行方がしれんて……どういうことです？」

雪政は不審な顔をした。

「嵯峨のアパートにいてはらしまへんのどす。まだお目にかかったことないのんどすけど……嵯峨でお能の面打ってはるいうことは、おっ師匠《しよ》はんから聞いてました。所も聞いてましたさかい、昨日も今日も行ってんのどすけど、鍵かかってますのや……」

「鍵……」

雪政は、不意に口までのぼりかけた言葉を、おさえた。

「わたしも最初な……」

と、女は言った。

「おっ師匠はん、鑿把んではりまっしゃろ？　こりゃてっきり、弟はんのところやと思たんどすけど。よう考えてみれば、鑿はここの家にも仰山《ぎようさん》おすさかいな……」

「仰山おすて？」

「へえ。もう先《せん》、弟はんが使うておいやした道具やそうですねんけど。おっ師匠はん、みんな大事にして、お部屋に持っといでやすのんどっせ。そやから、弟はん、まだ、このたびのこと、なんにも知ってやおへんのどす……まあなあ、あないに可愛がっといでやしたお人が、こんな目に遭うておいやすのに……報《しら》せようがおへんのえ」

「……そんなに、可愛がってはったんですか」

「へえへえ。もう猛《たけ》ぼん猛ぼんいうて、……そらもう、お惚気《のろけ》聞かされてるようどしたえ」

雨月の本名は、梨本猛夫というのである。

「無理もおへんわ」と、女は言った。「わたしにかてあんな弟があったら、そら惚気てまわりますわ。男前で、きりっとして……凛々《りり》しいお顔してはりますもの……」

「ちょっと待っておくれやす。あんたはん、弟さん、ご存じやないのですやろ？」

「へえ。まだこの家あがって、一年になりまへんさかい……けど、写真なら毎日見てまっせ。おっ師匠はんのお部屋に入っとみやす。猛ぼんの写真の展覧会どすわ。雨月はんて、いわはんのんどっしゃろ？　おっ師匠はんの口癖どす。『おばちゃん、今に見ててや。雨月の面で、一流のお能見せたげるさかいな。その時は、厭やていうても、引っ張ってくよ』……」

女は急に顔をおおった。

そして、はげしくしゃくりあげた。

「つい四、五日前にも聞かされたばっかりどす……それやのに……こんなことになるやなんて……もうわけがわかりまへん……」

どうやら、この手伝いの女には、梨本綾は、この一年、雨月の身に起こった異変を隠しきっていたらしい。いや、隠すというよりも、綾のなかでは、この女を相手にしている時にだけ、雨月は昔通りの雨月で生きつづけておれたのではあるまいか……。

黒い弓ぞりの太い梁《はり》が、天井の闇を支えている。昼間でも、薄暗い土間であった。

雪政はこの時、急に、この家のなかに飾り立てられているという雨月の写真を、見たい、という強い誘惑におそわれた。春睦が、孫次郎の上に見た顔も、それであるにちがいない。まだ見ぬ若者の、おそらくは美しい顔が、そこにあるにちがいなかった。

しかし彼は、その誘惑にじっと耐えた。

なぜか、見てはならないもののような気がしたからである。

足許を、おどろなものの闇の気配がたちまよい、息づいているようだった。

土間のくらがりに馴れた眼には、振り向くと、外の街路は眩しかった。

その土間口に、鬘をぶらさげた血みどろの一人の女の残像が、束の間あらわれ、立ちはだかるのがはっきり見えた。


「あの……」

と、雪政は、一度踏み出しかけた土間口で、不意に手伝いの女を振り返った。

「梨本さんのお部屋に、鍵がある筈どす。探してみておくれやす」

手伝いの女は、きょとんとして、

「鍵どすて?」

と、聞き返した。

「さあ、急いでおくれやす。悪いようにはいたしません。鍵らしいものがあったら、みんな持ってきておくれやす。雨月さんの仕事場の合鍵が、ある筈でっしゃろ」

手伝いの女は怪訝な顔をしながらも、雪政の語調に気《け》おされて、あたふたと奥の間へ入っていった。暫くして、三つばかり、掌にのせて現われた。

「文箱のなかにあったんどすけど……」

出したものかどうかと、彼女はまだためらっていた。

雪政の方はためらわなかった。ちょっと見てすぐにその内の一本を手にとった。差し込みの刻《きざ》みと把手《とって》の部分に、明らかに血の凝結と思われる黒い固まりがこびりついていた。

梨本綾が、残りの片眼を潰す前に、文箱のなかへ投げ入れたものにちがいなかった。

「これ、貸しておくれやす」

雪政は、もう動きだしていた。

「あんたはんも、一緒に来ておくれやすか？」

女は、こくんと首肯《うなず》いた。

6

屋内は、やはり、静かだった。

稲田の上を、陽に灼かれた野風が吹きとおっていた。

「あんたはん、ちょっとここで待っておくれやす」

雪政は、手伝いの女を戸外に残して、雨月の部屋の前に立った。

ドアを開けると、乾いた檜の匂いがおしよせてきた。奥は暗かった。半間四方のセメントのたたきに、ゴム緒のサンダルが裏返っている。その傍に、銅貨大の鉄色の汚点《しみ》。血痕と思われた。たたきから次の板間にかけて、鑿目の反《そ》った小さな木屑の切れっぱしがみだれ散っていた。ばら撒《ま》かれた何かの花びらのように、それは仄《ほの》白く、雪政の眼にとびこんできた。炊事場は、きちんと整頓されている。その奥の間の襖《ふすま》が開けっ放されていた。そこから見える壁の感じが不調和なのは、上張りしてある建材のせいだった。後からとりつけた遮音《しゃおん》ボードであるらしかった。

その奥の六畳間が、雨月の仕事場であった。

のこぎり、木槌《きづち》、叩き鑿、突き鑿、彫刻刀や切り出しナイフ……乳鉢、電熱器、その上にはにかわ鍋が置きっぱなしてある。絵具の乾いた陶皿、絵筆箱、細身の絵筆は箱の外にもあふれている。雑多な刷毛《はけ》類……それらのものが、ところ狭しとぶちまけられていた。

ぶちまけられてはいるのだけれど、奇妙に、ゆるぎない布陣《ふじん》とでもいいたい静けさを、それらのものは持っていた。

血垂れの跡は、襖際の畳目に一個所、かなり大きな滲《にじ》みがあり、遮音ボードの壁面にも一筋猛然ととび散っていた。

その六畳間の中央に、二畳ばかりの広さを持つ板敷きがあった。すべての散乱物や、木彫屑は、この板敷きを中心にしてばらまかれた形をとっていた。

雨月は、その板敷きの真ん中で、木粉にまみれた座蒲団に、あぐらを掻くような姿勢で坐っていた。

顔をおおっていた白布はなく、素顔であった。

雪政は、長い時間、呆然とその横顔をみつめていた。

息がつけなかった。物も言えなかった。

皺まみれといえば、それにまちがいのない顔であった。肉のそげ落ちた顔面は、おびただしい深い皺でひきつっていた。束の間、皺と見えたその顔の無数の刻みは、しかしよく見れば、皺ではなかった。

(刀痕……)

雪政は、そう思った。

皺のごとく、皺よりはもっと克明に刻み込まれたそれらの筋目《すじめ》は、丹念に顔全体を隈《くま》どっている。黯《くろ》ずんで……すでに変色した古い糸筋《いとすじ》もあれば、まだ赭《あか》みをおびている生癒《なまい》えの傷痕もあった。両眼の下の目のふちにそって引き裂かれた三筋《みすじ》も四筋もの重ね傷は、更にま新しく、乾いて間のない血の雨垂れをさえこびりつかせているのだった。

雨月の両の眼は、半眼《はんがん》に開かれていた。開かれてはいるが、動かなかった。動かないといえば、もろい枯木の嵩《かさ》を思いつかせるその五体のどの部分もが、身じろがない。呼吸の気配は、全くなかった。

しかし、雪政には、動かないその半眼の眼だけが生きて、じっと何かをみつめているような気がしたのである。

雨月の前には、低い足付きの面打ち台がある。台上に、朱塗りの姫鏡台がのっていた。

雨月の眼は、その鏡面にじっとそそがれている気がした……。

そんな時だった。

雨月の唇が、わずかに動いた。

「お姉ちゃんか……」

と、その切れ切れの声は言った。

ひくい、ゆっくりとした呻吟《しんぎん》を思わせた。

「かんにんやで……」

と、また言った。

「しょうむないな、僕……目、痛いか？ ……痛いやろな……とうとう、お姉ちゃんの目、潰してもうた……かんにんな……。けど、楽になったやろ？ 一つ目ェのうなったさかい、そんだけ、僕が見える目の数が少のうなったんや……一つだけ、僕をもう見んでも済む目が、出来たんや……毎日、お姉ちゃんがいい暮らした望みが、半分かのうたのや……ほんまに、お姉ちゃん、毎日毎日、いうとったさかいな……」

話しはじめると、雨月は、ときどき肩で辛そうに息をした。

しかし眼は、やはり半ば閉じかけて、閉じるでもない半眼に開き、小さな鏡面のなかから離れなかった。

「……お姉ちゃん、『潰して』て、叫んだやろ……僕の手に、剣サキ持たせて、『さあ潰して』ていうたやろ？　……あん時、僕な……ほんまに潰したろかて、思うたんや……潰した方が、お姉ちゃん、しあわせや……楽になるわ……その目があるさかい、お姉ちゃん、苦しまなあかん……僕の、こんな顔、いつまでも眺めてなあかん……お姉ちゃんが、可哀相や……いっそ、盲にしてもうたろか……ほんまやで……ほんまに思うたんや……けど、僕には出来ん……やっぱり、出来んわ……それに、ザマないで……姉弟そろうて、化物《ばけもの》みたいな顔してみい……恰好わるいがな……お母ちゃんや、お父ちゃんが……あの世で泣くがな……縁づきもせんと、僕の世話ばっかりみさせて……そんで、今、お姉ちゃん片目にしてみ……僕、バチあたるがな……」

静かな、ぼそぼそとした声だった。

抑揚《よくよう》のとぼしい声だったが、その声はむしろ微笑んだと思われるのに、雨月の動かない眦《まなじり》からは、この時、泪《なみだ》の粒が一つ、こぼれおちた。

雨月は、ふとやさしさのこもる声で、たずねかけてきた。

「……お姉ちゃん……何でや？　……何で、そのきれいな目、自分で潰したりせなならん？　……阿呆やな、お姉ちゃんて……何で、僕の目の方、潰さへんかったんや？　……この目潰したら、もうなんぼ僕が打とうとしたかて、面など打てん……そしたらお姉ちゃん、もう苦しまんで済むやないか……痛いめして、無傷の顔、傷にせんでも、ここに傷だらけの顔があるやないか……この顔の目、潰したらよかったんや……そうやろ？　……お姉ちゃんも、あん時、そない思うたんやろ？　……ほんまや……僕さえいてへんかったら、お姉ちゃん、なんぼでもしあわせな暮らし、出来る人や……選《よ》り取り見取りや……阿呆やな、お姉ちゃん……僕を刺したい思うたからて、当り前や……僕の目、潰したろうて思うたからて、当然や。なにも自分の目、刺すことないやないか……僕な……あの時、観念したんや……お姉ちゃん、ほんまにこの目、刺してくれる……潰してくれる……そない思うたんやで……」

「見てみいな……」と、雨月は、言った。

　鏡のなかを、凝視していた。

「……ひどい顔や……面一つ打ちあげるたびに、この顔、ひどうなっていきよる……二本、三本て、傷がふえよる……僕かて、こんな顔、好きやない……見んで済むなら、見とうない……誰が、好き好んで、自分の顔、切り出し使うて切り裂くかいな……鑿突き立てて、破るかいな……醜い、化け物顔にするかいな……けど、こうせなんだら、僕は、面が打てんのや……一人前の面打ちにはなれんのや……何ぼ打っても、打ち代えても……僕の面には、僕の顔が出てきよる……今度こそ消した、思うても……また出てきよる……僕は、僕の顔、忘れなあかんのや……なんぼ想い出そうとしたかて、想い出せんようになるまで、自分の顔、忘れなあかん……この世から、消してしまわなあかんのや……ほかに、何かええ手があるか？　……この顔、こないするよりしょうがないやないか……」

雨月は、暫く、沈黙した。

その間も、眼は動かなかった。

しかし、やはり、そこだけが生きているような眼であった。

「僕は、面打ちになりたいのや……」

と、雨月は、言った。

「面打った、て、自分で、心から思えるような、面打ちになりたい……誰のせいでもあらへん、自分のためにそうしたいのや……孫次郎打ったら、孫次郎が打ち上らなならん……孫次郎に雨月の顔が出てきて、どないすんのや……それも、出そうと狙うて出すのなら、職人の腕や……けど、僕のンは、そうやない……出すまい出すまい思うても、出てくんのや……出しとうないと思うても、出てくんのや……これが、何で面打ちていえる？ ……面打ちやあらへん……出したらあかんて思うものが、出てくるような面打ちに……どないして、出したいものがちゃんと出せる、そんな面が打てるのや……立花の御家元のせいやない……お姉ちゃん、御家元のせいやないいんやで……」

雨月の両肩は、崩れんばかりに胸元へむかって彎曲《わんきょく》していた。終日前屈して心魂を打ち込む面打ちの、それは独特の姿勢にも見えた。ただもう彼の場合、それは決して元に戻らない、化石のような印象をあたえるのだった。首は深く、その両肩へ落ち込んでいた。

おそらく、一昨日の晩からは、何も食べてはいないだろうと思われる、力のない姿だった。

そして、おそらく、一昨日のその晩から、彼はずっとこの鏡に見入っていたにちがいない、とも思われた。

「ほんまやで、お姉ちゃん……」

と、雨月は言った。

「御家元が、あんなことさえいわはらへんかったら、て……お姉ちゃん、いっつもそないいうけどな……そうやないんや……御家元に、あの時『君に似てるね』て、いうてもらえへんかったら、僕は一生、気が付かずに過ごさなならんとこやったんや……一生、ほんまもんの面打ちに、なれんとこやったんやで……たった一言……あの言葉もろたさかい、僕は、面打ちの道、踏み外さんで済んだのや……この道行ったら、まちがいないていう道が……僕の前にひらけたんや……よっしゃ、この顔消してやろ……孫次郎から消してみせる……消せた時から、僕に、面打ちの本道が、ひらけるんや……ほんまやでお姉ちゃん……お姉ちゃん、どないしても、わかってくれへん……しまいは、いつでもとっつかみ合いや……いつも修羅場や……殺せ、殺したる、罵《ののし》り合いや……なんでわかってくれへんのや……もう、よそおいな……な、もうよそ？……そら、今度の孫次郎は、僕かて、出来たかもしれんて思うたで……消せたかもしれんて、どっかで思うた……思たけど……自信はなかった……毎日変っていくこの鏡のなかの顔、見てるやろ？……ほしたらな、お姉ちゃん……ほんまに元《もと》の顔、忘れてくるのや……自分の顔、想い出さへんようになってくるのや……そやから、面の顔も、似てるのか似てないのか、わからへんようになってくるのや……あの孫次郎、やっぱりあかへん……僕が、僕の顔忘れて打ったあの孫次郎……やっぱり、駄目やった……それ、教えてもろただけで、有難い……僕が槌《つち》持ったら……鑿、握ったら……もう、どないしたかて僕の顔から逃げられへん……それ、教えてくれはったんや……」

雨月はまた、かすかに微笑むような表情をうかべた。

「あかんな、僕て……」

と、彼は、言った。

「しょうむないな……いつまでたっても、駄目やな……けど、心配せんとき、お姉ちゃん……僕、死んだりせえへんで……死ぬものかいな……死ねへん……そやろ？　……僕が、自分の顔忘れてもうて、面の鑑別できなんだかて、御家元がいてくれてはる……消えたか消えんか、御家元に見せたらわかる……僕は、打つで……なんぼでも打ったる……孫次郎の本面、写しきるまでは、打ち抜いたる……」

雨月は、不意に、夢の波間に踏み込みでもしたような、絶え絶えの声になった。

「……お姉ちゃん……ほんまやで……あの御家元の孫次郎な……きれいやったで……あの面が欲しいのや……あの、『野宮』の孫次郎が、欲しいのや……男やったら……誰かて、欲しいと思うにきまってる……死ねへん……あの面……この手に入れるまでは……僕は、死ねへん……」

ぐらり、と、雨月の体は、その時大きく揺らいだ。

雪政は、その雨月にとびついた。

とびついて、しっかりと腕ふところに抱き込んだ。

傾《かし》ぎながら、雨月の眼は、やはり姫鏡台の小さな鏡面のなかを覗きこんでいた。

「お姉ちゃん……」と、雨月は、言った。

柔らかな、ほとんど聞きとることができない声であった。

「……痛かったやろ？……あかんで……もう目、潰したら、あかん……一つは、僕に……とっとかなあかんで……お姉ちゃん、盲になってみい……僕……誰が世話してくれるのや……面が……ほしたら、面が……僕、打てへんようになってまう……孫次郎が……あの孫次郎が……」

『あの孫次郎が……』と、言ったのが、雨月の最期の言葉だった。

固い、軽い体であった。

抱きしめるとバラバラに、骨も皮も砕けて、こぼれ落ちそうな体であった。

この無惨《むざん》な、凄まじい形相の顔面をとり外せば、すぐ下から、匂いたつ若者のすがすがしい素顔があらわれ出てきそうな錯覚に、しばし、雪政はとらえられた。

はげしい、逆《さか》らいがたい、錯覚だった。

雨月の頬には、やはり一粒、泪があった。

まだ乾いてはいなかった。

7

その夜、立花の家の離れの書斎には、おそくまで灯《ひ》がともっていた。

部屋内は、ぴたりと呼吸をとめでもしたように、静寂だった。虫の声だけが凄まじく、その部屋をおしつつんでいた。

春睦は床を背に、雪政は障子を後にして、対《むか》い合って座っていた。そのままの格好で長い沈黙の刻《とき》がながれた。

二人の間には、一枚の女面が置かれ、明るい灯下に曝されていた。面は、うすく朱唇を開き、花蜜をふくんで微笑んでいるかのようだった。

「もう一度、聞く」

と、不意に春睦が口を開いた。

まっすぐに雪政を正視した、ゆるがない眼であった。

「何があった」

「何にもおへん」

「何にものうて、お前は、この面で、わしに『野宮』を舞えというのか?」

短い間の後、

「そうなのか?」

と、再び言った。

雪政は、いきなり畳に手をついた。

「お願い申します。無体《むたい》は承知でおす。二度とはこんなこと、申し上げしません。一ぺんだけ、御家元のお舞台、この雪政にいただかせてもらえしまへんやろか……」

「お前のために、舞えというのか?」

「この通りでおます」

雪政は、畳に頭をすりつけた。

睨みすえるように、春睦は、その雪政を見おろした。

「各流出揃う立合能で、わしに恥かけというのやな?」

声だけは、穏やかだった。

しかし一瞬、殺気だつものが春睦の体にみなぎった。けれども彼は、それを同時におし殺した。

「わしに舞えということは、お前には、舞えるということなのやな? お前なら、この面ででも、舞いきってのけてみせるというてるのやな?」

「御家元っ……」

雪政は顔をあげた。

「断る」

その雪政へ吐き出すように言って、春睦は座を立った。

やたけに、虫がすだいていた。

「能は一番。この一番が、真剣勝負や。白刃《しらは》の上《うえ》や。お神楽《かぐら》舞うのとはわけがちがうぞ。何があったか、わしは知らん。いや、何があっても、舞台は舞台や。わしは命を張ってるのや。この孫次郎、つけることは出来ん」

春睦は、言い捨てて、障子戸を引き開け、夜の庭へ下りていった。ついぞ見せたことのない、荒々しい後姿だった。

（かんにんしとくれやっしゃ……）

雪政は、口のなかで呟いた。

眼は、畳の上に置き去られた一枚の女面をみつめていた。


翌翌日。

能楽鑑賞会が主催した秋の合同演能会は、雨に見舞われたことのほかは、何事もなく幕を閉じた。

盛大な会であった。

孫次郎の本面は、妖しい花勢を放っていやがうえにも美しく、他流の追随《ついずい》をゆるさなかった。

〽昔を想う花の袖
月にと返えす気色《けしき》かな……

秋草模様の長絹に緋の大口《おおぐち》を穿《は》く春睦が、序の舞にかかったとき、同じ舞台の後見の座に居ずまいをただして座った雪政の太い指が、ほんの一瞬、胸もとのあたりへのびた。

指はかすかに、布地の上から懐《ふところ》の中のものに触《さわ》った。

このとき、同じ舞台の上に、二枚の孫次郎が面《おもて》を合わせ、同時に舞いはじめたのを知る者は誰もいない。

……そんなことが、あるにはあった。

しかし、とにかく表向き、会はつつがなく盛会であったといえる。

ただ、ここにいまひとつ、知る者がないといえば、その雪政にも、そして立花春睦にも、知ることができなかった事柄がある。

この日も、やはり、嵯峨野の宮のひっそりとした竹の藪みちを往《ゆ》き、一本の祈請《きしょう》の札木を墨文字で濡らして、やがて立ち去った女影《おんなかげ》があった。

無論、その時刻、梨本綾の体は、両眼をぶ厚い包帯におおわれて、京都市内・某外科病棟のベッドのなかに横たわっていた。

彼女は、麻酔の夢に深く睡《ねむ》りおちていた。

雨月の死も、まだ知ってはいなかった。

奏でる艀《はしけ》

一丁櫓《いっちょうろ》で漕《こ》ぐ伝馬船《てんません》が、水の上をすべって行く。船首を右に、左に振って、滑《なめ》らかに姿態をくねらすある種の水棲《すいせい》動物のように。忍びやかに、こともなげに。

「そんなにあなた、長い間、顔見あげっ放しにして、お月さまに、見蕩《みと》れてちゃだめ。言ったでしょ。こんな明るいお月さまに、面《めん》とむかって、長いこと、顔を合わせてちゃいけないって」

母は、へさきに背をむけて、亭子とむかい合うようにして座っていた。ゆかただったか、麻《あさ》かなにかの夏着だったか。かたわらに樒《しきみ》とカンナや葉鶏頭《はげいとう》などの花束を置き、長柄杓《ながびしゃく》や線香や供物《くもつ》包みをなかに入れた手さげの水桶を膝に抱えた母は、涼しそうな美人絵を描いた卵形の団扇《うちわ》をしきりにつかっていた。

「だって、ふしぎだもの。ほら、見て。目をはなすと、お月さま、どんどん逃げてくみたいなのに、じっと見てると、あっちもとまってくれるもの。ほら。とまったでしょ。見て、見て。とまって、今度は、どんどんこっちへ、近づいてくるわ。ね。そんなに見えない？　空から、おりてくるみたいに」

母は、しょうがない子ねといった顔つきになり、苦笑しながら、たしなめるように亭子を見た。

「亭子」

「でも、どうしてなの。こんなにきれいなお月さま、どうして眺めてちゃいけないの。ほんとに、お子守りの八兵衛《はちべえ》さんみたいに、なる？」

「さあ、八兵衛さんが、お月さま見てたかどうか知らないけど、でも、あんなになったら、困るでしょ？　むかしからね、そう言うの。母さんたちも、子供時分に、そう言って聞かされたのよ。満月のお月さまが、あんまり明るすぎたりすると、いつまでもその光を浴びて、お月さまを眺めているとね……」

「気が狂うって？」

「そうよ、むかしの人の言うことは、ちゃんと頭のなかへ入れて、おぼえてなきゃいけないのよ」

お子守りの八兵衛さんというのは、亭子が住んでいた町にときどき現われる物乞《ものご》いの中年女だった。ぼろ着の背中に赤い襷《たすき》でおかっぱ髪の市松《いちまつ》人形をくくりつけ、幼児をあやすセルロイドの玩具のがらんがらんを手に持って、各家のゴミ箱を軒並み覗いて漁《あさ》って歩く狂女だった。子供たちが名前を聞くと、「ハチベ」とだけは答えてくれるが、そのほかはわけのわからない言葉しか話さなかった。

「だって」と、亭子は、満面にふりかかる月光を形だけはかいなで遮る風《ふう》にして見せながら、異議を唱《とな》えた。

「お月見だってするじゃない」

「そうね。お月見もするわね。でも、そういうことも、言うのよ。満月の、明るい明るいお月さまの光のなかには、人の心を掻き乱すような、よくないものがあるんだって。人の心にね、害をはたらくような悪い力も、いっしょにふってくるんだそうよ」

「だったら……」

「なあに?」

「いい」

と、亭子は、口にしかけた言葉をのんだ。

「なによ」

「いいわ。言うこと、だいたいわかってるから。そういうことも、言うのよって、きっと言うにきまってるから」

「まあ、お生《なま》言って。いいから、おっしゃい」

「だって……ほら、いつか話してくれたじゃない。亭子、赤い絹糸を、針の穴に通したんでしょ?」

「ああ……」

と、母はうなずいた。

「あの話」

「そら。笑った」

「笑やしないわ」

母は真顔にもどって言った。

「そうよ、亭子は通したのよ。だから、こうして元気で大きく育ってくれるし、これからだって、きっといいことといっぱいある子になれるわよ」

亭子がその話を母から聞かされたのは、三歳になったばかりの妹が急に亡くなった年の、仲秋の名月の日の宵《よい》だった。

庭の縁台に供えられた三方《さんぽう》には、型どおりの芋《いも》や茄子《なす》や月見だんごが盛られ、花生けには芒《すすき》の穂や秋草が入っていた。

「かわいそうにね。そんなに急いで死んでかなくても、いいじゃないのよねえ」

月を待っている間中、母は妹のことばかりを思い出すらしく、涙ぐんでは「かわいそう」「かわいそう」と口にしつづけていたが、とつぜん雲間に現われ出た満月を眼にした途端、高い声をあげて顔をおおった。

「あれが、虫の知らせだったのよねえ……」

母は泣きやんでから、しみじみとした口調で、なかば独《ひと》りごちるように呟いた。

「あれって?」

と、亭子は聞き返した。

「そうね、亭子はおぼえていないだろうね。あなたのときにも、したのよ」

「なにを？」

「女の子が生まれるとね、幸せになりましょうねっていうお祈りをするの」

「ふーん」

「生まれて満一歳のね、仲秋の名月の日にね、お月さまの光の下で、絹針に糸を通すの。赤い絹糸をね」

「絹針って、木綿針より細くて、目の小さいあれでしょ？」

「そうよ。あの細い絹針の穴に、お月さまの光だけで、赤い糸を通しちゃうの。そしてね、通った糸の両端を結び合わせて、まァるい輪ができるでしょ。その輪がうまく結べたら、女の子はきっと幸せになれるっていうお祈りなの。むかしから、母さんたちも、そうしてきたのよ」

「誰が、その糸、通すの？」

「女の子よ」

「一歳の？」

「そうよ」

「できないわよ、そんなこと。じゃ、結ぶのも、女の子？」

「そう」

「できない、できない。できっこないでしょ」

「そうね。独りじゃ、とても無理よね。だから、母さんが、いっしょにお祈りしながら手を添えて、いっしょに通してあげるの。あなただって、そうしたのよ」

「わたしが？」

「そうよ。亭子は、ちゃんと母さんといっしょに赤い糸を手にとって、針の穴に通したのよ」

「ほんとうに？」

「ほんとうですとも。あなたは、とっても素直だったわ。素直に、あなたと母さんの心が、ぴたっと息を合わせたのね。ほんとに一瞬のことなのよ。スーッと糸が通っちゃった。針がね、キラキラッと閃いて……生きものみたいに走るのよ、あの見えるか見えないかほどの針の上を、ひとすじ、お月さまの光がね。なんとも言えない綺麗な光。思わず息をのんだわよ。ああ、この子の、これが、光。自分の手で、自分の糸に、繋《つな》ぎとめた光なんだわって、母さん、感動したわ。あなたの幸せな将来が、ほんとうに信じられたから」

「容子はね……」

と、母は言った。

「針も糸も、どんなにしても、手に持たないの。むずかって、泣きどおしで、いっときもじっとしてなくてね。お月さまの光がある間中、そうだったの。その内に、お月さまも隠れちゃって、雨が降りはじめてきてね」

母は、縁起ものだからと、しまいには自分で針に糸を通して、恰好《かっこう》だけはつけたのだという。

「あんなに厭《いや》がったのがねえ……いまになると、思い当たりすぎて……不憫《ふびん》でねえ」

と、また涙ぐんだ。

容子の死は、あっけなかった。いま遊んでいた子が、もう死んだ。そんな感じの死であった。二階の階段から転がり落ちて首の骨を折ったのだった。

亭子は、六歳であった。

船べりを水が流れて行く。銀色の柔らかなうねりに汐《しお》の香がしきりに立った。

月の光を見るなと言い、また、月の光がおまえに幸多い女の未来を与えたと言う母の言葉が、当時小学生だった亭子には、よく理解できなかった。

俗信や伝承の世界では、月の美しさを賞《め》でる観月の行事やしきたりのある一方、満ち極めた月の光には、ある種の瘴気《しょうき》や魔性をおろすという言わば光の毒を忌《い》む考え方が残っている。

そうしたことが、亭子に納得できたわけではなかったが、あおあおと白銀色に染まった視界の天空にあって、絵に描いたような真円の月が、絵ではなく、現実に光を発している眺めは、見つめていると異様であった。

子供心にも、月が生きているという怖れが、どこかで、ふと揺れた。呼吸している、と思った。

そんな月を、ちょうど背にして手桶を膝に抱えた母のシルエットは、水に乗った艀《はしけ》の動きにつれ、ゆっくりと上下に揺れて浮き沈みした。

母を見、月を仰ぎして、同じ動きに身をまかせている亭子は、

(なぜだろう)

と、いつも思った。

母と二人してこの艀に乗った記憶は何度もある。

しかしそれは、みんな日中のことだった筈《はず》だ。朝方早くのこともあった。真昼間もあったし、夕方近くのこともあったが、どんなに遅くても陽が沈む前には船をあがっていた筈だった。

この艀に乗る用向きは、たった一つしかなかった。それは、墓参りの往き還りに使うだけの船だった。

小さな湾の東の口から反対側の西の端へ、ちょうど湾口を横切るようにして渡る一キロ余の道のりが、水上の墓参路だった。

亭子の家は、むかしからこの艀を使っていた。

陸つづきに遠路をまわって行けなくはなかったが、時間も距離も何倍かかかったし、墓地へ入る方角がよくないらしく、海を渡るこの水路が墓参の道ときまっていた。艀をあがると、そこがもう墓地の森のなかだった。

むかしは盆の迎え送りに、高提灯《たかぢょうちん》をかかげたりして深夜の墓にも参ったらしいが、なにしろ墓数もそう多くはない岬の外れの森だったから、父が死んで女世帯になってからは、祖母も母も夜の墓参はしなくなったと、亭子は聞かされていた。

事実、亭子がおぼえている限りでは、日暮れて船に乗ったことは一度もなかった。

それも、小学生の亭子が、母と対《むか》い合っている。祖母も、妹も、亡くなった後の墓参りであることにまちがいはなかった。

ということは、亭子の記憶力も、もう確かな年頃に入ってからの墓参りだったと、思わざるを得ない。

　だから余計に、亭子は確信を持って言えるのだった。夜の艀に、母と亭子が同船したことなど、かつて一度もなかったと。

　しかし、いま、その記憶にある筈のない夜の艀が、現実に、奥賀の浜崎から鷺尾の岬の森へむかう海上を、するすると滑るように水に乗って渡っていた。

　亭子が奥賀の生家《せいか》を離れてこの土地を去ったのは十三歳になった春、母が急性の肺炎で亡くなって間もなくしてからだったから、もう三十数年が経つ。

　その間、幾度か、この艀にだけ乗るために帰ってきた。

　生家は人手に渡ったけれども、鷺尾の森には、亭子の供養を待っている家族たちがいた。

　一年に一度は帰ってきたいと思いはしたが、それのできない年もあった。

　そんなときは、夢のなかで、亭子はこの艀に乗った。

　実際、夢のなかでは、しばしば里帰りをしたけれど、夢のなかでしかできない里帰りは、かなしかった。

　そうした里帰りの艀のなかに、母は、よくいっしょに乗ってくれた。

　そして大抵、母が乗ると、艀は夜の海を渡っていることに、亭子は気づくのだった。

　母はいつも、同じ姿をしていた。ゆかただったか、麻の着物だったかが、ふしぎにはっきりしなかったが、話す言葉も、その顔つきも、しぐさも、すべてが鮮明だった。美人絵の卵形の団扇がぱたぱた鳴る音まで、亭子はつぶさに耳にした。

「そんなにあなた、長い間、顔見あげっ放しにして、お月さまに、見蕩れてちゃだめ。言ったでしょ。こんな明るいお月さまに、面とむかって、長いこと、顔を合わせてちゃいけないって」

と、そして言うのだった。

それを聞いている亭子も、またいつも小学生だった。

（なぜなんだろう）

と、亭子は、首をかしげる。

わたしが奥賀の浜を出たのは、確かに真昼間だったのに。

いまも、亭子は、そう思った。

砂浜で陽ざしに灼《や》かれていた艀を、船頭さんが引きずりおろして、水に浮かべてくれたのに、と。

青澄んだ視界に満ちた月光は、知らぬ間にさらに明るさを増し、溢れたってくるようだった。

亭子は、そんな光の空中に蜘蛛《くも》の糸が流れるように、ひとすじ、風に浮かんで閃くものを眺めていた。

赤い、糸だった。

光に滲《にじ》んで、溶《と》けて消えそうな糸だった。

「一降《ひとふ》りするな」

と、船頭が言った。

「え?」

亭子は、その声で、われに返った。

艀は、陽ざらしの海面を進んでいた。

(またおじさん、担《かつ》いで)

亭子は、くすっと笑った。

「ザァッと、くるで」

と、船頭は言って、かぶっていた麦藁帽子《むぎわらぼうし》を亭子の方へ投げた。

間なしに、大粒の雨音が立ちこめた。

強い陽ざしのなかを、あたりは暗みもせずに、雨だけが通って行った。どこからきたのか、どこへ逃げて消えたのか、わからない雨だった。

船頭は手もとめず、ゆっくりと櫓を操っていた。

「何年ぶりになるのかのう……」

「おとどしきたのが、最後だから。母の三十三回忌に」

「おお、そうじゃったいのう……」

「三十五年になるのよ、おじさん。ここを出てから、もう……」

「そうなるかいのう……」

「ねえ。なんだか、嘘みたい……。こうして、この艀に揺られてると……母のお骨《こつ》を納めた日も、きのうのことみたいな気がするし……」

「そうじゃったいのう……返りの船で、あんたがにわかに、そこから飛び込んだときにゃあのう、泡食うたわな。いっぺん揚《あ》げて、ほっとした矢先に、また飛び込んだんじゃからのう……」

「そうだったわね。おじさんに助けられて……当分、わたし、恨んだわよ。きっと、あのときにしかできないことを、わたし、あのときしたんだと思うわ。あんな無我夢中なこと、二度とわたし、できなくなったもの。力が萎《な》えて、出てこないの。いくらしようと思い立っても。……人間、ふしぎだけど、そういうことって、あるのよね。あのときが、わたしの死にどきだった。いまでも、そう思ってるわ」

櫓の音だけが、間断なくした。

「……十二、三じゃったかの」

「ええ。あの翌日にここを出て……親戚に引きとられて……三十五年……たまに帰ってくるたんびに、おじさんに、泣き言聞かせて……」

亭子はふっと、声もなく笑った。

「ほんと。泣き言聞かせるために、ここへ、わたしは帰ってきてたようなもんね」

「けどまあ……ようつとめなさったわな」

「わたしが?」

「仏の面倒、よう見なさった」

「嘘よォ。怒るわよ、仏さんたちが。いまもね、わたし、そう思ったの。三十五年……考えてみれば、数えるほどしか、ここへ帰ってきちゃあいないもの。それも、ほんとに仏の供養が目的だったかどうか……ただやみくもに、わたしはここへ、逃げ出してきてたのかもしれない。ほかに、そういう場所がないから。もうだめ、もうおしまいにしたい、生きるのはもうたくさん……そんな気持に追いつめられて、手前勝手なときにだけ、逃げ込んできてたのかも。矢も楯《たて》もたまらずに」

「それもまあ、仏の供養になるかも知れんて。見て見んされや。鷺尾の墓地一つのなかにじゃって、どれだけ無縁墓みたような、ほったらかしの墓があるか……」

「似たり寄ったりのようなものかも知れないわ」

「そう捨て鉢になんなさんな。あんたは、ようしなさった。自分《めえめ》でこれんときにゃあんた、ちゃんと花代《はな》、線香代、供物料を、送ってきんさっとったじゃないかの」

「ほんとに、おじさんには、お世話になりっ放し。赤の他人のおじさんに、あんなもの送りつけて……お墓参りの代りをさせたりしちゃってねえ……」

「なに、地元におりゃあ、そんなことは、なんでもないわさ」

「いいえ。おじさんだから、いやも言わずにやって下さるのよ」

「それも、仏の縁じゃわの。あんたの家の墓参りにゃ、先代からこの水先を、つとめとるようなもんじゃからの」

「漁師の仕事も、あるのにねえ」

「まあ、むかしからのつき合いじゃいの。わしが生きとる間は、あんた、伝馬の一艘《いっそう》、いつでも出してあげますで」

「ありがとう……」

亭子は、涙声で、のどをつまらせた。

鷺尾の岬は、見えているのに、なかなか近づいてこない。

太陽が頭上に炎《も》えていた。

水が流れる。なつかしい水。この水に搦《から》めとられて、どこまでも沈み落ちて行けたならと、どんなにいっしんに願い、望んだことか。もしそうできたら、どんなに満足だったろうか。わたしのいたるところに触れ、わたしをあますところなくつつみ込んで、一気に深みへ引きずりおろしてくれたときの、あの感触を、いまでもわたしは忘れていない。

なつかしい水。ここへ帰ってくる日のことを、どんなにわたしは夢見たか。この流れの上を渡るたびごとに、どれほど、おまえたちのあの滑らかな肌に再び触れることを、恋い焦がれたか。おまえたちには、わかるまい。

亭子は、じっと息をひそめ、船体に伝わってくる水の流れに心を凝らした。くるたびに、いつも、そうしたように。

艀が、このあたりを進むときの、それは習い性になっていた。

規則正しく、櫓はきしんでいた。

「それにしても、子供など、あったらのう……」

と、独りごちるように、船頭が呟いた。

「ほんとに、そう思う？」

亭子も、独り言みたいな口調だった。

「思わんかの？」

「さあ。どうだろう……」

と言って、とぎれた言葉を、しばらくして亭子は継いだ。

「あのひとの子供だからねえ、半分は」

「半分？」

「じゃない？　すくなく見積もっても、半分は、あのひとの子供だと思わなきゃ。半分どころか、全部が全部、あのひとそっくりな子供かもしれないじゃない？　そんな子、とっても、わたしには育てられやしない。むこうだって、そう言うわ。わたしに似た子だったりしてごらんなさい。それこそ、鼻も引っかけやしないわ」

「そうしたもんじゃなかろうで、子供っちゅうもんは」

「いつも、おじさん、そう言ってくれるけど……それは、世間人並みの人たちのことよ」

「あんたらは、そうじゃないってのかの？」

「だと思うわ」

「けど、好きでいっしょになった仲じゃろうがの」

「そうね。いっしょになってみて、どんなに、いっしょになっちゃいけない相手同志だったかが、おたがい、厭というほど納得できた仲……とでも言ったほうがいいわね」

「難儀《なんぎ》じゃのう」

「ええ。難儀。もう、泣きはしないけどね……」

「別れもせんとのう……」

「そう。別れろって、おじさん、言ってくれたのよね」

「いっしょに住むだけ、難儀じゃないかの。子供もおらん。好き合うてもおらん……」

「嫌い抜いてるわ。厭で、厭で、虫酸《むしず》が走るほど。おたがいに」

「それで、ようまあ二十何年も、辛抱できとるいのう……」

「呆れるわよね、誰だって」

「別れるつもりは、ないのかのう」

「別れたくて、うずうずしてるのにね。ほんとうよ。この二十五年、別れることを考えない日なんて、なかったわ。むこうだって、きっとそう」

「わきゃあないじゃないかいのう。別れてさばさばすりゃあええに。これが、できんというんじゃからのう……」

「そう。できないの」

会うたびに、亭子は、そう言った。

「わたしも、できないし、彼も、絶対にしないわ。自由の身になって、さばさばなんて、させてたまるもんですか。明けても暮れても、厭で厭でたまらない人間の、わたしは妻。あのひとは夫。こんなめに、長い間、あわせといて、ハンコ一つで、ハイさよならなんて、どうしてできます？　そんなこと、決して、できないわ」

「できん、できんと言うとる内に、日だけがどんどん経ったんじゃわなあ……」

「そうよ。経つから、よけい、できなくなるでしょ。それは、よくわかってるわ。どちらかが、どこかで、折れればいい。こんなばかげた意地の張り合い、『ヤーメタ』って、おりればいい。おじさんは、そう言うかもしれないけど、それができない人間がいるのよ。ここにいるの。わたしたちが、そうなの。『ヤーメタ』が、言えないの。わたしも。彼も。金輪際《こんりんざい》」

亭子は、何度も、これまでにも同じことを繰り返し言った。

いつまで待っても、改まらない夫婦の間柄だった。

「どっちみち、もう手遅れ。毎日毎日、おんなじことを、言い暮らして、思い暮らして、わたしたち、ここまでやってきてしまったんだから。あとには退《ひ》けない。このまま行くよりほかはないの」

「不憫じゃのう」

「不憫なんてもんじゃないわ。あほらしくて、ばかばかしくて……」

「それが、わかっとりながらのう……」

「わかってるわよ。わかってるから、よけい許せないのよ、相手が。おたがいに、そうなのよ。この人間だけは、決して、許してなんかはやれない。やらない。そう思ってるのよ。彼も、わたしも」

「やれやれ……」

船頭は、首を振った。

「地獄じゃのう……」

「そんな風に、思った頃もあったわ。地獄、地獄って思う力に、すがって、すがりついて、相手を憎む心を奮《ふる》い立たせていたのよね。でもね……もうそんなギラギラした脂《あぶら》っ気《け》も、なくなっちゃったわよ。なくなったっていうよりも……いらなくなったみたい。そうじゃない？　ギラギラなんかしなくったって、生涯、あのひとを許さない。このことは、もう変りようがないんだもの。動かない信念だもの。わたしは、生きてさえいればいいんだわ。そうすれば、あのひとは、わたしが生きている限り、世界中で誰よりも、なによりも厭な、厭で厭でならない人間を、自分の妻にしていなきゃならないんだもの。わたしが生きてる甲斐ってものも、十分あるじゃありませんか。……そう思うとね、急に、なんだかとっても静かな気分で暮らせそうな気がしてきたの」

亭子の声も、穏やかだった。

「ここまできたんだもの」

と、亭子は、言った。

「この人生が、わたしの人生。どっちみち、もうあらかた生きてきたんだ。騒ぐことなんかないじゃないか。腹を据えて、どっかり腰をおろしゃあいい。吠《ほ》えたり、喚《わめ》いたり、歎《なげ》いたり、悲しんだり……もう、いいかげんにおしよ、あんた、ナーンてね、心境になっちゃうのよ」

櫓の音だけが聞こえていた。

「わたしたちに、子供がなかったのが、いま、なによりの幸せ。きっと、神様が、一つぐらいは目こぼしをって、恵んで下さった、これ、幸せなのよ。そうは、思わない? おじさん」

水の流れが、ずいぶんゆるやかになっていた。

岬の森がいつの間にか、眼の前に迫っていた。

ねえ、母さん、と、亭子は、あたりの陽ざしの宙へむかって呼びかけた。

そうでしょ? 一つくらいは、わたしにだって、幸せ風なことがなきゃ、母さんが浮かばれないわよね。お月さまの光で通した絹針のことばっかりが、母さん、気になってるんでしょ? でもね、あのお祈り、あたってるのかもしれないわよ。だって、わたし一人だけが、こんなに長く生きちゃったんだもの。もう、母さんの年よりも、十《とお》も、それ以上も、わたし長生きしちゃってるのよ。

もうすぐ、いっしょに暮らせるわ、また。母さんと。

そうしたい、そうしたいと思って、わたし、ここへ帰ってきた。いっつも、そう思って帰ってきたわ。

くるたびに、母さんたちにも、お願いしたでしょ。早くわたしを、そっちへ呼んでちょうだいって。

そっちへ、わたし、行きたいの。行きたくて、行きたくて……。

亭子は、声をつまらせた。

艀が急に大きく揺れて、砂利の浅瀬へ乗りあげた。

汀《みぎわ》の口から木立ちの繁《しげ》る森だった。

その森の汀口に、袈裟《けさ》姿の若い僧が一人立って、艀の到着を出迎えていた。

船頭が、船の上から声をかけた。

「待ちなさってじゃったかの？」

「いや。たったいま、わたしもきたばかりのところです」

「若住《わかじゅ》っさんにも、船に乗ってもらやあよかったんじゃがの」

「いやいや、船だけが、どういうもんか、わたしはだめでしてねえ」

「そうじゃってねえ。ひどい酔い方らしいてねえ。お住っさんが、いやあれを船に乗せたら、経なんかあげられやせんわて言うてじゃったけえ、まあ、陸《おか》まわりでご足労お願い致しましたがの……ひとつ、ま、今日は、よろしじゅうお願いしますいの」

「はあはあ、こっちこそ」

と、僧衣の若者は、気さくにうなずいた。

船頭は、艀の足場を定め、船体を木立ちの幹に舫《もや》い終えると、船の胴へとって返した。

伝馬船のなかには、途中の雨で船頭が亭子へ投げてやったつば広の麦藁帽子が一つ、そのままの位置に、落ちているだけだった。

船頭は、その麦藁帽子を拾いあげた。すると、その帽子の下から白布に包まれた白木の箱が現われた。

ゆっくりと、船頭はその箱を胸の上に抱えあげた。

抱えあげるとき、彼はその箱へ、穏やかな声で話しかけた。

「さあ、着きましたで。しかしまあ、よう帰ってきなさった。なにはともあれ、それだけが、めでたいがな。いや、お骨にめでたい言うのも変じゃが……生まれた土地へ帰ってきて、家族といっしょに暮らせるんじゃ。やっぱり、あんた、めでたいがな……」

「ほんと」

と、晴れやかに笑みを含んだような声が、箱のなかで応えるのが、船頭には聞こえる気がした。

「おじさんに頼めば、きっと、ここへ連れてきてもらえると思ったから、わたしね、遺言だけは、前から書いてたの」

「あんたの旦那が、わざわざうちまで、あんたを、届けてくれなさんしたんで」

「きっと、ほっとしてるわ、あのひと。自分ンちの墓へ、この女、入《い》れなくて済んだって」

亭子は、ふふふ……と、低く笑った。

「病気で死ねたんだから、天寿は全《まっと》うしたのよね？　わたし、あのひとより先にだけは、死にたくないと思ってたのよ。あのひとに、ほっとさせるなんて……それだけは、させまいと思ってたのに……。でも、寿命なら、仕方がないわよね」

「そうともさ」

「おじさん」

と、柔らかな、やさしい声で、亭子は言った。

「ありがとう」

うんうんと、船頭は、黙ってうなずいた。

「若住っさん。そんなら、はじめましょうか」

と、汀の若僧に声をかけ、船頭は艀をおりた。

僧一人、船頭一人の、奇妙な納骨式であった。

壺《つぼ》のなかで、亭子は、うっとりと眼をとじていた。

華やかな月光が、その眼の裏へ射《さ》し込みはじめていた。

千すじの黒髪が光のなかを流れていた。

明るさが増すにつれ、すこしずつ黒髪は赤味をおび、やがて真紅の糸すじになって舞いあがった。

亭子は、うっとりと見蕩れていた。

読経《どきよう》の声が遠くで、きららかな楽音のように聞こえた。

伽羅の燻_く_ゆり

伽羅_{きゃら}の燻_{くゆ}り

朝露に濡れた庭へあじさいを切りにおりた高子《たかこ》は、あざやかな純白と青藍《せいらん》色の花の玉をどっさり胸もとに抱えこんで座敷の広縁へもどってきたとき、後ろに、客を一人連れていた。

背の高いきちんとした身なりの青年だった。

「表の門、蝶番《ちょうつが》いが錆びてましてな、動きもすごきもしまへんさかい、閉めてますのや。えらい庭先伝いで失礼さんどすけど……」

「いや僕の方こそ。鋏の音が聞こえたもんで、勝手に柴折戸《しおりど》から入らせてもらって」

「へえ、それでよろしゝどす。みんなあそこから入ってもろてます。さ、どうぞ。あがっておくれやす」

高子は、青年を請《しょう》じあげると、一度奥へ入り、茶と羊羹《ようかん》を運んできて、

「わたしはこれ、ちょっと生けてしまいますよって」

と、広縁のあじさいを抱えあげ、座敷の床の間にすわって、口広の大壺にその花枝を生けはじめた。

「甘いの向かしまへんやろなあ。かにんしとくれやっしゃ。若いお人が見えるなんて、うちに

はないことですさかい。えらい気のきかんお茶請《う》けで」

「いえ。頂戴します」

青年は、茶の方に口をつけた。

「ところで、なんとお言《い》やしたかいな」

「は?」

「いえ、あんさんのお名前ですがな」

「ああ。立野英男《たてのひでお》です」

「そう、立野はん。そないお言やしたわな。いやですやろ。これですねんで。今聞いたばっかりやのにな。物覚えも、物忘れも、まあそらひどおすねん。いやになります」

高子は、ぱしんと枝元を切り落とす。

「けどまあ、へえ、そうどすかいな。あの清常《きよつね》はんに、お身内《みうち》がおいやしたとはなあ……。いえお身内もお身内。こんな立派なお子がおいやしたやなんて、つゆ夢知らんことでしたがな。なんや狐につままれてでもいるみたいで……」

「いや。母がそう申しましただけで、確かなことではないのです」

「へえ?」

鋏の手もとをとめて、首をまわして、高子は青年を振り返った。

「正確に申しあげますと、僕には父親はありません。僕は私生児ですし、母にも夫と名のつく人はいませんでした。僕は父親の顔を知りませんし、顔はおろか、名はおろか、父についてのどんな知識も与えられずに育った人間です。ただ一つ、父が、僕の生まれる前に死んだということのほかは、いっさい、母はなにも話してはくれませんでした。現実の、母と僕の暮らしの中には最初から存在しない人なのだから、存在しない人だと思って生きろ。母は、そういう人でした。二十五年。僕も、そうやって生きてきました。その母が、二箇月ほど前に、亡くなりました」

「へ？」

「亡くなる間際に、ある人の名前を口にしました。清常正彦《まさひこ》。それが、僕の父の名だと申したんです」

高子は、あじさいの枝を持ったまま、青年を見つめていた。

がっしりとした上背のある体をゆったりと立てて、青年は正座していた。

「じつは僕、尺八《しゃくはち》を少し勉強しておりまして……いや、勉強などと言えたものではありませんが……どういうわけだか、うちには昔から尺八が一本ありましてね。子供の頃、押入れの奥の行李《こうり》だったか、ダンボール箱の中だったかで、それを見つけてからというもの、物珍しさもあったんでしょうが、遊び道具代りにというか、しょっちゅう身のまわりに置いて、音なんか出ないのに、むやみやたらと吹いてみたりしてました。鳴り出したのが、中学に入ってからでしたでしょうか。もちろん、誰に教わったわけでもありませんから、左手右手どっちを上に持ってくのか、どの指をどの指穴へ当てるのか、そんなことさえまるで知らないむちゃくちゃ吹きでしてね……とにかく勝手に、出放題の音を出しては、よろこんでた時期がありました。ちゃんとまともに尺八とむかい合ったのは、大学に入ってからでしてね。クラブに尺八研究会というのがあったんです。いい先生に出会えたりしたもんですから……寝た子を起こされたとでも言いますか……一から正式に手ほどきを受けまして、すっかり面白くなりましてね。まだ、六、七年目ですが、師匠も本腰を入れてやれば物になると言ってくれますし、僕も、近頃急にそんな気になりましてね……できたら将来、演奏家の道を歩ければと、思うようになっていたのです……」

青年は、ちょっと言葉を切った。

「そんな矢先……とでも言えばよいでしょうか。母が清常さんの名前を口にしたのです」

大きな掌《てのひら》のなかに茶碗をとりあげると、ゆっくりと彼はそれを飲みほした。

「清常正彦。尺八をやる人間なら、誰でも知っている名前です。ですから、むろん最初は、その名を聞きましたときも、僕は別人だと思いました……。あの有名な桜木東眉《さくらぎとうび》先生とのコンビで、革新的な二重奏の名曲を数多く世に残している尺八演奏家の名前が、母の口から出てくるなんてことが、どだいあり得ないことなんですから」

青年の太い喉首で静かに上下して動く強健そうな喉仏に朝の陽が当っていた。

「その名声は、僕の師匠からも、たびたび聞かされていましたし、数々の作品や、その名演奏ぶりは、レコードで何度も耳にしていました。僕の生まれない前の時代に、一世を風靡《ふうび》した名人コンビ。桜木東眉の名曲も、あの打打発止《ちょうちょうはっし》と渡り合う火花の散るような相手《あいて》吹《ぶ》きがいたからこそ、至難の至難、難曲の難曲と言われる、高い、華麗な音曲《おんぎょく》の境地が、奔放自在に創造できたのだと、言われてますよね。東眉が師匠、正彦がその弟子。おたがいの技も、心も、伎倆《ぎりょう》のたけを呑みこみ合った者同志にだけ許される尺八の死闘……そう、まさにあれは死闘と呼ぶにふさわしい競演、競奏だと、僕の師匠もよく言いましたし、僕もそう思いました。僕なんかのような、ヒヨっこの若造には、神様のような、雲の上の人たちです」

青年は、高子を見た。

「その清常正彦が、僕の父だと言うのです。信じられはしないでしょう？　どうして信じることなんかできますか」

まっすぐな、ひたすら同意を求めるような眼であった。

つられて、高子も頷《うなず》いた。

「そらまあ、そうですわなあ……」

「言うつもりはなかったと、母は申しました。おまえが子供の頃、押入れの中から尺八を見つけ出したときも、それを持って遊び始めたときも、吹くことを覚えたときも、そしてとうとう本格的にそれを習い始めるようになってからも、わたしは、なにも言わなかった。ただの一言も、言わなかった。知らん顔で、見て見ぬふりをしてきたのも、おまえが、清常の子供だから尺八に興味を持つのではなくて、清常の血がおまえに尺八を吹かせるのではなくて、立野英男、おまえ自身が、しんからそうしたいと思ってすることなら、それは仕方のないことだし、したいようにすればいい。わたしがとやかく言うことではない。わたしは、そう思っていたし、おまえに父親の名を明かさずに育てたことも、間違ってはいなかったと、いまでも思っている。

いまがいままで、そう思っていたんだけど……と、母は申しました。死ぬ、ほんの一時間ばかり前のことです」

「へえ……？」

「おまえが、将来、本気で尺八吹きの道へ進むことを考えているんだったら、あの尺八だけは、持ち主へ返しておくれ。あれは、わたしの物でも、おまえの物でもないんだから。わたしが、無断で、あの人の許から持ち出してきた物なんだから」

『そう、あれは、盗んだ尺八なの』

と、母は言ったのだった。

「まあ……」

高子は、ときどき小さく相槌《あいづち》を打ちはしたが、あとは終始黙って青年の話に聞き入っていた。

「……明けても暮れても、ただ尺八。尺八ひとすじ。そういう人だった。ほかには、なんにも、眼もくれない。なにひとつ、あの人の心を動かすようなものはほかにない。それがよくわかった。わたしにも、おまえにも、結局、無縁な人なんだとわかったとき、わたしは腹をきめたの。おまえを身籠《みごも》ってはいたけれど、わたしたちも、きっぱりと、この人とは無縁な人間になって生きて行こうと。そうしなきゃならないと。あのとき、たったひとつ、わたしがおかした間違いが、あの一本の尺八。どうしてあんな物を持ってきてしまったんだろうと、いまでは後悔しているけど……なにかひとつ、あの人が一番大事にしている物が、きっと欲しかったんだろうね。くれと言ってもくれるような物ではない、そんな物がひとつ、黙ってもらって行きたかった。やみくもに、そうしたかった。ばかな、未練がましい女。いまではそう思っているけれど……決して話すまいと思ったこんな話を、こうしておまえに話さなきゃならなくなったのも、きっとその報《むく》いを受けてるのかもしれないね……」

と、寂《しず》かに笑んだ母の顔に、淋しさが穏やかに滲《にじ》み出し、その顔を持ったまま母は柩《ひつぎ》に入った。

「だが、これだけは、守っておくれ。おまえは、清常正彦とはなんの関わりもない所で生まれて、育って、尺八と出会ったんだから、なんの関わりもない道で、おまえの尺八をお吹き。そのためにも、あの尺八は、返す所へ返し、今度こそほんとうにきれいさっぱり、あの人とは無縁な身になって、おまえの尺八を始めておくれ。そう申しましたんです、母は」

青年は、そう言うと、古びてすっかり色褪せた長い金襴《きんらん》の布袋に包まれている持ち物を、膝の前の畳の上へとり出した。

「清常さんの身許などは、まるで僕にはわかりませんので、僕の師匠を通して調べてもらったりしたんですが、桜木東眉先生も、清常正彦さんも、もう音楽活動をなさらなくなってずいぶん年月がたちますので、どうも要領を得なくって……もしかしたら、清常さんは亡くなったんじゃなかったかと言う人なんかもいましてね……東京ではうまく調べられなかったものですから……桜木先生のお宅へでも伺ったら、ひょっとして、わかるのではないかと……こうして、ご無礼をも顧《かえり》みず、とつぜんお邪魔しましたようなわけで……」

高子は、二、三度、深く頷いて、

「そうどしたかいな……」

と、言った。

「それに……」

と、青年は続けて、金襴の棒袋の結び紐をほどきながら、中から太いあめ色の艶を帯びた竹管を、一本とり出した。

「これが、その尺八ですが……ほんとうに清常さんの物かどうかも、こちらへ伺えば、教えてもいただけようかと思いまして……ほら、この管口の竹《たけ》の根の上の所に、刻み文字が一字彫りこんでありますでしょう……」

彼は膝でにじり寄るようにして、高子の傍までそれを運んだ。

青年が示した銘は、刻みに朱を塗りこんだものであった。

「これは、カタカナの『ビ』ではないでしょうか。もしかして、東眉先生の『眉』の字をカナで彫ったものではないのかと……思ったりもしたもんですから……」

高子は、青年の差し出した尺八を、

「まあ、そうどすか……」

と言いながら、手にとった。

「なにしろ、母は、父だと申しましても、僕にはとても信じられないことですし。いまだに、半信半疑の状態でありまして……」

「ごもっともどす。そらそうどすやろ……」

眼鏡を掛けかえたりして、その竹管を、しばらく高子はあちこちと眺めていた。

「へえ。そうどすなあ。うちのせんせの竹どすわ。この赤い『ビ』の字も、間違いおへん。特別気に入った竹にだけ、この銘入れてはりましてん」

「すると……」

「へえ。これ、ええもんやと思いまっせ。違います？　よう鳴ってましたやろ」

青年は、瞬時うろたえた。

率直にとっさの緊張と困惑をつたえる顔だった。

子供の頃から遊び道具代りにしてきた竹管である。長じて勉強し始めてからも、わが家の押入れの奥に転がっていた物という気安さや私物感は、当然の如くに、あった。それが桜木東眉の持ち物だったとは。しかもお気に入りの愛器だったとは。

いや青年は、桜木東眉が吹いた同じ尺八をわけもなく自分も吹いていたというそのことに、このとき、深くうろたえたのだった。

「きっと、清常はんに、あげはったものですやろなあ」

「やっぱり、そうですか……」

「と思いますえ。何本も、そんなん、あると思いますえ。譲ったり、あげたりしはったの。それにこれ、七つ穴ですやろ。新様式の作曲やら、洋楽との合奏やらしはるようになった頃に、一《いっ》時《とき》、七つも吹いといやしたんですけどな、じきにやめはって、その後はほとんど九つ穴でしたさかい……たぶん、その頃のものとちがいますやろか。けどまあ……それにしてもなあ……」

と、高子は、しげしげとその尺八を眺め返しながら、言った。

「びっくりしましたえなあ……選《よ》りにも選《よ》って、あの清常はんに、そないなお方がおいやしたとは……寝耳に水どす。仰天《ぎょうてん》どすがな。早《はよ》うに身寄りを亡くさはって、十四やったか、五やったか……その時分の頃からうちにいてはった人ですよってねえ」

「この……お宅にですか？」

「へえ、そうどす。死ぬまでいてはりましたんどっせ」

「死ぬまで……」

青年は、語尾を口のなかで呑んだ。

一瞬瞳が揺らぎ、座敷から庭先へ、庭からまた屋敷内へと、あてもなく泳ぎまわる視線が、まるで自分のものではないような気がして、落ち着きを失った。

「亡くなったんですか……」

「へえ」

「じゃ、もうここには……」

「いてはらしまへん。もう早うに亡《の》うならはりましてん。ついせんだってのこと、思《おも》たんどっせ。そやそや、今年は、清常はんの二十五年や。お寺はん呼んであげんとなあて……」

「二十五年……」

「そうですねん。二十五回忌になりますねん」

「じゃ……」

と、言って、青年は口ごもった。

「へえ?」

「いや……そいじゃあ、僕が生まれた年に……と、思ったもんですから……」

「へえまあ……そうでしたわな。さっき、そないお言やしたわなあ」

高子もおどろいたように頷いた。

「そうどすかいな。あの年になあ……そないなことがおしたんどすか……」

そして、高子は改めて、しみじみとした感じで、独《ひと》り、首を振った。

「けどなあ、どない思うても、信じられしまへんわ。あの人の暮らしというたら、そりゃまあほんまに、朝から晩まで、うちのせんせにつきっきりで、それにまた輪をかけて、あなた、うちの人が、なにをするにも、それこそ『清常』『清常』言う人でしたさかいなあ。東眉の身のまわりのことは、みんなあの人がやってましたんどっせ。また、あの人やのうてはあきまへんねん。東眉の気に入らしませんねん。一を聞いたら、十も二十も知って動かはる人でしたさかい。ほんまによう尽くしてくだはりました。その上での、お稽古でっしゃろ。お仕事でっしゃろ。仕事は、内でも外でもあなた、いっつも一緒に動きますやろ。おっしゃる通り、清常はんが、後年めきめき腕あげてきはってからは、そのお稽古も、お仕事も、並みのものではおへなんだし、『死にもの狂いで吹いてこい』て、言いつめた人ですさかい、そりゃもうほんまに、死にもの狂いの毎日やったと思いますねん。内にいても、外にいてても、『清常』『清常』どっしゃろ。清常はんがいてはらへんと、夜も日も明けん人でしたよってねえ。あんさんを前にして、こないなこと言うたらあれですけど……正直言うて、清常はんに、女ごはんとどうこういう時間も、機会もあらしまへんわ。そんなこと、とってもでけしまへんがな。でけたら、それ、神業《かみわざ》みたいなもんどっせ」

高子も真顔で話していたが、青年も真顔で聞いていた。

「これ、本気で言うてんのどっせ。長年、あの人たちと一緒に暮らしたわたしが言うてんのですさかい、ほんまのことどす。そやよって、わたしも、何度も言いましたわいな。ええ加減に所帯も持たせておあげんと言うて……いえな、東眉も、しまいにはその気になってくれましてな、折々には、そうせい言うて、清常はんに水向けたことも一度や二度ではおへんえ。けど、肝腎《かんじん》の本人が、まるで柳に風ですねん。笑いとばして、相手になってくれしまへんねん。ほんまどっせ。尺八ひとすじ。東眉ひとすじ。これしか頭にない人でしたがな」

青年は、死ぬる間際に母が語った同じような言葉を想い出していた。

……わたしにも、おまえにも、結局、無縁な人なんだってわかったとき、腹がきまったの。きっぱりと、この人とは無縁な人間になって生きて行こうと。……

何十年間も、桜木東眉の弟子として、彼に仕《つか》え、その尺八に寄り添って、あの火花の散るような絢爛《けんらん》たる音曲の世界を繰り広げ、他の邦楽器とも洋楽器とも腕を競い、競演し、オーケストラを相手にしても、新音楽とも呼ばれるほどの独自で劇的な尺八奏者の境地を切り開いた清常正彦が、この屋敷の内で、ひたすら師の東眉とその尺八に献身して暮らした日常の姿が、青年には、うまく思い描けないのだった。

一本の尺八を返して、それで清常とは真《しん》に無縁な人間になることを望んだ母は、当然の如く、清常に関するどのような想い出話も、ほかには残してくれなかった。母がどうして清常と知り合ったのか。どんな出会いや交情のいきさつが、二人の間にはあったのか。

そのいっさいが、青年にはわからなかった。

そしてそれは、清常正彦が死ぬまでここで暮らしたという桜木の家の者にとっても、信じがたいことなのだという。

——清常はんに、女ごはんとどうこういう時間も、機会もあらしまへんわ。そんなこと、とってもでけしまへんがな。でけたら、それ、神業みたいなもんどっせ。

青年は、改めて屋敷内を見まわした。

何度も、彼の眼は、彼を離れ、屋敷のあちらこちらへと泳ぎ出して行く。

母が愛した人間が、ここに住み、ここで何十年も暮らし、そしてここで死んだのだ。

どんな男だったのだろうか。どんな声の、どんな話し方をする、どんな姿の、どんな気性の、どんな歩き方をする……と、たえまなく眼は、その男の片影《へんえい》なりとも思い描くよすがはないかと、見えないものを追った。

無論、父の姿など、その上に重ねるすべもなかったけれども。

ちょうどそうしたときだった。

高子が言うのが聞こえた。

しみじみと述懐でもするような声だった。

「けど、ほんまに、わからんもんですわなあ。尺八ひとすじ。東眉ひとすじ。これしか頭にないお人の……あの清常はんにして、これですねやもん。男はんて、怖《こわ》おすなあ……」

青年はわれに返り、そんな高子に眼をもどした。

「なあ、あんさん」

と、高子は、ごく自然な口調で、言った。

「聞かはりましたやろ？」

「え？」

青年は、けげんな顔をしたが、高子はかまわずにつづけた。

「驚きましたえなあ。この若い衆《し》が、清常はんのお子どっせ。見とおみやす。こないな立派なお子を、あの人ちゃんと、作っといやしたがな。知っといやしたか？　あんさん」

「あのう……」

と、青年は、素速くあたりを見まわしながら、落ち着かなげに声をかけた。

「もしかして、東眉先生が……」

「へえ」

と、高子は変らぬ口調で、こともなげに答えた。

「この隣の間に、いてますねん」

「え？」

青年は息を呑み、あわてて居住まいを正した。

「きっと、よろこんどいやすえ。ま、そのお顔、見せてあげておくれやす」

高子は、青年にそう言って、立ちあがると奥の間との仕切りの襖《ふすま》を静かに開けた。

贅《ぜい》を凝《こ》らした大きな仏壇が、その座敷には据わっていた。

青年はあっけにとられて、動けなかった。

高子は、彼が持ってきた尺八をその経机《きょうづくえ》の上へ供え、朱塗りの打棒で小鉢型の金の鈴《りん》を軽やかに打って鳴らした。

「なあ、あんさん。このお子には、話してあげんとあかしまへんわな」

と、その前に座ったまま、静かに仏壇を見あげて、言った。

「桜木東眉はねえ、後年、耳が聞こえんようになってましてん」

「……ええ？」

青年は、聞き間違えかと、最初思った。

一膝乗り出すようにして、高子の後ろ姿を見まもった。

「世間のみなさんから言わせたら、作曲も、演奏も、舞台活動やらいうのもみんな、脂の乗り切った全盛期と言うてくだはる時期にどっせ、もうほとんど両耳聞こえしませんでしたんです」

「そんな……」

「ほんとうどす。それを知っといやしたのは、清常はんだけどした。妻のわたしが、ずうっともっと後に気がついたくらいですもん。だあれも知らはらへんことどす。なら、どないして、あれだけの……観衆酔わして、骨抜きにするあの音が、どこから出せるのやと、聞かはりまっしゃろな。わたしかて、聞きとおすがな。どないして、出してはったと思わはる？　清常はんどすがな。二人向い合《お》うて吹く二重奏の相手吹き、清常はんが、東眉にとっては、いのちの綱。頼みの頼みの綱どしたんどす。清常はんの息、指、口、顔、頭、喉……その一挙手一投足、体のどんな動きも、表情も、眼で見て、音に変えてましてん。清常はんの尺八は、東眉が教え叩き込んで仕上げたものどす。あの人の出す音は、その癖も、感性も、ええ所も悪い所も、知り尽くしてる東眉どす。知り尽くしてる東眉と、知られ尽くしてる清常はんと、この二人にしかでけん掛け合い、渡り合い、やったんと思います。東眉には、現実の音が聞こえしまへんのやさかい、眼で見れる清常はんの全身が、現実に出てる音を、東眉に教えてくれる、たった一つの拠り所でしたんやわ。

　気がついてなはったお人もありますやろけど、あの二人、ある時期からな、決して並んで演奏したりはしまへなんだ。必ず面と向き合うて、どないなときにも吹いてました。おたがいが、おたがいの一部始終が見えんことには、一音かて、半音かて、出すことはでけしまへんのやもん。清常はんを見ることで、ああいまこの音が出てるのやと、それでわかったんでっしゃろな。その音を支えに、東眉は自分の竹を吹いたんです。清常はんが眼の前で吹いててくれはらへんことには、自分の音が東眉には聞こえへんかったんどす。そうどすねん。清常はんを通して、東眉は、自分の音を創り出していてたんどす。そないな、命がけの綱渡り……してましたんです、あの二人」

　高子は、じっと仏壇を見あげていた。

青年は、言葉を失っていた。

長い沈黙だった。

仏壇を見あげたまま、高子は、口を開いた。

「ちょっとした風邪が元どしてな……肺炎起こして、アッと言う間に死なはりましてん、清常はん」

やにわに、青年は顔をあげた。

「高い熱でな……死ぬが死ぬまで、息引きとる間際まで、あの人、譫言《うわごと》のように言うてましてん。『せんせ、戻ってきますさかい……必ず戻ってきますさかい……死んだかて……戻ってきます……すぐに……戻ってきますさかい……』」

高子の声が、とつぜん震え、彼女は激しく顔をおおった。

「……七年な、東眉も、待ちました。幽霊になったかて、あれは、帰ってくるて言いましてな。わしにだけ見える幽霊になって、戻ってくる。あいつなら、きっとそうする、言うてな。まだ出ん、まだ出ん言うて……あなた、待ちましてん。ほして、ぽっくり逝《い》きましてん。去年、その十七回忌をすませたとこですねや」

青年は、ただぼうぜんとして座っていた。

「なあ、あんさん」

と、高子はまた、仏壇へ顔をあげ、話しかけた。

「そうどっしゃろ?　きっと清常はんが、このお子、寄越さはったんどすわ。あの人、約束、守らはったわ。ほれ、見とおみやすな。あんさんの尺八持って、清常はん、戻ってきはりましたがな。よろしおしたえなあ」

そして、夏衣《なつごろも》の小さい細い背をわななかせて、老女は泣いた。

宮殿造りのきらびやかな仏壇には、二つの位牌《いはい》が上下にわかれて置かれていた。

長い間、老女は声もなく泣いて、やがて、泣きやんだ。

「お燈明、あげまひょな……」

と言って、ゆるやかに背すじをのばして、高子は蠟燭《ろうそく》をつけ、香を焚《た》いた。

その手もとを、ふととめて、彼女は再び位牌を見あげた。

後ろの青年には見えなかったが、一瞬、その顔は、にっこりとした。

（……二十五年かかって、やっと果たさはったお約束……清常はん、おおきに。おうちのことやさかい、果たさな、果たさな思て、さぞやきもきしはって、なあへ、一生懸命どしたんやろな。けど、まあ、びっくりしましたがな。こんなお子を、おうち、いつの間に、こさえてはりましたんえ？　おうちだけは、女になんか眼もくれんお人やと思てましたのになあ。まあ、それもよろしがな。わてが、もっとびっくりしたんは、こっちのほうどす。

あれでっか？　おうちらお二人、もうとうに、そっちでお会いやと思てましたのに……いまだに、会うてはらしまへんのでっか？　仲よう並んで、水入らずで、決して誰にも踏み込めへんあの尺八の桃源郷で、死にもの狂いの竹吹いてはるとばっかり思てましたのに。清常はん。せんせはな、もう十八年前に、亡うならはりましたんで。こうしてお仏壇にもあんた、一緒に入れてあげてまっしゃん。てっきり、そっちで、おうちらお二人、元の暮らしに帰ってはると思いますやん。へえ。まァ。そうどしたんかいな……まだ行き会うてはいやはらへんのかいな……)

その不思議な笑みは、ゆっくりと高子の眼もとや口もとへも、ゆるゆるとひろがった。相好《そうごう》を崩して、高子は破顔《はがん》していた。

涼しい匂いを燻《くゆ》らせる伽羅の香を焚きながら、彼女は、青年を振り返った。

「さ、どうぞ。お父はんに、会《お》うたげておくなはれ」

静狂記
せい
きょうき
記

1

新緑のけむるような雨の中を蝶子《ちょうこ》の蛇《じゃ》の目傘がちょっと乱暴に揺れながらしゃかしゃかと石段をのぼっていく。

「毎度毎度のことやけど、ほんまに腹立つ、この石段。門くぐったら、すぐに玄関。なんでそうはいきまへんのん。玄関あそこに見えとゝのに、門の格子戸くぐらせといて、まァ、ご大層に、左へ右へ。思わせぶりな!」

だいぶ息があがっている。

「手摺《てす》りくらい、おつけよし。ほんまに、厭《いや》! もう厭、思うのいっつもここえ! 傍迷惑《はためいわく》いうこと、考えはらへんのやろか」

ぶつくさぼやいて、毒づいて、蛇の目傘はのぼって行く。

ここは鳴滝《なるたき》。閑静な高垣塀や煉《ね》り塀などの続く屋敷が、新旧造りや装いに違いはあってもずっと続く一帯だった。

蝶子は玄関にたどり着くと、しばらくは荒《あら》んだ呼吸を整える小休止の態だったが、すぐにけろっとしたふだんの顔に戻り、ブザーも押さずに、表戸を開け、

「マ、無用心な。鍵もかけてはらしまへんがな」

と言いながら、上へあがって、どんどん奥へ入って行った。

「誰え？」

急に、嗄《しわ》がれた、だが厳めしく人を咎《とが》め立てる低い声が、中の間の廊下へかかるあたりで、この闖入者《ちんにゅうしゃ》へ浴びせかけられた。

森閑《しんかん》とした屋敷内は、眼が馴れるまでは仄暗《ほのぐら》く、人の気配もあるとも思えなかった。

ぎィと、揺り椅子のきしむ音が、その直後に、不意にした。

「イヤ。そこにおいやしたん」

蝶子は、構わずに、その中の間の座敷へ入って行った。

「どなた？」

そんな蝶子へ、二の矢が飛んだ。

「どなたて。うちどすがな」

「うちて。誰え？」

「オオ怖《こわ》。そんな声、おうちが出さはると、ほんまもゝに聞こえまっせ」

「ほんまもゝて？　なんどすねん？」

「ほんまもゝですがな。言葉どおり。とぼけたふりをしてはんのか。ほんまにぼけがきてはる

のんか。見境《みさかい》がつかんということですがな」

蝶子は、意にも介さずに、電灯の下まで行って、点灯紐《ひも》を引っ張った。

瞬間、揺り椅子の上の女は、ちょっとうろたえ、眩《まぶ》しさに顔をしかめ、眉間《みけん》の皺《しわ》をゆがめたが、声の調子は変らなかった。

もっとも、多少、無関心度が深まって、おっとりとしたような口調にはなってはいたが。

「どなたはんか知らへんけど、なんや、いうてはることが、ようわからん。よろし、よろし。まあ、ちょっと、そこでお待ち。いま、人を呼びますよって」

そう言うと、ゆっくりと立てた背を後ろへ倒した。揺り椅子が古めかしい軋《きし》みをあげて鳴り始めた。

同時に、すいと、彼女は腕をのばし、脇の文机《ふづくえ》に置かれている鈴《れい》を手にとった。握り柄《え》がついている。振ると、高く澄み切った美音を発する。実に遠くまで鳴り響く鈴であった。

「ちょっと。黛子《たいこ》はん……」

と蝶子は、さすがに気色ばんだ声をかけはしたのだが、かけながらこの時、一瞬、思ったのも確かだった。

(ほんまに、この人、どこか変が、きてるのやろか)

すぐに吹きとび、霧散した想念ではあったけれど。

「へえへ。そうどす。そらいつやったか、いうたことはありまっせ。二度ともう、ここの敷居は跨《また》がへん。『アア去《い》にさらせ。たった今、縁ならこっちから切ったる』て、おうちもいわはりましたわな。売り言葉に買い言葉、そんなん常のことでっしゃんか。疾《と》うに忘れてはると思《おも》てましたのに」

「なんの話でおますのや?」

「知らんかったわ。こないに根《ね》に持つお人やとは」

黛子は、いきなり手の鈴を無造作に振り鳴らした。

「三千彦はん!」

と、そして奥へ向かって呼ばわった。

「お客はんどっせ。ちょっときとくれやす。なんや知らん、わけのわからんことばっかりいうてはるさかい。鬱々《うつうつ》しい」

「そうどすかいな」

蝶子は、開き直ったような冷《さ》めた言葉づかいになって、無表情に雨コートを脱ぎ、その場に背筋をのばして座った。

「なんの話かと訊《き》かはったよって、いうのやおへんえ。今日は、これ、いうために出かけてきたんどすさかいにな」

改まった口調であった。

「一昨日《おとつい》のことどしたわ。祇園《ぎおん》の『元江《もとえ》』さんの女将《おかあ》さんに、街でぱったり会いましてな……。イヤ、ちょうど塩梅《あんばい》よう会えた。今日にも、ちょっとお電話しとこ、思てましたんえ。いわはってな、ほんならお茶でもご一緒しまひょか、いうことになったと、ま、思ておくれやす」

「元江」というのは新橋《しんばし》通りのお茶屋。そこの女主人である。

「なんどす？」

と、蝶子は、甘味処《かんみどころ》の店の小椅子に腰掛けても、わけありげな女将《おかみ》の様子が気になって落ち着かなかった。

「いえな、よう考えたら、これ、妙なお話やさかい、電話先でというのもな、塩梅ようないことかもしれへん。というて、じかに蝶子センセを訪《たん》ねるのも、大げさなことかいなと思たりしましてな……」

「へえへえ。で、なんですのん？」

「あの……気ィ悪うせんといとくれやっしゃ。お気に障《さわ》ったら、かんにんどっせ。ちょっと、心にかかったもンどすさかい」

「へえ。へえ」

「あれどすか。お姉さんの黒藤《くろふじ》先生、お元気にしてはりますか？」

「へ？」

「いえ。してはりますわなァ」

と、女将は、あわてて言い直した。

「黒藤が、あの、なにか……？」

「へえ。実はな……」

と、女将は、急に声を落として、首を寄せる風にして言った。

「二、三日前、わて、先生にお会いしましてん。いや、お会いしたいうたら嘘になりますわな。お見かけしたのは、わての方で、先生は、こっちにお気づきやなかったと思います」

女将は、ちょっと間合いを切ってから言った。

「立派なお着物着とおいやしたで。五つ紋付《もんつき》の黒留袖《くろとめそで》。裾模様がまた、型匹田《かたびった》と金彩の葵《あおい》の豪華な柄《がら》のからんだ源氏車《げんじぐるま》。まァその色合いが、上品で、なんともいえんよろしおしてな。格の高さも、華やぐ情趣も、そらもう第一級の礼装どしたがな。さすがやなァて、思て、わて、ちょっと見蕩《みと》れましたんどっせ」

あれでっしゃろ、と、女将はつづけた。

「確かもう、傘寿《さんじゅ》にとどいておいでやっしゃろ?」

「へえもう、よれよれ、よぼよぼで、半分あっちに行ってますわ」

「なにいうてはりますのん。そんなん、なかなか。それどころか、わて、眼ェ見張りましたんやさかい。そらお歳《とし》はお歳どすわいな。しばらくおめにかからなんで、ちょっと背丈《せたけ》が低うおなりかいなと、思わんことはおへなんだけど、そのお歳にならはらへんと、あのゆるゆると身についた、着こなれた感じや味は、とてもとても。出そと思ても出てきまへんで。袋帯がまた豪華で、白の帯揚《おびあげ》、帯締《おびじめ》も白、半衿《はんえり》も白でっしゃろ。その純白が黒地に映えて、そりゃもう見事な装いぶりで、わてな、唸りましたがな」

「お上手いわはる」

「ほんまどっせ」

「信じられまへんな」

「イヤ、これ信じてもらわんと、次の話へ行けしまへんがな」

「ま、洋服持たん人ですさかい。黒藤黛子いうたら着物、着物いうたら京都の黛子。昔から、それが売り出し看板の一つになってるみたいな所が、あの人にはおますしねェ。『元江』さんのおかあさんに、そこまでいわれたら、あの人も本望でっしゃろ」

「ほんまのことどっせ」

「いったい、どこでのことですのん?」

「それがどすねん……」

と、女将は蝶子の顔を見たが、束の間、言い澱《よど》む風を見せた。

蝶子には、そう見えた。

「二条城《にじょうじょう》でおしたんえ」

「二条城?」

「へえ」

「それはまた……」

と、今度は蝶子が、口に出しかけた言葉を呑んだ。

そんな晴れの出《い》で立ちで盛装した老女が出向く先が二条城であることの理由が、とっさに思いつかなかったのだ。

「なにか、ありましたん？　二条城で。なにかの会とか……」

「お茶会どっしゃろ？」

「そうどすわな。お茶屋が、あそこ、ありましたわな」

「へえへえ、おます。清流園《せいりゅうえん》いう新し庭が奥におますし、香雲亭《こううんてい》に、和楽庵《わらくあん》。年になんべんかは、大茶会かて開かはることありますしな」

「そうでしたえなあ」

「わてもな、すぐに、それ思いましてん。そやから、後で事務所に寄って確かめてもみましたんえ。今日はそんなもん、なんにもないでて、いわはるんどす。ハア、そやったら、どこぞへお出掛けの帰りか、途中かで、ここ寄らはったのやな、と、こない思たんどす」

「へえ」

「わての方もな、連れがおましてん。東京のお客はんで、まだ二条城見たことないていわはんのでな、ほんならご案内しまひょかいうて、行ってましてん」

「二条城の……？」

と、蝶子は重ねてたずねた。

「場所どっしゃろ？」

と、女将も、それが話したかったらしく、すぐに引きとって、言った。

「二の丸の、黒書院《くろしょいん》の廊下でどしてん」

「廊下？　あの、黒書院の？」

「へえ。そうどす。あれ、正確には、入側《いりかわ》いうのんやそうどすねェ」

「へえへえ、知ってます。お座敷と外の濡《ぬ》れ縁《えん》とのちょうど間にはさまれた、長い通路のような所でっしゃろ」

「そうどす、そうどす。そこで、お見かけしましてん」

『元江』の女将は、そう言った。

出来事と言えるものに、女将が遭遇したのは、偶然、その現場を通りかかってのことだったという。

「ほんまに、お久しぶりやのんで、わてな、思わず、走り寄りとおましたんえ」

それが出来なかったのは、そうさせないような事が、突如、起こったからであった。

黒留袖姿の老女は、黒書院の南入側へ入った所で、一人、身じろぎもせず眼を宙に放って静かに立っていたという。

「静かどしたえ。不思議に、拝観者も少のうて……そ、ほんまに不思議な気がしましてん。ただな、黙って、立っといやすだけやのに、なんかこう、ピーンと、張りつめた空気が身のまわりにあって……こっちも、呑んだ息ようつけへんような……近寄り難さがおましてな」

「なに、してましたんですか？」

蝶子の声も、どこか息を殺したような所があった。

「見てはりましたんどすわ」

「見て？」

「へえ。杉戸《すぎど》の絵ェどす」

「杉戸……」

「おすやろ？　二条城は建築美術も美《び》の美《び》ィどすし、絢爛《けんらん》豪華の襖絵《ふすまえ》やら障壁画は、まァ次から次とめじろ押しで、宝の山みたいなとこどすけど。廊下の杉戸、あれもぎょうさんおますやろ。その中でも、一番有名な杉戸絵がありまっしゃん」

「『濡れ鷺《さぎ》』どっしゃろ？」

「そう。その鷺どす。一枚の杉の板戸に、白鷺が一羽、描いてある。たったそれだけ。片足あげて、一本足で立っている。ずぶ濡れ姿の首を、ひょいと、後ろへ向けてなにかを見てる。あの鷺、わても、好きどすねん」

「それ、見てましたんですか？」

「へえ。穴のあくほど、見てはりました。おかげで、わても、何十年ぶりかで、しげしげと、あの白鷺、見ることがでけましたわ」

『元江』の女将が、思い切って黛子に声をかけようとした時だったという。

帯からすっと扇子を抜き、その手をかざすと、

「む！」

「む！」

と、黛子は低い声を発し、二、三度、鋭く眼の前の中空を打ち据えるしぐさを見せたのだという。

その扇子を摑《つか》んでの一瞬の打擲《ちょうちゃく》ぶりを、『元江』の女将は、鞘《さや》を払った小刀が、一閃《いっせん》、ひらめくのを見たような気がしたと、表現した。

「わてな、思いましたんや。うちらの、先代のお家元。あのおっしょさんのお舞台をな、まのあたりにしたようなな。気魄《きはく》。凄みが、おしたえ。鬼気迫るようどしたがな」

先代のお家元というのは、無論、祇園の舞いの総帥《そうすい》井上流の名手、先代八千代のことである。

女将は、ただただあっけにとられ、結局声もかけられなかったが、蝶子にだけは、このことは伝えておいた方がよくはないかと、思ったのだという。

聞いていて、蝶子も、思った。

尋常な沙汰ではない、と。

一人の黒留袖に裾模様の晴れ着を身にまとった老女が、二条城の杉戸絵『濡れ鷺』と向かい合い、にらみ合っている光景が、いつまでも頭の中を去らなかった。

「はげしゅうて、美しゅうて……」

と、女将は、思い出すようにして、その姿のことを、告げていった。

2

揺り椅子だけが、ぎぎィ、ぎぎィと、間のびのした音をあげている。

眠り込んでいないのだけは確かなようだったが、黛子は一度も眼をひらかない。

硝子戸越しに見える庭は、降るともやむとも見えぬ糠雨《ぬかあめ》にいちめんもやだっていた。

話すことは話し、尋ねることは尋ねたが、どのような反応も示さなくなった黛子に、蝶子はうんざりもし、取るものも取りあえず押っ取り刀で駆けつけた自分がばかばかしくもあった。

長い無言の時間の中に、喋《しゃべ》り尽くして空しゅうなって、こうして、座っているのも意地。停まらない揺り椅子に、五体まかせて黙りつづけているのも意地。

二人の女は、飽きもせず、押し黙ったまま時を過ごした。

同じ京都に住みながら、音信不通は常のこと。日頃は赤の他人も同然。往き来のないのが習《なら》い性《しょう》。おたがいの性分だった。

けど、会うたらなにかがわかるやろ。話してみたら様子も知れる。それよりなにより、この眼で見たら、確かめられる現実があるはずやと、蝶子は思った。

それも見事に肩透かしで、暖簾《のれん》に腕押しをきめこまれた。

つくづくと、眺めていると、黛子は性《しょう》がぬけ落ちて、ただだらしなく眠り惚《ほう》けている一人の老いた女にしか見えなかった。無論、眠ってなどはいない。椅子はいつまでも動いていた。その強情ぶりが、蝶子には、逆に、黛子が正気であることのなによりの証《あか》しのようにも思えたのだった。

普段着の上に着古した木綿の上《うわ》っ張《ぱ》り、下は共地のもんぺ。それが黛子の仕事着である。家の中では、たいていそんな恰好で彼女は原稿用紙に向かっている。

二条城の杉戸絵『濡れ鷺』の前で、眼を見張るほど見事な盛装ぶりを見せて立っていたという老女の姿を、蝶子は改めて眼の前の黛子の上に重ねてみた。

胸の底の奥の方で、なにかが動く。音ならなにかの遠鳴るような、影なら淡いあるかなきかの薄墨色《うすずみいろ》の紗幕《しやまく》のような、摑みがたい、えたいの知れぬものの気配が、通り過ぎては、戻ってくる。戻ってきては、また通り過ぎて行く気がする。

それは、『元江』の女将の口から、「二条城」、「黒書院の杉戸絵」、「濡れ鷺」といった言葉を聞かされた時に、すでに蝶子の中に萌《きざ》した予兆のようなものだった。

その、沈黙の縛り縄をたち切りでもするように、蝶子は、急にコートをつかんで立ちあがった。

「そうどっかいな。へ。よろし。ようわかりましたわいな。えらい余計な肝《きも》焼いて、すまんこっとしたわな。ほな、往《い》にます。おおきに、おやかまっさんどした」

言うと、黛子に背を向けて、さっさと部屋を出たのだった。

その廊下に、柱を背にして膝を抱えた若者が静かに腰をおろしていた。

「オオ、びっくりした。なんどすねん。三千彦はんやおへんかいな」

「はい」

長い足をすっとのばして、若者は立ちあがった。

ジーンズにセーター姿の上から、胸もとにも両前にも大きなステッチ縫いのポケットがついた芥子《からし》色の長前掛けを着けていた。

「ずっと、そこにいてはりましたんか」

「はい。ちょっと、その……」

「よう踏み込めまへんわなァ」

「すみません」

「謝ることなんかおすかいな」

「お茶でもお持ちせな、思たんですけど……」

「よろしよろし。もうお開きどすよって。そやけどあんた、ちょっと見ンうちに、また男前あげはったな」

「おちょくらんといて下さい」

「けどま、ようつとめてはるわな。感心してますねンで。秘書に、助手に、家政夫に……」

「料理人と言って下さい」

「そ、あんたのお料理、おいしンやそうどすな。編集者の女の子がいうてましたで」

「いちびらんといて下さい」

「誰があんた、おふざけでいいますかいな。これだけのお家を、あんた、体裁たもって、ゴミの山にも、ホコリまみれにもせんと、ようしてはる。家の雑用、雑役係も、立派にやってのけてはるがな。この若い執事はんは、大したもンどす」

「もうよろしィて」

「ほな、な」

蝶子は、雨コートに手をとおしながら、言った。

「あと、よろしゅうな。頼ンまっせ」

三千彦は、さばさばと廊下を行く蝶子について玄関まで送りにたった。

外は、緑《みどり》をいちめん描筆で刷《は》いたようなけむり立つ雨だった。

向こう掛けの利休下駄に足を入れて敲《たた》きへおりた蝶子が、言った。

「お庭の池、どないおしやしたん？」

「はい？」

三千彦は、たずね返した。

「空《から》どしたやん」

「あ、ああ……」

「ガタが、きましたんか」

「あ、いえ」

「底でも抜けたんかと思いましたえ」

「いえ。そんなことじゃないんです。水、落とせといわれたもんですから」

「へえ、そうどしたんか」

蝶子は軽くうなずいて、蛇の目傘の合羽《かっぱ》をつかんで柄に持ちかえた。

「鷺がね、よう来るんです」

「鷺？」

その首をゆっくりまわして、蝶子は、三千彦を振り返った。

「ええ。楽しみにしてはりましたんですけどねえ、以前は。来てる、来てるて、眼を細めて。音たてたらあかん。動くな。話すな。咳《せき》一つしても、僕ら、にらまれましたんやで。そら、嬉しそうにして、眺めてはりましたがな」

「いつのこと？」

「はい？」

「水、落としたの」

「はい。エエ……もう二年……いや、もうちょっと前になるかなァ」

「そやねェ、わたしも、二、三年は、ここ顔出していィひんしねェ……」

「急に、或る日、いい出さはって……いうたら、とめても、きかはるお人やありませんしね」

「そらそうや」

「もう、びっくりしましたんです。高い魚も中には入れてはりましたし」

「そやそや。それがご自慢どしたがな。眼の玉とび出るほどのお魚」

「センセ、狙《ねろ》うてますよ、あの鷺、いうてもかまへんかまへんおいやして。柳に風で、相好崩《そうごう》してはりましたのに」

「あの鯉、どないしはりましたん？」

「ご近所にもろてもらいました」

「へえ、まァ……」

と、蝶子はあきれた顔で、驚いたように溜め息をついたけれども、眼の色にはそう単純な驚きではすまないものがまじっていた。

「鷺が来るから、池の水を落とさはった。そない、いうことどすか」

独りごとにでも聞こえるような、呟《つぶや》くような声だった。

雨は音もなく降っていた。

ぽつんと、蝶子が、言った。

「お仕事、どないなってますのん？」

「え？」

「黛子はん」

「はい」

「近ごろ、見かけまへんな、小説」

「そうですね」

三千彦は、あっさりと、うなずいた。

「開店休業。という所でしょうか」

「休業。休んではるの？」

「と思います。声は、あちこちから、かかってはくるんですがね」

「受けはらへんの？」

「いや、そうでもないんですけどね」

「時代小説、書く若い人、ぎょうさんいてはるもんねェ。ぎょうさんというか、猫も杓子《しゃくし》もでっさかいに。種《たね》も同じ、趣向も変らん、ひとが咲かせた花の世界も、平気でわが物顔にしはって、あの手も、この手も、ひとの借り物。似せた物。まァ、むし返し、巻き返し。もどきや、まがいが、時代物にはひしめいていてはるもんな。厭なんとちがいます？　同じ土俵におりていくのが」

「いや。そんなんと違うと思います。そら、大家も大家やし、お歳もお歳ですさかい、昔のようにはいかない所もいろいろはあるでしょうが……」

「書けへんの？　書かへんの？」

「さあ」

三千彦は、案外平然とした声で応えた。

「もう書けないのよ。あがらせてよ。あがっちゃってるのよ。昔から、開口一番、編集者には、そないおっしゃってた人ですからねえ。今のスタンスに合った企画か、舞台、探してはるゝと違いますか。本気で。腰据えて」

「そう」

蝶子は、けむった雨空を仰いだ。

「蝶子先生も、もっと読ませて下さいよ」

「へ?」

「このまま、お店一本で行かはるわけやないんでしょ」

「なにいうといるのん。うちの方は、ほんまもン。あがったのよ。もうしんどいの。ええかっこして、ちゃらちゃらすンの」

「そんなことおっしゃらないで、あの名随筆、もっともっと読ませて下さい。京都を書かせたら、他に追随する者がないといわれる、天下の折り紙つきの随筆家じゃあないですか。京都しか、お書きにならない。その代り、京都の奥は、ひとに書けへん筆揮《ふる》うて、綾も錦も綴《つづ》れも織らはる。京都に住んでる僕らも知らへん知識や世界を教えて下さる。あの文章待ってる人は、いっぱいいてると思いますよ」

「三千彦はん。あんさん、男前もあがったけど、ほかの腕も、しっかり磨《みが》いてはるみたいやな」

「ほかの腕て、なんですか?」

「さっきもいいましたやろ。うちにくる女の子たちのお喋りに、ちょいちょい出まっせ。お名前が」

「誰のです?」

「さ。もう去《い》の」

蝶子は、玄関表の石畳みへ出て、傘を開いた。

そして、真顔になって、大きな溜め息をついた。

「この石段が、難儀な地獄や。もう、そうそうは来れまへんな。いったい、どないしてはんのすか？　あのセンセは」

「杖をついておりはります」

「独りで？」

「いえ。手は僕がとりますけど」

「そうどっしゃろな」

「けど、ついこないだまでは、上りも下りもお独りでした。手ェなんか出そうもんなら、雷が落ちてましたわ」

「へえへ。ほな、わたしも、セーダイ気張って、おりまひょか。行きも帰りも、ここは恐ろし。怖い石段」

そう言って、蝶子の下駄が一足、雨の中へ踏み出しかけた所だった。

「蝶子先生」

と、後ろの三千彦が、声をかけた。

蝶子は、傘を濡らしはじめた雨の中で、三千彦の方へ顔を向けた。

「あの……」

と、一瞬、三千彦は、口ごもるように言ったが、すぐにつづけた。

「二条城のお話ですが……。あれは、少し違っていると思います。扇を抜かはった時、ウチの先生は、杉戸絵と、向かい合うてはいてはらしません」

「へ？」

「杉戸絵の『濡れ鷺』には、背を見せて、立ってはりました。ここだけが、違ってましたので、やっぱり、お伝えしときます」

蝶子は、黙って、三千彦を正視していた。

三千彦も、そんな蝶子を、あとは無言で見返していた。

緑色の雨は、蛇の目を叩きはせず、音もなしに濡らしていた。

3

京都は七月に入っていた。

この都の夏は祇園祭が運んでくる。

一日の吉符入《きっぷいり》から、巡行鉾《ほこ》の順番を決めるくじ取式などに始まって、最大のクライマックス十七日の山鉾巡行を中にして、二十八日の神輿《みこし》洗い、行事を終える二十九日の神事済奉告祭まで、七月は祇園祭一色で街も人も賑《にぎ》わい立つ。

三千彦が北白川《きたしらかわ》の蝶子の家を訪ねたのは、街なかの各鉾町ではそろそろ鉾の組み立てが始まり出していたころだった。

店全体が古いステンドグラスで構成されているというか、アンティークのステンドグラスだらけの中でお茶をのむ喫茶室とでもいえるか、色絵ガラスの骨董《こっとう》屋の趣のある小さな店『蝶蝶』は、知る人ぞ知る喫茶店だが、看板などはどこにも出てない。

住まいは横の路地を入った店の裏手になる。

「まァ、忘れんと、ようこまめにきとくれやして」

蝶子は、籐《とう》むしろを敷きつめて涼しげに衣がえした座敷で、寝ござをのべた寝具の上に横たわっていた。

「どうですか、お加減は」

「へ。おおきに。ごらんの通りでおます。一月《ひとつき》入院しましたのに、まだよう歩けへんのっせ。これで骨でも折れてたら、どないなことになんのすやろね」

「痛みますか?」

「まだ本事やおへんわな。半分折れかけてるいわはったけど、ほんまに半分どすのンやろうかねェ」

「僕がそばについてながら、あんな事になるやなんて……」

「もうそれいわんといとくなはれ。おうちが手ェ貸しとくなはったさかい、こんだけで済んだんどす。そやなかったら、あの雨の中、下まで転げ落ちてますがな」

蝶子は、ちょっと眉をしかめ、手をついて半身を起こした。

二人のまわりに、音もなくもやだつ雨脚がよみがえっていた。

鷺の話がもう少し聞きたかったが、奥で呼び鈴が鳴り始めた、あの鳴滝の玄関口が、なにか心にかかって残る。心の中へも、もやだつものが、あの時入ってきたという気がした。

「送ります。下まで」

「よろしよろし。はよ行ってあげとくなはい」

「大丈夫ですよ」

三千彦は、傘立ての番傘を手にとると、身軽に蝶子の先へ立った。

「怖いな、ほんまにこの石段。急に傾斜がきつなったわ」

「おりる方が、よけい、そんな感じするんですよね」

「リフォームしなはい。あの年寄りには、ここが鬼門や。池や鷺やいうてるよりも、こっちが先どすがな、あんさん」

「僕もそういってるんです。ここ壊して、車のあがれるスロープにしましょうて」

「そ。それがええわ」

「けど、いわはるんです。そないにわて、よぼよぼしてるか。老いぼれ扱いすんなて。いっつも」

「なにいうといるのん」

蝶子が、ちょっと気色ばんで声荒らげた折だった。ぐらりと体が傾いた。足が宙を踏んでいた。

「なんでやろな……」

と、蝶子は、独りごちるように、言った。

「わてな、あの時……」

と、口にしかけて、あとの言葉は、呑んだ。

（なにかに背《せな》、ちょいとな、押されたような気がしましてん。後ろから）

そう告げたかったのだが、口にすれば、あり得ない非現実の世界へすいと一歩踏み込むことを、自分で認めたようなことになりはしないか。われとわが身に、それを許したことになる気がして、不意に怯《おび》えたのだった。

幻が棲《す》む世界に、現実の足を踏み込む。そのことへの恐れだった。

それは、老いがもたらす妖しい或る種の幻なのではないかと、蝶子は、思ったのだった。

踏み込んだら、後もどりできない世界が、その先にある。それに気づいて、瀬戸際で思わずはっと踏みとどまった。そんな気がしたのだった。

老いが、身近でゆらゆらと見えない触手でこの身に触れたという経験だった。

「でも驚いたなァ。すっかり夏の建替《たてか》えも済んじゃってるんだから。僕の出る幕なんてないじゃないですか」

明るい三千彦の声がした。

身辺の、雨の気配も消えていた。

「これ済ませてしまわんことには、祇園さんの七月は、うちの家には来イひんのどす」

夏の建替えというのは、戸や障子や襖などの建具をはずし、葭《よしず》の障子戸に取り替えたり、すだれやみすを吊したり、葭の衝立《ついたて》を出してきたり、畳の上には渋紙を敷き籐むしろを敷きつめて、籐椅子出したり、風鈴吊ったり、うちわや寝ござの用意をしたりで、家中が風通しよく涼しい夏を迎える姿に変るのである。

「まさか、センセが」

「この足で出来ますかいな。人、頼みましたがな」

「けど、さすがやなあ。帰ってきはったら、建替え済み」

「おかげさんで」

「お店は、閉めてはりますのん?」

「こんなんで、やれますか?」

「すみません。もうちょっと僕がしっかりしてたら」

「もういわんといとくなはれ」

蝶子は、確かに少しやつれた感じの増した顔の前で、弱々《よわよわ》しげに手を振った。

「それより、うちが今かなしいのはな、今年のお祇園さんや。毎年欠かしたことのない、宵山《よいやま》にも、いけへんん。難除け火除けのお守りも、霰《あられ》天神さんへいって、受けて帰ることもでけへん」

「僕が、代りに行きましょか」

「こんなん、いっぺんだって、ひとに頼んだことなんかあらへんかったのに」

風鈴が、鳴っていた。

「お囃子《はやし》、もうやってはるわな」

「はい。鉾建《ほこた》ても始まってます。そうそ。それから、ここへ来しなに、白鷺姿で羽をひろげて踊ってはるのを見たんですが……」

「白鷺？」

と、一度、たずね返し、短い間をおいて、蝶子は言った。

「そうどしたいな。お祇園さんにも、鷺がいてましたわな」

「あれ、どういうことなんですか」

「鷺舞いいうてな、鷺は神使いの鳥ですさかい、八坂神社の素戔嗚尊《すさのおのみこと》さんに縁《ゆかり》があるらしおすな」

蝶子は、ぱたぱたと、うちわを使った。

「うち、冷房はやめてますのンでな。暑うはおへんか」

「うちかて入れはらしませんさかい、馴れてます」

「三千彦はん」

「はい？」

「おうち、こないだ、病院で、ちょっと話しかけて、やめはったことがおましたいな」

「なんでしたか？」

「病院いうとこは、人の出入りのせつくろしいとこやさかい、ゆっくり話もできひんかったけど」

三千彦は、蝶子の顔を見守って、彼女の言葉を待つ間、奇妙な感慨にとらわれた。

(この人、一月足らずの病院暮らしの間に、急に衰えはったなァ)

そんな気がした。

「ほれ。空池《からいけ》の話になった時に……」

「ああ」

と、三千彦は、うなずいた。

「鷺の、あれ」

「そうどす」

「いや、僕もね、そこのところがわからんのです。鷺が来るのを、あんなに嬉しそうにしてはった人が、その鷺が来られんようにしてしまわはったんですからね。それも、或る日、突然に。有無もいわせず。つまり、それは、裏返せば、鷺が来るから、水を落としたということになるのではないかと、蝶子先生はいわはった」

「そういわれると、気になることが、ないでもないて……おうち、いわはったいな」

「はい……」

たとえば、黛子は、廊下を歩いていて、よく、急に、立ちどまる。いや、それは廊下でなくてもいい。家の中でも、外でもいい。とにかく不意に立ちどまる。そして、しんと、息をとめ、急に、後ろを、振り返る。その振り向きざまも、息の殺し具合いも、立ちどまり方も、みんなさまざまに、一様ではなく、違ったが、一瞬のその形相に、見たことのない表情がよぎった。

「なにか?」

と、三千彦が、訊く。

「いや」

と、黛子は答える。

そして、普段の顔に戻る。

そんなことが、何度かあった。

あるようになってから、三千彦は気がついたのだが、不審は、いつも、彼女の背後に存在するように思えた。

そして、いつも、黛子はそれに、なぜだか、聞き耳を立ててでもいる風に見えたのだった。

そうした行動が、目立ち始めたころの或る日だった。黛子が池の水を落とさせたのは。

「やっぱり、鷺ですやろか……」

三千彦が、呟いた。

「へ?」

と、蝶子は、顔をあげた。

「抜き足、差し足。あの鳥、そんな感じで、音もなく歩きますわな。音を忍んで」

蝶子は、返事を返さなかった。

ただ黙って、三千彦を見つめていた。

また、雨音が、二人をおし包んでいた。

「僕ね、二条城の話を聞いた時にね、すぐに思い出したことがあるんです。ええ。あの日、二条城には僕もいてました。お供はいいといわはりましたんですけどね、あんなナリしてお出掛けやったもので、よけい、気にかかっててね。けど、『元江』さんのあのお話聞かされるまでは、まだ気がつかしませんでした。蝶子先生。おっしゃいましたよね。うちの先生が帯から抜かはった扇子が、刀に……刃物に見えたって。『元江』さんには、そう見えたって。あれ聞いた時、アッと、思い出したんです。そして、あの日、先生がさしてはった蛇の目傘。あれも、その記憶を呼び覚ます引き金になりました」

雨の石段を踏みはずした蝶子をとっさに支えながら、宙に舞った蛇の目傘が、一本、眼の前によみがえっていた。

「そうでっしゃろ？　蝶子先生も、今、それに気がついてはるんでっしゃろ？」

二人は、雨に濡れていた。

「ありましたやん。小説が。黛子先生の、昔の、昔の作品ですけど」

蝶子は、うなずくことも忘れて、雨の音を聞いていた。

4

〽　妄執の雲晴れやらぬ朧夜《おぼろよ》に……

君に迷いし我が心、忍ぶ山
口舌《くぜつ》の種の恋風が……

しっとりとした長唄《ながうた》の置唄《おきうた》に乗って、雪の音、「寝取《ねとり》」の笛が入ってくる。「寝取」というのは、幽霊、人魂、物の怪《け》の出《で》でつかわれる笛の音《ね》である。

白の振《ふ》り袖《そで》、綿帽子《わたぼうし》、雪をかぶった蛇の目傘をさし、舞踊『鷺娘《さぎむすめ》』の踊り手は舞台に登場する。

黒藤黛子の初期の作品で、彼女がまだ歴史や時代物に仕事の焦点をしぼる前のころ書いた短篇小説に、『鷺娘』を踊る歌舞伎の若い女形を主人公にしたのがある。黛子の出世作といえばいえる作品でもあった。

恋に心迷わせて、悩乱《のうらん》した罪で、死んだ後まで地獄の責め苦を受けるという恋の妄執を踊る名曲だが、死んだ娘が鷺に変身して舞うのだとか、鷺の精が娘の姿になって現われるのだとか、舞踊の性根《しょうね》が恋の変相をはらんでいて、清婉《せいえん》な幻想味を見せる腕前と、妄執の底深くおりて行く伎倆《ぎりょう》とが、同時に問われる女形舞踊だった。

踊り手の実力次第で、深くも浅くもなる。そういう意味でも有名な、各流派の舞踊会などでもよく見かける演目である。だが、めったにこの演目で目利《めき》きを唸らせるほどの踊り手にはおめにかかれない。

役者の伎倆で変化《へんげ》を遂《と》げる舞踊でもあった。

主人公の女形も、その難しさに懊悩《おうのう》していた。

誰が誰に恋するというわけではない。ただ恋する心だけが、この舞踊の真ん中にはある。恋に乱れ、迷い、悩む心だけがあるのである。そして、その恋ゆえに、地獄の責め苦を受けるのである。

「恋」

「恋」

と、小説の主人公は、役の性根に迫りたさその一心で、明けても暮れても腐心《ふしん》する。そうした悩乱の日々の中で、彼は、二条城の杉戸絵と出合うのである。

鷺の姿《すがた》取り、習性、様態、その観察や取り込みにも心払わなければならない。鷺巡りや鷺調べの苦労も、「鷺」と聞けば、あちらへこちらへと出掛ける。物の本でも、絵図録でも、美術館でも、片っ端からあたった。

二条城の杉戸絵も、そうしたものの内の一つだった。

そして主人公は、不思議な感応を覚えるのである。その絵の前から立ち去れなくなる。なぜかと、あわてる。うろたえる。

杉戸絵の鷺が、一人の男を、唐突に思い出させたからである。

その唐突さには、理由のわからない驚きがあった。なぜなら、その男は、主人公の住む街で、時どき顔を見かけるだけの、見ず知らずと言っていい男だったのだ。

不思議なことは、もっと起こる。主人公はその日から、われを忘れてその男探しを始める。

そして身元をつきとめる。主人公の住所とは意外に近くにあった割烹《かっぽう》の板前だった。そして、主人公はその店によく出掛けるようになる。

客と板前。ただそれだけの関係はできたけれども、それ以外のつき合いはない。

だが、二条城の杉戸絵の前に立つと、五体に涌いてくるものがある。不思議な感覚であった。「恋」「恋」と、思いつめ、思い屈し、「鷺」「鷺」と、案じ暮らす悩乱は、日毎に募《つの》り、そんなことのせいだったか、払っても、払っても、杉戸の鷺の上に、板前の姿が重なるのだ。

顔と言わず、声と言わず、しぐさと言わず、男の凜々《りり》しい爽快な身ごなしの一瞬一瞬がよみがえり、浮かびあがってくるのである。

洗いあげた、水際立った、清々する肉体が、白い割烹着と匂い立って、まるで艶《えん》か、色香か、映え映えしさを、きそい立たせでもするようにして、出現した。

これは、恋だと、主人公は思った。

五感、五体に涌いてくる情念だった。

濡れ鷺を見ていると、その執心が立ってくる。妖しい妄執が、潮満ちてくる。

〽積もる思いは淡雪の、消えて

はかなき恋路とや……

〽繻子《しゆす》の袴《はかま》のひだとるよりも、

主《ぬし》の心はとりにくい……

〽恋に心もうつろいし……

〽 添うも添われずあまつさえ、
邪見《じやけん》の刃《やいば》にさき立ちて、この
世からさえ剣《つるぎ》の山……

「踊れそうだ……」

と、主人公は、思うのである。

だが、それよりももっと強い思いが、心に募りに募る。

恋の妄執。

そう。妄執だった。

それは、これから、踊って踊り抜かねばならぬ『鷺娘』の心なのか。主人公自身の心なのか。現実と、舞踊の世界の心とが、どちらがどちらか判然とせず、その見境がつかなくなり、夢かうつつか境も見えぬ妄執の情動につきうごかされ、主人公の女形は、現実には縁もゆかりもないその板前を、殺してしまう。

そういう筋立ての小説だった。

黒藤黛子は、一枚の杉戸絵の中にいる濡れ鷺がぞんぶんに揮う妖しい力を、主人公の女形の上に描き出して、不条理な殺人劇を一作の短篇に仕上げていた。

彼女が、三十代のころの作品だっただろうか。

条理ない刃を受けて死ぬ板場の若い涼しい料理人の風貌が、強く印象に残る作品だった。

「恋、やわなァ」

と、独りごちて、蝶子は静かなまなざしになった。

風が通りはじめていた。

風鈴と一緒に、隣の間境《まざかい》の紗の暖簾も時々ふわりと揺れて浮くのを、彼女は見ていた。

奥の床には、大山蓮華《おおやまれんげ》と蕾《つぼみ》の笹百合《ささゆり》が活《い》かっていた。

「あの女形はんも、板場のお兄さんも、よう書けてはりましたがな。恋の精気や。生彩やろな」

「いや、恋なんかしてしまへんよ、あの板さん」

「そうどすそうどす。あの人は、恋なんか、寄せつけはりもしまへんわ。そうどした。ええ……」

と、蝶子は、独りで何度も穏やかにうなずいた。

その顔は柔らかく笑んでいた。

三千彦は、なにかちょっと奇態なものを眺めてでもいるような気がその時した。

5

——お姉ちゃん。

と、蝶子は、もう何年も使ったことのない原稿用紙をひっぱり出してきて、書いた。

――なにもかも朧《おぼろ》で、遠い遠い所へ置いてきた昔のことやと思ってました。つづれや、破れや、虫食いだらけの、忘れたことばっかりの昔やと。けど、そうもいかへんことも、やっぱりおすわねえ。わたしね、あの『濡れ鷺』を小説にしはった時、はじめてあんさんの気持を知って、眼の前が真っ暗になりましたん。『一古《いちふる》』の花板《はないた》さんお兄さん、お姉ちゃんも好きやったんやとわかって。そしてな、ああ、かなわんと思いましたわ。二条城のあの『濡れ鷺』、なんべんも見に行きました。なんでですやろ。ほんまに、どこか、『一古』のお兄さんが眼に浮かんでくるんですわ。してやられたと思いましたわ。

『一古』は京料理の老舗《しにせ》中の老舗である。当代の次男が新しく四条木屋町《しじょうきやまち》に出て、家の名は同じだが、伝統を継《つ》ぐ味に新風を吹き込む工夫を凝らした板前割烹だった。

そこの花板だった舜一郎を、そっくりそのまま、黛子は小説の中に登場させていた。

――誰にも気づかれんと、誰にも発見できない姿を、お姉ちゃん一人が、あの『濡れ鷺』の中に見つけてはった。しかもそれを、堂々と、あけすけに、天下に書いて発表しはった。ぬけぬけと、「恋」、「恋」いうて。けど、いまだにだァれも、あれが、『一古』の花板さんお兄さんがモデルやったとは気がつかない。ついたのは、わたしだけ。でも、それ以来、わたしかて負けてられへん。知らんふり極め込んで、わたしもせいだいに気張って、『一古』さんのことは書かせてもらいました。

――小説やおへん。随筆やさかい、私の方は実名入りや。京の料理、京の味、京の板前、京料理の新世界、若手の旗手、継承者……こんな企画は、山ほど持ち込まれてきますもんね。ぎょうさん、ぎょうさん、書きましたわ。書いて、溜飲さげてたんですわな。

舜一郎に熱をあげた女たちは、無論、黛子や蝶子ばかりではなく、数知れずあったけれど、彼は、まるでどこ吹く風。女は寄せつけない男だった。その寄せつけなさが、なおのこと女たちを夢中にさせた。涼やかな男の蠱惑《こわく》。妙な表現だが、屈強な媚《こ》びない色香。そんなものが彼にはあった。

——そうどしたいな。考えてみれば、長い間、おうちとは、競って京を書いてきました。競って、争うようにして。おうちは小説。私は随筆。それもこれも、あの人がいてはった、あの時代が、私たちにあったからです。おたがいに、書くことがやめられへんようになったんは、あの鷺の短篇、おうちが書かはったからです。恋の心の長《たけ》を尽《つ》くして、魂《たましいこ》籠めはったあの小説。あの一作を、おうちが書かはったからです。そうです。おうちだけに、そんなこと、させておくものか。手をこまねいて、なんにもせんと、このまま黙っておかれようか。そうわたしが思ったからです。その内に、いつの間にか、書くことがうちらの仕事みたいになってしもうて……そうですわな？　あの人が、私たちの原点でした。出発点のようなものでした。そうですやろ？　あのままずっと、あの人がいてはって、わたしたちも張り合うて、今日までやってこられたら、どんなによかったことでしょうかね。そないに思わはらしまへんか？

蝶子は、思うのだ。

それが出来なくなったのは、やっぱり黛子のせいなのだと。

舜一郎が、ちょっとした風邪がもとで死んだのは、黛子が『鷺娘』の小説を発表してから、一年ばかりたった後のことである。

——おうちが、あの板前はん、死なせたりしはらんかったら、あんな殺し方しはらんかったら、花板さんお兄さんも、死んだりなんか、きっと、しはらん。縁起でもない。あんな小説、おうちが書かはったから、現実のお兄さんも、死んでしまわはったんよ。寿命縮めてしまわはったんよ。おうちが殺した。おうちが殺した！

蝶子は、現実でも、そう叫んで、黛子を責め、罵《ののし》り、毒づいたことがあった。

二人の仲に、埋められない溝が出来、ことあるごとに、その溝は掘り返され、亀裂を深め、二人を疎遠に遠ざけたのは、この時からであった。

——もう過ぎた。もう忘れよう。そない思い思いして、長い時間がたってしもうた。おうちもそやろ、思うてましたんえ。けど、そやなかったんやいうことが、今度、わかって、わたし、この手紙書く気になったんです。

——黛子はん。あんたも、気にしておいでやったんやわな。あんな小説書いたことを。そうでっしゃろ？　二条城のあの鷺を、恋の妄執、執心の、地獄の鷺にしてしまわはった。その上、あの板前はんまで殺害してしまわはった。そうどすやろ。おうちも、気がとがめていてはったんやろ？　妄執の鷺、執心の鷺、地獄の鷺……おうちが気にしはったそんな鷺が、いつのまにか、知らず知らずの間に、おうちの心の奥に、棲みついてしもてたんとちがいますか？　おうちは忘れていてはっても、魂籠めて書かはった恋の思いは、消えてェへん。おうちの五体が忘れてへん。

――老いて、歳とらはって、気力も、心のふん張りも、のうなって、のつこつしはるようになって、その鷺、出てきはじめたんとちがいますか？　性悪な、悪さをする、害意にもえた鷺になって。ちがいます？　老いは、現《うつつ》も幻も見境のうするあやしい時間を、とつぜん、この身に運んでくる。

――おうち、思わはったんですやろ？　鷺に、執心残しとうない。執念こもらせておきとうない。気味の悪い、恐ろし、厭な鳥にはしとうない。な？　そない思わはった。そやから、二条城に行かはった。あれ、乗り込まはったんどっしゃろ。おうちなりの、礼を尽くして、威儀を正した、調伏《ちょうぶく》の心を見せた盛装どしたんやわねえ。ちがいます？

蝶子は、一字ずつ傾きながら列を乱していくたどたどしい自分の文字に、呆れていた。出てくる言葉も、自分のものとは思えない、たどたどしい、稚拙なものになっているのが、けげんでもあった。

老いたら老いたで、いろんなことが起こる。厄介な、手数のかかる、思いもかけんようなことが。

しかし、この手紙は、書かなければならないと、蝶子は思った。

悪性な鳥にあの鷺をしたくないと思った黛子の心が、今、わかるような気がするからだった。

そして、この足が立つようになったら、もういっぺん、あの鳴滝の石段をのぼってみようと、蝶子は思った。

そうしたら、黛子の手が、握ってやれるかもしれない。

三千彦のつくった料理を、三人で囲んで、食べごとが出来るかもしれない。

「わかってまっせ。この人、ちょっと、『一古』のお兄さん、思い出させるとこ、あるさかいにな」

と、黛子の耳もとで、黛子だけに聞こえる声で、耳打ちなんかして、

「あ、なんですか?」

と、目ざとい三千彦に詰問させたりもして、そんな時間が現実に持てたら、どんなにいいか、と、蝶子は思った。

(もう、うちら、すぐに、なんにもでけんようになンのやさかい。でけるうちに、しとかんならん)

しかし、鉛筆を握っている手もとに眼をおとして、ふとこうも思ったのだった。

(けど、これ、黛子はん、読むやろか)

読まなくてもいいのである。

こんな手紙しか書けなくなった自分の老いを、すなおに黛子のもとへ送り届けさえすれば、それで満足だった。

今度行ったら、空《から》の池にも水を張らせようと、蝶子は、思った。

風鈴が、鳴っていた。

今日も、京都は暑かった。

祇園祭の宵山が三日先。立つのはまだ当分無理かと、蝶子が顔をしかめているさなかだった。

「ごめんやす！」

明るい声が入ってきた。

三千彦だった。

おや、またきてくれはったわ、と、しかめたままの顔で、蝶子は思った。

静かに、起こしていた上半身を、そして寝ござの上へ横たえたのだった。

このまま動けなくなっても、あの子が見つけてくれるだろうと、そんなことも、ふと思った。

（イヤ。ほしたら、また、黛子はん、きりきり合わんあの歯ァ鳴らして、怒らはりますやろか）

蝶子は、再び、顔を歪《ゆが》めた。

その歪みはまだ、消えずに眉間のあたりに残っていたが、ゆっくりと眼をつぶった。

耳の奥で、祇園囃子が、聞こえているような気がした。

コンチキチン……。

コンチキチン……。

京に生まれて、京が育てた、京にしかない音だった。

（ええなァ……）

と、蝶子は、思った。

（京都の音や）

頬がほころび、心がゆるんでいく祭囃子の遠音《とおね》だった。

阿修羅の香り

1

高児《こうじ》がその言葉を口にしたのは、正月の松の内、四日の下鴨《しもがも》神社で行なわれる蹴鞠《けまり》始めの行事のさなかであった。

平安貴族の遊戯だった白い大きな鹿皮の鞠を足の背で蹴って楽しむこの競技は、六名とか八名が一組みになって、要するに鞠が地面に落ちないようにほかへ渡していく遊びだが、古式の情緒や、おおどかな花やかさが、正月らしく、大ぜいの見物客が押しかける。

「やあ――」

「ありい――」

「おう――」

などと、高い声を掛けあって、水干《すいかん》に葛袴《くずばかま》、頭に烏帽子《えぼし》、革の沓《くつ》といった出《い》で立ちの鞠装束の蹴り手たちが、年の始めの神社への奉納技をくりひろげる。

昨日の雪が嘘のようによく晴れあがった青空だった。

白い鞠が、ときに眩《まぶ》しく陽に輝く。

朱塗《しゅぬ》りの高欄、柱廊、白壁、みな鮮やかで清清《すがすが》として、賀茂《かも》の樹林の匂いも澄みかえっている気がした。

「あ」

と、高児が、口の中で小さくあげるような声を、洩らした。

そのあとにすぐ続けて、なにかを言った。

ほかの人間だったら、たぶん、その言葉は聞きわけられなかっただろう。

「え?」

と、わたしも、一度は訊《き》き返した。

高児は、まっすぐ前を向いていて、ごくふだんの、何事もなかったような横顔を、わたしに見せていた。

「阿修羅……?」

ゆっくりと、わたしは間《ま》をおいて、そんな高児へたずね返した。

わたしには、そう聞こえたからである。

「ん?」

と、今度は、彼の方が、首をまわして、わたしの顔を見た。

「なに?」

と、そして、訊いてきた。

「今、なにか、言うたやろ」

「僕が?」

「そう」

「なんて?」

「やだな。それを訊いてるんやないか」

高児は、ちょっと不思議そうな表情を見せはしたが、すぐにその顔をまたもとの方向へもどした。

鞠装束の男たちが、躍《おど》る鞠を蹴っていた。

そのたびに、広い境内《けいだい》のぐるりを囲んだ見物客たちの間から陽気な歓声があがった。

高児の視線は、その蹴り手たちや、飛ぶ鞠の動きを確かに追っているようにも見えたし、また、競技者たちの中を通り越し、その向こうに見える観客の集団の中へ向けられているようにも思えた。

それは、前方の宙へ投げられ、浮いて流れる、どこか定めがたい所につとあずけられている眼のようにも見えたのである。

瞳は絶えず動いていて、しかし、絶えず停まってもいる感じのするまなざしだった。

阿修羅……。

このところ、高児の身辺では、まるでなりをひそめでもしたように、耳にすることのなかった名前だったし、その姿や、顔や、存在の気配も感じさせない日々がずっと続いていたから、妙な表現ではあるが、阿修羅は彼の日常から雲散霧消《うんさんむしよう》し、消えてなくなったかとさえ、思われもした。実際、わたしも、その存在を忘れていることができた。

阿修羅が、はじめてわたしたちの暮らしに、というより、高児の日常に登場することになったのは、おそらくあの日だったのだろうと推測のつく日の記憶はある。

それは先代の市川団十郎《だんじゆうろう》が十一世を襲名した興行月の歌舞伎座のロビーだったから、昭和三十七年四月ということになる。市川家の家の芸の大演目である『助六由縁江戸桜《すけろくゆかりのえどざくら》』に、劇界切っての大立者《おおだてもの》・中村歌右衛門《うたえもん》が遊女揚巻《あげまき》で出演した、今から考えると超豪華な襲名披露公演だった。

その歌右衛門も、団十郎も、今はもう亡く鬼籍《きせき》の人で、今年の五月には団十郎の孫で人気、実力ともに目下売り出し中の市川新之助が、十一代目の海老蔵《えびぞう》を襲名する。

改めて振り返れば、あの歌舞伎座のロビーはずいぶん遠い日のかなたにあったことになるのだが、記憶だけは古びずに残っている。

わたしたちは、まだ二十代だった。

高児は、ダーク・グレーの上下をアイビー・ルックできめ、あかぬけたセンスのいい着こなしは、観劇客でごった返すロビーの中でも際立って人目を惹《ひ》いた。

売店のガラスケースの棚に並んでいる演劇雑誌を覗《のぞ》き込んでいたわたしは、肩先を不意につかまれて、顔をあげた。

強い力だった。

高児は、その手を急にはずして、大げさにいえばさっと身を躍らすような感じで人混みの中へ飛び込み、見るまにその先の階段を駈け上がり、二階ロビーへと消えた。

しばらくして、彼はもどってきたが、額《ひたい》にうっすらと汗をかいていた。

「なんだよ」

「いや」

と彼は言った。が、その顔は落ち着かず、絶えず四周を見まわしていた。

「どないしたんや」

「アシュラが……いた」

「え？」

わたしには、最初、その言葉の意味がよく呑み込めなかった。なにか、外国語のように聞こえた。

「阿修羅だよ。ほら、興福寺《こうふくじ》の」

「こうふくじ？」

「あるだろ。奈良の。知らない？　困るなァ。しろよ、勉強。勉強をサァ」

わたしは、ちょっとムッとしたが、あんまりだしぬけだった上に、どこか真顔で、平然ともしていて、そのくせ不思議な感じの落ち着かなさや、昂奮《こうふん》のようなものが、その時の彼にはあって、なにがなしにあっけにとられていたと、言うべきかもしれない。

「興福寺の、釈迦《しゃか》本尊《ほんぞん》を護る八部衆《はちぶしゅう》の一人。天平《てんぴょう》彫刻の最高傑作。国宝。数あるスター仏像中の大スター。まだある。三つの顔と、六本の腕を持つ、あの阿修羅像のことかい？」

「そうだ」

と、彼は言った。

「その阿修羅だ」

明晰《めいせき》な声であった。

「そいつが、いた。そいつに、会った」

高児は、そう言いながらアイビー・タイに手をやって、わずかに弛《ゆる》め、たった今降りてきた絨毯《じゅうたん》敷きの階段からその上の二階へと続く踊り場の方を振り返った。

明るい褐色《かっしょく》の皮膚を持ったなめらかな額が、うっすらと汗ばみ、強健な光りをおびていた。

その褐色の肌の光りは、若かった頃の高児の曇《くも》りのない顔に、よく似合った。

奈良の興福寺にある有名な阿修羅の像が、東京の銀座に建つ歌舞伎座のロビーにいた。ロビーで出会った。

高児は、そう言ったのである。

これはどういうことなのか。

冗談や、悪ふざけで言った言葉とも思えなかった。

その日、高児は幕ごとに席を立ち、時には次の幕が開いてからも、席にはもどってこないこともあった。

どうやら、ロビーは無論、二階席や三階席などを探し廻《まわ》っているようだった。休憩時間もほとんどわたしのそばにはいなかった。

阿修羅を探しているのはわかったが、奈良にあるはずの阿修羅の像を、東京の歌舞伎座で探しているという彼の行動そのものが、まずなんともとりとめなく、不可解で、奇怪であったが、真顔で、どこかなにかに取り憑《つ》かれでもしたように、その行動に駆られている彼に、わたしは驚かされていた。

なにを訊いても、どう尋《たず》ねても、彼は気のない生返事を返してくるだけで、そのうわのそらの状態は、結局、芝居が跳《は》ねるまで続き、折角の演劇史上記念すべきとでもいうべき大顔合せで花めき立っていた襲名披露公演は、わたしにとっても、落ち着かないことおびただしく、観劇に没頭することも、また堪能することもできなかった。

打出《うちだ》しで、わたしたちはロビーへ出る人波の中にいて、わたしは隣の高児へ話しかけた。

「見たのかよォ」

「ん?」

「芝居。団十郎。歌右衛門」

「ああ。うん」

「嘘つけ。ほとんど、きょろきょろ、しづめやったくせしてからに」

ロビーは、観客たちの昂奮と、開かれた玄関口から流れ込んでくる春の夜気にさんざめき、賑《にぎ》やかでむせかえるようでさえあった。

「で」

「ん？」

「いたのんか？」

「うん？」

「阿修羅さ。阿修羅」

「いや……」

高児の心そこにないといった感じは、ずっと続いていた。

「一体全体……どないしたいうねん。なにがあったていうのんや？」

「怒らんかて、ええやろが」

「怒ってなんか、いてへんわ。つき合いきれんて、思《おも》てるだけや」

「おお。そう。ええやないけ。上等や」

そんなやりとりを交わしながら、わたしたちは歌舞伎座の玄関口を通り抜ける所だった。

誰かが、わたしの名を呼んだ。

「お兄ちゃん。辰行《たつゆき》お兄ちゃん」

表の夜の晴海《はるみ》通りへ続々と吐き出される観劇客たちの中に、その女もいた。

ズボンを裾《すそ》でくくったようなスラックス姿で、だぶついた男物のようなシャツをじつに無頓《むとん》着《じゃく》に洒落《しゃれ》て着こなした、背のすらりとした女の子だった。

「やっぱり、お兄ちゃん！」

と、彼女は、ブック・ジャケットをかけた分厚い本を一冊胸元に抱え込んだ姿で、駈け寄ってきた。

わたしは、ちょっと判じかね、驚いていた。

「……雪子か？」

「そうです。雪子です」

「おいおい。おまえ……いや、見ちがえたなァ。あれか？　ひょっとしたら、もう大学か？」

「はい。一年生」

「そうか。もう、そんなになるかなァ。お家の皆さんも、元気にしてはるか」

「はい。けど、びっくりした。お兄ちゃんが東京にいるんだもの。まさか、こっちに……」

「いやいや。これ観《み》にでかけてきたのんや」

「わざわざ？」

「そうや」

「さすが。素敵。お兄ちゃんらしい」

「どこが」

「だって、続けてなさるんでしょ？　手描友禅《てがきゆうぜん》」

「うん。まあな」

「そのお勉強でしょう？」

「ちゃうちゃう。そんな大仰なものやあらへん。お得意さんから切符もろたさかいな、急にその気になってな。あれか。そんなら、おまえも、これにきてたんか？」

「そうよ。海老サマの団十郎に、大成駒《おおなりこま》の揚巻でしょ。観とかないと、卒業論文、書けないもの」

「エエ？　卒業論文？　そらまた早手廻しなことやな」

「そ。団十郎と、歌右衛門。この二人を、わたし、書くの」

そんな立ち話が思わずはずんで、わたしはつい高児のことを忘れていたが、彼女を紹介しようと思って、後ろを振り返ったのだった。

「これな、いとこの雪子や」

しかし、高児には、わたしの声は、まるで聞こえてはいないように思われた。

彼の眼は、動かずに、まっすぐに雪子の上へ注がれてはいたが、それはなにも見ていない空漠たる宙へ放たれた眼のようにも見え、また、なにものの介入も許さない、なにものも寄せつけない、強い意志に貫かれた視線であるような気もした。

わたしは、意味もなく、うろたえていた。

「阿修羅が、いた」

そう言った彼の声が、にわかに耳の中へ蘇《よみがえ》ってきたのを覚えている。

2

雪子が死んだ日のことは、これももう遠い昔日の出来事だが、いつまでも風化せずに、黒い不思議な疑惑の石くれのように消えないものとなって、わたしの五体の内に残っている。

桜が終って新緑へ移る頃の時季だった。

東大路《ひがしおおじ》を七条《しちじょう》通りへ曲って走るバスの窓から、わたしは、思いがけないというか、ちょっと信じがたい光景を眼にした。

煉瓦《れんが》造りの堂々たる明治洋風建築が人目をひく京都国立博物館に沿った舗道を、二人連れの男女が歩いていた。

男の方はラフな替え上着のカジュアルな服装だったが、女が礼装と思われる京友禅の花やかな本振袖を着ているのが、わたしの眼をとめさせたのだった。

装いはアンバランスな取り合わせだったが、しかし談笑しながら歩いている二人連れには、少しも野暮《やぼ》ったさがなく、逆に均整のとれた品のよさが目立ちさえした。

「あ」

と、わたしが声をあげかけたのには、二つの理由があった。

一つは、その本振袖の友禅の下絵を描いたのは、たぶん自分だろうと思ったことと、いま一つは、通り過ぎざまに眼に入ってきた男女の顔であった。

男は、高児。

女は、雪子。

わたしには、そう見えたのである。

まあ、高児が京都の街の中を歩いていても、別に不思議がることはなかった。

しかし、雪子が京都にいる。これはびっくりしてもいいことだった。雪子を見るのは、何年か前、東京の歌舞伎座の表口で偶然に出会ったあの夜以来のことだったから。

そうだ、と、そしてわたしは思った。

もう大学も卒業するか、したか、そんな頃合いではないか。

すると、束《つか》の間、車窓から見た振袖姿の雪子は、さらに大人びて、それらしく思われた。

遠ざかって行く二人連れを、わたしはこうべを廻して眼で追った。

次の停留所は「三十三間堂《さんじゅうさんげんどう》前」である。

まだ少しそこまでの距離は残っていた。

直線道路だったから、後続車や対向車線にトラックやほかの車なんかがいなかったら、二人の姿は見え続けているはずだったが、それができなかった。

おまけに観光スポットの三十三間堂である。ここで降りる客たちは多い。気は急《せ》きながら、やっとの思いで降りた時には、もう二人の姿は舗道上にはなかった。

その舗道を小走りに逆にとって返しながら、わたしは思った。

この一筋道を二人は歩いていたのだから、この辺りでバスは二人を追い抜いたのだから……それもつい今しがた、たった今、この眼でそれを見たばっかりなのに……と、わたしは思い思い、走っては立ち止まり、引き返しては、眼で探した。

二人は、一瞬、その姿をわたしに見せ、そして消えた。

消えた、というこの消失感は、しかしわたしには、しごく現実的に納得のできるものでもあったのである。

二人がこの道を歩いていた。

あり得ない光景だった。

信じがたい、信じがたい、と自分は思った。

信じがたい、あり得ないと思われた光景なのだから、それは、やはり、ありはしなかったのだ。存在しない事柄だったのだ。

そう考えるのが、自然だ。正しい認識だ。

わたしは、そう思った。

いや、思うことにした。

幻。

そう。あれは、幻。

幻影なのだ。

一瞬の、気の迷い。錯誤。錯覚。

すると、ほっとできた。

心が平らかになれた。

雪子が京都にいて、わたしがそれを知らない。

知らないどころか、高児と街を歩いている。

なにか、理不尽ではないか。

どこか、筋道がちがわないか。

それに、と、わたしは思う。この折の、わたしの心を、揺すり立て、振り廻し、昂《たか》ぶらせして、とつぜん掻き乱したものの張本は、一枚の京友禅の本振袖であった。

進行中のバスの窓から見た友禅ではあったが、しばらくその後ろ姿を追い、近づき、やがて通り過ぎるまで、ずっと、その晴れ着の振袖はわたしの視界の中にあった。その着物に、わたしの眼は、まず誘い寄せられたのだから。職業柄、これは身についた習性である。無意識に、眼は動くのである。

手描きの友禅。悉皆屋《しっかいや》から持ち込まれる白生地に、まずその絵柄や紋様、花鳥風月、四季の草花など、無数の題材から選びあげて、花やかな構図や模様を描き出すのは、下絵師《したえし》と呼ばれるわたしの仕事である。

青花《あおばな》という露草《つゆくさ》の花から採《と》った青い染料の汁液で、下絵師は下絵を布地の上に描く。この下絵の描線に糊《のり》を置いて、水で洗うと、青花の青はすべて消える。

置いた糊で模様や絵柄の描線はすべて残されはするのだが、これに色を入れるのは、色さしと呼ばれる職人の仕事になる。

下絵の青花は跡形もなく消えてなくなるが、下絵と色さし、この両輪が、腕を揮《ふる》い合わなければ、手描友禅の豪華な花は咲かないのである。

わたしが、下絵。

高児が、色さし。

このコンビで仕上げた友禅は、数多くある。

どちらの腕が、上でも、下でも、花は咲かない。

そんな間柄でつながる仕事は、友だちづき合いとはまた別の、人間づき合いである。

その日、雪子が着ていた友禅の振袖は、そうして出来た作品の一つだった。

それも、かなり上等の出来映えの品であった。

自分で描いた絵柄は、不思議に覚えているものである。青花は消えていて、現実に色さしされて染め上った色模様は高児のものであっても、その色にいのちを与えている下絵は、わたしが描いたのだ。

そんな愚にもつかないせんさくに、それは瞬時の思念ではあったにせよ、心が揺れたことに、わたしは自分で驚いているのだった。

心が波立ち、平静さが遠《とお》退《の》いて行く。そうした時間が自分の五体に生まれたことが、不審だった。

青葉の匂いがこの二、三日、急に立ちはじめてきた上賀茂の仕事場へ帰ると、母屋《おもや》の方から母が出てきて、告げた。

「めずらし人から、電話があったで」

「へえ」

わたしは白生地の反物《たんもの》棚に眼をやりながら窓を開ける。

「新規な付下《つけさ》げが入ったァるな」

「はァ。悉皆屋はんが置いてかはったで。話はついてるていうてはったし」

「そうか」

「それより、電話。電話どすがな。東京の雪子ですていわはるけど、もう長いこと往き来《ゆき》もないし、雪子はんてどなたどす？　て、訊いたんえ。なァ、鈍《どん》なことで、大笑いしましたがな。あんた、なんとまァ雪子はん、もう大学を卒業しはったんやと。はきはき物いうお子でしたえ。あんたとは東京で会わはったんやてな。まあそんなこと、ちょっとも聞いてへんさかい、話があっちゃこっちゃして、かなへんかったわ」

「それで」

わたしは、そっけなく、長広舌の腰を折った。

母は、ちょっと驚いたようにわたしを見、

「泊ってはるんやと。京都に」

と言った。

「お友だちの結婚式にきはったんやそうえ。今夜は一泊するさかい、ご都合はつかんやろかて」

「何の」

「お食事でもて、いうてはってたで。松宮はんもきはるそうえ」

「高児が？」

「はあ」

「どこのホテルや」

「二条城《にじょうじょう》の前の、国際ホテル。六時頃ではどうやろていわはるさかい、本人が戻りましたら伝えますて、いうといたえ。これでよろしか。伝えましたで」

わたしの気のない応答に、母の方が不機嫌になって、そそくさと母屋へ帰って行った。

雪子は、この母の妹、つまりわたしの叔母と、その連れ合いとの間にできた娘だった。

叔母は早くに亡くなり、叔父の勘造は後添《のちぞ》えをもらったりしたから、わが家とのつながりも、ごく自然に疎遠になっていた。

雪子が、今、そのつながりに、なにかの縁を運んでくる人間になるのかもしれないという気が、わたしには、しなくもなかった。

漠然とした、予感のようなものにすぎなかったが。

3

そう、と、わたしは、思う。人間には、そんな日があるものだ。

過ぎ去った歳月の中で、何度手繰《たぐ》り返してみても、どうしようもないとわかってはいても、また手繰り寄せている。そんな一日が、人の人生の中にはある。

雪子が、大学を卒業してすぐの頃、手描友禅の本振袖を着て京の街を歩いていた。この日が、わたしにとっては、そんな日の一つにあたる。

高児と雪子は、わたしたちが東京の歌舞伎座の表玄関口で出会った、あの直後からつき合いをはじめたらしかった。

無論、最初は高児の一方的な文通攻めで、断っても断っても飛んでくる高児の恋の矢に攻めまくられ、悲鳴をあげたと、雪子は言った。

「打ち明けようとは、思ったわよ。何度も、何度も、思ったわ。お兄ちゃんが、一番いい相談役になってくれる。一番いい適任者がいるじゃないかって。それだけは、やめてくれって……」

「とめたのは、僕だ」

と、高児が言った。

「恋の拒絶に、他人手《ひとで》は借りるな。君一人の手で、拒み通せ」

「そう言うのよ、この人」

と、雪子は、言った。

怨嗟《えんさ》の声には聞こえなかった。

「でもね、拒んでも、拒んでも、諦《あきら》めないこの人に、押しまくられて、屈服して、降参したんじゃないわよ。寄り切られたのでもないわ」

「当たり前だろ」

「わたしはね、思ったの。腹を据《す》えたの。いつまで続くか。この先、この人、どうなるのか。恋、恋って、この人、言うけど、いつまで言ってられるのか。それが見たいと思ったの」

「な」

と、高児は、わたしの方へ向かって両肩をすくめてみせた。

「恋の成就《じょうじゅ》にも、他人手は要らない」

文通。電話。あげくの果てには、何度も高児は上京する。そんなつき合いが、初対面の年から密《ひそ》かに誰にも知られずにずっと続いたのだという。

そして大学を卒業。雪子は大学院に残るのだと話した。

「お友だちの挙式がこっちであったもんで、この機会はのがせないと思ったの。わたしたちのこと、お兄ちゃんに報告しとかなきゃ。隠してはおけないもの」

「ま、そういうことなんや」

と、高児は、悪びれる風もなく、告げた。

ホテルのレストランで、三人はテーブルを囲んですわっていた。

フォークや、ナイフや、スプーンは、絶えず動かされていて、とまらなかった。

高児は、昼間見た服装だったが、雪子は洋装に着かえていた。

わたしは、なにも話さなかった。

一越縮緬《ひとこしちりめん》の清婉《せいえん》な水色地に貝桶《かいおけ》と四季の草花を描き出した本振袖の京友禅。その着物のことも、無論、口にはしなかった。

言葉が、なにもなかったのである。

ただ一つ、驚愕だけが、わたしの五体を支配していた。

なにも、自分は知らなかったということへの驚きだった。

わたしの知らない時間の中で、この二人の恋ははじまり、進行し、成就した。

その二人を、今、眼の前に見て、ごく何事もなくフォークを動かし、ナイフをつかって、夜の時間が流れて行く。

レストランは花やいだテーブル・ランプのさんざめきに包まれていた。

高児と雪子の仲が、色を探せば、さしてもさしてもさし尽くせない深い幸福の絶頂色とでもいうほかはない色に充たされていたのは、それから一、二年ばかりの間のことであったろうか。

その頃のことだったと思う。

わたしは、一時やめていた興福寺詣《もう》でを、また、ときどきやるようになっていた。

いや、詣でというのは、正しくはないかもしれない。

神仏を参拝しにでかける、といえば、どこかちがっている気がする。

一体の、類《たぐ》いまれな神秘と若さと美貌を持った神像。

彼に、会いに行くのである。

一面は正面を、二面は左を、三面は右を向き、二本の正腕は合掌し、二本の側腕は左右に開かれ、残る二本の側腕は高く天上へ向かってかかげられている。

三面六臂《さんめんろっぴ》の神像である。

興福寺の国宝館に、釈迦や、その仏法を守護する軍神たちの眷族《けんぞく》である、仲間の八部衆たちと共に、彼は凜々《りり》しい容姿をすっくと立てて、わたしを、待っていてくれる。

裸の上半身に、うすい条帛《じょうはく》と天衣《てんね》をまとい、胸飾り、腕と手首を釧《せん》と呼ばれる腕輪で装い、腰に裳《も》、板金剛《いたこんごう》を素足にはいていた。

並みの仏神像ではない。

彼の前に立つと、わたしは、不思議な異域に運ばれている。

われを忘れる時間がくる。

恋、恋と、高児と雪子が話すたびに、口にするたびに、わたしは、あのホテルのレストランでも、そうした時間の中にいたと、言えるかもしれない。

彼が、与えてくれる時間。

彼と共に過ごす時間。

彼に、身を投げて沈む、底のない陶酔境。

そこに、いたのだという気がする。

彼。

阿修羅。

わたしは、彼のいる世界へ通う昂奮を、再び思い出していた。

死は、そうした頃のある日、とつぜんにやってきた。

4

雪子は、東京の銀座、晴海通りが昭和通りと交差する横断路で車にはねられた。

歌舞伎座のすぐ傍である。

真夜中の事故だったが、はねたトラックの運転手も、路上でそれを目撃した何人かの通行者も、信号を無視して飛び出したのは彼女の方だったと証言したという。

高見が、その飛び出したという点に、当時執拗《しつよう》にこだわって、警察や、運転手や、目撃した人間たちを、一度も二度も、自分の足でたずね廻って確かめ返そうとしたのは、しごくもっともなことだった。

その諦めきれない心情は、わたしにもよくわかった。

しかし結論は変らなかった。

「車の前にいきなり飛び出してきた」という運転手の言葉と、「その通りだった」と答える目撃人の中に、「彼女はごく普通の足どりで」「とても平然とした様子で」「路面へ歩み出て行った」という表現のちがいはあったにせよ、彼女の方からその死をもたらした路面へ出て行ったことにまちがいはなさそうだった。

この死のしらせがもたらされた時、わたしが一番最初に考えたことは、無論、歌舞伎座の前の道路、これである。

何年か前の夜の晴海通りが、眼に浮かんだ。

そこは、雪子たちの、恋の出発点である。

いや、「高児の恋の」と、それは言いかえた方がよいかもしれぬ。

いずれにせよ、二人の恋は、その場所に、発端があった。

恋の発端。

そう思ってみると、阿修羅が、わたしたちの暮らしに登場してきた発端も、その日の、その歌舞伎座の中にあった。

そう、と、わたしは、思うのである。

常にわたしの頭の中を離れない阿修羅のことを最初に持ち出したのは、高児である。

あの日、

「阿修羅が、いた」

「阿修羅に、会った」

と高児が言ったあの阿修羅とは、何だったのか。

その後何度か彼にたずねたことはある。

そのたびに、彼は無造作に、「なんでもない」「ちょっとからかってみただけだ」「おふざけ。冗談」などと言って軽口をとばし、しまいには「しつこいんだよ」と不快さを露《あら》わに見せることもあった。

なんでもない？ そんなはずがない。あの日の彼の様子や言動をじかに見、知っているわたしには、あれが冗談やおふざけなどではないことは、確信をもって言えた。

しかし、高児の日常には、彼が言う通り、「阿修羅」という言葉はもちろん、あの日彼が見せた異様な言動や、それに類する変った事柄などは、その後、まるで起こらなかった。

阿修羅は、あの日、とつぜん現われて、そして、同じ日、とつぜんに消えた。そうとでも言うほかはなかった。

あの阿修羅は、どこへ行ったのか。

どこに消えてしまったのか。

それが、謎だった。

謎は、いつも、謎のまま、わたしの暮らしの中に放り出されて、消えずに存在した。

そう。

謎だけが、消えなかった。

存在した。

そして、その謎の存在が、一つの或《あ》る疑惑を、わたしの心の中に芽生えさせた。

疑いは、持ってしまえば、なかなか去ってはくれない。捨て去ることが難しい。

動き出したら、もう意のままにはならないのが疑心である。しだいにそれは、手に負えないものへと姿を変える。

わたしを、その場所へ、一つの寺へ、駆り立て、導き向かわせたのは、この疑心のせいであった。

いなくなった阿修羅を不思議がっているのなら、手をつかねているよりも、わたしの方から、それを探しに出かけてみようと思ったのである。

本物の阿修羅がいるではないか。

阿修羅の実像が、そこにはある。

わたしが、歌舞伎座の日の後、京都へ帰ってから、急に思い立って腰をあげたのは、そうした見えない力につき動かされてのことだった。

興福寺。

奈良を代表する一大古寺。

そこへ行けば、なにかがわかるだろうと思った。

早く言えば、一つの疑いは氷解するかもしれないと、考えたのである。

阿修羅は、釈迦の教化を受けるまでは、天上の神々と絶えず敵対する闘争神、悪神、鬼神《きじん》という顔を持たされていた。また、西域では地上に恵みをもたらす太陽神、インドでは、古くは現世の最高神であったが、新生の神々に追い落とされ、常に戦闘する悪神の汚名をきせられたともいわれる。

修羅場、修羅道、修羅の巷《ちまた》などという凄《すさ》まじい言葉の語源にもなるほどだから、わたしなどは、「阿修羅」と聞けば、たとえば「修羅を燃やす」なんとかという文句が、すぐに思い浮かぶ。

阿修羅が、ねたみ、そねみ、執着心の極めて強い、邪悪な神と忌《い》み嫌われ、憎悪されるところから出た言葉である。

阿修羅は、物凄まじい存在なのである。

その形相《ぎょうそう》も、また、恐ろしい。

興福寺の阿修羅を知らない人たちには、そうした悪神のイメージから離れられないだろうが、この寺の阿修羅像は、一度その前に立つと、眼が放せなくなって、静かに、さらに静かに、それは心に満ちるのか、逆に心奪われて行くものなのか、しかとは自覚できない陶酔感が、五体に生まれる。

そのために、その場が離れられなくなる。

端正な美貌。その美貌にみなぎり立つ血気さかんな若さ。初々《ういうい》しく寄せた眉根は、隠しきれない少年の怒りか。それを凝《じ》っと隠しおおせようと耐えている、けなげな悲しみの相貌《そうぼう》か。よくこの像は、「憂《うれ》いを湛《たた》えた」「憂いをふくんだ」「苦悩を秘めた」とかいう表現で語られる。どれも、当っていよう。

少年だと言い、青年だとも言われる若者ぶりにも、底知れぬ魅力がある。

そして、その「一途《いちず》なまなざし」は、「永遠を凝視する」とも「自らの運命をみつめている」とも、それらの評者たちは言う。興福寺の住職はさらに「釈尊《しゃくそん》の導きによって争うことのむなしさを痛感し、いまやっと遠くに見いだした心のやすらぎを見逃すまいと、じっと見すえる」と、解説する。

みんな、この像の蠱惑《こわく》の核心をつかんでいる言葉だと思われた。

少年の未成さも、青年の爛熟《らんじゅく》さも、あわせ持った不思議な静謐《せいひつ》を身にまとう若者である。

わたしには、時に、妖艶《ようえん》にさえ見えた。

この像が、悲しみを思いつかせるのは、横を向いた側面の顔が微妙に唇をかんでいるかに見え、その瞠《みは》った両眼も、あふれんとする涙に必死に耐えているようにも見えるからである。

知らぬ間に心を奪われていて、魅入るほかはない境地が、この阿修羅にはあった。

わたしは、そういう蠱惑の力に翻弄《ほんろう》され、溺《おぼ》れるためにやってきたのでは、なかった。

入念に、一心に、油断なく、冷静であることに心がけた。

雪子に、似ているところはないか。

彼女と重なる部分はないか。

彼女を思い出させる風姿は、ないか。

わたしは、そのことを確認するために、この寺を訪れたのだった。

そして、その後も、幾度《いくど》か、訪ねた。

似ているようにも思え、そっくりとも言えない気がした。

家に帰ってくると、似ていたという気が勃然《ぼつぜん》と起こる。

口が、頬が、眼が、鼻が……と、思い出せる顔の造作が、一つ一つ雪子に重なった。

目鼻立ち、顔つき……。漠然と、それは雪子だったと言いたくなるのである。

その確認に、また出かける。

そうしたことが、何度も、あった。

そうして、或る日、ふつと、思い切ったのである。

高児は、阿修羅のことを、一切口にしなくなった。

替りに、わたしが、阿修羅にとりつかれている。そのせんさくに、心煩《わずら》わされている。

なにをしていても、していなくても、なにかの折に、阿修羅のことを考えている自分に気づかされるのだ。

おまえは、なにをしているのだと、不意に涌きあがってくる怒気があった。

高児が何事もない日常を送っているのに、今度はわたしの方が、阿修羅、阿修羅と、思っている。

懊悩《おうのう》している。

それが、ひどく理不尽に思えた。

腹立たしかったのである。

おまけに、時期も、よくなかった。

高児が、仕事をひろげだした。

手描友禅の色さしだけでなく、彼は、型染めも、その図案描きも、型彫りも、すべて自分でやる、創作作家の道を歩き出そうとしていた。

手描きの下絵師一本で、修業もし、腕を磨いてきたわたしとちがって、高児は、東京のT美術大学のグラフィック・デザイン専攻科を卒業した後、京都にきて、色さしの世界に入った人間である。

新しい可能性を、自分の分野に取り込もうと、彼はしていた。

そんな噂が、ちらほら立ちはじめている時だったから、余計、わたしは、わたしのしていることに腹が立ちもしたのである。

すっぱりと、興福寺通いとは、手を切った。

仕事一本に、戻ろう。

ほかのことには眼もくれず。

わたしは、がむしゃらに、自分にそう言い聞かせたのだった。

5

鞠の庭では、黄や緑の水干の袂《たもと》がひるがえり、白い鹿皮の大きな鞠が陽ざしの宙を飛んでいた。

「なに？」

と、高児が、言った。

「なんでもあらへん」

と、わたしは、応《こた》えた。

「あらへんことはあらへんやろ。そら。また笑《わろ》た」

「そうか」

「そうや」

眩しい陽ざしがほっかりとする日溜《ひだ》まりだった。

「ここ、特等席やな」

「ごまかすな」

「いやな。頭も白い。古希《こき》の祝いもすませたいうのに、またかいなと、ちょっとあきれてますのんや」

「またて、なんやい」

「もう上がったと思てたのに、まだ飼《こ》うてはったんかいな」

「飼うて？　なんやい」

「よろしよろし。もう死んだかと思てた虫が、まだ生きてて、目をさました。結構《けっこ》なことやないか。あんたが、元気な証拠や。まだまだ枯れてない証《あか》しや」

わたしは、ちょっと眼を細め、

「で、どれや？」

と、身を乗り出した。

「どこにいてる？　その、阿修羅はん」

「置いとけ。イチビリ。愚にもつかんこと」

高児は、無愛想に、ばつの悪そうな顔を見せた。

遠い昔の日々が、あれやこれやと、蘇ってくる。

穏やかに老い、和やかに語らい合う老人の二人連れ。人の眼にはそう見えるだろう。

いや、わたしたちにとっても、この穏やかさや和やかさは、自然に身につき、歳月がさずけてくれた屈託のなさであった。

あけすけに何でも話せるつき合いができるようになったのは、高児にとって阿修羅とはどんな存在のものなのかが、わかってきてからであった。

雪子が死んで何年もたった頃だった。岡山の西大寺《さいだいじ》の会陽《えよう》の祭に誘われて出かけたことがあった。奇祭の評判高い裸祭りである。水垢離《みずごり》をとった褌《ふんどし》一本の男たちが、深夜の灯火が消された堂で、押しあい揉《も》みあい搦《から》みあって宝木《しんぎ》を奪い争う、激しい裸体のひしめきあう阿鼻叫喚《あびきょうかん》地獄の様相も呈《てい》し、唸《うな》り、さけび、怒号や、意味不明の雄《お》たけびが、鳴りとよもして渦巻くのである。

わたしはよく覚えてないが、たぶん夢中で撮りまくったのだろう。驚くほどの写真の量だったが、その中の五、六枚に、はっきりと高児とわかる顔が写っていた。どの顔も、搦みついた腕の中にもう一つの顔があり、首に巻きついたり、頬を接しあっていたり、正面抱きであったり、後ろ抱きであったりして、一人の同じ若者の顔が、高児の顔のそばにはあった。

その若者の顔をすべて、わたしは引き伸ばして確認したから、まちがいはなかった。

興福寺の阿修羅像に、よく似ていた。

そして、それはどことなく、雪子を彷彿《ほうふつ》させる顔にも見えたのである。

同じようなことは、時をおいて、あちこちで何度かあった。相手は、デパートの呉服《ごふく》売り場の店員だったり、レストランの若いウエーターだったりした。

どの若者も、阿修羅を思い起こさせる顔や、雰囲気を持っていた。

彼は、手描きや型染めにこだわらず、友禅は無論だが、紅型《びんがた》、加賀《かが》、もっと自由で、複雑な、創作性や新風を、自分の染色界に吹き込み、腕前も、名も、めきめき売り出していた頃の話である。

男の子好きの噂も立ちはしたが、いっこうに本人は気にする風もなかった。

西大寺の写真も、彼には見せた。

腹を揺すって高児は笑い、

「あんたには、負けるわ」

と、言っただけだった。

「歌舞伎座の阿修羅は、やっぱり、そうか。雪子やったんやな」

「さ。どうやろな。ええやないか。もう。過ぎた話や」

「そや。過ぎた話や。ええのんや。もう」

わたしは、この時にも、口にまで出かかった事柄があった。

実は、雪子が死んだ後、わたし宛に届いた封書があった。

彼は父親にも紹介済みで、私たちも結婚を決めている。なにもかもうまく行ってたはずなのに、急に最近、父が反対しはじめた。それも有無を言わせぬ強硬な権幕《けんまく》で、わけがわからなく、情ない。でも私は負けない。恋の成就には他人手は借りるなと言った彼の言葉どおりに生きる。「闘ってるの、父と、今。父が屈服しなかったら、捨てるわ、父を。誰かにね、このことだけは言っておきたかったの。何が起こっても、それは私が負けたんじゃないってことを。お兄ちゃんだけは、知っておいてね」

おおむね、そうした内容を述べた手紙だった。最初は死を覚悟しての手紙なのかとも思った。しかし、父を捨てると書いた彼女が、死ぬはずはないではないか。高児の所へくればいい。東京を捨てればいい。死ぬ理由にはならない気がした。ということは、何にも負けないと言った彼女に、死を選ぶに値いした何かが起こったということになる。

――何が起こっても、それは私が負けたんじゃない。お兄ちゃんだけは、知っておいてね。

その言葉が、心を叩くけれど、雪子はもう死を選んでいた。衝撃のさなかにある高児に、このことを話すべきかどうか、迷って、わたしは、やめた。話しても、何がどうなるものでもない。

雪子は死んだ。帰ってはこないのだ。

「ありい――」

と、鞠を蹴る声が、あがった。

「あんた、覚えてはるかいな。恋の成就に他人手は借りない」

「なんや。それ」

「あんたの言葉や」

「僕の？」

「そや。一生、守らはったわな」

「なんじゃい。それ」

「まァええ。まァええ。そうや。そうや」

わたしは、頻《しき》りに、頷いた。

「立派や。あんたら。立派に、恋は成就させてはる。わてなァ、ときどき、思うのや。恋の成就に他人手は借りない。あんたが言うたあの言葉な、あれを、雪子は、実行したんやて。他人の手は借りずに、命を絶った。恋を成就させるためには、ほかに方法がなかったんや。死ぬことしか。な」

高児は、黙って、鞠の庭に、眼を投げていた。

「あんたも、それを、受けとめた。しっかり受けとめてなさるわな。なにを言うても、誰がどないな水向けても、暖簾に腕押し。意にも介さず、ここまで独り身《ひと》、続けてはる。男の噂は、なんやかんやとあるけども、女の話は聞いたことない。よう守ってはるがな。成就に他人の手は借りん。雪子に、よう、応えてやってくれてはるがな。立派でっせ。誰がわからんでも、よろしがな。わてが、わかってますさかい」

「かなんなあ」

と、高児は、言った。

束の間、なにかの思いから覚め、われに返ってとり戻したような、磊落《らいらく》な声だった。

「あんたの昔話がはじまると、僕は、身がすくむのや」

「すくむ？」

「そうや」

「そら聞き捨てに、ならへんわな」

「そうやないかい。あれも知ってる。これも知ってる。僕の旧悪、付け帳にして持って歩いてはるみたいな人やさかいな」

「おや。そないに悪いことしてはるのんか」

「あるやろ？　なんか。あれや、これやと」

「はて、どれかいな。あれかいな。そや。この蹴鞠の中のどこかにいてはる、新し阿修羅はんのことか？」

「やめてくれ言うてるやろ」

「やめはることなんか、あらへんやろ。どんどんやりなはれ。あんたの男好きは、誰でもええてなもんやあらへんのやさかい。阿修羅はん。これ以外には、決して手ェは出さはらへん。その気にならん。心も動かん。わたしがよう知ってます。そうそう、そんな子、見つからへんのも、ようわかってます。どれ、どこにいてますのや。やりなはれ。やりなはれ」

それは、冗談ごとではなかった。

彼の心が動くのは、阿修羅に似た男の子だった。それに限られていた。例外は決してなかった。それでええのやと、わたしは思っている。高児が高児であるためには、あり続けて生きるためには、そうするほかはないのだろう。

わたしの眼も、鞠装束の男たちや、白い玉を追っていた。

ごく自然に視界が潤《うる》む。涙があふれてくるのである。

もう思い出すまいと、心の奥の秘匿《ひとく》の場所に封じ込めて錠をおろした或る事柄が、こうして不意に頭の隅をよぎって消える。

高児にだけは、決して話すまいと閉じ込めた秘密だった。

雪子が死んだ。死ぬはずのない雪子が、どうして自死したのか。

あの手紙を読んで、わたしは、いても立ってもおられなくなり、母の妹の連れ合いだから、わたしには血のつながらない叔父であったが、雪子の父親の勘造を、当時、訪ねたのだった。

勘造は、はじめ、

「君に話すようなことではない」

と、にべもない態度を崩さなかったが、わたしの話は、すべて残らず聞いてくれた。

「あなたが反対なさったから、死んだんじゃないんですよ。そんなことくらいで、彼女は死なない。ほかに理由があるはずです。死が、死だけが、絶対に必要だった理由が。彼女は、自分の手で、一人の人間を殺したんです。自分という人間を。その、殺した、或《あ》いは、殺された理由が、知りたいのです」

勘造は、頑《かたく》なに沈黙した。

だが、帰りぎわに、一言、

「待ち給《たま》え」

と、言った。

「君なら、どうするね。彼が、異母兄だとしたら」

「異母兄？」

「そうだ。腹はちがうが、私の子だ。もう手は切れている、昔の女だがね。私の方が、驚いた。こういう偶然が、あるのかね」

そう。

雪子が選んだ道が、わかった。

しかし、わたしの体の震えは、その家を辞《じ》してからもとまらなかった。

雪子の父親なのだから、勘造が雪子に似ていることは、当然だった。

だが、彼がもっとよく似ている顔が、ほかにあった。

初対面の瞬間に、わたしは息をのんだのだから。

眼を疑ったのだった。

「阿修羅。阿修羅が、いた！」

驚きの声をあげそうだった。

しかし、と、同時にわたしは思った。雪子は、高児を勘造に紹介済みだと、確かに言った。

だとしたら、高児も勘造の顔は、見ているわけだ。

その時、高児は、何を思い、何を考えたのだろうか。

鞠の庭に、喚声があがっていた。

頭を振る。

涙が、あふれてくる。

わたしは、懐手拭《てぬぐい》で、あわてて頰被《ほおかぶ》りをした。

高児は、血のつながりを知ってはいない。

雪子は、そのために死んだのだから。

死ぬほかには、恋の成就を果たす道は、雪子にはない。

死だけが、恋を守ってくれる。

そのことが、悲しいだけで泣く涙ではなかった。

阿修羅を追う高児が、悲しかった。

高児が追うのか、阿修羅が離れて行かないのか。

それはわからなかったが、不思議な何か、正体の知れぬものが、わたしの視界を朧《おぼろ》にする。

一体の凛々しい神像が、その視界の中に立っていた。

三面六臂。奇怪な姿体の神像だが、比類のない永遠の褐色の肌を持った美神であった。

見つめていると、眼が離せなくなる。

心を吸い取られて行く。

そう。

わたしも、何度、思ったことか。

これは、恋。

今、わたしは、恋していると。

匂い立つものに、わたしは、五体を明け渡していた。

胸が香る。ふるえながら、わたしはその香り立つものに染まって行く。

蹴鞠の庭の鞠の音も、喚声も、もう聞こえなかった。

そうだ、と、わたしは、思う。

なぜ気がつかなかったのだろう。

そう言えば、そうではないか！
高児も、そうだ。
似ているではないか。
よく似ている。
阿修羅に似ている。
そう思った時、また、涙があふれてきた。
とうに気づいていたのに、と、わたしは思った。
いつも、気づいていたのに。
昔から。
馥郁《ふくいく》とした、懐かしいものに、わたしは包まれていた。
「あ」
と、わたしは、声をあげた。
阿修羅が、わたしを、見たような気がしたのである。
「おい、おい」
と、高児が、肩を揺さぶっていた。
よく晴れた眩しい正月の空が、わたしを覗き込んでいる高児の顔の向こうに見えた。

刃^は

艶^{づゃ}

1

やっと探しあてたアパートは、古びたモルタル造りのみすぼらしい建物だった。

錆びた鉄製の階段をのぼって、とっつきの部屋の戸口に、薄い木片に『牧村』と書いた表札が出ていたが、その字もほとんど消えかかっていて読みづらかった。
二、三度、ノックしたが、応答がない。声もかけてみるが、静かである。鍵もかかっているようだった。隣りもそのまた隣りも留守で、一番端の部屋から学生風の若い男が顔を出したが、なにを訊いても、
「さあ……」

と答えるだけで、要領を得なかった。

菊子は、しばらく待ってみようかとも思ったが、住所だけはわかったのだ、ゆっくりまた出直してもいいのだと思い直し、のぼったばかりの階段を降りた。

それにしても、胸が痛み、気が塞《ふさ》いでならなかった。こんな所にいてはるとは思わなんだ。

夢中でここまではきたけれど、やっぱり会わずに帰った方がよいかもしれへん。あのひとかて、こんな暮らしぶりの中で、わたしに会うのは、ええ気分のものではあるまい。留守でよかった。なにがなんでも、あのひとに知らせとかな、と思ったわたしの方が、気が動転してたのや。そうや。よかった。会わんですんで、よかったのや。

菊子は、そんなことを思い思いして、鉄の階段を降りながら、こうべをまわしてもう一度その部屋を見あげた。

そして、足をとめたのだった。

閉まっていたはずのドアが、細めに開いていて、その隙間から人の顔が覗《のぞ》いていた。

「どなた？」

低い抑揚のない声で、その顔が問いかけてきた。

菊子は、一瞬息をのみ、それから呼吸を整え直した。もう次の瞬間には、彼女の足は音立ててその階段を駈けのぼっていた。

胸が一時に波打って、ドアが押し開かれてからも、しばらくは声が出てこなかった。

戸口に手をかけて立っている女は、けげんそうな面持ちで、そんな菊子をまじまじと見返した。

「どなたさん？」

と、そしてもう一度、たずねた。

薄鼠《うすねず》色のふだん着に縞《しま》の木綿のもんぺをはき、くたびれた前垂れを腰低くにかけた初老の女は、髪も半ばは白く、小柄で痩《や》せぎすの肩を少しまるめるようにして、菊子を見つめていた。

「お嬢さん……」

菊子は、感極まった声をあげた。

「菊子です。室町のご本家に、ご奉公にあがってました菊子です」

女は、束《つか》の間、瞳を動かしはしたが、表情は変えなかった。

「菊子……はん?」

「はい!」

「あんたが……?」

「そうでおます」

老女は、なおしげしげと菊子を見まわし、しかし、「はあそうか」とはうなずきがたいといった表情を、隠さなかった。

「日和子《ひわこ》お嬢さんでございますやろ」

「はあ、そうどす。わたしは日和子ですけどな……」

「へえ、へえ、まちがいおへんがな。室町小町ゆわれはった昔の面影《おもかげ》、そっくり残しといやすがな」

「おいとくなはれ。ひと、おちょくらんとおおきやす」

真顔で、にべもない声だった。

「お嬢さん。よう見とくれやす。お嬢さんが十七、八の頃どしたか……お足《みや》、患《わずら》はりました時分に、お身まわりのお世話させてもらいました菊子です。おぼえていてはらしまへんか」

「そら、よう、おぼえてまっせ。女衆《おなごっ》さんの菊子はんやろ」

「そうでおます。その菊子です」

「あんたはんが？」

「へえ」

「そら、ちがうわ。菊子はんゆうたらな、うちよりもっと年上の女衆さんえ。十《とお》はちごてましたで」

「五つですがな」

「五つ」

「はい」

「そら五つでも十でもよろしがな。けど、あんたはちがいます。あのひとはな、丹波《たんば》の山奥の出《で》ェで、もっと背丈の大けな、いかつい体してはるひとどす」

「ま……」

と、菊子は、思わず噎《むせ》びそうになって、その口に手をあてた。

「ようおぼえといとくなはって……おおきに。ありがとさんでございます。へえ。そうでおました。その山出《だ》しの、いかついとこを買われて、あなた、お台所《だいどこ》からお嬢さん付きにまわされましたんですがな。きゃしゃで、はんなりしといやしても、なりは大人や、重い重いてみなさんゆうてはりましたけど、わたしはケロッとしてましたもんなあ。おんぶも抱っこも菊子はんや、あれでのうては埒《らち》あかへんゆうて……とうとう、なにをするにも、お身のまわりは、わたしがさせてもらうことになってしもて……」

菊子は、つとわれにもどった顔になって、日和子を見た。

「あの山出しの、どんくさい、いかつい体した女も、年がたったら、こないになりますねん。一まわりは小《ちい》そなりましたやろ。この髪かて、そうですんや。ほんまは、もう、まっ白ですねんで。働かななりませんよって、仕方なしに、これ、染めてますねやわ」

日和子は、一層瞳をこらして、菊子の頭から足許まで、点検するような眼になっていた。

信じられないといった面持ちだった。

「ほんまに、おうち、菊子はんか……?」

「へえ。そうどす。菊子ですねん」

「なんてまあ……」

と、日和子は絶句した。

「こりゃ驚いた……うちより、あんた、十は若《わこ》見えるがな」

「ま、なにをおっしゃいますやら、お嬢さん。てんごゆわんといとくれやす」

二人の女は、あらためて、その顔を見合わせた。

「……今日は、いったい、どないなお日やろ。狐《きつね》につままれてるみたい……」

と、日和子が、言った。

その眼に、見るまに涙があふれたってきた。

「お久しぶりどす、お嬢さん。えらい勝手なご無沙汰《ぶさた》限りでおましてからに……」

と、菊子も、頬を濡らしながら、それに応えた。

どちらからともなく、二人は、その手をとり合っていた。

2

六畳一間の部屋の内に招《しょう》じ入れられてからも、菊子は何度も思った。こなければよかったと。牧村家は室町筋でも指折りの老舗《しにせ》の呉服問屋《ごふくどんや》であった。その商家の箱入り娘が、こんな暮らしぶりをしていようとは、思ってもみなかった。自分がここへやってきたことで、日和子がいま、どんなに辛い厭《いや》な思いをしているか。それを考えると、菊子はいたたまれない後悔の思いに駈られた。会いにきたりするのではなかった。そう思った。

すると、つい何時間か前に、突然、自分を衝き動かした「会わなければ!」「あのひとに知らせなければ!」というやみくもな思いが、なぜ涌きあがったのか、不思議でならなかった。

じっさい、「今日は、いったい、どないなお日やろ」と日和子も言ったが、ほんとうに、菊子もいま、同じ思いでいるのだった。

そして、そのことを話さなければ、三十六、七年ぶりに、突然、日和子を訪ねて現われた自分の行動が説明できない。まず、それを話さなければと、菊子はしきりに思った。

日和子が、なにか言っていた。

「ちょっと、おうち、聞いてるのかいな」

「え？」

と、菊子は、顔をあげた。

「耳遠なってんのか？」

「そんなこと、あらしまへん」

「そんなん、おやめてゆうてるやろ。それ、お雑巾《ぞうきん》え。ほかにすることがないさかい、縫うてただけなんやして」

「へえ」

菊子は、しきりに古タオルの重ね布を木綿針で縫っていた。

タオルやシャツや古着などの裁ち布《たぎれ》が、その傍に積んであった。それらの古布は、この部屋に入ってきた時、そこらあたりに取り散らかされていて、「お雑巾縫うてたとこやねん」と日和子が言って、傍へ寄せたものだった。

「お茶《ぶ》がさめてるやないの」

「イヤ、およばれしまっせ」

言いながら、菊子は針を運んでいた。

「おうち、働いてるて、さっき、ゆわはったけど、なにしてはんのや？」

「仲居《なかい》どす」

「仲居？」

「へえ。貴船にいてますんです」

「貴船て、あの鞍馬《くらま》の貴船か？」

「そうでおます。お料理屋旅館の住み込みです。もう二十五年になりますねん」

「へエ、マア……そうか。それでわかった。お客はん商売の水やねんな。人が変って見えたんは」

「やめとくなはれ。恥ずかしおすがな。ほかにつとまる働き口、よう見つけきらへんかっただけどすがな。室町のお家にお暇もろた後、一時は丹波に帰ってたりもしましたけど、居つける居場所がないさかい、ご奉公にも上がったんですし、すぐにまた出てきましてな……ま、わたしなんかにできることとゆうたら、知れてますけどな……あれやこれやとしましたわいな。同じ京都の街なかにいて、お世話になった室町へ、よう出かけることもせんと、時間だけがたちますねん。あっとゆう間に年が明けて、また暮れて……。貴船に落ち着きましてからも、みなさんどないしてはるやろ……思わんことはあらしまへなんだ。いえ、京の街へも、時には出てきたりもすんのどっせ。室町はすぐそこや。そのたんびに思うのどっせ。目と鼻の先の所を、いまうちは歩いてるのや。思い思い、一年一年、敷居が高うなってからに……よう顔出せしまへんねん」

菊子は、その顔をあげて、日和子を見た。

「今日も、そうでしてん。いまちょうど、夏の川床と秋の紅葉の端境《はざかい》どきで、貴船もちょっとお客はんオフの時季ですねん。こんな時やないと、京の街へは出られしまへん。わたしな、下河原の『椿餅』が食べとおしてん。あの椿の葉にはさんだ、白と肉桂《ニッキ》の道明寺《どうみょうじ》。一保堂《いっぽどう》のお番茶で、あれがつまみとおしたんや。年とったら堪《こら》え性《しょう》がのうなって……まあ子供みたいでっしゃろ。しばらくお休みももろてへんし、よし行ってこと、出てきましてん。ところがどうどす。あの道明寺の『椿餅』、もう食べられしまへんのや。店閉めはって、何年にもなるんですと」

「へえ、そうか」

「ご存じどした？」

「いいや、知らへん」

「室町に上がってからどっせ。あんなおいしい道明寺、およばれしたんは。お嬢さんから教えてもろた味どすがな」

「よう買いに走ってもろてたなあ」

「へえ。祇園《ぎおん》さんの道明寺、ゆわはったら、飛んで行ってましたがな。お年寄りの夫婦がやってはったさかい、跡取りもあらへんし、でけへんようになりましたんやと」

「そうか」

「それ聞いたら、わたし、なんやしらん、急に気ィが抜けましてな、もうどっこも行く気がのうなって、一保堂もやめましてん。けど、そうなると、せっかく出てきた街なかやけど、行く所が思いつかへん。この年になるまで、この街は、暮らしもしたし、働きもした。いろんな人とも関《かか》わりもって、出会いも別れもした街やのに、こんなとき、この年になって、ふらっと寄ってみよかとゆう場所がない。なさけのおした。歩きながら、涙がこぼれてとまりまへんねん。どこ歩いたかもわからしまへん……」

菊子は、括《くく》り止めた糸先を糸切り歯で切った。

「バスにも乗ったり降りたりしてな……気がついたら、寺町通りを歩いてましてん。ひょいとな、ほんまにひょいと、それ、眼に入ったんどっせ。小さいお寺さんの門前どした。大きな白い紙貼った書き板が出てましてな、こない書いてあんのどす。『故、清景靫彦《きよかげゆきひこ》儀葬儀式場』て」

菊子は、そう言ってから、日和子の顔を見たのだったが、日和子はべつに変った様子も見せなかった。

少し前から、裁縫箱を引き寄せて、彼女も雑巾を縫いはじめていたのだが、その手をとめることもしなかった。

聞こえなかったのだと、菊子は思った。

「お嬢さん」

と、菊子は、声をかけた。

「へ?」

と、日和子は、縫いながら応えた。

「聞いてくれてはりますのん?」

「はあ、聞いてるえ。寺町のお寺さんで、お葬式の看板が出てましたんやろ」

「お嬢さん」

と、菊子は、真顔になって、日和子の方へ向き直った。

「まあおとろし声出して、びっくりするやないかいな」

「びっくりくらいしておくれやす。わてはこれ、お知らせしたいばっかりに、三十七年近こうも寄りつかへんで、不義理もご無沙汰もしっぱなしの室町へ、ご注進《ちゆうしん》に走ったんどっせ。後先も考えず、夢中でお嬢さん、訪《たん》ねたんどす。いえ、室町へ足踏み入れてからは、はっと気がつきましたんや。お嬢さんは、昔のまんまで、ご本家にいてはるもんやとばっかり思てましたけど、そうや、縁づかれたら外の人になってはりますわな。その方が当り前。なんでこんな当り前のことが、わたしの頭の中から抜け落ちてたんやろ。わたし、動転しましてな。まあ、やみくもに、室町まではきたけれど、ご本家へ直《じか》に顔出すのもはばかられて……昔の番頭《ばんとう》はん、まだいてはるかな思い思い、近くの電話から呼び出しましてん。天の助けや、いてくれてはって、出てきておくれやしたがな。けどまあ、会うて、またびっくり。お嬢さんは、いまだにお独りやとゆわはりまっしゃん。その上に、二度びっくり。もう早《はよ》から家は出てはるんやと聞いて……」

菊子は、イヤイヤでもするように、両肩を左右に振って、顔を蔽《おお》って泣いた。

「社長はんは、自分の家や、なんの気兼ねもいらへんさかい、好きにしてたらええてゆわはんのやけど、大旦那も大奥さんも亡うならはって、間ものう出て行かはったんやて……ゆわはりますやん。『どこどす、そのお住まい!』ゆうて、もう取るものも取り敢《あえ》ず、その足で走りましたんです。東の、南の、上《あが》るの下《さが》るのゆわれても、この辺きたことおへんしな。探しまわりましたがな。ごちゃごちゃ小路が入り組んで、あっちへまわり、こっちへぶつかり……まあ突き当ったり、引っ返したり……」

「そらまた、えろ『おことォさん』でしたわな。場末《ばすえ》のどんづきアパートまで、わざわざお足《みや》運ばせて」

「お嬢さん！」

「怖い声出さんといてて、ゆうてまっしゃろ。うちな、表へ出ンのがほん好かんのは、それどすねん。こっちはそうは思わんかて、のつこつ歩いてますのんやろな。この婆、耳も遠かろ思わはるんか知らんが、みな、そうえ。破《わ》れ鐘叩くような声出さはるねん。あれ聞くと、怖うてな、ふるえがきます。ぽろぽろ、涙が出てきますねん」

「お嬢さん……」

菊子は、また涙ぐんだ。

「そんなんゆうてんのとちがいます。よろしか。よう聞いとくれやっしゃ。清景靫彦儀葬儀式場て、書いてありましたんえ」

「はあ。わたしも、そないに聞きましたけど」

こともなげな口ぶりだった。

菊子は、束の間ぽかんとし、手ひどい肩透かしでも食ったような拍子抜けした顔になったが、待てよ、まさかこのひと、恍惚のけがはじまっているのでは……と、そんな疑いが頭の隅をよぎりさえした。

日和子の眼を、確かめ返すように見ながら、菊子は言った。

「……おぼえていてはりますわな？　清景靫彦はん」

「聞いたこと、ありますなあ。めずらしお名やさかい」

「めったにないお名どすがな」

「そやろか」

「同じお名前で、ご存じ寄りのお方が、むかし、おいやしたいな」

「いいえ」

「お嬢さん」

「ご存じ寄りではあらしまへん。知りあいなんかやあらしまへんえ。話したことも、会うたことも、ないひとです。口きいたこともない、顔合わせたこともない、名乗り合うてもいィひんひとです。そんなひとが、なんでご存じ寄りですのや」

それは、べつだん強い口調の物言いではなかったが、いや、むしろ平静な、感情の乗らない声でさえあったが、ぽんぽんと口をついて出てきた調子に、菊子はちょっとあっけにとられもした。が、逆にほっともしたのである。

四十年近くの歳月が、急に消えはじめ、かわりに、懐かしいものが蘇ってくる気がした。跡形もなく失われて、遠くかなたのいずこへか消え果てたと思われたものだった。

柔らかく五体を浸《ひた》しはじめる遠方からの潮だった。

菊子は、独りごとのように言った。

「ほんまに、今日という日は、いったい、どないなお日ですのやろ……。清景はんのお葬式に、わてがぶっつかるやなんて。街歩いてて、ひょこっと、あの時顔あげなんだら、そのまま通り過ぎてますわ。なんにも知らんと。そのまんま……」

日和子は、無表情に、雑巾を縫っていた。

3

「……桜の頃どしたわな」

と、菊子は、言った。遠い所へあずけた眼が柔らかだった。

「確か、大覚寺さんのお花の会にお伴した帰りでしたわ。嵐山から京福線に乗って、途中でご気分悪いゆうんで帷子《かたびら》ノ辻《つじ》で降りたんですわ……」

ホームのベンチに休んでいる間の出来事だった。日和子の眼がふと別のベンチの方へ流れた。すぐにその視線は外されるが、また同じ所へもどった。そのベンチには、黒ズボンに白いワイシャツ姿の若者が、二人並んで腰掛けていた。日和子と同じ年頃に見えた。高校生かなと菊子は思った。一人がしきりに剽《ひょう》げて話しかけるのへ、ワイシャツを腕まくりにした少し大人びた顔立ちの若者は、始終無口でうなずいたり、穏やかな笑みを返したりしてつき合っていた。帷子ノ辻は、北野線の接続駅でもある。そっちの電車へ乗るのだろう。やがて二人は、腰をあげた。

それだけのことだった。

菊子が、清景靱彦の話を耳にしたのは、二、三箇月後のことだった。

日和子の学校友だちの千江が遊びにきた日だった。

「ちょっと、会うたえ。あの帷子ノ辻」

と、通り庭を抜けながら日和子に話しかける千江の声を聞いた時、おや？　と思ったのだった。

そういえば、大覚寺へ行った日も、千江は一緒だった。帷子ノ辻にも一緒に降りて、そばにいた。そのことを思い出すと、菊子は奥の二階の部屋へ茶菓を運んでからも、なんとなく二人の話が気になって、ついそのまま襖の外で立ち聞きすることになったのだった。

――ひつこいえ、おうち。なんべんゆうたらわかるゝえ。そんなひと、おぼえてまへん。心当りもあらしまへんて。

と、日和子は、まるで相手にせず、

――ええて、ええて。まあちょっとお聞きィな。聞くだけならよろしやん。

と、千江はさかんに聞かせたがっているようだった。

偶然、北野線の電車の中で、帷子ノ辻で見かけたあの二人連れに出会ったというのである。

千江も、あのホームでの日和子の視線に気づいていたのだと、菊子はちょっと舌を巻く感じだった。

——ほんでな、うち隣りの席にすわったん。えらい面白い話してはったで。女の夢の話やねん。一人の女が眠ってる。愛する女なんやて。その寝顔が、笑うやろ。泣くやろ。ときに怒ったりもする。微笑んだり、涙流したり、うっとりしたり、顔しかめたり、楽しそやったり、苦しそやったり……その表情や、姿や、しぐさや……それを、男が眺めてるねん。夢の中のことやさかい、そこで女がなにをしようと、それは現実のことやあらへん。そこは、男の手出しのできん世界。女はそこで起こったことを説明する義務はない。糾弾《きゅうだん》されたり、罰受けたり、責任とらされることもない。かりにどないな罪おかしたかて、男自身が、その眠りの目撃者や。現実の無罪は、男自身が証明せなならん。一人の女が眠ってる。愛する女や。『君やったら、どないする?』って、あのしゃべくりの相棒の方がな、訊かはったん。キヨカゲはんな、一言のもとや。

『斬《き》って捨てる』

て、言わはった。

どうえ? もの凄い話してはるやろ。

涼しい顔して聞いてはって、涼しい顔して言わはったわ。

『殺人に値《あたい》する』て。

日和子の声は聞こえなかった。

千江が一人で喋っていた。

——うちな、ごっつい話してはるさかい、聞き耳立ててたんやけど、敵もさる者、ちゃんと気がついてたんえ。降り際にな、相棒の方がにこっと笑《わろ》て、『どこの学校?』て訊くさかい、『おうちらは?』て訊き返してやったんよ。ちょっと聞いて。あのひとら、学生やあらへんねんよ。刀剣の研磨師やて。

——ケンマシ?

——はあ。日本刀の研師《とぎし》やねんよ。その弟子やてゆうてたから、ま、タマゴやねんな、研師のタマゴ。ほんでね、ついでやから、うち、『ヘエー』て驚きついでに、『どこの?』て、尋ねてやったん。鳴滝の奥の方やて。研師の先生の家に住込んでる弟子やねんよ。どう? この探偵、なかなかやると思わへん?

——べつに。

——まあ、そんなこと言うてええのん? あのひとの名前まで、訊き出してあげたんよ。キヨカゲ、キヨカゲ、あの相棒が言うさかいね、『珍しお名前ですねんね』て、ちょっと水向けたら、ころっと、乗ったわ。フルネームで教えてくれたわよ。もちろん、しゃべくりの方がよ。ええ? この紙に書いたアるえ。キヨカゲユキヒコ。むつかし字ィえ。ほんまに、これ、いらへんの?

千江の声が、昨日のことのように蘇る。

同時に、白いワイシャツを腕まくりにした上背《うわぜい》のあるがっしりした体軀の若者の姿も眼に浮かんだ。物静かな凛とした顔に陽があたっていた。

「痛っ……」

と、菊子は声をたて、左指を口で吸った。

「おいときよし、もう」

と、日和子が言った。

「このお雑巾な、隣りに小学校のセンセがいてはるんでな、溜まったら、持って行ってもらいますねん。学校に」

「へえェ、そうでおましたんか。ほんなら、もっと気ばりまひょ」

「うちにできるボランティアや」

「手伝《てった》います」

「よろし、よろし」

日和子は、そう言いはしたが、自分の手はとめなかった。

「お嬢さん」

「ふん?」

「ほんまに、後悔、しておいやさんか?」

「ふん?」

「あれっきりで……一度もお会いにならへんで……。そうですやろ? わたしがお暇もろたあとも、ずうっと……今日まで、ずうっと……会うてはらしまへんのやろ? たった一度、帷子ノ辻で、お顔見はった……あの時限りで……」

返事はなかった。

「わかってますがな。そうゆうおひとどす。そやさかい、わたしがなんとかせなあかん、して差しあげんことには、あかへん。なんとしてでも……。一生懸命でしたんどっせ。なにをおいても、お嬢さんに、あの方、お会わせせんことには、なんにも始まりまへんがな……」

菊子は、手をとめて、日和子を見た。

日和子が口数少くなり、日に日に不機嫌さがつのり、ほとんど誰ともなにも口をきかなくなったのは、千江がやってきて清景靫彦の名前を書いた紙きれを置いて行った日を境にしてであった。その紙きれはその日の内に粉みじんに裂いて屑籠《くずかご》に捨ててあった。

誰もがその豹変《ひょうへん》ぶりに首をかしげたが、菊子も、日和子にある頼まれごとをされるまでは、その理由を解しかねていた。

二、三箇月はたっていたと思う。或《あ》る日、日和子は、菊子に、自分の部屋で夜一緒に寝てくれないかと、言ったのだった。

——へ?

わけをたずねても、しばらくそうしてくれないかというだけだった。

奇妙な申し出であったが、親族たちも困り果てていて、本人がそう言うのなら望み通りにしてやってくれと頼まれ、むろん、菊子に否やはなかった。

そんな日が、一週間は続いただろうか。

或る朝、日和子は言ったのである。それはどこか怖《お》ず怖ずとした、口重く、気弱な感じのする物言いだった。なにか変ったことはなかったかというような意味合いの問いかけだった。気がついたことがあったら、どんなことでもいい、正直に話してみてくれと……。

と菊子は答えた。

——いいえ、なんにも。

すると日和子は、たたみかけるようにして言った。寝言ゆう？　いびきかく？　口空けてる？　閉じてる？　寝相《ねぞう》悪い？　静か？　暴れへん？　次から次と矢つぎ早に就寝中の状態を言葉にして浴びせかけてきたのだった。そして、その堰《せき》を切ったような質問攻めの言葉のあげくに、日和子は、そう言った。

——笑う？　うち。ね、笑わへん？

と。

「……あの、夢の話をしィはって、わたしにしがみつかはって、大声あげて泣かはった時には、もうびっくりしましたがな。そんで、やっとわかったと思いましたわ。わたしな、千江さんが、お嬢さんに話さはった夢の話、襖の外で聞いてましてん。ああ、原因はこれやったかと、ほっとしましたんどっせ。あんな話、真《ま》に受けて、気にすることがありますかいな。誰かて夢は見るやおへんか。男も女も、見ますがな。見て当り前どすがな。そう。そないゆうたんですわな。わたし。ほしたら、お嬢さん、もっと泣き声あげはって、そうやないとゆわはった……」

日和子は、もっとずっとむかしに、千江から言われたことがあるのだと、告げたのだった。

——うちな、寝てて、笑うんやて。うふん、うふん、おうち笑うていはったけど、どんな夢、見てはったん？　て、あのひと、ゆうたの。

——いつのことどす？

——小学生の頃。ここにあのひと、泊っていったことが、あるねん。

「小学校の頃の話が、も一つ前にあったんやと聞かされた時、わたし、思いました。この千江というひと、まあ、なんて手のこんだ悪さするひとやろと。ちょっと薄気味悪おした。そんなんに負けておれますか。あの電車の中の話かて、どこまでがほんまの話か、知れたものやない。お嬢さんの気質をようのみ込んだ、あくどい恋路の厭がらせ、意地悪な邪魔して、たのしんではんのどす。よろし。わたしが行てきます」

菊子の語調には息巻いて座を立ちあがった当時の昂奮《こうふん》が蘇ってきでもしたようなところがあった。

「どこへ行くのや。千江さんのところどす。あのひと、もういてへんで……て、お嬢さんはゆわはった。引越ししはって、学校も、亀岡の方へ移らはった。そうでしたわな？　あのひとへ、どなり込んだかて、どないなる。夢の中で笑うのは、うちなんやからておっしゃって、また泣かはる。そう。一ン日《いちち》、泣いてはりましたがな、あの頃は」

日和子は、言葉を発しなかった。

ゆっくりと、雑巾を縫っていた。

「そりゃ、出過ぎたことやったかもしれしまへん。けど、なんとしても、お嬢さんに、清景はん、お会わせしとおしたんや。会うて、心を伝えんことには、ええも悪いもあらしまへんやろ。へえ。鳴滝へまいりました。お家探して、なんべんも、お願いしました。一生懸命話しました。

清景はんも、真面目に聞いておくれやした。けど、自分はいま、修業中の身だ。女と関わり合う時間などまるでない。また、そのつもりもない。身につけなければならへん仕事が山ほどある。研ぎ一筋に生きんとならん人間やし、そうするつもりや。そないゆわはりましたんや。けど、こんなこと、お嬢さんにお伝えしても、おっしゃいますやろ。ほら断わられた。嫌われた。余計なことして、知られんでもええ恥かいたと、激怒しはるにちがいない。とゆうて、このままやったら、思いの晴れない日がいつまでも続くやろ。きっとお会わせしますゆう心に嘘はおへなんだ。お会わせしたい、そればっかりを思てましたんや。

へえ。お嬢さんには、申しました。清景はんも、折を見て、会うとゆうてくだはってるて。案の定、お嬢さんは、眼の色変えて怒らはった。わたしに黙ってなにをする。誰がそんなこと、お前に頼んだ。どうぞ会うて下さいと、お前頼みに行ったんか。はしたない。恥ずかしい。そないゆうて、また泣かはる。絶対会わんえ。会わへん。会えへん。……そうでおしたいなあ?」

日和子の応えは、なかった。

「おぼえてはりますか。あの時、お渡しした物が、おしたやろ? 清景はんが、会うという約束の証しに、くだはった物です……て、ゆうてお渡ししましたら、やっと静かになっとくれやして、長い間、手にとって見といやした……」

それは、一センチ四方の四角ばった小さな薄い紙のような切片だった。

日和子は、掌のまん中にそれを置いて眺めていた。

──なんえ、これ。

──刃艶《はづや》とゆうんですて。

──ハズヤ?

──刃《やいば》の刃《は》と、艶《つや》やかいう字がおっしゃろ。

──ああ、艶《えん》て字。

──へえへえ、それどす。それな、砥石《といし》ですねんよ。

──へ? 砥石?

──そうですのや。内曇砥《うちぐもりと》いう上等のな、砥石のカケラを、薄く裂いて、薄く薄く平らにすって、その片面に吉野紙を漆《うるし》で裏貼りしてあるのどすて。

──へえ……。

──それな、親指の腹に当てると隠れてしまうほどの小さい切れはしどっしゃろ。そうして刀の地刃の上に親指でおさえつけてな、研ぎ汁つけつけ研ぎあげて行くんですと。種類のちがう砥石を一つ一つ順番に、たくさん使うて、刀の下地研ぎをして、次に始まるのが仕上げ研ぎ。刃艶は、その仕上げ研ぎの一番最初に使うんどす。これを使うて、地刃の美し白い刃文が見るまに研ぎ出されてくるんどすて。

──へえ……。

と、感嘆しながら、日和子は不思議な物を見るように、飽きずに見入っていた。

一時、その『刃艶』とよばれる不思議な砥石で、日和子の心は小康状態をとり戻したかに見えた。

——清景はんが研いではった刃艶どす。きっと会えます。会わせます。

菊子は、毎日言いつづけた。そんな中で、足萎《あしな》えの日が、突然やってきたのだった。にわかに足が萎えて、日和子は立ちあがれなくなった。医者にも原因がわからなかった。

三年ばかり、そうした状態がつづいた。

何人もの医者に診てもらったが、その内の一人が首をかしげながら告げた言葉に、なぜだか菊子は胸をつかれた。

「歩けるんだがな。歩けるはずだよ。どっこも悪くなんかない。妙だねえ。歩きたくないんじゃないの。こんなことしてたら、ほんとうに歩けなくなっちゃうよ。無理しても、歩こうと思わなきゃ」

そう言ったのだった。

「歩きたくないんじゃないの」

その言葉が、気になったのだ。

菊子は、厚い布地に針を通しながら、言った。

「そうでしたんやろ？　歩くの、厭どしたんやろ？　歩けんようになったら、あのひとに会いに行かんですむ。会わんでいたい。このまま会わんですませたい……。そうでしたんやろ？　刃艶をもらった。わたしは、会わす会わすゆう。ほんまに会う日がやってきたら、どないしょう。そう思わはったんどすな？　思うて、思うて、思いつめなさった。ちがいます？　とうとう、ほんまに足の方が動かんようになってしまいはったんやて……」

菊子は、ゆっくりと顔をあげて、日和子を見た。

「わたしな、そない思たら、急に、自分がせんならんことが、見えてきましたのや。『きっと会わせます』『いまにきっと』……それをゆう人間が、お嬢さんのそばからいなくなること。これが一番大事なんやと。お嬢さんが望んではることなんやと。お嬢さんをおんぶしたり、抱っこしたりする人間は、いらへんのや。そのことに気づきましたんです。そうしてみよ。ほしたら、治る足やったら、治るやろ。そない思たんです。かんにんしとくれやっしゃ。なんのわけも話さんと、勝手にお暇もらいまして……。けどな、もうよろしやん。清景はん、もういてはらしまへんし。会おうとゆうて、きとくれやすことも、のうなりましたわ……。わたし、このことだけは、伝えとかんと……そない思いましたんです」

菊子は、そう言って、ふっと黙り込んだ。

長い沈黙がやってきた。

(お嬢さん。ほんまは、も一つ、ありましてん。今日、ここへきましたのはな、どないしても、お知らせせなあかんことが、もう一つ。それせんと、死んでも死にきれんと、先刻までは思てましてん。けど、やめますわ。ゆうてみたところで、なにがどうなることでもおへんし……)

菊子は、しばらく手をとめて、しみじみとした眼で日和子の姿を眺めていた。

(わたし、そのお葬式の看板見ました時にな、急に、その気になりましてん。後先のことも考えず、足の方が動いてましてん。お焼香《しょうこう》だけでもさせてもらおうと、そのお寺さんの中へ入りましたんどす。もう出てくる人たちもありましてな、ご遺族でっしゃろ、並んで挨拶してはりました。その筆頭《ひっとう》に立ってはりましたさかい、喪主《もしゅ》でっしゃろな。そのひと見た時、眼ェを疑いましたがな。あれ、まちがいのう、千江さんどす。もう仰天して、足ふるえましたけどな、でも、お焼香だけはしてきましたで。……これ、話したら、お嬢さん、どないな顔しはるやろ)

菊子は、そんなことを思った。

それを言うために、ここへはやってきたのだけれど、

(よそおいな)

と、重ねて、思った。

そして、穏やかな顔になった。その手がごく自然に着ている着物の前襟に触れ、指先で柔らかく布地をおさえた。一センチ角の薄くて平たい物の感触が、菊子のその指先には伝わってきた。

肌身離さず襟の内に縫い込まれている物の感触だった。

菊子は瞬時、うっとりとして艶めいた眼の色を見せた。

星月夜の首

1

記憶のなかのその光景は、歳月がすっかり輪郭を虫食《むしば》んでいる。

いまでは一種夢想のなかのできごとか、とりとめもない古びた幻覚の切れっぱしとでもいった感じがしなくもなく、いたるところで現実感が欠けおちていた。

それはちょうど、頭のなかにあるほこりをかぶった屋根裏部屋か物置き小屋の片隅から、真綿のような蜘蛛の巣にからまれながら取り出してきた一枚の小さなキャンバスの絵、そんな感じで、記憶の奥から訪れてくる。

はげた絵具や、ひび割れてめくれあがった画布の表に手を触れると、絵柄は端からぼろぼろとこぼれおち、原形を喪って行く。

だから、ぶあついほこりの膜も、蜘蛛の巣も、こびりついた黴《かび》や汚れも、吹き払うことができない。拭いとって鮮明な画面に甦《よみがえ》らせることができない。

画布はほこりをかぶったまま、歳月のかすみの奥で、傷んで朽ち果てた絵面をぼんやりと朧《おぼろ》に浮かびあがらせている。

記憶のなかのその光景を、ときに想い出したりするとき、和彦はいつも、そうした一枚の古いキャンバスの絵を覗《のぞ》き込んでいるような気分になった。


港町の賑《にぎ》やかな大市場のなかだった。

魚も野菜も山積みである。生鮮食品、加工食品、果物、菓子、雑多な店舗が、水揚げ場の岸壁ぞいにひしめいて立ち並び、狭い無数の迷路のような石畳の水に濡れた通路はどこも、人や、手押しの運搬車や、荷箱やなんかで、足の踏み場もないほどにごった返していた。

朝だったか、真昼間だったか。時間の記憶も、季節の記憶も、はっきりしない。和彦が幾歳《いくつ》のときだったかも、わからない。

小学校にあがる前後の頃だったにちがいないと、振り返って思うだけで、確かなことは定かでなかった。

その市場の一角には、花市場も同居していた。

和彦が、春ではなかったかと思ったりすることがあるのは、その花市場にあふれていた花の種類の豊富さや、色彩の記憶による。

チューリップや、アネモネや、スイートピーや、ナノハナが、あった。

そう思って回想の瞳を凝らすと、花市場はふんだんな花の色に埋めつくされ、ヒヤシンス、アマリリス、アヤメ、アイリス、キンセンカ、フリージア、ポピー、キンギョソウ……ベゴニア、シネラリア、ゼラニューム、サクラソウなんかの鉢植えなども、ところ狭しと並べられていたような気がしてくる。
もっとも、市場に氾濫するその花の賑やかさや、むせるような香りの濃密さが、記憶に春の季節を重ねやすくさせ、花ならば春、春ならば……と、咲く花の名も姿も揃え、確かに眼にしたという気を起こさせるだけのことかもしれず、季節はもっとほかの時季だったかもしれない。

だが、とにかくその日、花市場は色とりどりの花にあふれ、少年の和彦がふと足をとめたある店頭の花置き場も、その彩りの多様さはけっしてほかの店にひけをとるものではなかった。

その店は、市場のなかの通路がコの字形に折れ曲ったいちばん奥まったあたりの区画に、あったような気がするのだ。

売り台の上はもちろん、通路に隙間もなく並んだたくさんのバケツのなかもあふれんばかりの花盛りで、ござ筵《むしろ》にくるまれた花の荷は地べたにも、後ろの壁ぎわにも山積みにされていた。

和彦がふとたちどまったのは、そうした足の踏み場もないほどの花に埋まった花だらけの視界のなかに、長靴が一つ転がっていたからである。

黒いゴムの長靴だった。

いや、転がっていたというのは正確ではない。

長靴は、その靴底の部分だけをわずかに花の間から覗かせていて、あとはバケツの花や、花鉢や、地べたに積まれた花の荷のかげに隠れて見えなかった。

それは、注意して見なければ、周囲の花に埋もれて、眼につかない靴だった。

またかりに、眼についたとしても、ゴム長靴の一つや二つ、どう転がっていようと、そんなものは、ごった返す市場のなかでは気にとめる人間もなく、いわばそれは見えていて見えない物も同然だった。

ことにこの一角は百花斉放、目もあやな花とりどりの賑わいで、その花かげに靴底だけをすこし見せて転がっているゴム長靴など、誰の眼にも入らなかった。

入らなかったというよりも、それは花市場の店先の風景に溶《と》け込んで、なんでもない、とるにたらない物だった。

ゴム長靴は、市場にはつきものの穿《は》き物である。どこへ行っても、みんなそれを穿いていた。

だから、その長靴が人の眼につかなかったのもふしぎはないし、また、つきにくいような具合いに、靴は花に囲まれ、その花かげになかばは隠れて見えなかった。

だが、和彦の足は、その長靴に気づいたとたん、つっとまった。

なぜだか、

（おや？）

と、思ったのだった。

一度眼をとめると、それは奇妙に眼のはなせない長靴だった。

といって、長靴そのものがなにか風変りな特徴を持っていたとかいうのではなかった。

靴はごくありきたりな黒いゴム長で、花の間に覗いている靴底の部分も、いくぶん白っぽいゴムの色変りで、サイズがそんなに大きくはなさそうな気はしたが、どこにでもある長靴だった。

しかし和彦は、なぜか、その靴が気になった。

気にすると、急にその靴は、気にしないでいることの方がふしぎで、とても見すごしにしてその前を通りすぎたりすることができないものであるような気がしてくるのだった。

和彦には、それが、ただ単に花のかげに転がっているなんでもない片っ方だけのゴム長には、見えなかった。

その長靴には、入るべき中身が入っていて、それは靴が転がっているというよりも、中身の足がそういう状態で花の合い間に投げ出されているのだと、思えたのだ。その足先だけが、たまたま花の間から覗いているのだ、と。

そう思うと、当然、それは気になった。

長靴の足先が、その状態で花の間に覗いているということは、中身の足は地べたに投げ出されていて、したがってその靴の穿き主は、地べたに腰をおろすか、横たわるかしていなければならないことになる。

しかし、その花屋の店先には、若い大柄な男が一人いるだけで、彼は忙しげに荷をほどいたり、花の下葉を落としたり、花木の枝を払ったり、客の応対をしたりして、威勢よく動きまわっていた。

ミカン箱に戸板状の平板を横に渡してつくった売り台の上には隙間もないほど花が並んでいて、若い男はその売り台の向こうがわに立っていた。

ほかに、その男の周囲の地べたに腰をおろしたり、横になったり、寝転んだりしている人間はいなかった。

とすると、花の間に覗いているゴム長靴の中身と、それにつづく上半身は、どこへ消えているのだろう。

和彦は、売り台の内がわが横から眺められる位置に場所を変えて見たが、無論そんな人間の姿はどこにもなく、若い男の足もとは、どこもかしこも花の束をつけ込んだ水甕《みずがめ》やバケツで埋まっていて、人一人通る余地もないありさまだった。

と、なると、少年の和彦に考えられることは、一つしかなかった。

そのゴム長の穿き主の躰《からだ》は、花を山ほど並べている売り台の下にあるのだと、彼は思った。

そう思って眺めると、ほんのすこし花の間に覗いている靴裏が、それにつづく下肢、上半身を、ちょうど売り台の下へ横たえていると考えることが、いちばん自然なような気がした。

和彦は、もう片一方の靴が見つからないかと、花の間に眼を凝らしたが、靴はおろか、その靴を穿いている足の所在さえ、探し出すことはできなかった。

靴底を見せた黒いゴム長靴は、こうしてほんの一部分を、咲きみだれる花の合い間に見せはしていたが、それ以外は花に隠れて、なにひとつ確かめられなかった。

無論、売り台の下がどんな具合いになっているのか、周囲はくまなく花がおおい、その花花にさえぎられて、窺《うかが》い知ることもできなかった。

少年は、しばらく、その店先の通路に立って、繚乱《りょうらん》たる花群れを眺めていた。

和彦の記憶にある花市場の光景は、少年の眼が記憶のフィルムに焼きつけておさめたものである。

後日、振り返って想い出せば、不徹底で、不自然で、行き届かない不明瞭な部分がいくつも残されていて、もどかしい思いだけがあれこれと充満する記憶だったが、しかし、それが記憶である以上、そして、幼い少年の脳裏にとどめられた情景である以上、そのもどかしさをとり払うすべはないのだった。

記憶は記憶。

そこに残されているフィルムのなかの光景を、信じるほかに手の出しようはない。

花市場の店先では、黒いゴム長靴の底のほんの一部分だけが、重なり合った花のかげから覗いていた。

少年の眼は、その靴底しか、記憶にとどめることをしていない。

あとは花。

花がすべてを呑み込んでいた。

いまそれを、あれこれとせんさくし、確かめ直すことなどは、もうできなかった。

そして、和彦の記憶のなかの少年は、その色とりどりに競い咲く花たちを眺めながら、市場の通路に立って、しばらく、こんなことを考えていた。

（……あの売り台の板の下に、その人間がいるのなら、やっぱり横に、寝たかっこうをしてるんだろうな。足を投げ出したとしても、あの低さじゃあ、とっても起きあがってなどおられや

しない）

（……でも、横になってるとしたら、いったいなにをしてるんだろう。眠ってるんだろうか。あの靴、まるで動きゃしないし……。具合いでも、悪いんじゃないのかな）

（……それにしても、どうして、誰も、あの靴に気がつかないんだろう）

「変なの」

と、少年は、呟いた。

そうして、やがて、

「まあ、いいか」

と、独《ひと》りごとのように言って、歩きはじめた。

市場は、ひっきりなしに往き交う荷車や人間たちで、ぼんやりと歩いてなどはおられない混雑ぶりだった。

その花屋の店先の若い男は、相変らずきびきびと立ち働きながら、ときおり、陽気な声をたて、剽《ひょう》げたしぐさで隣りの店の同業者と冗談を交し合ったりしていた。

大きく頑丈な躰つきの、美丈夫だった。

少年の眼から見ても、その屈強な体軀《たいく》と、朗らかそうな色男ぶりは、気持のいいものだった。

その日の市場のその記憶が、甦ってきたりするとき、こまごまとした細部の現実臭は歳月が払いおとしていても、ひっそりと花かげに身をひそめていたゴム長靴と、その周囲にあった花花の色鮮かな賑々しさと、そしてこの若い男の屈託のない陽気な声だけは、いつも色あせずに残っていた。

陽ざらしの市場のように、ふんだんな光にみちた店先だったような気もし、また、裸電球をあちこちに吊した、そこかしこに仄暗《ほのぐら》さの溜り場が見受けられる市場だったようにも思われる。

記憶の遠いかなたにある市場は、ふしぎな市場だった。

2

戦後、幾年《いくねん》かたってから、和彦は、その港町を訪れる機会が何度かあった。

和彦は、その町で生まれ、小学時代を終る頃までそこに住んでいたが、父の仕事の関係でよそへ移り、その直後に、軍事施設の多かった町は空襲で焼け野が原となった。

再度生まれ故郷の町を訪ねることができたのは、高校へ入ってからだった。

すでに町は町らしい体裁《ていさい》をとり戻し、建物や人家もさかんに建ちはじめていた。

和彦が住んでいた家のあたりも、昔の町並みを偲ぶよすがはなかったけれど、簡易な新しい住宅があちこちに建っていた。

一日中、和彦は、その港町を歩きまわった。

少年時代を過ごした町の姿は、跡形もなかった。どこへ行っても、和彦は、幻の町を歩き、その町がもう消えてしまっていることのふしぎさを思った。昔、ここにあった町。そこで生きていた和彦も、同時にもう消えてなくなった人間のような気がした。

幻のなかの町を歩いていると、和彦もその幻界の住人になり、現実の町からは姿を消しているように思われた。

歩くにつれて、幻の町は懐かしく、その懐かしさに呑み込まれて、和彦はわれを忘れて歩きまくった。

気がつくと、夕暮れ近い商店街を歩いていた。

この町並みも、昔はもっと複雑な迂路《うろ》を無数に抱え込んだ歓楽街と同居していた。行けども行けどもつきない路地が次から次に現われて、あれを行き、これを返りして、迷い歩いた家並みが、嘘のようにすぐつきて、商店街は簡単に通り抜けられた。あの路地や家々を抱え込んでいた広大な空間が、どう考えてもその一劃に存在したとは思えなかった。

和彦は、わけもなく通り過ぎることのできた商店街を抜け、山の手ぞいに疎《まば》らな住宅の建つ道すじへ出た。このあたりも櫺子《れんじ》窓や格子戸のある家が軒並みつづいていて、小路《こみち》を入ると石段や狭い坂道が上ったり下ったりして、人家が密集していたところだった。いまはその高低に富んでいた土地も信じられないくらいに、どの家も平坦な場所に建っていた。

和彦は、もう引き返そうかと思った。思いながら歩いていた。

道路わきで一つの井戸に眼をとめたのは、そんなときだった。

六角形の小さな井戸で、セメント固めの蓋《ふた》で口はおおってあった。

なにがなしに眼がとまり、とまると、急に、その井戸は昔の姿をとり戻した。

「ああ」

と、小さく和彦は声をあげた。

昔はもっと大きく広い井戸だった筈である。釣瓶《つるべ》がいつも四つも五つも井戸のまわりに置いてあり、近所の人間《ひと》たちが四方八方からその釣瓶を投げ込んで水を汲みあげていた。共同の水汲み場で、周囲の石で畳んだ小広い足場は、米とぎや、野菜洗いや、洗濯場になっていた。

「はあ、この井戸ですで」

と、和彦がたずねた通りかかりの人間は、応えた。

あの井戸が、ほんとうにこんなに小さかったかと、和彦はここでも茫然とした。

町は、からくり仕掛けのあやかしの地を歩いているような気がした。

和彦がふと、花のなかに埋まっていた一つの黒いゴム長靴を想い出したのは、この直後のことである。

3

六角形の共同井戸のある道路わきから、狭い小路を入ると、突き当りに五、六段上る石段があり、その奥に五、六軒、横並びに人家があった筈だ。

石段わきに確か無花果《いちじく》の木が二、三本あり、段の上からその実をもいで食べた。

そんな記憶をよびさましながら、和彦は、その井戸のわき道を探した。

小路のあった場所には家が建っていて、和彦は二、三軒先の家のそばから、垣根囲いのぐるりをまわって、それらの家の裏がわへ出た。そこは畑になっていて、背をまるめた老婦が小鍬《こぐわ》で畝《うね》の土を掘っていた。

「なんですかの？」

と、その老婦は手をとめて、顔をあげた。

ちょっと和彦は戸惑った。

なにをしに自分がそこへ入って行ったのか、和彦にもよくわからないところがあったからである。

「あの……この辺にですね……昔、市場に出てた人の家があったと思うんですけど……」

「市場にね？」

「ええ。花の卸《おろ》しというんですかね……市場のなかでも店を出してた人なんですが……」

「花屋さんかの」

「そうです。確かこの奥の……」

と、言って、和彦はあたりを見まわした。

「あの崖の下あたりだったと思うんですが……」

「さあての。見てのように、この裏は、みんな畑になっとりますでの」

「空襲前から、ここに住んでらっしゃるんですか?」

「わたしかの?」

「ええ」

「そうですで。なんていうてかの?」

「はあ?」

「その花屋さんの名前じゃがの」

「それが、わからないんです。いや、想い出せないんです」

和彦は、小路のことや、石段のことや、無花果の木のことなんかを話した。無論、その家のことも、おぼえていることは想い出しながら話したが、そうした記憶の量といえば、ほんのわずかなものでしかなかった。

「イチジクの?」

と、老婦は、その言葉にだけ反応を見せた。

「イチジクなら、この先にも、一本ありますで」

「どこですか」

「あんにある家の、向うがわじゃが」

と、十四、五メートル先にあるバラック風な家を指さした。

「そうそ。小路ていうたら、あそこにも小路がありましたで。あんたがいうてのは、そっちの方じゃないかの」

記憶ちがいだったのだろうか、と和彦は思った。そして、老婦に教えられた無花果の木のある場所の方へ歩いた。

そこも畑地が多く、粗末なバラック建てに手を入れたような家の裏手にあたっていた。

無花果の木が畑地の奥に一本、確かにあった。

丈の低い、横にひよわな枝をひろげた貧相な木であった。

夕陽を浴びて、幹より長い影を地面に描いていた。

和彦は、その木のそばへ近寄りながら、小さく胸が騒ぎたつのを感じていた。

木のわきから地面はすこし高くなり、生いしげった雑草と土の下に埋もれてはいるが、二つ三つ積み石の端が見える。明らかに石段のようだった。

「こっちだったか……」

思わず嘆声《たんせい》がこぼれた。

六角井戸のわきの小路。そう思った記憶ちがいに、また町の見えないからくりの手を感じた。

しかし、記憶どおりの場所があるにはあった。そのことに、和彦は興奮していた。

石段の上は細長い空き地になっていて、いちめん雑草におおわれていた。腰のあたりまであるその雑草を踏み分けながら、和彦はその空き地の端まで歩いた。

小高い崖にそった地面はそこで行きどまりになっている。

（そう。ここに、あの花屋の住まいがあった。崖ぎわの、この下が、家の裏庭になっていた。小さい池もあった。青蘚《あおごけ》のはえた石燈籠《いしどうろう》や、崖に寄せてつくった築山《つきやま》もあった……）

和彦は、そのあたりの草を丹念にかき分けた。

池や、石燈籠や、築山の姿は、それとおぼしき跡もなく、どこにも見あたらなかったが、かわりにかなり大きな石が三つばかり見つかった。

どの石も、地面になかばは埋まっていた。

（ここだ……）

と、和彦は、思った。

（これが、あの築山にあった庭石だ……）

その石の姿などには、もう見おぼえはなかったが、まちがいなくそこが築山の跡だと彼には思われた。

かき分けた雑草の根に肌を露出させているその三つの石の上にも、夕陽は射し込んでいた。

落日に染まって赤味をおびた石肌に、和彦はおもむろに手をあてた。

すると、にわかに視界は暮れおちて、薄墨《うすずみ》色の闇がたちこめ、庭石をおしつつんだ。

その闇は、しかし知らぬ間にあわあわと明るみはじめ、庭石の石肌を朧な光のなかに浮かびあがらせた。

見あげれば、空は満天鮮かな星の光に耀いていた。

港町は、まだ日没前の夕陽に染まっていたけれど、和彦の視界には、静寂の星月夜が訪れていた。

4

和彦が、その少女を見かけたのは、花市場で一つの黒いゴム長靴を眼にした日からかなり月日もたった後のことだったと、思われる。

すっかり和彦はその靴のことを、忘れきっていた。

祭りの夜だったか、なにか夜市《よいち》の立つような特別な日のことだったか、賑やかな町すじにはアセチレン燈を焚いた夜店がとりどりの軒を並べて出そろっていた。

その人混みのなかで、ゆかた姿の少女は背の高い男に肩車をされて、向こうからやってきた。

日頃口をきき合うほどの仲ではなかったが、小学校で同じ学年にいた女の子だった。

少女の方も気がつかなかったが、和彦も声をかけるつもりはなく、やり過ごそうとして、彼は、

（あ）

と、眼を見はった。

肩車をしている男の方にも、和彦は見おぼえがあったからである。

花市場にいた陽気な威勢のいいあの若者だった。

この日、この二人に出会わなかったら、たぶん、一つの黒い長靴が、和彦の記憶のなかに長い年月とどまって、その映像を消さないでいるようなことは、あり得なかった。

この夜、その若者に会ったから、和彦は忘れていた長靴のことを想い出し、その若者が少女の知り人だとわかったから、一度忘れていた長靴が再び忘れられなくなるようなことにもなったのである。


和彦がその少女に声をかけたのは、二、三日後のことだった。

「まあ、あんなとこ、見られたの」

と、少女は、はにかんだ声で言った。

「だから、厭《いや》っていうたのに、お兄ちゃんが、むりやり引っぱりあげたのよ」

「お兄ちゃん？　じゃ、あれ、君の兄さんか？」

「そうじゃないわ。でも、そんなような人」

「どういう人だよ」

「いとこなの。わたしの母が、おばさんと姉妹《きょうだい》だから」

「おばさん?」

「お兄ちゃんのお母さん」

「ああ」

「でも、わたしは、母が死んでから、もうずっと一緒に、お兄ちゃんちに住んでるから、まあ、兄妹《きょうだい》みたいなもんよ」

「君のお母さん、死んだのか?」

「ええ。もうずっと前。三つのときに、父が死んで、四つのときに、母が死んだの」

「へえ」

和彦は、こともなげに、すらすら明るい口調で話す少女に、おどろいて、その顔を見直した。

「お父さんも……?」

「そうよ。父は船に乗ってたから、船が沈んじゃったのね。わたしは、よくおぼえてないけど、母は病気。体が弱かったの。だから、わたし、おばさんちに引きとられたの」

「へえ……」

少女は、すこしも湿っぽい声をたてず、むしろけろっとさえしていて、一重の切れ長の眼を、このときまた、はにかんだように細めた。

「わたしね、もう先《せん》から、和彦さんと、お友だちになりたかったの。けど、おうちは、女の子なんか、見向きもしてじゃなかったじゃろ。家も離れとるもんね」

少女は、「ありがと」と、言った。

「これからも、ときどき、お話させてね」

「そりゃあ、いいけど……」

和彦の方が、なんとなく、どぎまぎした。

言葉を交すようになって、二、三度目の頃だった。

和彦は、それまで言いそびれていたことを口にした。

「君の家は、花屋さん？」

「そうよ」

「あの……市場のなかで、売ってるんだろ？」

「まあ。よく知ってるのね」

「いや……ちょっと、その、見かけたもんだからね」

「あら、なにを？」

「ん？　いや、なにをって……その、ほら、こないだの、お兄さんをさ」

「まあ、お兄ちゃんと会ったの？」

「いや、そうじゃないんだ。見たんだよ、花を売ってるの……」

「市場のお店で？」

「あそこが、店なの？」

「そうよ。うちのお店よ。競《せ》ったお花を、あそこで卸すし、小売りもしてるわ。朝鮮や、満《まん》州《しゅう》の方まで、仲買いして、出荷もするわよ」

「へえ……」

「いつ？」

「いや、ちょっと前だけど……」

「そう」

「お兄さんが、一人でやってるのかい？」

「あら、一人だった？」

「ん？　……うん」

「たいていは、おばさんも出てるんだけど」

「おばさんも、働くのかい？」

「なに言ってるの。うちのお花は、おばさんが取り仕切ってるのよ。まあ、近頃は、お兄ちゃんが、競りにも出るし、肩代りするようになったけど」

「じゃ、おじさんは？」

「おじさん？」

少女は、ちょっとけげんそうに聞き返し、すぐに、「ああ」とうなずいた。

「おじさんは、いないの、うちには」

「いない？」

「ええ。未亡人。うちのおばさん」

「未亡人……?」

「そう。早く死んじゃったの。そのあと、おばさんが受け継《つ》いでるの。うちの社長」

「へえ」

「母も、おばさんも、姉妹そろって、男運がないのね」

少女は、平気な顔で、大人のような口をきいた。

「だからね、お兄ちゃんにも、わたし、言うの。お嫁さんを残して、早死にするのだけは、おやめなさいねって」

「お嫁さん、いるの? あの人」

少女は、とたんに吹き出して、おかしそうに笑った。

「いないわよ。見たでしょ? ね、いい男でしょ? うちのお兄ちゃん」

「ん? うん。まあね」

「あの男前で、あなた、そんなにさっさと、あの人が、身を固めたりするもんですか。もてて、もてて、困ってるのに。おばさんはね、早く孫の顔が見たいらしいんだけど、お兄ちゃんの方に、まるでその気がないんだもの。そりゃあそうよ。まだ二十三だもの。三十までは、結婚しないって、宣言してるのよ。お兄ちゃん」

少女は、たのしそうに、顔をほころばせてそう言った。

その大人びた口振りに、和彦は、いつも気圧《けお》されて、あっけにとられるのである。

いとこの若者の話をするとき、彼女は、特別そうだった。大人びて、誇らしげで、いかにもたのしそうに見えた。

そんな少女を前にすると、和彦は、またいつも、つい口にしそびれてしまうのだった。一つの黒い長靴のことを。彼女に話してみることを。

「おばさん、具合いが悪かったりしたことないかい？」

いつか、そんな風にたずねてみたことはあった。

「具合い？」

「そう。体のさ」

「あら、どうして？」

「いや……お兄さんが一人で市場に出てたからさ……」

「そりゃあ、風邪くらいは、たまには引くわよ。めったに市場を休むようなひとじゃないけど」

話は、そこで打ち切らざるを得なかった。

（あの長靴が、おばさんのものだとしたら……）

と、和彦は考えてみたのだが、ひどく不自然な話だった。

具合いの悪くなった母親を、一時横にならせて休息させる。それはあることかもしれない。しかし、あの花売り台の下へ、まるで押し込めでもするように寝かせたりする必要がどこにあるだろうか。後ろの茣蓙《ござ》の上にでも横にならせればすむことだ。

それに、足もとの地べたへ母親を寝かせて、あんなに陽気な明るい顔で商売ができるとも思えなかった。

いや、もしかしたら、母親だったかもしれない。あの売り台の下へ躰をのばせば、人目は遮れるし、莫蓙か筵でも敷けば、外部を遮断できて、ちょっとした仮眠をとるとか、休息の場には、案外かっこうの場所だったのかもしれぬ。そう考えると、別に母親の具合いが悪くなる必要はない。彼女は、ちょっと眠っていた。そういうことかもしれないではないか。

和彦は、何度かそうも思い直してみた。

しかし、あの売り台の下に、大の大人が横たわっている姿は、どう想像してみても、やはりちょっと不自然で、それは異様な感じがする思いつきだった。

口まで出かかりはするのだが、和彦が少女にその靴のことを切り出せなかったのは、そうした理由によるためだった。

なにがなしに、ためらわれた。

それは、決して口にしてはならないことのような気がどこかでしたからである。

5

少女の家に行ったのがどういう事情からだったか、何度くらい訪ねたのか、そうした記憶は欠けている。

その家を想い出すとき、頭に浮かぶ光景は庭だけだった。

家の裏は切り立った崖の岩肌が壁のように迫り、その崖下の五、六坪ばかりが、この家の奥庭だった。

壁か屏風のように崖肌が狭い庭をとりまいていて眺望などはなかったが、隅に築山、小池、燈籠、踏み石などもそろっていて、こざっぱりとした立ち木や植込みも間配《まくば》ってあり、古びた、手入れの行きとどいた庭だった。

少年と少女が、その庭のなかにいる。

無論、少年は、和彦である。

なにか遊んでいたのだろうが、なにをして遊んでいたのかははっきりしない。しかし和彦は、滲み出した山水で濡れた崖の岩肌の感触や、丈の低い笠広の石燈籠の火袋にこびりついて残っていた蠟燭《ろうそく》の溶け滓《かす》や、つくばいの手水《ちょうず》の鉢に映っていた軒端の瓦《かわら》や、蘚《こけ》の手ざわり、木の下草の湿った香り、小池に浮いたほていい草のひげ根のぬめり……などなどを、鮮明におぼえている。

青蘚でおおわれた小さな築山の植込みと石の間を、少年は蘚に足もとをとられ、滑りそうになりながら、崖ぞいにまわっていた。

「あ、だめよ」

と、少女が言った。

「そこへ入っちゃ、だめ」

築山のいちばん奥に据えられている一抱えもありそうな石のそばに、少年はいた。

そのときは、それですんだ。

べつに気にもとめなかった。

同じ日だったか、日が変ったべつの日だったか。やはり、少年と少女は庭にいて、並んで縁に座っていた。

口のなかで甘ったるく含み笑うのは少女の癖だったが、それは独特な声だった。

そのときも、とつぜん思い出したみたいに、少女は独りで含み笑った。

「なんだよ」

「ウウン」

少女は、なんでもないわ、と首を振った。

なんでもないわと言いながら、

「聞きたい？」

と、首をかしげて、少年を見た。

「なに」

「おうち、約束守れる？」

「約束？」

「そう。秘密のお話聞かせてあげるんだから、約束してくれなきゃね。ひとに話さないって誓《ちか》える？」

「いいよ、そんな話、聞かなくても」

「あら。聞きたくないの？」

「秘密なんだろ。ひとに聞かせられないのなら、君が話さなきゃいいんだよ」

「和彦さんは、特別よ」

少女は、そう言って、急に声をひそめた。

「だめって、言ったでしょ」

「ん？」

「ほら、あの築山の、奥へ入っちゃ、だめって、わたし」

「ああ、そのことか」

「なぜだと思う？」

「庭を荒らすからだろ。そのコケ踏むな。あのコケ踏むなて、ずいぶんやかましかったから」

「わたしが？」

「そうだよ」

「ちがうわよ。それは、すべって危いから、けがでもさせちゃ大変だから、言ったんじゃない。厭な人」

少女は、ちょっとふくれた顔をしてみせたが、再び声を落として、内緒話の口調になった。

「あれはね。あの石の向こうがわへは、入っちゃいけないって、言ったのよ」

「すべるのかい?」

「ちがうわよ」

少女は、すうっと首を近寄せ、一段と声をひそめて、囁くように言った。

「あのね、あの石の向こうがわ……あそこの庭の隅っこには、首が、たくさん、埋まってるの」

「?」

少年は、その言葉が聞きとれなくて、聞きまちがったのだと思った。

「クビ……?」

と、けげんそうに、だからたずね返した。

「そう」

と、少女は、無造作に、それに答えた。

「ただの首じゃないのよ。人間の首」

「エエッ?」

「それも、女のひとの首なの」

和彦は、あっけにとられた。

「どう? おどろいたでしょ。わたしが知ってるだけでも、そうね、十《とお》や二十じゃきかないわ。

それが、みんな、そうなのよ。女のひとの首なのよ」

和彦は、とっさに言葉が出てこなかった。

「びっくりした?」

「ばか言え。そんな、ばか話で、おもしろがるとでも思ったのか」

「あら。ほんとうなのよ、これ」

「あら。そうですか」

「和彦さんたら」

「和彦さんたら」

と、和彦は、ふざけてみせた。

その場の奇妙なうろたえを、とっさにごまかしもしたのである。

「いいわ。嘘だと思ってるのね」

少女は、急に立ちあがって、築山の方へ歩きかけたが、つと振り返り、少年のそばまでもどってきて、その手首をつかんだ。

「いらっしゃい」

「なんだよ」

「見せてあげるわよ」

そう言って、手をつかんだまま、どんどん築山をのぼったのだった。

崖に近いいちばん奥の石のそばまで少年を引っぱって行くと、そのぐるりをまわって、庭石のちょうど後ろに生えている熊笹《くまざさ》のしげみを手でわけた。

「さあ、ごらんなさい」

と、そして、言った。

そこには、熊笹のしげみに隠れるようにして、手のひらに乗るくらいの小さな、高さ十四、五センチたらずの五輪塔が建てられていた。

丸太を削ってつくられた木製の五輪塔で、一層ごとに墨で梵字《ぼんじ》が書き込んである。

「これは、お墓よ」

と、少女は、言った。

「この下に、埋まってる首の、お墓」

少年はまた、なにがなしに、息を呑んだ。

「お兄ちゃんが、つくったの。自分で木を削ってね。この字も、自分で書いたのよ」

「お兄ちゃんって……?」

「うちの、お兄ちゃんよ」

「どうして、君のお兄ちゃんが、お墓なんか建てるんだよ」

「だから、さっき、言ったでしょ。女のひとの首を、たくさん、ここへ埋めてるからよ」

「誰がさ」

「お兄ちゃんがよ」

「お兄ちゃんがて……」

少年は、あきれたように少女を見つめ返しながら、口ごもった。

「そいじゃ、君のお兄さんが、首を埋めたって言うのかい」

「そうよ。そう言ってるでしょうが。でなきゃ、どうして、ここに、こんな、お墓なんか建てるのよ」

「……じょうだんだろ？」

「じょうだんなんか、言ってないわ。ここの下には、お兄ちゃんが切った女のひとの首が、十も、二十も、埋まってるわ」

「切ったって……？」

少年は、唾を呑み込んだ。

「首を、切りとったっていうのか……？」

「そうよ。ちょんぎったのよ、首を」

「ちょんぎった？」

「切らなきゃ、埋められやしないじゃない。切って、首だけにしなきゃさ。こんなせまいところに、あなた、どうやって埋めるのよ。十も、二十も。いいえ。まだまだ、これからだって、いくつ埋めるか、わかりゃしないわ。そう言ってるもの、お兄ちゃん」

「君に？」

「そうよ。だって、わたしにはもう、隠したって、しょうがないもの。ここが、首のお墓だってこと、知ってるんだもの。この木のお墓だって、そうよ。言い出しっぺは、わたしなのよ。首だけ切って、埋めてるだけじゃ、ちょっとかわいそうなんじゃない？　お墓の石を、建てておあげなさいよって、わたしが言ったから、お兄ちゃん、このお墓の塔、つくったんだから。

おお、そいつは、いい思いつきだって。ね？　あなたも、そう思うでしょ？　お墓くらいは、ちゃんと建てて、ご供養《くよう》してあげなきゃあ」

少年は口をつぐんだまま、ただ眼を見はり、まじまじと少女の顔を見つめ返しているだけだった。

「わたしがね」

と、少女は言った。

「ここへ、お兄ちゃんがね、首を埋めてるのはじめて見たのは、もうだいぶ前だけど……そりゃあ、すてきな夜だったわ。お星さまがいっぱいでね、……ほんとに、空いっぱいのお星さまが、きらきら光ってたわ。お月さまなんかないのにね、月夜のように明るくって……わたし、お手水に起きたんだけど、そのまま寝るのが惜しくてね。お庭へ出たの。そしたら、誰かが、いるでしょ。お庭の隅で、土を掘ってるのよ。それが、お兄ちゃんだったんで、わたし、おどろかしてやろうと思ってね。ぬき足さし足、近寄ったの。お兄ちゃんの方も、びっくりしたけど、わたしも、ドキンとしたわよ。だって、お兄ちゃんの足もとに、まっ白い首が転がってるんだもの。やまと人形の、女の子の首」

「やまと人形？」

少年は、聞きとがめた。

「ほら、あるでしょ。目がぱっちりして、ふっくらした、顔の大きい、おかっぱ頭の日本人形」

「ちょっと、待てよ。女の首っていうのは、そいじゃ、人形の首なのか？」

「そうじゃないわよ。わたしが見たのが、そうだったって、いうだけよ。よくお聞きなさいよ」

「聞いてるよ」

「お兄ちゃんは、こう言ったのよ。見つかったら、しかたがない。おまえだけには、教えてやるから、ぜったい、ひとに言うんじゃないぞって。これは、人形の首だけど、ほんとうは、人間の首なんだって。おれは、人間の首を、いま、ここへ埋めているんだって。わかる？」

「わかるわけがないだろが」

少年は、ひどく不機嫌そうに、しかしまだどこかにえたいの知れない恐怖の名残りのようなものも去りきってはいない気配もあって、落ち着かなげに、言い返した。

少女は、くすくす独りで笑った。

「ほんとに、しようがないのよ、うちのお兄ちゃんときたら。ねえ、聞いて。それはね、厭でしようがない女たちの首だって言うのよ。引っぱたいても、蹴とばしても、張り倒してもいいんだけど、おれは、そんなこと、せんのだって。かわりに、首を、ちょんぎって、ここへ埋めてやるんだって。

『おまえとは、もう、お別れだよ』

『これで、もう、手が切れたんだよ』

って、女のひとのかわりにね、そのお人形の首を切り落としてやったんだって。

そうするとね、ほんとに、せいせいするんだって。

そうしないとね、ほんとに殺してしまうかもしれないんだって、言うのよ。それほど厭な、ほっといたら、殺してしまいたくなるような、それは女なんだって。

うるさくて、しつこくて、自分のことしか考えなくて、もうほとほとあいそがつきるような女なんだ、こいつはねって、お兄ちゃん、そのお人形の首を手にとって、ほんとにたのしそうな顔してね、ぽいと、掘った穴のなかへ放り込んじゃった」

涼しい顔で、眼をしばたたかせ、少女はそう言ってから、急にまた秘密めかした表情にもどった。

「わたしね、ひょいとその穴を、覗いてみたの。下の方の土のなかから、半分、顔出してるのがあったわ。あれ、あひるの首かなんかだわ」

「あひる?」

少年は、身じろいだ。

「そう。おもちゃのね。きっとそうよ」

「それにね」と、一層声を低めて、少女は言った。

「その近くには、骨も、あったわ」

「骨?」

「そうよ、ガイコツみたいな」

「……ガイコツ?」

少年は、息をのんだ。

「そうなのよ。お兄ちゃんは、小鳥の骨だって言うのよ。でも、あんなに大きな小鳥なんて、いやしないわ。ぜったいに、あれは、猫だと思うの。猫の頭のガイコツよ。

わたしが、そう言うとね、

『犬だろ』って、お兄ちゃん、けろっとしてるのよ。

まちがいないわ。あれは、ミャンよ」

「……ミャンって?」

「うちにいた猫。もうずいぶん前に、いなくなってたの。ひどいじゃない? でもまあ、わたしも、ちょっとうんざりしてたのよ。だって、子供ばっかり産むんだもの。それに、子供を産みはじめてから、急に態度が大きくなってさ。なにを言っても、知らんぷり。のっそりのっそり、どこ吹く風で、わがもの顔に歩くでしょ。いなくなって、だからせいせいしてたの、わたしも。ふふふ。おあいこかもね」

おちょぼ口をすぼめて笑って、少女は肩をすくめてみせた。

「どう? すこしは、わかってもらえた? ここは、だから、どんな首が、埋まってるかしれないところよ。わたしが知ってる限りでも、ほんとに十や、二十はあるのよ。もう、秘密がばれてからは、お兄ちゃん、わたしだけには、おおっぴらだもの。こけしの首とか、ぬいぐるみの赤頭巾《あかずきん》ちゃんとか、工作の時間にわたしがつくって、展覧会に出した粘土のお嫁さんとか……わたしがあげたものも、ずいぶん、あるのよ。だって、あなた、ヘビとか、トカゲとか言い出すんだもの。見ている前で、そんなもの、首おとされてごらんなさいよ。気味悪くて、しようがないでしょ。鋏《はさみ》や鎌で、平気ですぱっとやるんですもの。ほんとに、しょうがない、お兄ちゃん」

少女は、眉をしかめてみせながら、そのしぐさや、声のひびきや、ちょっとした眼の色合いの感じなんかに、うっとりとした表情を漂わせた。

「だからね、わたし、教えてあげたの。女のひとの首でしょ？　だったら、いちばんいいものが、うちには山ほどあるじゃないって。そうでしょ？　よりどり見どり、好きなお花が、あるじゃない。お花の首を、お切りなさいよって」

眼を、きらきら輝かせていた。

「そう言ってあげたのよ」

少女は、まっすぐ首を立てた。

「どんなお花だって、あるでしょ。どんな女のひとの首でも、探し出せると思わない？　わたしだったら、そうするわ。どんな女のひとだって、そのひとの感じにぴったりなお花って、あるものよ。そんなお花を、探し出して、その首を切ればいいわ。どうしても、切らなきゃならない首なら、こんなに、切るのにぴったりな首は、ほかに、ないわ。お花は、女のいのちでしょ。姿でしょ。顔や、心も、持ってるわ。

わたしは、いつも、そう思うのよ。町を歩いていてもね、会うひと会うひと、すぐに、お花とかさなるわ。ああ、このひとは、あの花だわ。あのひとは、あの花だわって、……そのひとの感じにあてはまるお花を、あれこれ、空想するの。そりゃあ、たのしいわよ。同じ花にも、色や、形や、姿や、種類も、無数にちがってあるでしょ。つぼみもあるし、開きかげんもいろいろだし、……そんなこと、考えて、歩いてると、お花にたとえられないひとって、ほんとに、一人もいないわよ。こんなにぴったりなものが、すぐそばに、一年中あるっていうのに、お兄ちゃん、どうして気がつかないのかしらねえ。お花の首。こんな、すてきなものが、あるのに」

　夢見るようなまなざしだった。

「そうは思わない？　第一、きれいじゃないの。きれいよ。きれい。おなじ首を切るにしてもよ、美しいわ。そうでしょ？　女のひとを、そのひとを、ほんとに切ったという気も、きっとするはずよ。それに、ほら、鋏だって、鎌だって、鉈《なた》だって、よく似合うわ。お花の首をおとすのなら、刃物が、刃物に見えないわ。おそろしくも、こわくもない。見た眼に、気持がいいくらい」

「だって」と、少女は、さらにつづけた。

「鋏も、鎌も、鉈だって、のこぎりだって、切り出しだって、うちにある刃物は、みんな、そのためにあるんですもの。お花や、お花の木を切るために」

「だから」と、少女は、そして、言った。

「お兄ちゃんに、そう言ったの。お花の首を、切りなさいって」

歌うような声だった。

少年には、そんな声に聞こえた。

「そうしてるわ」と、少女は、言った。

「お兄ちゃん、いまでは、お花の首を切ってるの。もちろん、切りおとした首は、みんな、このお墓の下へ埋めてるわ。だから、そうよ。この地下には、いろんな首が、埋まってるの。わたしが知らない首も、いくつもあるはずよ。それが、どんな首だかは、わたしには、見当もつかないけど、でも、どんな首だったって、その首たちは、どの首も、一つ残らず、女のひとの首なのよ。そうなのよ。ここは、首のお墓なの。人間の、女のひとの、首のお墓」

少女は、そう言って、少年を見た。

その顔は、ゆったりと、穏やかに微笑んでいるように見えた。

「困ったひとでしょ。ねえ。あきれるわよねえ。大の男のすることかって、思うでしょ？　思うわよ。でもね、それは、お兄ちゃんとおんなじくらいに、女のひとに好かれてみなきゃ、わからないことなのかもしれないわ。けど、ねえ、それにしてもよ、そりゃあ、女のひとの方が、ほっとかないってこともあるかもしれないけど、よくまあ、次から次と、首を切らなきゃならないほど、厭になる女のひとがいるものよね。

そうは思わない？

それを言うとね、お兄ちゃんも、そうだ、そうだって、言うのよ。ばかみたいでしょ。自分のことなのに。

でも、いるらしいのね。ほんとに、世のなか、厭な女がこれほどいるかと思うと、ゾッとするって、言うのよ、お兄ちゃん。ゾッとするなら、相手になんかしなきゃいいのにね。それは、できないのよね。そりゃあ、できないことくらいは、わたしにもわかるわよ。町を歩いてみたってさ、お兄ちゃんほどの男、どこにもいないもの。女のひとが騒ぐのは、あたりまえだと思うわよ。でも、見てられない。あれだけ厭な女のひとがいるのかと思うとさあ。なさけなくなるわよ、わたし。女って、そういうものなのかしら。

それとも、特別、厭な女のひとばかりに、お兄ちゃんが、あたりすぎるのかしらねえ。

でも、あたりすぎるとしたってよ、よくまあこんなにいるわよ。

いるって、言うのよ、お兄ちゃん。女って、そういうものだって。おまえも、大人になれば、わかる。いずれ、わかるようになるって。

わかりたくないわよ。おお厭っ。思っただけでも、身ぶるいがするわ。わたしの知らないうちに、知らないところで、自分のこの首が切りおとされているなんて。ぜったい、厭。死んでも、厭よ。大人になんか、なりたくない」

少女は、本気で、顔をしかめ、身をふるわせて、そう言った。

だが、少年には、その顔も、その身振りも、そんなにしんから厭がっている風には見えなかった。どこかにうっとりとのぼせたような、少年にはわからない、ふしぎなものの気配を、やはり少女は漂わせていた。

6

記憶のなかの、どの光景も、歳月がすっかり輪郭を蝕《むしば》んでいる。

その花屋一家の消息を、戦後、知ることはなかったが、ときおり、和彦は夢のように見るのである。星月夜の青い庭を。

その星月夜の庭を、和彦は、現実には一度も眼にしたことがなかったと思われるのに、夜の庭は、ときおり、夢か幻のように記憶のなかへ現われる。

少女の家に泊ったおぼえはなかったし、少女のいとこのその若者が庭の隅の土を掘っている姿を実際に見たことなども、無論なかった。

だのにその庭は、夜で、いつも青あおと星の光に輝いていた。

築山の石の向こうに、男はいた。

シャベルで土を掘っていた。

(いつ、見たのだろう)

と、和彦は、思う。

いや、現実には眼にしなくても、少女から聞いた話が、その光景を構成するのだ。空想が、記憶のなかで、現実にすりかわってしまっただけだ。そういうことは、あり得るし、あってふしぎはない。

しかし、和彦の記憶のなかの夜の庭には、少女が話さなかった事柄が、一つあった。少女から聞かされなかったことが、どうして一つの光景となって、記憶のなかへすべり込んでいるのだろうか。

現実に眼にしなかったら、そんな記憶が和彦の頭のなかに残っているはずがないではないか。

和彦は、そう思う。

では、やはり見たのだろうか。

いや、見たはずがない。

そうした押し問答を、そのたびに、和彦はくり返す。

星月夜の庭に、いるのは男だけではなかった。築山の石の向こうがわには、ときどき、もう一つの頭や、顔や、手足が、現われた。

白いゆかた姿の少女だった。

少女の頭が現われると、男はシャベルの手をとめた。その小さな頭は、たえず男の腰のあたりで、見えたり隠れたりして動いていた。

シャベルの手をとめた男は、そのとめた手で、少女の頭を引き寄せると、造作もなく下肢の間へ抱え込む。

少女の首は、揺れている。

ゆっくりと、その首を、あやすように、頑丈な男の手は、少女の頭を揺すっていた。

仄青く、あわあわとその庭は燃えていた。

朧な、星明かりが降り注いでいた。

その夜の庭が記憶のなかに現われると、和彦は、きまって、もう一つの夢のような光景を想い出した。

黒いゴムの長靴をその花かげに呑み込んだあふれるほどの花に埋もった花市場の店先だった。

男は、そこでも、花を山と並べた売り台の向こうがわにいた。

動かない長靴の片足の端だけが、その花のかげから見えた。

二つの光景は、奇妙にまたどこかが似かよっているような気が、和彦にはした。

そのせいか、ときどき不意に、黒いゴムの長靴を穿いて花売り台の下に横たわっていた人間は、ほんとうにいたのだと確信が涌く束《つか》の間があった。そして、そんなとき、和彦は、その長靴を穿いた人物が、どういうわけか少女の姿とかさなるのである。

記憶のなかの長靴は、すこし小さめな感じがした。あれは感じだけでなく、実際に小さかったのだと、そんなとき、和彦は思った。

奇怪な幻覚である。

長い歳月、夢のように、幻のように、記憶のなかに棲んできた光景である。奇怪であって、ふしぎはない。幻覚を見せて、不審はなかった。

記憶というものは、そうしたものだ。

和彦は、そう考えている。

7

物置き小屋から鍬をとり出し、裏の畑へ彼は出た。手に一輪の花を持って。

花は、ちょうど首のあたりで茎を切りおとされていた。

畑地の外れまで彼は歩いた。

こんもりと畝土が盛りあがっている。

夢のなかで、長年耕してきた和彦の畑である。

星が明るい晩であった。

狐《きつね》の鼓《つづみ》

1

このごろ、よく狐の夢を見る。

いや、と、清行は、思い直す。刹那《せつな》さまようような眼をうろうろとさせ、やがてゆっくりとその瞳を宙にとめる。一点を見つめるような眼で、夢の名残りの情景を、あれかこれかとしばらくは確かめ返しでもするふうに、無心に、夢に心をあずけた顔つきになる。

そうして、ぼんやりとした時間をすごすことが、ままあった。

銀色まじりの赤茶けた毛並みが眼先を流れる。太い房毛の長い尾が宙に躍る。空《くう》を切る足。泳ぐ前肢。跳ねあがる後肢。そして……艶《つや》やかな毛並みの流れる光の奥に、じっと動かず、いつも静かに潜《ひそ》んでこちらを窺《うかが》っている暗緑色の眸《ひとみ》の鋭い輝き。

清行は、ちょっと頭をふる。

いや、と、そして、また思う。あれは狐ではなくて、清行自身の姿なのだと。自分の五体が、狐に変貌していく束《つか》の間、束の間を、自分は夢に見ているのだ。手から足、背から腹と、一刻一刻、眼がはなせない。はなすと、見るまに、自分が自分でなくなっている。人体が人体でないものへ、変身を遂《と》げている。しなやかな獣毛の身のうねり。軽がると反転する五体。音もなしにくねる首。飛ぶ足。光る眸。

これはたぶん、自分なのだと、清行は夢の中でも思い、覚《さ》めて常の心をとり戻してからも、やはり、あれはそうにちがいないという気がいつもした。

そんなに不審がりもせず、あわても、うろたえもせずに、そう思った。

高水清行は、つまり正確にいえば、狐になる夢を、このところ、よく見るようになっていたのである。

人の見る夢に、もともと、不可思議さの際限はない。どんなにあり得べきでない不思議な事柄も、夢の中では起こり得る。そういう意味では、夢は全能、こともなげな力をふるって、こともなげに人の暮らしに出没する。日常を闊歩もするのである。

夢は、覚めてからも、ときおり蘇《よみがえ》った。

蘇るというよりも、夢の気配や残影がたえず身近に潜んでいて、ときを選ばずふと擦り寄ってくる束の間があるのだった。

春の陽ざしを浴びて、清行は歩きながら心持ち顔をあげた。

宙空になにかをつと追ったような眼であった。

路傍の草や土の匂いにまじって、蜜蜂《みつばち》の羽音がしていた。

2

「レンギョ坂?」

ペンキ塗りの古びた木造建築の役場の前で剝がれかけた壁の腰板を補修していた若い男は、その手をとめて、清行を振り返った。

「レンギョ坂ねえ。そんなの聞いたことないなあ」

「いや、あのね、連翹《れんぎょう》が咲いてましてね……」

「レンギョウ?」

「はい。黄色い花が枝のまわりにまぶれついて咲く……あるでしょ? 春の花で。それがね、こう、坂道のまわりにびっしり咲いてましてね……大人の背たけも隠れるほどの連翹林になっていて……その中を、まがりくねった坂道がとおっている。土地の人は、みんな確か、レンギョ林とか、レンギョ坂とか、呼んでたと思うんですがね。ちょうど、今時分が満開じゃないかと思うんですけどね……」

「知らんなあ」

若い男は、役場の中を指さして、

「入って聞いてみたら」

と、言った。

入り口近くの受け付けにいた係の女は、奥の机にすわっていた初老の職員にたずねに行き、その男が立って応対に出てきた。

眼をしょぼしょぼとさせ、しきりに鼻をかむ男だった。

「それ、上《かみ》の姫野《ひめの》の方じゃないですかの」

「かみの……ひめの……」

「レンギョ坂というかどうかは知りませんけど……連翹がぎょうさん咲いとった所は、あったような気はしますがの。けど、もうずいぶん昔のことですよ」

「ええ、ええ。そうです。昔のことです。五十年……いや、もうちょっと前になるでしょうか……」

初老の職員は、多少あきれたような顔になり、清行をあらためて見まもった。

「田んぼの中の道が、山ぎわに近づくにつれて、坂になってましてね……その坂の両側がずうっと連翹林のようになってて、坂道はね、この林の中をくねくねまがってのぼってるんです。林を出た所が上の道につながってて、石垣が組んであって、その上に農家が一軒ぽつんとある。その前の道を、横手の山の方へ入って行くと、ずっと奥に焼き場があったと思うんです」

「焼き場？」

初老の職員が、たずね返した。

「ええ。森の奥が行きどまりになっていて、地面に深い穴が掘ってある。死んだ人をお棺に入れて、その穴の中で焼く」

「ああ、ええ……」

と、初老の職員は、なにがなしにちょっと身じろぎ、戸惑った応え方をした。

「昔はみんなそうしてましたよ。大きな火葬場なんて、近くにありませんしねえ」

「そうでしょうね……」

と、相槌《あいづち》をうちながら、清行も、ふと、焼け焦げた土や木や灰の溜まった大きな深い穴のことを、生々しく思い出していた。

自分が口にした言葉に、急にひしめき寄せでもするように蘇ってくる物凄まじい森の光景があり、そのことに驚いていた。

「焼き場があったとなると、やっぱり上の姫野でしょう。そういわれれば、確かにあの辺りは、坂道になってましたでしょう。三角山の麓ですけえ」

「さんかく山……というんですか。あの山」

「はい、はい」

「ひめの、とおっしゃいましたね」

「はい」

「ここから遠いんでしょうか」

「まあ、四キロくらいはありましょうかの。この前の停留所から、バスでお行きなさんしたら……」

「五つめです」

と、女の職員が横で言った。

「どんな字を書くんですか」

「お姫様の姫に、野原の野です。三角山は、三角形」

（姫野……）

と、清行は、頭の中で反芻した。

遠い、遠い、彼方の思い出の中だけにあって、もう二度と探し出すことはできない土地かと、なかばは諦め、しかし探し歩く足をとめることもできず、わずかな不確かな記憶だけを頼りに、この地方だ、この辺りだと、探しまわった見知らぬ土地や、田野《でんや》の町や村の数は、数えきれない。

幼い頃の心に残っている風景、連翹の坂、連翹の林、その周辺の村の景色、石垣の上の藁ぶき屋根の一軒家と、その裏山にあった焼き場の穴……そんなとりとめのない記憶だけを頼りに、清行は歩きまわった。

歩きはじめてみると、清行は、自分がもっとずっと昔から、その村を探したいと心の奥でしきりに思っていたのだということに、気がついた。どうしても探し出したいという思いがつのるのだった。

狐の夢を見るようになってからは、もうやみくもに、その思いに駆り立てられた。遠い昔にたった一度、わずかな期間そこに身を置き、関わりを持っただけの、いわば行きずりの土地、偶然の村であった。だが、その村にあった春。

その春が、忘れられなかった。心の内から消えてくれなかった。もう一度、そこへ帰りたい。あの春の中へ。あの村の連翹坂のさなかで咲き立っていた真盛りの春の中へ。

その思いが消えないから、狐の夢を見るようになったのか。狐の夢を見るから、一層、そうした衝動に駆られるのか。いまでは、清行には、その区別もつかないようなところがあった。

(姫野……)

探しても、探しても、探し出せない村だった。

だが、いま、その名を間近に耳にして、清行は、放心状態にあった。

遠い、懐かしいものが、音もなく姿を現わし、とつぜん、一気に近づいてくる気配にわれを忘れていた。

そう言えば、姫野という地名におぼえがあった。いま、それを思い出しているのだった。

(とうとう見つけた。そこだ。そこに間違いはない)

胸がじんじんと鳴っているようだった。

「しかし、あの辺りは、ずいぶん変ってますからねえ。おたずねの連翹坂が、あの焼き場の近くの坂だったとしたら、もう、ありませんわなあ」

初老の職員の声で、清行は、われに返った。

「え?」

と、職員の顔に、問いかけた。

「あそこら辺は、中国自動車道に引っかかってましてねえ、高速が走ってますわ」

「高速？」

「はい。三角山も、跡形なしです」

「あの……」

と、清行は急《せ》き込んで、たずねた。

「すると、山の麓のあたりにあった農家なんかは……」

「ありません。みんな、よそへ移りましたでの」

職員は、そう言ってから、つけ加えた。

「どこか、おたずねになる家が、あったんですか？　ここでわかることでしたら、移動先はお教えしますが」

「あ、はい、いえ……」

と、清行は、とっさには、口ごもった。

「その家の名が、わからないんです。さっきもちょっと話しましたように、連翹坂をのぼりきった所の、石垣の上の一軒家。藁ぶき屋根の農家で、お婆ちゃんが一人で住んでました。名字《みょうじ》はわからないんですが、確か、名は、カツさん……じゃなかったかと、そんな名前だったような気がするんですけどねえ……」

「カツさん」

「はい」

「お幾つくらいの」

「さあ……」

と、清行は応えてから、急に口をつぐんだ。

五十年前に、すでにカツは老婆だった。すくなくとも、少年の清行の眼には、そう見えた。あのとき、あのお婆《ばあ》ちゃんは、幾歳だったのだろうか。

そうしたことをついぞ考えてもみなかった自分に、清行はうろたえたのだった。

記憶の中のカツは、いつも当時のままのカツだった。その上に過ぎた月日を加えて思い出すことなど、しなかった。

いまがいままで、清行はそのことを忘れていた。とっさに、そのことに気づいて、言葉が出なかったのである。

そして、言葉を失ったまま、しばらく、清行はぼんやりとして立っていた。役場のペンキ塗りの窓から、外の田野の風景が見渡せた。

春のやわらいだ陽ざしの色濃さが、のどかだった。

蝶々が、窓枠にとまっていた。

じっとしていると、そのまま眠り落ちてでも行けそうな気が、清行にはした。

3

蓮華草の田んぼの畦《あぜ》にすわりこんで、清行は時間を忘れたときをすごした。知覚のゆるんだ、ほうけた顔に陽があたっていた。

——野々崎カツさん。大字姫野《おおあざひめの》、坊《ぼう》ケ迫《さこ》。所も該当地です。この人でしょうね。亡くなってます。三十四年前に。

調べ出した書類を前にして役場の初老の職員はそう告げた。その声も、もう清行の頭の中から消えていた。

——レンギョ坂？　はい。はい。ありましたで。あしこの連翹は背が高うての、三メートル近うはあったわの。花ざかりにゃあ、そらまあ見事なもんでしたで。

姫野の農家を何軒もたずね歩いて、やっとその花林を知っている老人を見つけるまでは、清行には、ここがかつて、一月《ひとつき》近く自分が暮らした土地だと実感できるものにはまるで出会わなかった。姫野は、ただの見知らぬ農村にすぎなかった。

田んぼの中に、連翹坂へつながる道が昔あった筈だった。

一人の少年は、その道を歩いて、坂をのぼったのだった。ただただ連翹の花ざかりの林の美しさに見蕩《みと》れ、ひきつけられて、あそこへ行きたい、あそこまで……近くで見たらどんなに美しかろうかと、その思い一つに誘われて、ついふらふらとその道へ足を踏み込み、めざす林へたどりついたのだった。

田んぼの中のあの道は、どこへ消えてしまったのか。

老人は、その道があったという場所の近くまで、気やすく、清行を連れてきてくれた。

そこは、ただいちめんの畑地と田んぼの連なる野づらがあるにすぎなかった。

「ここに、道があったんですか」

「そうですで。あしこに、大きな石がありましょうがの」

老人は、一つの畦の中ほどあたりを指さした。昔の道の端に建っていた道祖神の石像だという。その前方の山あいを、高速道路が走っていた。

役場の職員が言ったように、清行がおぼえているこんもりとした茂りの深い山、三角山は、跡形もなかった。

――死ぬなら、春で。お浄土道《じょうどみち》が花ざかりじゃからのうて、よういうたもんですわの。骨仏《こつぼとけ》を抱えて、あのレンギョ坂くだるとの、ほんに気分が晴れたもんです。

ぽつんと、老人は、そう言った。

その声も、いま、清行の脳裏からは消え去っているようだった。

清行は、のどかな春の野の匂いと陽につつまれて、畦みちにすわっていた。

腕丈《うでたけ》も身丈《みたけ》も長いだぶついた灰色のセーターを着た少年が、一人、眼の前の道を歩いて行く。まっすぐにのびたその道の前方に、満開の連翹林が見えた。

少年は、葉っぱのついた大根を齧《かじ》り齧り歩いていた。途中の畑で抜いてきた大根だった。どうして、こんな所を歩いているのだろう、と清行は思う。どうして、あの連翹林に眼をとめたりしたのだろうと。

清行の頭上にも、少年の頭上にも、密生した連翹は花のトンネルのような眺めをつくっていた。

ひとしきり、少年はその林の中を走りまわり、歩きまわって、やがてながながと寝そべって手足をのばす。清行には、ひっそりと膝を抱かえ、うずくまっている少年の姿も、見えた。こうして、少年は、無心に花に見惚れていた。

(このまま、眠りたい)

と、彼は思った。

眠って、もう目覚めたりすることがなかったら、どんなにいいだろうか、と。

少年は、一心に、そう思った。とつぜん少年の小さな体にあふれ立った欲求だったが、彼はその衝動に身をまかせ、全身全霊をかけて、それを願った。

そうしたい。そうしたい、と。

思いながら、涙がぼろぼろこぼれてくるのが、不思議だった。悲しくはないのに。死にたいと、心から思っているのに。死ねたら、どんなに嬉しいか。どんなに、それは楽しいか。心底《しんそこ》、そう思っているのに!

少年には、噴《ふ》き出してくる涙が、解せなかった。自分が泣く理由が、わからなかった。

泣き疲れて、彼は眠ったのだった。

揺り動かされて、眼を覚ますと、老婆がそばにしゃがみこんでいた。心配そうに少年の顔をのぞきこみ、手で肩口をやさしくさすってくれていた。それが、カツだった。

「あんた。これ、これ……」

柔和な、穏やかな顔つきが、微笑むと、しんからやさしい、あえかな感じにほころんで、ひどく親しい人に出会いでもしたような懐かしさをかきたてられた。

「こげな地べたに寝てたら、あんた、体冷やすでね。もう日も落ちはじめとるに」

毎日寝てら、と少年は、口に出かかった言葉を、だが呑みこんだ。

普通だったらそう毒づいて、ひょいと無造作に跳《は》ね起きて、すっとび退《しざ》って逃げ出すのが常套手段。身についた習性であったのだが、少年はそうしなかった。

しない自分に、そして驚いてもいた。

「おなか、すいとるのね？」

老婆は、食べ残しの大根をあわてて後ろ手に隠した少年に、微笑んだまなざしを向けた。

「きんさい。婆さんの家は、この上じゃけ。なんかあるじゃろ。はい。おいで」

少年は、さし出された手に、思わずつかまった。ついぞないことだった。彼が他人の手を握るなんてことは。

老婆は、その手の甲にこびりついた土や汚れを掌でさするようにして落としながら、言った。

「まあま、長い爪をして。泥まみれじゃないかの。これにバイ菌がたまるのよ。あんた、幾つ？」

「十歳」

「そいじゃもう、お兄ちゃんじゃないかの。自分の顔や手や足くらいは、自分でお洗いさんせや。立派な男前が泣くどね」

少年は不思議な面映《おもはゆ》さにつつまれていた。平安だった。これまでに経験したことのないくつろいだ気分だった。

「どこから、きんさったの」

ふだんだったら、びくっとし、身構えるか無視するか、尻に帆かけて一目散か、めったに口などきかない筈の、問いかけだった。

だが、すらっと言葉の方が先に滑り出ていた。

「神戸」

「神戸？」

と、老婆は眼を見はって、少年を見た。

「あの神戸かの？　大阪の手前の」

「うん」

「まあ、そうかの。こっちに、知り合いがおいでるんじゃね」

少年は、首を振った。

「え？」

「いない」

「いない？」

「うん」

「うんて、あんた……」

と、あきれながら、再び、老婆はまじまじと少年の顔を見た。

「なんてね？　そいじゃ、あんた、一人で？」

「うん」

「この、なりで？」

「うん」

「このままでの？　なんにも持たずに？」

「うん」

「手ぶらでかいの」

「うん」

「なんとまあ！」

清行は、絶句したカツの顔を、鮮明におぼえている。かつて清行のことで、清行のために、こんなに手放しで驚き、仰天した顔を見せてくれた人間を、彼は知らなかった。

「それで？」

と、カツは、言った。

気遣わしそうな、真剣な顔だった。

「ここには？　どうやって、きたの？」

「列車に乗って」

「神戸から？」

「うん」

「それで？」

と、カツは言って、つないでいた少年の手の甲を、とんとんとやさしく叩いた。

「この婆さんに、こんなこと、話すのは、いやかの？」

少年は、小さくだが、首を振った。

「そうかの」

カツは、柔らかな眼になって、うなずいた。

「列車の車掌に見つかりそうになったんで、途中で、おりたんだ。タダ乗りだもんな」

「まあ……」

「どっちみち、どこでおりたって、同じだから」

「同じ？」

「どこだっていいんだ。あそこでなけりゃ」

「あそこって？」

「千光園」

「センコウエン……?」

「孤児院だよ」

「え?」

カツは、また絶句した。

「あそこにいたって、こうしてたって、変りはないだろ。一人は一人なんだから」

「あんた……じゃ、そこから、出てきたの?」

「そう」

「黙って?」

「そう」

「探してなさるで、そりゃあ、あんた……」

「探すもんか。厄介《やっかい》払いが、一つできた。そう思ってるさ。見てよ。おれ、半年以上も、こうしてるんだぜ。一人や二人、園児がいなくなったって、誰も気にもしないのさ。どこかでくたばりゃ、それも御《おん》の字《じ》。どうせ子供だ。干上って、にっちもさっちもいかなくなれば、帰ってくる。心配なんかしないのさ」

「そんなことが、あるもんですかいの」

「いいんだよ、お婆ちゃん。馴れてるから。おぎゃあと生まれてきたときから、おれは、千光園にいたんだから。あそこのことは、おれが一番よく知ってるよ」

「なんとまあ……」

カツは、口をおおって、むせんだ。

「おれさ、げっぷが出るほど、聞かされてるんだ。おれ、千光園の軒下に捨てられてたらしくてさ、買物かごみたいなのの中でさ、ヘラヘラ笑ってたんだって。それが、内に取り込むと、とたんに泣き出す。外に出したら、ぴたっと泣きやむ。よっぽど園の嫌いな子だって、手を焼かせたらしいんだ。だからってわけでもないけどさ、こうやって歩いてるのかもしんない。外で。一人で」

カツは、一層、泣きじゃくった。

「園でも、そう思ってるよ」

「でも、あんた……食べるお金は、どうしてるの……」

「そんなもの、なんにもないよ」

「ないよじゃ、あんた、すまないでしょうに……」

「なんとかなるよ。歩いてりゃあ。なってる。なんとか」

少年は、十歳の子供とは思えない、大人びた口調でそう言い、独りでうなずいてみせた。

カツは、そんな少年を腕《かいな》の中に抱きこんで、ひとしきり声をあげて泣いた。

のどかな陽ざしの匂いに包まれ、清行はいつまでも畦道に腰をおろしていた。

4

花ざかりの連翹林は、少年がカツの家に寝起きした短い期間、よく二人並んで腰をおろした場所だった。

清行は、心もちうなじをまわす。花の香の中を蜜蜂がとんでいた。カツの声が話している。

「その鼓はの……」

とカツが言う。

うなじにあたる春の陽が麗《うら》かだった。

「……千年の年月《としつき》を生きた牝狐《めぎつね》と、牡狐《おぎつね》の、二匹の夫婦狐の皮をはっての、そうしてつくった鼓じゃった。昔昔、日照りつづきで、雨が降らん。都も田舎も干上がっての、なんぎな年があったんじゃそうな。その雨乞《あまご》いの祈願のために、つくられた鼓での」

「打つの？　鼓を」

少年の声がする。

「そう。千年生きて、千歳になった狐はの、天に通じる力がそなわるんじゃそうな。神さんにお祈りして、一生懸命鼓を打って、とうとう雨を降らせたという雨乞いの鼓じゃからの、大事に宮中に祀《まつ》ってあった。それを、戦《いくさ》のごほうびに、その侍大将は、天皇さんから頂戴したんじゃ。ところが、昨日も話したように、この侍大将のお兄さんというのがの、弟の出世をよろこばない。天皇さんからごほうびをもらうほどの、凜凜《りり》しい大将ぶりじゃもんねえ。ひょっとしたら、自分の地位も権力もこの弟に奪われて、自分を追い越し、天下をとるような大大将になるかもしれん。そんな疑いを持ちはじめての。弟を、都から追い出しにかかったんじゃわの」

　少年とカツは、まるで祖母と孫のようになごやかに、うちとけあっていた。

「若い侍大将は、身のまわりの忠義な家来を少しだけつれて、とうとう都落ちすることになっての。前に話したじゃろ。恋仲の舞いの舞い手……」

「うん。舞御前《まいごぜん》」

「そうそう。その舞御前とも別れにゃならんことになっての。別れの形見《かたみ》に、あの雨乞いの鼓をの、渡して、いうたんじゃと。また会える日を信じて、それまでこの鼓を、自分と思うて持っていよ。さあ、それからじゃ。ふしぎなことが起こるのは。侍大将と別れた舞御前の身の上には、毎日のように、お兄さんの厭がらせやら、女一人と見て言い寄る都の男たちが、悪侍やら、悪公家やら……まあ、なんぎなことばっかりが起こっての……ほとほと、舞御前は手を焼くのじゃの。そのたんびに、恋しい人のことを思って、鼓を打つ。いっしんに打って、負けてなるものかと、気をしっかりと持ち直そうとしたんじゃそうな。するとの、ふしぎなことに、侍大将について都を落ちてる筈の家来が、それも一の家来といわれる強い家来が、必ず現われての、舞御前の苦難を救うんじゃそうな。危い所を助けてくれるんじゃそうな。

『あなたは、どうしてここにいるの。わたしのことなどかまわんから、おん大将のそばにいて』

と、舞御前はいうのじゃけど、『いやおん大将がおっしゃるんです。舞御前をお守りしろと』、そういうての、御前は追い返すんだけど、危いときには必ず現われてくれるんじゃと」

「どこがふしぎなの」と、少年が聞く。

カツは、穏やかに笑んでいる。

「そんな日がの、しばらくつづいて、ある日のこと、侍大将が吉野という山国に身をひそめているという噂を耳にしての、舞御前は、いても立ってもおられずに、そこへ会いに出かけたんじゃ。

そしたら、どうじゃ。一の家来は、大将のそばにちゃんと控えているじゃないかの。そしての、鼓と一緒に、山深い吉野の旅道《たびみち》、舞御前を守り守りして従ってきた一の家来は、どこを探しても見当らない」

「大将のそばに、いるんだろう？」

「そう思って、舞御前も、大将に、一の家来をつけてもらったお礼をのべるとの、そんなことはしないという。一の家来も、ずっと自分はここにいて、大将のそばを離れたことは一度もないという。さあ、そうなると、たった今まで舞御前を、陰《かげ》になり日向《ひなた》になって守ってきたあの一の家来は、どうなるのか」

「どうなるの？」

「ふしぎじゃろうがの？　一の家来が二人いた。どっちも嘘じゃあないという。いやどっちかが偽者《にせもの》で、これはなにかの企み事かもしれんと、吉野の館は一騒動もちあがったんじゃそうな……」

蜜蜂がとんでいる。

カツと少年が喋っている。

気の遠くなるような、春景色だった。

「その夜、の」

と、カツが話す。

「舞御前の寝所の庭先に、一匹の狐が、現われたんじゃと」

少年が、カツを見る。

「寝るに眠れず、御前は、鼓を、ポポ、ポポと、忍び打ちに、打ったりやめたり……昼間の騒ぎに頭を痛めておってじゃった……。ぎょっとして、身構える御前にの、『その鼓は、わたくしの親。わたくしめはその子でござりまする』と、首しおたれて、その狐は、地面にうずくまったんじゃと。

『雨の祈りに、二親を捕られ、殺して持っていかれた時には、ことの事情も、その悲しさもまだわからない子狐でした。化ける力も少しはつき、年も相応にとって、ほんとなら、稲荷の鳥居をくぐる数で年の功も位もあがって行く筈ですのに、わたしはただの一日も親を養わず、産んでもらった親への恩返しもできませんから、豚、狼にも劣り、位でいうたら六万四千《ろくまんしせん》の狐の仲間の一番下の卑しい下座《げざ》におりまして、野良《のら》、野狐とさげすまれ、大明神の使わしめの官位をのぼる願いも叶《かな》いません。鳩の子は、親より三枝を下がって枝にとまり、礼を尽くし、烏《からす》は老いた親鳥に口移しで餌を運んで養い返すと申します。鳥でさえ、そうですのに、人の言葉も情けも知る狐です。孝行ということを、知らいでなんといたしましょう。

とはいっても、親はなし。せめて、頼みはその鼓。千年功経《へ》たわが親が、性根を入れた鼓は、すなわちわたしの親。つき添うて、守護するのは、せめてもの孝行とは思いましても、情けなや、雨乞い鼓と祀られて、宮中の奥深くに置かれては、やおよろずの神々が日夜の御番を遊ばされて、恐れ多く、近寄ることもできません。前世にどんな罪をしたのか、どんな悪業の報《むく》いかと、わが身を呪って、泣きました。

それが、嬉しや。このたび、鼓は宮中を出て、こちらの侍大将のおん手に入り、あなたさまのお手に渡り、わたくしめにも近づくことが叶いました。これも大将のおんおかげと、その日からつき添って、このご恩を返そうと、一時たりともおそばを離れはいたしませなんだ。それがこうした騒ぎとなり、一のご家来の姿を借りたは、重重に、わたしの不覚……。ただ今あなたが打たれた鼓の音《ね》は、わたくしゆえに、皆様方にあらぬご不審、ご迷惑をかけるのだと、父や母が申しますわたくしへの言葉。はやはや帰れと、父や母は申して居ります。元の古巣へ帰ります。ご家来衆の姿を借りて、お眼をあざむきましたこと、どうぞ許して下さりませ』

その狐はそういうての、舞御前の鼓に向かって、『親父様、母様、お言葉には背かず、わたくしはもうお暇《いとま》申します。とはいえ、お名残り惜しゅうございます。たとえ一刻寸時でも、おそばにいたく、産みの恩が返したいと、願い焦がれた年月は四百年。でもその願いが叶う嬉しさに、妻も子も振り捨てて……わたしの留守に飢《う》えはせぬか、凍えはせぬか、もう狩人に捕《と》られはせぬかと思いはしても、ただただ孝行が尽くしたく、おそばについてまいりました。それがほんの丸一年、たつやたたずに、往《い》ねとおっしゃる。帰れとおっしゃる。お言葉に背《そむ》けば不孝となり、尽くした心も水の泡。この悲しさを、どうしたらよいのでしょう』……そういって身もだえて、泣いて、泣いて、姿を消したんじゃそうな。それからはの、鼓はいくら打っても、決して、鳴らなかったそうじゃ……」

少年の声は、しない。

だが、その頰が濡れている。

ぐしょぐしょに濡らした顔を、まっすぐに立て、少年は動かずにいた。

カツの手がそっと少年の頭に触れる。柔和に笑んで、なにかを話しかけている。

まるで少年は動かなかった。

連翹林が、ぼうぼうともえているように見えた。

そのほのおの林の中に、清行も、すわっていた。

赤茶けた毛並みが眼先を流れた。太い房毛の長い尾が、宙に躍《おど》る。空を切る足。泳ぐ前肢。跳ねあがる後肢。そして、光る眸。

それらのものが、清行の視界の内を出入りした。

いつものことだ。やがて、いずれ、それは、清行自身の五体に出入りするものたちなのだ。

麗かな陽が、うなじに当たっている。

蜜蜂の羽音がした。

頭の奥に朦朧《もうろう》とした気配がうまれる。

もえている連翹林なのだろうかと、清行は思う。

それとも、千光園の記憶の中の光景なのだろうか、と。

もう、そこへ帰ることなど、清行は忘れていた。帰るまで、すわる者のない椅子が、一つ、園長室で主の帰りを待っていることなども。

ぼうぼうと、春は音たてていた。

静かな、のどやかな音だった。

カツも、あの焼き場の穴に入り、あそこでもえたのだろうかと、ふと、清行は思った。

それが、彼の頭の中をよぎった最後の正常な思念であった。


(作中カツが語る狐の昔話の、特に後半部は、竹田出雲、三好松洛、並木千柳合作の『義経千本桜』の狐忠信に設定を借り、もしくは引用した。　作者)

しびれ姫

一

文化十年三月の春もたけなわ、その権勢も役者の伎倆《ぎりよう》も大江戸随一の立女方《たておやま》、五代目岩井半《いわいはん》四郎《しろう》は、千両役者の看板を京橋は木挽町《こびきちよう》にあげ、江戸三座の内の一つ、森田座の弥生《やよい》狂言に出演していた。

立作者《たてさくしや》は、鶴屋南北《つるやなんぼく》。

演目は、『お染久松色讀販《そめひさまつうきなのよみうり》』。

俗に「お染の七役」といわれる早替《はやがわ》りが呼び物の芝居。三幕八場。

半四郎は、この作中で、主役の油屋の娘お染（町家の娘）と、その恋人久松（二枚目の色若衆）とを一人で演じ分け、そのうえに、奥女中竹川（武家の年増）、お染の義母貞昌尼（町家の年増）、土手《どて》のお六（悪婆《あくば》、毒婦《どくふ》といわれる伝法《でんぽう》な女）、久松の許嫁《いいなずけ》お光（田舎娘）、賤《しず》の女お作（農家の娘）といった役どころの七役を、手の込んだ趣向や、仕掛けで、あっという間に替ってみせ、あっちになったり、こっちになったり、男になったり、女になったり、その入れ替りもめまぐるしく、その数しめて三十四回。

「なんとマァ、三十四度でござんすよ。天下無双の大千両が、春爛漫《らんまん》の神変七役。相《あい》つとめまする三幕に、替りも替る、三十四度の早替り。古今無類の早わざだァね……」

「サアサア、お入り。はじまるよ。はじまる、はじまる。お早くお入り……」

と、はでな衣裳に、大声張りあげ、役者の声色《こわいろ》、しぐさもまじえて囃《はや》し立てる木戸芸者たちの触れ込みも、けっして大げさではなかった。

江戸大芝居の作者界で、押しも押されもせぬ第一人者の南北が、人気も実力も筆頭役者の半四郎にはめ込んで、はなから興行うけを狙って、徹頭徹尾、ケレンの妙味に工夫をこらした芝居だから、その早替りのあざやかさは、狙いも的中。やんやの喝采《かっさい》を浴び、大当りをとった。景気のいい幕あけだった。

松本幸四郎、市川団十郎といった、南北芝居には欠かせない大名題《なだい》の人気役者も、同じ舞台に出ていたが、当りは半四郎一人がさらい、座頭《ざがしら》の幸四郎を向こうにまわして、女座頭格の貫禄も十分に見せつけた。

ゆすり、たかりは、朝めし前。ときには、人殺しだってやる。男まさりの、たんかはぽんぽん。女だてらに、勇み肌。悪事も平気で働くが、性根に胸のすくような気っ風《ぷ》がある。ちょっとぞっとするような凄みのきいた色香もあり、海千山千、一すじ縄ではいかない女の、婀娜《あだ》っぽさが花にもなる。

そうした毒婦という役どころを、この七役の内の一役、土手のお六で演じ切り、女方芸の典型の一つに加えるほどの出来ばえを見せたのも、この芝居の評判を高めていた。

しかし、なにしろ、三十四度もやってのける早替り芝居。

楽屋の方は、幕あけから、てんてこまいの騒動だった。

幕があくと、半四郎のぐるりには、部屋子、床山《とこやま》、衣裳方、若い衆《しゅ》がつきっきりで、衣裳を着せたり、また剝《は》いだり、顔や頭をすげ替えたり、手をとめるひまもなく、役者についてあっちに走り、こっちにまわり、桟敷《さじき》裏を駈《か》け抜けたり、奈落へおりたり、仕掛けの手順や段取りに寸時も気の抜けない、眼のまわるような忙しさだった。

騒ぎといえば、舞台裏の、そんな騒々しい明け暮れにも、すこしずつ馴れてきて、半四郎にも、ぐるりの助っ人連中にも、やっと要領がのみこめて、めまぐるしさもそれなりに、身についてきた頃だったとでもいえばよいか。

初日から十日目あたり。楽屋も、ようやく落ち着きをとりもどしはじめていた、ある日のことだった。

桜がちょうど満開どきで、芝居町の通りの空に花吹雪を舞わせていた。

「雪太郎さん。お呼びだよ」

と、鬘下地《かつらしたじ》の羽二重《はぶたえ》巻きで、相中《あいちゅう》仲間の女方が、まだ化粧前の素顔で、草双紙をめくっていた雪太郎に声をかけた。

「お呼びって？」

「大和屋の、大明神《だいみょうじん》」

「え？」

雪太郎は、急に身を起こし、じだらくに崩した膝をしゃんと直して、そそくさと立ちあがった。

「またお小言の、だめ出しかいな」

鏡台の小引き出しから匂い袋をとり出すと、ひょいと懐へしのばせた。

「匂う？」

と、その朋輩の顔もとへ口を近づけ、ちょっと息を吐きかける。

「お味噌入りの巻きおせん」

「当り」

「五丁目橋のお堀端《ほりばた》」

「ここの、安いが、味噌がきつい」

「香袋、口の中へ、入れて行かんせ」

「ちげェねェ。おっと、こうしちゃおれねェわナ。大太夫《たゆう》のお呼びとあっちゃァ……」

「サ行きねェナ」

「そうしねェナ」

しまいの方は掛け合いで、いま流行の土手のお六の声色になり、雪太郎はあたふたと、雑居部屋を出て行った。

まだ「名題下《なだいした》」の「下回り《したまわ》」で、「相中」という身分だが、雪太郎は、その相中のなかでも上位の、機会さえあれば、一人前の「名題」に昇進できる「相中上分《かみぶん》」という位置にいる。女方の楽屋は二階、俗に中二階《ちゅうにかい》と呼ばれる階上にあって、三階の男役の楽屋とは、区分けされていた。

この興行の立女方《おやま》である岩井半四郎の部屋は、その二階のいちばん奥、もちろん個室で、幹部級の個人部屋を持つ他の名題たちの楽屋が、その廊下の両側には並んでいた。

丸に三つ扇の家紋を茶の地に染め抜いた大暖簾《のれん》の掛かった部屋は、ふだんは、そうそう寄りつけない、恐れ多い雲上人の禁城だった。

この芝居で、雪太郎は、序幕の幕あけ、柳島妙見堂境内のごった返す賑わいの中、お染の半四郎と、久松の吹替え《ふきか》姿で、行き合う場面に出場していた。

むろん台詞《せりふ》なんかはなく、ただ久松の扮装をして、本来ならば半四郎が演じるべき久松の代理をつとめる役である。観客には、どっちが本物の半四郎かと、一瞬、混乱を起こさせて、その眼をあざむく役目があり、顔をまともに正面へ向けないことが一つの心得。その上で、動き、しぐさや、雰囲気を、半四郎と見まがうばかりに似せることが、吹替えの仕事である。

半四郎の息のかかった弟子とか、部屋子でもない自分に、この吹替えの一役がまわってきたのが、いまだに雪太郎には合点《がてん》のいかないところであった。

岩井半四郎の吹替え。そう思っただけで、手足がふるえ、動転し、しばらくはうろたえて、平常心がもどってこない日が続いた。

本読み、読合せ、立稽古、総ざらい……と、初日《しょにち》があくまでの、なにをするにも無我夢中の、胴ぶるいはし続けの毎日が、今から思えば嘘のような気がしていた。

その胴ぶるいがとまったのは、初日があいて、四、五日目のことだった。

「お前さんね、客の方へ、顔を見せまい見せまいとするから、余計客には、アアあれは吹替えだと、わかっちまうのさ。わたしが見込んで、振ったお役だ。自信をお持ち。似せよう似せようとしておくれの、姿取りは、上出来だよ。あとは、肝《きも》さ。久松の性根《しょうね》にお入り。半四郎の久松に、すっぽり入って、自分は生き写しだと思やいいのさ。かまうこたァありャあしない。その顔、客に見せておやり。その度胸が、客を呑むのさ。あっと、あっちがおどろいて、眼をこすって見直した時にゃ、もう久松は後ろ姿。お染のわたしが、そばにいるんだ。客は、わたしの顔に釘づけ。その眼は、わたしがさらって行くから。こっちにまかしときゃあいいのさ」

半四郎から、そう言われて、がんじがらめに五体にまとわりついていた緊縛感から解き放たれ、すうっと心が落ち着いたのだった。

雪太郎は、暖簾の外で膝をつき、声をかけた。

「お入り」

と、中で応答があり、内弟子が障子をあけに立ってきた。

まだ二番目狂言の幕あきまでには、半時ほども間のある、いうならば嵐の前のちょっとした平穏な憩いどきだった。

「まァお寄りなね」

と、角火鉢に片肘もたせかけて、湯呑みを手にとっていた半四郎は、すっかり楽屋着に着かえていた。

「ああ、芝居の話じゃないんだよ。お前さんの吹替えは、すっかり板についてきたよ。亀戸《かめいど》の御大《おんたい》も、及第点を出してなさった」

「ほんとでしょうか……」

雪太郎は、ちょっと首をすくめた。

亀戸の御大というのは、作者の鶴屋南北である。当時、本所亀戸に南北は住んでいた。

「そんな話じゃないんだよ」

と、半四郎は、もう一度言って、雪太郎を見た。

眼千両と呼ばれて、観客を虜《とりこ》にする濃艶な眼の色はどこにもなく、花やかな色香の漂う美貌は真顔にかえっていた。

「こないだ内のことだけど、橘町《たちばなちょう》の堀割で、お前さんを見かけたんでねえ……」

「え？」

「千鳥橋《ちどりばし》だか、もひとつこっちの橋だったか……ねきの柳の根《ね》に、人だかりがしていてねえ、みんな、水を覗《のぞ》き込んでた」

「まあ。あれ、ご覧になったんですか」

「いえ、あたしゃ、駕籠《かご》で、その川岸道をねえ、通っただけなんだけどねえ……」

「はい。それ、確かにわたしです。わたしも、偶然、あそこを通りかかったんです。五、六人の人たちが川面を覗き込んでるもんですから、わたしもつい、そのお相伴《しょうばん》で……」

雪太郎は、言葉を切って、

「あれ、着物なんですよ」

と、言った。

「着物？」

「ええ。女物の着物がねえ、一枚、水の中の杙《くい》に引っかかって、ゆらゆら浮いてるんですよ。

それがねえ……なんだか、ちょっと、気色のよくない着物でしてねえ……」

雪太郎は、また寸時、口よどませた。

「ありゃあ、血じゃあねェのかって、みんな騒いでたんですよ」

「血……かえ？」

「ええ。わたしも、そう思いました。血だと思ったんです。見たとき、すぐに」

半四郎は、さして動じる風もなく、

「それで……？」

と、言った。

「はい？」

「イヤ、その先が、おありだろう？」

「先？　と、言いますと……？」

「お雪さん。わたしが、お前さんを、ここへ呼んだのも、そのあとの話が、聞きたかったからなんだよ」

「と、おっしゃられましても、あの……」

雪太郎は、口ごもり、戸惑ったような顔になった。

「そのあと……と、申されますのは……それはあの……どういうことでございましょうか……」

半四郎は、羅宇《らう》に細工彫りのある銀のべぎせるにすいと涼しい動きを見せ、片膝ちょっと立てるように火鉢の火に寄って、ゆっくりと首を起こした。

すみれ色のやわらかい煙が燻《くゆ》れて、あざやかな舞台の一しぐさを見ているようだった。

「この正月の、二の替り。中日《なかび》あたりだったかねえ、あれは。わたしゃ高尾で、首掻《か》っ切られて、拍子幕《ひょうしまく》。裏へ入って、楽屋へ向かう出鼻《でばな》だった。横の道具が、天井へ、吊り上がってくのへもってきて、なにやらぞべっとぶらさがって、引っかかってるものがある。そいつが、あたしの眼の前を、スウッと天井へ上がっていく……。おぼえておいでだよねェ、お前さん」

「え? はい……ええ……」

と、雪太郎は、とっさの返事にいくらかあわて、やっぱりあの時のことだったのかと、胸の内では思った。

高尾、累《かさね》、政岡《まさおか》の、立女方の三役を半四郎はつとめていて、むごたらしく殺されて、胸刺し通されても死にきれぬ怨みの執念、物凄《すさ》まじく、髪ふり乱してからみつく妻と夫の血なまぐさい大立ちまわり、ドロドロの、焼酎火《しょうちゅうび》も飛び、掻き落とされた切り首が、なお、性根をおびて働くという執心見せる幕切れだった。

座頭の幸四郎と女座頭格の半四郎が、がっぷり五分に組んで立ち合うこのからみを、雪太郎は、下座《げざ》の黒御簾《くろみす》内から見て、幕になると楽屋へもどったのだが、その途中の舞台裏で、半四郎の言う天井吊りの道具が上がっていくのに、出合ったのだった。

いま思うと、それは短いふしぎな束《つか》の間だった。

舞台裏は、役者や裏方、座の人間たちが、てんでに右往左往するごったまぜの場所だったが、あの道具へ引っかかって上がっていくものに出くわしたのは、奇妙に、二人きりだった。

いや、それを見たのが、と言った方がいい。

あたりに人はいたはずだが、ほかに気づいた者はいなかったと、言うべきだろう。

しどけなく乱れきった扮装姿で、半四郎はちょっとその道具を見あげ、それから、声をかける人間を探しでもする風に一瞬、周囲を見まわし、だが、そのまま、一言、

「なんだい、ありゃァ……」

と、言ったきりで、すたすたと引きあげて行った。

雪太郎は、ちょうどそこへ通りかかったのだったが、半四郎は意にも介さず、一べつもくれずに通りすぎた。

それだけのことだったのだが、半四郎はちゃんとおぼえていたのだと、雪太郎は、思った。

「じつを言うとねえ、こないだ、橘町の堀岸でお前さんを見かけたとき、お前さんにじゃなくてさァ、あの人だかりに、あたしゃそそられてねェ。ちょいときざした野次馬根性。生来《せいらい》あたしゃ、物好きでねェ。通り過ごした所でちっと駕籠をとめ、駕籠かきさんに一っ走り、様子を

見てきてもらったのさ。そしたら、血染めの女小袖と言うじゃあないか」

「わかりました。それを、わたしが覗き込んで……いや、血染めの着物と知れたとき、なにを思い出したのか。……そういうことで、ござんしょう？」

「そうかえ。やっぱり、お前さんも……」

「はい。一番先に、あの幕裏で、吊り道具が持って上がった着物のことが、頭に浮かびましたんです」

　雪太郎は、言葉をついだ。

「あの着物も、血染めの衣裳……いや、わたしには、そんな風に見えました」

「見えたじゃなくて、正真《しょうしん》、そうさ。ありゃァ血染めの小袖だった」

「そうお思いになりますか？」

半四郎の顔を見ながら、雪太郎は、言った。

半四郎も、そんな雪太郎を、見返した。

長くしなやかな指先で、銀製ののべぎせるが、静かに、艶《えん》に止まっていた。

「お前さん」

と、半四郎は、言った。

「昨年、一昨年……イヤ、そのも一つ前の年になるかねえ……確か、あれも正月の、初春狂言。お前さんは、どこの芝居に出ておいでだったえ？」

「葺屋町《ふきやちょう》でござんす」

「おや。そうかえ」

「はい。太夫さんの看板あげた市村座に、出ておりました」

「そいじゃ……」

「はい。二番目の世話狂言。太夫さんの立女方で、『心謎解色糸《こころのなぞとけたいろいと》』。あのお舞台に、若女方で出ておられた二代目の紀伊国屋《きのくにや》さん。あの方の当たり芝居も、存じております」

「そうかい。田之助《たのすけ》さんも、ご存じかえ」

「はい」

「ま、そりゃ、市村座にいやしゃんせいでも、あの年の田之助さんの評判は、誰でも知っていやしゃんすわな。大江戸中の評判におなりの、派手《はで》こな語り草にならんしたもの」

「はい。この眼で毎日、あの『お糸殺し』の場のお衣裳も、見させてもらっておりました」

「そうかえ」

と、半四郎は、もう一度、うなずいた。

涼しい、どこかなまめかしい、声だった。

背にした障子戸が半ば開かれていて、柔らかな陽ざしのなかへ、二ひら、三ひらと、桜の花びらが散り込んでいた。

ちょっとした春の椿事《ちんじ》、一騒動が持ちあがったのは、それから、日ならずしてのことだった。

二

序幕で半四郎の吹替え一役をすませると、あとの吹替えはすべて半四郎の弟子たちがつとめていたから、雪太郎は、その日も、ひまをもてあまし、隣に鏡を並べている花車方《かしゃがた》の猿四《えんし》が飼っているメジロに餌をやったり、水鉢をとりかえたりしている時だった。

「オゥ、雪さんよ……」

と、階段口から留場《とめば》の紀蔵《のりぞう》が顔を出し、手招きした。

「また、出たぜ」

立って行くと、
と、紀蔵は、告げた。

「え?」

「ソレ、例のやつよ。紀伊国屋の……」

紀蔵は、声を低めて、言った。

「あれかえ?」

「オウさ。まちげェねェよ。深川八幡《ふかがわはちまん》、境内の二軒茶屋、あそこの裏の桜の木によ」

「桜の木……」

「そうよ。満開の桜の木の花枝によゥ、ぱァっと、こう、両袖ひろげて、天から降ったか、風が運んで舞いかかったか、てな風情でよ。花と色香を競ってるんだと」

「見たのかい、お前さん」

「いや、おれが見たわけじゃねェけどよ。木戸じゃ、おめェ、大評判してらァな。民吉、安次、あの連中が見てきてるのよ」

「へえェ……そうかい」

「どうやら、おめェの勘どころは、これ、当りってところだぜ」

「ちょいと、人が聞くじゃァないか。知らん顔しててておくれよ」

「わかってらァな。合点承知」

紀蔵は、太い首をひょいとすくめ、身軽な身ごなしで、階段をおりて行った。

この正月興行の舞台裏で、道具に引っかかったまま天井へ上がって行った一枚の血染めの衣裳を見たあと、雪太郎は、紀蔵に頼んで天井へのぼってもらったのだった。

留場というのは、早く言えば、舞台と役者の警護役のような仕事をする若い衆で、舞台の進行を妨げたり、役者に群がる見物人を排除したりもする。

所属は表方の木戸関係の人間だが、ときには道具方を手伝ったり、役者の使い走りなどもした。

雪太郎とは、ふだんから仲のいい友だち付き合いの間柄だった。

人に知られず天井へのぼってもらうには恰好の相手だったが、確かに見たと思った血染めの衣裳は、もうどこにも見つからなかった。

立女方の半四郎も、同じ思いであったのだろう。彼の方は道具方の棟梁《とうりよう》に耳打ちして、探させたというのだが、これも発見できなかったという。

雪太郎は、自分も紀蔵を使って探させたことは、半四郎には言わなかった。

だが、半四郎も雪太郎も、それが血染めの衣裳であり、その衣裳も、どこかで以前、見たことがあると思ったのだった。

そして、二人が、それぞれ、

（もしや……）

と、心づいたのが、三年前、文化七年の初春狂言、市村座で出した芝居の折のある出来事であった。

芝居は、鶴屋南北の傑作の一つといわれる『心謎解色糸』五幕。初演の舞台だった。

五代目・松本幸四郎《まつもとこうしろう》を座頭に、三代目・坂東三津五郎《ばんどうみつごろう》、尾上松助《おのえまつすけ》のちの三代目・尾上菊五郎《きくごろう》、七代目・市川団十郎《いちかわだんじゆうろう》、初代・尾上松緑《しようろく》、ほか市川団之助《だんのすけ》、助高屋高助《すけたかやたかすけ》など、江戸芝居の有名どころがずらりと顔を揃え、むろん立女方は岩井半四郎だった。

この芝居で、若女方の二枚目をつとめたのが、二代目・沢村《さわむら》田之助であった。

田之助が演じたのは、深川仲町の芸者お糸。

お祭り左七の菊五郎を相手に、序幕から、長じゅばん一枚のなりで、裸も同然の左七と一つ夜着の内へ入り、茶屋の座敷の客たちが同席する中で、口を吸ったり、抱き合ったりの大胆な濡れ場を演じ、見物席を騒然とさせた。

田之助、二十三歳。菊五郎、二十七歳。どちらも、若手の花形。人気役者同士であった。

そして、極《きわ》め付きの、大当りの話題をさらった四幕目では、左七へのお糸の心にもない愛想づかし、次の深川相川町、橋の袂《たもと》でのお糸殺しの場へと続く。

愛想づかしをまともに受けとり、お糸を待ち伏せ、出刃包丁で、左七は、憎さも憎しとお糸を殺す。お糸の方は、左七に殺されるために仕組んだ愛想づかし。

「モシ、これを見て」

と、そのわけをしたためた書き置きを、ふところからとり出すのだが、そうとは気づかず、

「やかましいわえ」

と、左七は、突いたり、刺したり……むごたらしい殺しのからみ合いが展開される。

佃《つくだ》の合方《あいかた》に乗ってくりひろげられるこの凄惨な殺し場で、お糸を演じた田之助の衣裳が大評判となったのである。

血綿《ちわた》といって、歌舞伎では、切られる部分の衣裳に、赤く染めた真綿を仕込んでおいて、その部分の糸を引き抜くと、布が裂けて赤い真綿が出てくるので、血の表現に使ったりするが、田之助は、それを拒否した。

「血綿なんて、あなた、だめですよォ。血のりを、総身《そうみ》に塗りましょうよ。でなきゃ、せっかくの殺し場が、映《は》えも、際立ちも、しませんよォ」

そう言って、衣裳方へも、作者部屋へも、ねじ込んだ。

「汚しましょうよ。毎日、わたしゃ、あのお舞台で、むごたらしく殺されて、死ぬんですよ。好いた男の左七さんに、添えぬかわりに殺されて、苦しい苦しい血を流すんです。田之助は、一日に一枚ずつ、縮緬《ちりめん》小袖を血みどろにして、また翌日は、新規な衣裳でつとめるそうなと、見物衆に知られたら、芝居の見えも、ようござんしょう。意地と気っぷの深川芸者、お糸も、あたしも、お舞台張って、新規に、死に甲斐があるってもんですよォ」

若くて、生意気、だだをこねる、一人前の口をきくと、楽屋内の評判は、世間にもつつ抜けだったが、その利《き》かん気なところが、また天性の美貌とも相まって、人気は上上の花形役者であった。

雪太郎も、若いに似合わせず、田之助の鬘《かつら》や衣裳の好みのよさには、しばしば舌を巻いていた。

そういうわけで、この芝居、田之助の思惑どおりというか、当りに当って、舞台上で田之助自身が、毎日殺されるたびに、仕込みの糊紅《のりべに》で血みどろに汚す衣裳は、捨てるどころか、毎日飛ぶように売れたのである。

それも、本職の芸者連中が競って買い、血のりだらけのその小袖を、座敷にまで着て出る始末で、その衣裳で座敷をつとめるのが、芸者の伊達《だて》という流行を生んだのだった。

じっさい、毎日、一枚の小袖を争って、あるいはせめて一目なりとも実物を間近で見たさに、どっと楽屋へつめかける芸者衆たちの熱狂ぶりには、楽屋内も度肝《どぎも》をぬかれ、あきれたのである。

『三十日に小袖三十捨てし、そこが江戸ッ子也』と書いた評判記なども、出た。数に限りの三十枚。出来ぬ先から、知り合いや、つてを頼んで手に入れようとする手合いなども横行して、田之助の身辺は、てんやわんやの大騒ぎであった。

三年前の、そんな騒ぎの情景が、つと、眼の前に蘇《よみがえ》ってくる。

雪太郎は、頭を振って、それを追い払おうとした。

小さな鳥籠の中で、猿四のメジロがとびはねていた。

ふしぎにこの籠の鳥は、囀《さえず》らない鳥であった。ひょっとしたら、生まれつき、声のない鳥なのかもしれなかった。

「番《つが》いにしてみたら、どうだろねェ」

と、以前は言ったこともあったが、

「いいのよ、一羽で。これで充分。啼《な》く声なんて、ちっとも、聞きとうはござんせん」

猿四は、いつも、そう応えた。

それもそうねェ、と、雪太郎は、口には出さずに、思ったものだ。

(泣くのは、あんた一人で、たくさん。この子に陽気に囀られちゃァ、あんたの立つ瀬がないものねェ……)

今も、そう思ったのだった。

この花車方の老人は、鏡に向かって顔つくりをはじめると、いつも涙をぽろぽろこぼし、化粧の手はとめなかったが、ときには声を忍んで泣いた。

小役者の家に生まれたばっかりに、この年になっても、こうして、年にも恥じず、臆面《おくめん》もなく、女の真似をせにゃならん。女の顔をつくらにゃならん……。

世間どおりに暮らしていたら、子もあり、孫もある筈の、この老いぼれ年になっても、紅、白粉《おしろい》をつけにゃならん……。

「なんの因果で……」

と、この老女方は、泣くのである。

「白粉毒が身にまわり、早死《はやじ》にする若い役者も、世の中にはたんとあるのに……。毒も、この身を見捨てくさる」

そう言って、独り泣くのが、今では猿四の習い性となっていた。

啼かないメジロと、その飼い主との、なんとも奇妙なとり合わせが、隣に鏡を並べる身として、雪太郎には、かなしくて、やりきれなかった。

せつなかった。

表の舞台のどよめきや、お囃子《はやし》の音が聞こえていた。

その他大ぜいにかり出され、もう出る役もすんだのに、猿四も引きあげようとはしない。大切《おおぎり》がはね、主役に挨拶をすませるまでは、帰れない、律儀さだけは守っているのだ。

「お茶、いれようか」

雪太郎は、急須に鉄瓶の湯をそそぎ、猿四の湯呑みをとろうとした。

その手を、黙って猿四はおさえた。

ああ、そうだったと、雪太郎は思った。

この人は、白湯《さゆ》しか呑まない人だった。お茶の葉は歯を染める。茶しぶは、女方の歯には大敵。老いてもそれを守っている雑居部屋の役者だった。

そんなわかりきったことを、うっかり忘れて、番茶を注ごうとした自分に、雪太郎は、

（おや、おや）

と、ちょっとあきれた感じがした。

心に上《うわ》の空なところがあった。

言わずと知れた、血みどろ小袖の一件だった。

深川八幡境内の二軒茶屋。裏の桜に、その小袖が掛かっていた……。

三年前の市村座の芝居の中で、お糸と左七が出会い、濃厚な濡れ場を演じたのも、深川八幡境内の二軒茶屋。その座敷になっている。

現実に存在する場所や、茶屋が、そのまま芝居の中に登場する。鶴屋南北のよくつかう手であった。

最初が、この森田座の舞台裏。書割道具に引っかかっていた小袖。

次が、橋町の堀割。橋の袂《たもと》の水の流れに浮かんでいた小袖。

橋町や両国の芸者たちも争って買い求め、座敷へ着て出た小袖である。

そして今度の、深川八幡……。

もうその小袖が、田之助の『お糸殺し』の場の舞台衣裳であることは、疑いもなさそうだが、だとしても、これはいったいどういう事件なのだろうか……。

雪太郎の上の空は、そんなことを、とりとめもなく、頭が考えていたからだった。


騒ぎが大きくなりはじめたのは、二日おいて、次の小袖が出てからだった。

それは、葺屋町、市村座の表正面中央の大屋根に高々と組まれている本櫓《ほんやぐら》の上で、春の風にはためいていた。

櫓は劇場の象徴物である。これを大屋根に組みあげて、座の定紋を染め抜いた幕を四周に引きまわす。これではじめて興行権を座は持つことになるのである。

江戸で官許の櫓は三座。中村座、市村座、森田座がそれである。この三座を本櫓と言った。

その一つの櫓の井桁《いげた》に釘で打ちつけられて、小袖は風に翻《ひるがえ》っていた。

次が、両国橋《りようごくばし》の欄干。

次が、柳橋《やなぎばし》の屋根船の中。

次が、再び森田座で、今度は楽屋一階の衣裳蔵。箱や長持などを重ね積みにした置き棚の支柱に、だらりとぶらさげて掛けてあった。

こうして、矢つぎ早に、血みどろ小袖は次々と発見された。

合計七枚に数えられたが、最初の一枚が、森田座の舞台裏で、束の間、半四郎と雪太郎の眼に触れはしたけれど、その後、天井裏で消えてなくなっているから、じっさいに出てきた小袖は、六枚ということになる。

田之助の血のりに染まった舞台衣裳は、三十枚ある筈《はず》である。

あと二十四枚が、どこから、どんな形で現われるか。

物見高いお江戸の人間たちの取沙汰は、もっぱらその点に集中していた。

それにしても、人騒がせな、奇妙な事件ではあった。

出来事の意味や、内容が、誰にもよくわからない。

それだけに、薄気味悪さだけが、人々の心に残った。

沢村田之助は、今年は、鶴屋南北と同座するこの森田座には出演していなかった。

その田之助本人は、たった一言、

「わかりません。わたしにも」

と、言ったきりだったという。

けんもほろろの応対で、身辺の警護が固く、誰にも近寄れないと、雪太郎は聞いたのだった。

三

お染めの七役早替りは、四月に入って千秋楽となったが、その二、三日前のことだった。

夜ふけて、留場の紀蔵が雪太郎の住まいへ顔を出した。高砂町の裏路地が迷路のように入り組んだその奥にある棟割長屋の一軒だった。

「雪さんよ、おめェの推量どおりだぜ。橘町、両国あたりの芸者屋で、あの年、田之助の小袖を着て、座敷を勤めた芸者を探せ。これがいっち早道だった」

「そうだろ。あの小袖を買った人間、持ってる人間を探さなきゃァ、いずれにしたって、あれだけの数、あっちやこっちへ、ばらまくこたァできないやね」

「そいつァ、すぐに十人ばかし、洗い出せはしたんだが……」

「だァれも、紛失しちゃァいないんだろ？　みんな、持ってるって、言うんだろ？」

「そうなのヨ。簞笥《たんす》の宝じゃござんせんか。大事に仕舞ってあるてェんだ。大べらぼうめ。おきゃァがれ」

「ちょいと、紀《のり》さん」

「心配無用。そういうドジは踏まねェわさ。でもよ、芸者屋の内てェのは、聞くと見るとじゃ大ちがい。手ぜまで、質素なもんだよナ」

「やったのかえ？　お前さん」

「あたぼうよ。どこのお姐《ねえ》さん方も、お調べが入ったとは、塵《ちり》っけほども気がつきゃしねェよ」

「で。やっぱり、なかったのかえ？」

「オウさ。十人入って、三人は、確かに簞笥の肥やしにしていたから、七人ほどは、やられたんだぜ。それで数字も合うじゃァねェか」

「そうだねぇ……それじゃ、あと一枚、また、どこかから出てくるんだろうねェ」

「それにしてもよ。あの女狐ども、盗まれたら盗まれたと、届けて出りゃァいいじゃァねェか」

「あれだけ競って手にした小袖を、わけわからずに盗まれて、おまけにこうして、猟奇好奇のはでな趣向で、物好きな世間の目に晒《さら》されちゃァ、粋《すい》と意気地の水道《すいど》の水で洗いあげた芸者の見えにも、沽券《こけん》にも、かかわるのさ」

「べらぼうめェ。血みどろ小袖を、後生大事に簞笥の底へ仕舞っておくのが……」

「ちょいと、わたしに当ったたって、しようがないだろ。それよか、あとは、その泥テキさんだね。大江戸きっての大芝居、市村座の大屋根に、登ってみるだけでも小気味はいいだろうに、その本櫓に、かりにも血衣裳を吊すなんざァ、見得も切れるし、度胸もよさそうな泥テキさんじゃァねェかい」

「雪さんよ。おめェ、おれを、あおってるのかェ」

「とんでもない。お前さんにも、もうお気づきだろうけど……これは、なにかと、芝居芝居しててさァ、事件のどこにも、芝居の影がさしてるって気がしないかえ」

「オウさ。それヨ。そのくれェのことは、おれにもわからァな。下手人《げしにん》は、芝居内にいるんじゃねェかってことだろうが」

「まあ、下手人は、早とちりだよォ。まだ、誰も死んじゃァいないんだから……」

「それも、そうだな……」

話は、不意にとぎれ、雪太郎は、なにがなしに小首をすくめ、つと手をのばして油の芯《しん》をかきたてた。

「来月は、もう皐月《さつき》狂言だというのに……冷えるねえ、今夜は」

紀蔵も、うなずいて、それからとたんに、なにかを思い出したような顔になって、言った。

「そうだ。雪さん。お前、あれだってねェ、大和屋抱えの弟子入りの話が出たんだってねェ。なんでェなんでェ。そんな出世話を、どうして、おれに知らせちゃくれねェんだ」

「受けなかったからだよゥ」

「なんだと」

「わが身の、身尺《みじやく》や、寸法は、わたしが誰より知ってるわな」

「おきやァがれ。待ちに待った名題によゥ、おめェ、手がとどくんだぜ」

「そりゃァ、名題になれたらと、思わぬ日はないけれど……それも、おまえ、考えてみりゃァ、地獄の口かも知れないし。下回《したまわ》りは下回り。身分相応が、花だよゥ。それに、こういう気ままな暮らしだって、できゃァしなくなるんだよ」

「ちェッ。欲のねェ女方だァ」

燈心の燃える音が、低く、しばらく聞こえていた。

ちょうど、そうした時だった。

雪太郎は、スイと音もない感じで顔をあげた。

手はもう矢立《やたて》の筆をとっていたし、その筆先は懐紙の上をながれていた。

表に、ねずみが、いるよ。

大方、わたしらのことに、
気がついて、動き出したのサ。

お前さん、つけられたんだよ。

一芝居、うつからね。

懐紙の上には、そんな字がおどっていた。

紀蔵の眼も、呼吸を合わせたように、その筆先を追っていたが、二人の口は、そんな動作とは別に、まったくほかのことを話しはじめていた。

「それでさァ、断わりはしたんだが、なんだかえらく気に入られたみたいでさァ……もう一度話し合おうと、お言いなさんして……ここへみえるというんだよ……」

「ここへ？」

「そう」

「あの大和屋がかエ？」

「そうなんだよ。『わたしが、お前に声をかけた。それをお前が、袖《そで》にしたじゃァ、あんまり曲《きょく》がなかろうし、芝居雀《しばいすずめ》はうるさいから、こんなことでお前さんが、先行《さきゆき》、砂をかぶっちゃァ、わたしも不本意。お前さんにも気の毒だから』と、言わんしてさァ。人眼のない場所がいい。まわりにゃァ内緒で、お付きもまいて、お忍びで、みえるというのさ」

「こいつはまた仰天《ぎょうてん》だ。あの天下の大和屋がかエ？　ぶったまげるじゃァねえか。豪気なことだぜ」

「おかんせェな。あたしゃ困っているんだから」

「それで、いつよ」

「あしただよ。芝居がはねて、この時刻に」

二人の話はもう少し続いたが、やがて小半時もせずにそれも絶え、紀蔵は腰をあげた。

四

翌日の夜も、晩《おそ》い春の薄月《うすづき》が中空にかかっていた。

一挺《ちょう》の四つ手駕籠は、高砂町の裏路地へ入る手前の草地で客をおろした。

残り咲きの沈丁花《じんちょうげ》があたりに淡く香っていた。

駕籠の灯が遠ざかるのを待って、お高祖頭巾《こそずきん》のその客は、しなやかに歩き出したが、じきに、不意にその足をとめた。

「ちょいと、まだ早いんじゃないのかえ」

客は、静かな声で、そう言い、

「臭《にお》うよ、油が」

と、ゆっくり後ろを振り返った。

「そこにお持ちの血みどろ小袖、そいつに油をぶっかけて、大和屋と雪太郎、一緒のところへ、火にして投げ込むつもりかはしれないけれど、そうは問屋がおろさないよ」

客は、さらにゆっくりと、被《かぶ》り物の頭巾をとった。紫帽子に裾模様の振り袖姿。

「もっと近くにお寄りなね。小屋からずっとつけてきたお前さんの忍び隠れも、立派だが、毎日舞台で見ておいでだろ。こっちも、手練の吹替えだァね。抜かったね、お前さん」

あっと声にならない気配だけが、近くの夜気の奥でした。

「確かに楽屋の裏口で、四つ手に乗ったのは立女方。こうしてここで降りたのは、お気の毒だが、下回り。大和屋さんにわけを話し、もちろん口止めもお願いして、駕籠一挺を楯にとっての入れ替り」

雪太郎は、小気味のよい啖呵《たんか》を吐いているようで、そのじつ、声は沈んでいた。

「びっくりしていなさるだろうが、わたしがお前さんに気づいたのはねェ、最後に出た小袖だよ。うちの楽屋の衣裳蔵に、お前さん、掛けさんした。場所も同じ、あの棚木に。そのとき、アッと思ったのさ。このお正月、あの蔵の、あの棚木にぶらさがって、首をくくった女方が、一人いた。下回りの中二階で、一緒に暮らしたお仲間だァね。きれいな、品のいい顔で、しおらしくって、無口でさァ、芝居の裏の泥水にも、染まって泳ぐはしない性質《たち》。つくお役も、せりふはない。せりふもないが、動きもない。初一《はついち》さんにつくお役は、それ一本だったよねェ。言わず、動かず、いや、動いちゃいけないお役だった。

舞台に出たら、ただじっと坐っているだけが働きの、お姫様。それが、あの人の持ち役だった。足がしびれて、なえさんしても、動けない『しびれ姫』。動かない『しびれ姫』。ねェ……

黙って、一生懸命に、それ、勤めていさんした……」

芝居内の通り言葉で、俗に『しびれ姫』と呼ばれる役が、いくつかある。『鏡山』の大姫とか、『嫗山姥《こもちやまんば》』の沢瀉姫《おもだかひめ》などというのがそれだ。

声をしのんで嗚咽《おえつ》を殺す気配を、雪太郎は感じていた。

「田之助さんの血みどろ小袖が、衣裳蔵に出たと聞いたとき、わたしゃ、ハッと、ほんとにハッと思ったんだ。初一さんの顔が浮かび、それからすぐに、兄《あに》さんの、お前の顔が浮かびました。なぜってさァ、あの小袖を最初に見たのが、同じ正月、初一さんが死なんしてまだ間もない日の舞台裏。大和屋さんと一緒に見た、あのときの小袖だけが、その後、天井で消えている……。ということは、あの小袖は、人眼にさらす筈の小袖じゃァなくて、なにかの都合で、一時、あそこへ隠すか置くかしていさんしたのが、たまたま道具に引っ掛かり、天井へ。それを、わたしと大和屋が、見た。わたしゃ、そう思ったんだ。

その後すぐに消えたってのが、まず不審。そして間もなく、そいつは橘町の堀に浮かんだ。ああ、これだったんだと思いましたよ。こんなことのできるのは、芝居の裏方、天井へものぼれる道具方。すると、初一さんの死と、小袖がぴったり結びつく。兄さんのお前の顔が、急に見えてきましたのさ……」

雪太郎は、薄月夜の闇を透かし見るようにして、言った。

「火縄売りの清吉さん。お前さんならできるものねェ。見物席で客へ煙草の火を売るのが本職じゃおありだけど、手が空きゃ、舞台や道具の手伝いも、日常茶飯事。でもねェ、芸者屋の箪筒から、一枚一枚かすめ盗《と》ったお手並みには、わたしも舌を巻きましたよ」

すぐ近くの草むらで黒い影が束の間動いた。

「ちきしょう」と、その影は噎《むせ》んで、低いほとばしるような声を放った。

「足腰しびらしゃ勤まる役の、しびれ姫のあいつがよゥ、どうまちがったか、『お糸殺し』の田之助に……しびれやがって、あの小袖が一ぺん着たい、着て舞台を勤めるなんざ、わたしにゃ夢のまた夢だから……せめて一ぺん着るだけでも、触るだけでもいいからと……兄さん、兄さん、せがみやがる。後《あと》にも先にも、あんな聞き分けのねェこたァ言わなかったし、おいらを困らせたりしたことなんか、ただの一度もなかったから、出過ぎた身分は承知の上、這いつくばって、紀伊国屋へ頼んだんだ。大笑いで笑いとばされ、しがにもかけちゃもらえねェ。諦めさして、弟もやっと料簡《りょうけん》したと思っていたのに、三年たって、この正月、衣裳蔵で、あのざまだ。『あれが着たい』と、書置き残して死にやァがった……」

蔵衣裳は、下回りの役者たちだけに貸し出される粗末な物の山だった。

「そうかえ……」

と、雪太郎は、独語した。

じんと胸にくる熱さを耐えるような声だった。

「千両役者は、湯水のように金に飽《あ》かした衣裳を着る……そうさねェ……着せてあげたかったねえ……」

しみじみとした声でもあった。

「三十日に三十枚。血で汚して捨てる小袖が、大江戸中をまた沸かす。やりきれなかったお前さんの気持も、わたしゃわかるつもりだよ。大芝居の本櫓に、さらしものにしたあの小袖が、もって行き場のないお前さんの、せいいっぱいの、うっ憤晴《ぶん》らし、意趣返《いしゅがえ》しだったんだよねェ。けどねェ、清吉さん。血迷うのはおよし。あの最初の舞台裏で、見せるつもりのない小袖を、見た大和屋とわたし。あんたにとっちゃ、気になりもしただろうし、その二人が今夜、人眼をさけて会うのは、なんともっけのさいわい。口封じの用心に、またとない機会だと、お前さんは思ったか知らないけど、そりゃア悪い料簡だよ。人殺しは、いけねェわな」

その時だった。ぱっと火の手が立ちあがり、夜目にもあざやかに浮きたった一枚の舞台小袖は、ほのおの風をはらみながら、夜闇を走り抜けて行った。

紀蔵が、とっさに別の物陰から姿を現わし、あとを追おうとしたけれども、

「およしよ……」

と、雪太郎は、とめた。

「兄一人、弟一人で、芝居に踏まれて、蹴りまわされて……それでも、辛抱、堪忍して、芝居の水で生きてきた兄弟だ。陽の当らないどぶ水だって、好きなりゃこそ、すすって生きてもこれたんだ。緒が切れたのさ。行かしておやりよ。弟の所へ、走ってるんだ……」

沈丁花が、薄く、しきりに、あたりで、匂っていた。

雪太郎の声も、噎《むせ》んでいた。

おぼろな月が、闇の夜空の遠くにあった。

夜《よ》を籠《こ》めて

1

『若々しいエロスは
つねに死の腐敗のなかで
微笑する』

明るい乳白色の広びろとした壁の中ほどに、一枚の原稿用紙が色飾りのついた四本のピンで丁寧にとめられている。

繊細な花模様の図案かとでも見まがうような、絵画性をもった文字が、その紙の上には書きつけられていた。シュールな、ペンの走り書き。サラッと描いた何かのデッサン。

ちょっとそんな趣《おもむき》もある、文字と、その文句の並び具合いが、奇妙にデザイン的で、このままシンプルな白い額縁にでも入れたら、しゃれた壁飾りにでもなりそうだった。

原稿用紙の罫線《けいせん》の紅《あか》と、ペンのインクの鮮やかなブルーとの色かげんが、余計そんな感じを与えるのだろう。

誰かの言葉なのだろうが、

「誰の?」

と訊《き》く人間も、ここにはいないし、

「どういう意味?」

と尋ねた人間も、まだなかった。

というのは、この部屋には、これまで、この部屋の住人以外に足を踏み入れた人間はいなかったし、家人も、家政婦代りに通いの婆《ばあ》やが一人いるだけだったが、その婆やもこの部屋だけは掃除にも入れなかったから、つまり、この家の主《あるじ》でもある住人のほかは、ここは立入り禁止の部屋だった。

といえば、なにやらあやしげで、物々しい感じもする、秘密めいたわけありの部屋とでもいったふうに聞こえるかもしれないが、そうではない。

冒頭にも書いたように、ここは明るい乳白色の広びろとした壁と、もっと広びろとした外光を部屋じゅうに採《と》り込んだ大ガラス戸や出窓なんかもしつらえられた、瀟洒《しょうしゃ》な内装のほどこされているモダンな洋室で、この家の住人が一日の一番長い時間をここで費《つい》やす、彼の仕事場であった。

庭の木立や塀の向こうは賀茂川で、旧《ふる》い日本家屋の一部を改造したものである。

黒羽《くろは》秋彦《あきひこ》。

その主の名前である。詩作をはじめた時に、師匠すじにあたる結社の主宰者《しゆさい》がつけてくれたペンネームだったが、今では、詩人、画家、宝石貴金属類の細工職人・装飾工芸家など、いろんな分野で、すべてこの名前一本を使って通していた。

きざで、はで目で、厭《いや》ったらしいと最初は気に入らなかった名前だが、まるで気にならなくなって、名が身についたというか、身が名の方について動きはじめたとでもいったほうがいいのか。

どの分野でも、かなりの売れっ子ぶりで、その名前にも花めいた雰囲気がまといつきはじめていた。

誰かが、ドアをノックしている。

婆やの結《ゆい》ではないはずだ。

彼女は、この部屋の住人がいないことを、知っているはずだから。

秋彦は、今朝早くまだ夜の明けない内に起き出して、出掛けている。

母屋の台所の上がり框《がまち》には大きな黒板が置いてあって、なにか特別の連絡とか、伝言、備忘のメモなどがある時には、結のためにこれを使っていた。

今朝、結が出てきて目にした黒板には、白墨《はくぼく》の大きな肉太の字で、

――紅葉狩《もみじがり》。洛北《らくほく》。

と記されていた。

「帰りは、たぶん遅うなるやろし、夜はいらへんで。あんた、なにか好きなもんつくって、食

べて、暗《くら》ならんうちに、早《はよ》うお帰り」

昨日から秋彦にはそう伝えられてもいたから、そのつもりで今朝はずいぶん早目に出てきたのだが、もう彼は出発していた。

「紅葉狩？」

「そう」

「お芝居でやる、あれでっしゃろ？　戸隠山《とがくしやま》の更科姫《さらしなひめ》。実は人をとって食う、鬼たちの総大将」

「そうや」

「映画になんのんどすか？」

「うん、まあそんなものやけど。映画いうたらちょっと違うかな。ビデオ・アートいうてな、ま、今度のは音楽が主体なんやけどな。いろんな映像と音楽をドッキングさせて、芸術的な画面をつくるねん」

「はァはァ、知ってまっせ。コンピューターグラフックスたらいう、あれでっしゃろ」

「ま、そういうのんもあるけどな」

「役者はんが出演しはって、撮影があンのんどすか？」

「うん、そうや」

「どなたどす？」

「ん？」

「更科姫」

「さァなァ。僕も、よう知らへんのや。僕が頼まれたんは、胸に懸《か》ける装身具の瓔珞《ようらく》だけやさかいな」

「瓔珞て、あれでっしゃろ。お寺さんの仏像なんかが、首から胸に長《なご》う垂らさはったりしてはる、あのネックレスみたいなお飾り」

「そうそう」

「へェ、まァ。そんなん、おつくりやしたんか」

「うん、まあな。七宝《しっぽう》やとか、ルビー、瑪瑙《めのう》、トルコ石とかな」

「本物で」

「もちろん紛《まが》い物や。見た目がごまけるような、年代物の高級感。ずっしりときて、きらびやかで。注文、いろいろ煩《うるさ》かったで」

「へェ、まァ。そうどしたんかいな」

「絢爛《けんらん》豪華で、燻《いぶ》し銀《ぎん》。ピタッとはまるの、造ってやったわ」

「そら、おめでとうさんどす。けど、秋ぼん。それ、いったい、誰がしはるんどす?」

「誰がて、更科姫にきまってるやないか」

「へエ?　あのお姫さんがですかいな。銀の花櫛《はなぐし》、振袖打掛《ふりそでうちか》け、縫衣裳《ぬいいしょう》のお姫さんが、胸にネックレス懸けはりまんのん」

「向こうがそない言うとんのやさかい、なんでもしたらええわいな」

「こらびっくりどすわな。いったい、どないな紅葉狩になるのんやろ」

「僕の知ったことやないわい。それにな、あしたは、その撮影に立ち合うために行くのやあらへん。ま、ちょっと、あの瓔珞が、どんな具合に姫姿の衣裳に映えるか、役者がまた、どんな風に捌《さば》いてのけて見せるのやろか、それ見に行くねん。見たら、もう用無しや。そんな撮影なんかに、いつまでも、つき合うつもりはあらへんねん」

「ほな、お早いお帰りどすな」

「なに言うてるねん。あっちは、今が紅葉の真っ盛りや。山また山の、人里離れた、深山《みやま》奥山……信濃《しなの》の国の戸隠山の紅葉も斯《か》くやと、それ狙《ねろ》うてロケ地も選ばれてンのやで。詩人かて、絵描きかて、なんでもええけど、宝の山に踏み込んでるのやで。絶好の機会やさかい、あとは一人の山歩きや。本物の紅葉狩してくるねや。気が済むまで、歩いてくるわ」

秋彦は、夕餉《ゆうげ》の膳《ぜん》を結と向かい合って食べ、出すおばんざいの品数も、出す端からきれいに平らげ、じつに気持ちよい健啖《けんたん》ぶりを見せながら、そう言ったのだった。

山歩きの身支度や、愛用のカメラ、画帖《がちょう》、常備のスケッチ道具類が入った専用鞄《かばん》などもきちんと用意して、整えられていた。

「くれぐれも、幔幕《まんまく》張って、緋毛氈《ひもうせん》に、お重《じゅう》に、お酒、賑《にぎ》やかな紅葉の宴をはってはる、綺麗《きれい》なべべ着たお方《かた》がたには、ご油断は禁物どっせ」

「合点《がってん》承知」

「近ごろは、人も通わぬ深山路《じ》いうても、登山帽に登山靴、リュックを担いで、独《ひと》り歩きも平気の平左《へいざ》いう女《おなご》はんもいてはるよって。山の中かて、なにが起こるかしれしまへんえ」

「おおきに。ご心配さんです」

「鬼、化け物は、昔の話。この世にはいてへんなんかと、思わんといておくれやっしゃ。戸隠山の鬼なんかより、もっと怖い恐ろし鬼は、なんぼでもいてるんどっせ」

「ちょっと結さん。あんた、近ごろ、お母ちゃんと、よう似てきたなあ」

「そうどっしゃろか」

「そうでおす」

「ほんまにそやったら、嬉しゅうどすけどな」

「オオ怖」

結は、上機嫌で仕事場に引きとった秋彦の言葉どおり、今日は一日、主《あるじ》のいない家の中で、しかしこまごまと動きまわって家事は終え、ふだんより早目に戸締りもして帰ったのだった。

晩秋の陽は暮れ足早く、外はもうたそがれていた。

秋彦の仕事部屋のドアを誰かがノックしたのは、結が帰ってまだ間もない時刻であった。
二、三度、軽くノックの音はして、そのドアはやがて開いた。
同時に、室内灯のスイッチが押され、部屋は急に花やかな明るさに充たされた。

「ただいま」

と、入ってきた人間は、言った。

「お帰り」

と、その人間は、つづけて、自分の声に自分で応《こた》えた。

歩きながら、ハンティングキャップを壁ぎわの寝椅子へ放り投げ、しなやかなレザーのジャケットを片手でまるで毟《むし》りとりでもするように摑《つか》んで脱ぎ、無造作にハイネックのセーター姿になった秋彦の身動きには、なにか一皮《ひとかわ》、不思議な獣《けだもの》が美々しい表皮を脱ぎ捨てて、その下から精悍《せいかん》な本身《ほんみ》の肉体を現したとでもいった感じがあった。

秋彦は、乳色に明るく和んだ壁にそって横長に四、五メートルほどもあろうか、じかに取り付けられている同色の机のそばへ、まずまっすぐに歩いた。

詩はこの机で書く。

絵は、この壁のちょうど裏側にあたる広い空間がアトリエになり、装飾工芸の細工仕事は反対側のコーナーを工房に仕立てていた。

秋彦は、机上にひろげて置かれてある原稿用紙に、ちょっと眼を落とし、傍の象牙色の万年筆のキャップをはずして、造作もなく書き込んだ。

詩のタイトルか。

それともなにかの覚え書きのようなものででもあったのだろうか。

『秋のエロス』

文字は、そう読めた。

ちょうどその上の壁面に、ピンどめの紙が一枚掲《かか》げてあるのである。

『若々しいエロスは

つねに死の腐敗のなかで
　微笑する』

秋彦は、その壁の紙面には眼もくれなかった。

2

『紅葉狩』の映像は、洛北の名勝《めいしよう》大原《おおはら》の三千院《さんぜんいん》、浄蓮華院《じようれんげいん》、勝林院《しようりんいん》、実光院《じつこういん》などの名所を避けて、さらに北の山奥へ奥へと入った古知谷《こちだに》とよばれる山中で撮影された。人のめったに入り込まぬ谷あいの山は、樹木も頭上もふんだんな赤や黄に燃え、地面をおおう散紅葉《ちりもみじ》の美しさがひときわ秘境の趣を深くしていた。

カメラは、この古知谷の阿弥陀《あみだ》寺という苔《こけ》むした山寺と、その山門、長い参道、深い樹林の中を動きまわって、更科姫とその従者の侍女たちを撮っていた。

更科姫には、舞いのしぐさや場面が多く、能の舞台が歌舞伎舞踊にもなったもので、紅葉見物にきた平維茂《たいらのこれもち》とその従者たちを、酒宴に誘い酔い潰《つぶ》して餌食《えじき》にせんとたくらむ美姫《びき》は、本性あらわせば山奥深くに棲《す》まいなす鬼である。

ただの美しさでないものが、この姫姿には要《い》る。おそらく、女優ではあるまいと、秋彦は踏んでいた。歌舞伎の若手役者あたりではあるまいか。

瓔珞の注文が、名指しできた時、そこら辺の事情を秋彦が確かめたり、せんさくしたりしなかったのは、ひとえに、興味がなかったからである。

秋彦はただ、どういう種類の、どういう所に、どういう風に使われる瓔珞か、それを知るだけでよかったのだ。

そして、なぜ、芝居や芸能関係などにはさして関わりのあるとも思えない自分に、その製作を依頼してきたのかを、ついでに、聞けば事足りたのである。

「あなたの詩や、絵や、工芸細工の腕前に、惚《ほ》れ込んだからです。新進気鋭の芸術家に、デザインしていただきたかったのです」

演出者は、そう言った。

その言葉だけで充分だった。

だから、古知谷で、化粧もあがり、衣裳もつけ、扮装をおえた更科姫にひき合わされた時、

(ああ、やっぱり)

と、秋彦は、さして感動もなく、思った。

女優ではなく、男だった。

たぶん、歌舞伎役者だろう。そう思ったのだ。

そして、名前も確かに聞かされたのだが、覚える気もなかったし、頭にも入ってこなかった。

彼が歌舞伎役者ではなく、日本舞踊の某流派の若手花形であると、改めて知ったのは、しば

らくたってからである。

秋彦にとっては、更科姫が、歌舞伎であろうと、日本舞踊だろうと、どっちであってもかまわない事柄だった。

「よろしく」

と、白塗りの手首の太い男の手がさし出された時、秋彦は、その手を握りはしなかった。

白粉手《おしろいで》で握手を求めるなど、なんて失礼なやつ。手の白塗りは、鬘《かつら》や衣裳を汚さぬためにも、顔や着付けのすべてが終った最後にするくらいのものだ。

秋彦はむしろ不快げに相手を睨《にら》みつけ、顔をそむけた。

更科姫の胸元を飾っていた瓔珞は束の間眼に入ってきはしたが、ずいぶんはでにエキゾチックに造ったつもりだったのに、意外にめざましくはない気がした。

その不機嫌さも手伝って、秋彦はすぐにロケ隊とは離れ、本来の紅葉狩、取材を兼ねた別行動をとることにした。

古知谷は、ふだんは知る人もごく希《まれ》な人の近づかない深山だったが、さすがにシーズンがシーズンだけに、時間がたつにしたがって、抜け目のない美の探勝者たちともちらほらと出会うようになった。

正午を過ぎていた頃だったか。秋彦の名を呼びながら山の道を駈《か》けのぼってくる若者がいた。ジーンズにシャツの腕まくり。

彼は、

「ああ、よかった。見つかって」

と言いながら、画板をひろげている秋彦のそばへ、やがて駈け寄ってきた。

「お弁当です。ウチの師匠が、届けてこいって言うもんですから」

「おいおい……」

と、秋彦は多少あきれて、その肩で荒い息をつき、額にも汗の玉をふいた若者を見た。

「よくここがわかったねえ」

「山じゅう探したって、届けろって、言われまして」

「僕はロケ隊できた人間じゃないから」

「いいえ。これ、師匠の差し入れです」

「師匠?」

「はい。気がついたら、もうお帰りになったたっていうんで。朝お会いした時にお渡ししときゃよかったたって。もう残念がって」

どうやら、更科姫の弟子であるようだった。

受けとるいわれもない気がしたが、弟子はすぐに帰って行ったし、握りめしは持参していたが、とりあえず包みを開いたのだった。

名刺が入っていた。

名前の脇に、

——御礼までに、一度お食事でもご一緒させて頂けませんか。

と書いてあった。

まだこの折にも、その舞踊家の名は、秋彦の頭の中へは入ってこなかった。まるで関心がわかないのであった。

秋彦の心はたちまちに、眼の前の紅葉樹林の赤や黄のたくらみ深い興趣《きょうしゅ》の世界へ、連れ戻されるように返って行った。

そういえば、しばらく紅葉から遠ざかっていたような気がする。

去年は画材に選ばなかった。

紅葉の名所は、京都には巡りきれないくらいふんだんにあるというのに。

そんなふとした渇望《かつぼう》感のせいだったか。心のどこかに得体も知れず揺るぎ立つものがあるような気がして、昂奮《こうふん》しているのかな、と秋彦は思った。ちょっと、不意の色情にも似た感じのするものだった。

秋彦は、火色の敷物をひろげたような散紅葉の上に背を倒し、ゆっくりと手足を思うさまのばした。

頰《ほお》に微笑がのぼってきているようだった。


数日後のことだったか。

黒羽秋彦は、河原町《かわらまち》通りを歩いていて、丸善《まるぜん》の前あたりで突然声をかけられた。

振り向くと、急に車が寄ってきて、そのタクシーの窓から顔をのり出すようにして手を振っている人間がいた。

車はやがて停まり、その人物と連れの男が降りてきた。

「せんたろうです！」

と、彼は破顔しながら近寄ってきたが、見覚えのない顔だった。

その後ろの連れを見て、「アア、アア」と秋彦は、やっと頷《うなず》けたのだった。古知谷の山中を探しまわって弁当を届けにきたあのジーンズの若者だった。

××流の若手、××千右太郎《せんうたろう》の名前と、その素顔が頭に入ったのは、この日のことだといえばよい。

千右太郎は、白塗りの更科姫とは別人のような小ざっぱりとした厭味のない素顔の好男子だった。

「その節は、失礼いたしました」

「いや」

「あの後、東京に帰りましたものですから、すぐにご連絡をと思いながら、遅くなりまして……でも、なんという巡り合わせでしょうか。今日、京都に出てきまして、二、三日、こちらにおりますんで、ちょうどいい機会だと、お電話さしあげたんです」

「ウチに？」

「はい。お留守だとおっしゃるんで、ひとまず用事をかたづけようと、あちこち、手前の用先《ようさき》をまわりまして、ホテルのチェックインもしとかなきゃあと、タクシーに乗ったんです。久しぶりの河原町やなァて、きょろきょろしてたら、この子が、『アレ。アレ』て指さすもんですから、もうびっくり仰天ですよ。黒羽さんが歩いていらっしゃるじゃありませんか！」

「僕ね、ふだんはあんまり、ここ、歩かん所なんですよ」

「そうなんですか！」

千右太郎は、余計に昂奮した顔になり、

「これ、絶対に、今日のご縁があるんですよ。強いご縁が」

と、言った。

そして、つづけて、

「今晩、お体、空いてますでしょ？　ご予定、ありませんよね？」

と、畳《たた》みかけるように、たずねてきた。

「うん。まあ、べつに」

と、苦笑しながら、秋彦も応えた。

「ホラ！」

と、千右太郎は、子供みたいにはしゃぎ立って、後ろの弟子を振り返って見た。

「今夜にしょう。今夜にせいと、神サンが言うてなさるんや。いいですよね？　夕食の席とらせていただいても」

と、今度は、秋彦の方へその顔をまわして見た。

率直で、すなおな、若々しい顔だった。

古知谷の紅葉の下で見た更科姫の顔が、不思議にどこからも探し出せない若者が、そこには立っていた。

明るい秋の色調を織り込んだカジュアル・ジャケット姿の若者だった。

3

『紅葉狩』の映像を導入したビデオ・アートの完成品を秋彦が見たのは、年も明けてちょっと先のことであるが、それは某女性作曲家の作品集に多様な映像を投げ込んで、かなり自在な造形力を楽しめる構造を持っていた。

『紅葉狩』のドラマそのものはバラバラに分解され、時折その映像の一齣《ひとこま》や破片のようなものが音楽にからみつき、全く別種の創造性を発揮する。まあ、思ったほどには、つまらない作品ではなかった。

「一番音楽的だったのは、あなたの瓔珞。あれが動くと、とたんに、わたしの音が、きらびやかな姿を見せる。びっくりしたのよ、わたし自身が。わたしが造った音じゃなくて、あれは、あなたの音かもしれない。ちょっと怖い思いもしたのよ。そんな部分が、あちこちにあるわ。音楽って、素敵ね。変化《へんげ》。変身。やるのよ、これ。悪魔的」

そういう葉書きが、そのあと、秋彦の手許《てもと》に舞い込んできた。

むろん面識も付き合いなどもないが、ポップもクラシックもやってのける、ヒット・チャートはトップ・ランク、その業界では或る種の女王的な存在でもある高名な音楽家からだった。たまたまビデオ・アートの制作者からも、完成の挨拶と礼を伝える電話が入った折、彼女が瓔珞の出来を気に入ってたみたいだよという話が出たので、つい葉書きのことを秋彦も口にしたのだが、

「エエーっ?」

と、その制作者の方が、とたんに驚きの声を発した。

「あのひと、手紙類、書く人じゃないよ。書くとしたって、ワープロ。大体、事務所を経《へ》ない信書なんて、まず、絶対に書かないと思うな、サイン以外は」

「じゃ、誰かほかの人が書いたんでしょうかね」

秋彦は、あまり興味のなさそうな声で応じた。

「ほんとに、手書きなの?」

「はい」

「どういう文面なの?」

「いや、そこまでは、いいでしょう」

「ちょっと、見たいなァ、それ。ほんとうだったら、えらい値打ちもんだよ。彼女、シンガー・ソングライターでしょ。楽譜は書くのよね。でも、絶対に、作詞したコトバは自筆では入れないのよ。みんな、なんとかして、オタマジャクシとコトバが両方揃《そろ》った譜面を、手に入れ

たいと思ってるのよね。ところが、これが、ないの！　それもね、字が下手だとか、人に見せられないような、ぶざまなものだとかいうんじゃ、どうもなさそうなのよね。でも書かない。絶対に、書かないの。直筆の文字は。サイン以外にはね。強《した》かでしょ？　そう。強かなんですよ、そういう面でも。プロです！　プロの鑑《かがみ》なんですよ」

制作者は、そう言った。

「譜面の文字はね、外に出す必要のある時は、全部助手が入れるんです。ま、入れる必要も、ほんとはないんですよね。彼女の作品は、すべて、彼女自身が歌うんだから。頭の中に入ってるんだから」

秋彦は、この制作者に話したことを、後悔しかけていた。

自慢したわけではないし、自慢たらしく吹聴《ふいちょう》したのでもない。相手が彼女の名を出したから、「あ、葉書きもらいました」と、つい口に出ただけなのだ。

そういう事情のあることなど、知りもしないし、またこうして聞かされてみると、ばかばかしい事柄であるという気もした。

しかし、この制作者は、黙ってはいまい。吹聴する。そんな業界ならなおさらだ。どんな尾《お》鰭《ひれ》がつくことか。

秋彦は、うんざりしていた。

自分とは無縁な世界のことだと言えば言えたし、関係ねェやと尻を捲《まく》ってりゃ済むことだと思いもした。

けれども、不愉快さはつのっていた。

「黒羽さん。それ、ペン書きです？　それとも、ボールペンとか、マジックとか……」

「お話しする必要はないことだと思うんですが、そういうお話をうかがうと、黙っているのも、かえって、あちらの先生に失礼かもしれませんね。余計な臆測《おくそく》をされたり、思わせぶりになんて思われるのも、心外ですからねえ」

秋彦は、じつにケロッとした口調で、そして言ったのだった。

「文字は五文字。紫色のインクのペンで『ありがとう』。それだけです。お礼の言葉なんでしようかね、これ」

「それっきり？」

「はい」

「紫色のインクで？」

「はい」

「それ、本物！」

「はい？」

「あのひとねえ、サインはいつも、紫色のインク。ほかの色じゃ書かないの」

「ヘエー」

と、秋彦は空惚《そらとぼ》けたようにあきれた感じの声音を出してみせたが、インクの色だけは嘘ではなかった。

(どうやら、厄介な葉書きをもらったみたいだ)
と、そして思った。
(あの葉書き、人にはうっかり見せられないぞ)
とちょっと渋面《じゆうめん》をつくって首をすくめた。

そんなこともあるにはあったが、古知谷の紅葉以来、秋彦は、仕事部屋でも画家のアトリエにあてている区画に一番長く腰を落ちつけている日々が、ずっと続いていた。

作品はあらかた仕上がりかけていた。日本画風な境地を濃厚にとり込んでいて、淡くて色濃い、混沌《こんとん》としていて清澄な、騒然たるものが暴れ立つ世界の静謐《せいひつ》さとでもいえばよいか、一筋縄では行かない手数が、狙った美の仕掛けの内にあるようで、ひいきの画廊ではなくても、舌《した》舐《な》めずりをしそうな出来映えを見せていたが、どうもその上出来《じようでき》具合が逆に、秋彦には気に入らない所でもあるらしく、

「脱げてない。脱げていない」

と、彼はしきりに、独り言を洩《も》らす。

「脱げ」

と呟《つぶや》く。

突然、脈絡もなく、言う。

「脱げ」

と。

それはもし、この場に或る人間たちがいたら、その人間たちにとっては、とても逆《さか》らえない意味を持つにちがいないと考えられる種類の声だった。

彼が着衣をすべてとり去り、成熟しきった強壮な動物の褐色の姿体を見せる時、それを見た人間の自制心を、どんなにこともなげに奪い去るか。骨抜きにするか。

奪われた人間でなければわからない。

「脱げ」

という言葉の、その声音《せいおん》の、屈強な抗しがたい蠱惑《こわく》の力の底の無さ。計り知れなさ。

その深い魔法のような蹂躙《じゅうりん》感。

忘我の歓楽がはじまる、人が人を溺《おぼ》れ死にさせる、またさせられて悔いのない、やがて、溺《でき》死《し》がやってくる時間を告げる第一声。

「脱げ」

たとえば、かりに、千右太郎がそれを耳にでもしたとするなら、多分、突然よみがえってくるエロスの千千《ちぢ》に砕けてもえる物狂おしい悩乱の記憶に、悶絶《もんぜつ》するだろう。

秋彦は今、その声を、自分に向かって、かけていた。

脱衣を迫る、脱皮を促《うなが》す声であった。

低く、跡切《とぎ》れず、日をおかず、彼の仕事部屋で聞かれる声だった。

秋彦が見つめているのは、黄色い絵だった。

それは誰にでもわかるという絵ではなかったかもしれないが、画布には黄色い裸婦が描かれていた。一人いるのか、二人なのか。もっと多くの女たちであるのか。はっきりはしない。

しかし、確実に、裸婦はいた。

たとえば、黄色い海の中の黄色い水母《くらげ》のように。黄色い森の中の黄色い樹木や草や葉や花のように。或いは、黄色い空の中の黄色い雲や雨や風のように。それは、そう容易には探せない、見つけ出せないマチエールになっていたが、真《しん》に探せないわけではなかった。見つけ出すことも、できなくはなかった。

ただ、美しい裸婦か、醜悪な裸婦か、そんな所が曖昧模糊《あいまいもこ》としていたが、その模糊とした所にこそ、複雑な興趣や光彩があった。

深い黄色。明るい黄色。むろん暗い黄色も存在する。そういう見方をすれば、数限りない黄色があった。ひしめいてもいたし、なりをひそめてもいた。ながれてもいたし、よどんでもいた。

崩れた顔の裸婦もいたし、壊れた顔の裸婦もいた。或いは黄色い火の髪の毛を逆立《さかだ》てた裸婦も。

この絵は、後に、秋彦の画業の中では、代表作の一つに数えられる作品となったが、黄色いこの裸婦たちに彼がしきりに、長いこと、手を焼かされたのは、確かである。

結局、とすると、うまく脱げたということになるのだろうか。

それはともかく、今秋彦は、仕上がりそうでいて、仕上がらない絵に、呻吟《しんぎん》しているようにも見えた。

「脱げ」

なにかに命じている声である。

彼が収穫した女たち。獲物にして、屠《ほふ》って、むさぼり食って、堪能した女たち。その一つ一つの記憶を、思い出してでもいるのだろうか。

それらの女たちの一人一人に、かけたと同じ声である。

寸分たがわぬ声、と言ってもよい。

その折の思い出が、よみがえらないはずはない。

その再生を、力に得ようとでもしているのか。

誰にも、なにも、わからなかった。

彼の仕事は、そうした性質のものだった。

創造という仕事。

ここは、そうした仕事をする部屋だった。

秋彦自身にも、仕上がってみなければ、自分がどういう種類の仕事をしたのか、つぶさには、正確には、わからなかった。

わかっているのは、この黄色い裸婦たちのいる絵に彼が与えることにきめた題名だけであった。

『秋のエロス』

そのタイトルは、描く前から存在した。

秋彦は、その主題に向かって、この絵を描きはじめたのだから、言うならば、『秋のエロス』と、彼は今闘っているのである。

それを呻吟と言うならば、呻吟もしているのだ。

「脱げ」

彼は今、脱ぎたいのだ。

「脱げていない」

脱がせたいのだ。

ずしりとよく響く、底太い声であった。

4

大鳥風子《おおとりふうこ》が電話をかけてきた時、秋彦はそう驚きはしなかった。そんなこともあるかもしれないとふと彼の六感が予見させはしたけれど、当ってほしくない勘だった。

軽い失望感だけがあって、話すのも億劫《おっくう》だった。あんたなんかには、興味はないんだよな。

一言、そう言えば済むことだった。

言わなかったのは、押しかけ電話の無礼を飾り気のない不思議な音調の声で詫《わ》び、いきなり、ビデオの件にも、葉書きの件にも、まるで触れずに、

「梶原鉄二郎先生のこと、ご存じでいらっしゃいます？」

と、思いがけない人物の名前を彼女が口にしたからだった。

「え？」

とっさには返答に窮し、秋彦はいささか、うろたえさえしたのである。

「ちょっとご体調、崩されてるみたいなんですよ」

「どういうことでしょうか……」

「驚かれたのね、藪《やぶ》から棒で」

「あの……」

「なぜわたしが鉄二郎先生を存じあげているのか、ですわね？　だって、財界の大立て者ですもの」

「いえ、そうじゃなくて……」

「あなたとのご関係ね？」

「いえ。体調の方です。悪いんですか、お具合が」

秋彦は確かに、びっくりもしたが、虚を衝《つ》かれたような電話だった。

梶原鉄二郎は、学生時代に所属していた詩の結社の総帥《そうすい》で、スポンサーでもあり、一方、経済界では名の知られた実業家であった。

秋彦に、『黒羽』の姓を考えてくれた名付け親は、この梶原だった。

その日、大鳥風子が告げた花背《はなせ》の料亭は、市内からは洛北に山越え四十キロも離れた村里にある宿だった。

梶原の名さえ出なければ、訪ねはしなかった宿である。

「実はね、ニューヨークにいらっしゃるの。多分、所在は摑《つか》めないわ。これ、伏せられてるけど、隔離されてらっしゃるようだから」

「隔離？」

「ええ。空港でね、偶然お会いしたの。気分が悪くなられてね、一便遅らせられたの。でなきゃ同じ飛行機だったのよ。わたしたちも、東京へ着いてから足どめ食ったり、いろいろ注意があったりしたんだけどね。もうその潜伏期間というのも過ぎて、なんでもないみたいだから、まあ無事だったのよね」

「伝染病？」

「そう。デング熱じゃないかって……」

「蚊《か》が媒介するやつですね」

「そうなの。気になってね。あっちの知り合いのツテなんかで、ちょっと調べてもらったのよね。よくわからないらしくて、要領えないの。マスコミなんかも報道しなかったらしくてね。こっちも、そうだったけど」

梶原はもう現役を退いて、栃木《とちぎ》の方の田舎で一人暮らしの隠栖《いんせい》の身だと、いつか聞いたことがあった。詩壇でも近頃は名前を見なくなっていたし、秋彦はかなり以前にその結社からも離れていた。

「当ってみます、栃木の方を」

「もう当ったわよ。外出中の留守番電話が出るだけ。それに、後継いでる一族たちと、先生、なんかごたごたあって、訣別《けつべつ》状態だったでしょ。そっちへ訊いてみるのも、騒ぎ過ぎかもしれないしね。なにかあったら、あれだけの人ですもの。マスコミが放っときゃしないと思ってね」

「お鉢《はち》が、僕にまわってきたというわけですか」

「あら、そんな言い方しないでよ。あなたのことは、昔、先生から聞かされてましたから」

「ええ？」

秋彦は大げさに驚いてみせたが、驚きは驚きだった。

「そうよ。わたしも、あの詩誌には、あなたなんかが入ってくるずっと前だけど、ちょっと関係してた頃があるのよ」

「へエーエ！」

今度は、ほんとの驚きだった。

「わたしは或《あ》る人と衝突して、辞めちゃったけど、先生はその後もずっと、詩誌は送ってくださってた。黒羽秋彦。ちょっといい子だろって、何度か聞かされたことがあるわ。大のご自慢。秘蔵《ひぞ》っ子にしてらっしゃるの、よく知ってたわ。もちろん、あなたにお会いしたことはなかったけど」

「そうでしたか」

「その名前が、いきなり今度、眼の前に出現したじゃない？　すぐに先生に確かめたわよ。こそうおっしゃったわ」

の所つき合いはないけど、京都にいるんだったら、そうだと思うよ、あの子だと。そうおっし
「へえ……」

不意に、忘れていた懐かしさが湧いてきた。

「空港でお会いした時もね、あなたの話が出たのよ。今度のビデオも、わたしすぐに送っといたから、見たよって、嬉しそうにおっしゃったわ。そのすぐ後なのよ。気分が悪いって告げられたの。わたし、残りましょうかって言ったの。一人旅は、君なんかより馴れてるよっておっしゃって……」

風子は、やさしい眼の色をして、秋彦を見た。

「あなたとね、なんだか急に話したくなったの。先生のこと」

秋彦は、黙ったまま、そんな風子を見返していた。

「不思議ねえ、世の中って」

と、風子は、言った。

「黒羽秋彦と、こんな風にして、こんな所で、わたしは今話している。梶原さんが知ったら、なんとおっしゃるかしらねえ」

「不肖の弟子と、愛弟子《まな》が、人目を避けて、奇妙なことをやっとるわい。おれをダシにしやが

って」

「不肖の弟子って？」

風子は、柔らかい眼のままで、秋彦を見た。

「先生の庇護《ひご》の手を離れて、去って、付き合いも、音信も、消息も絶え、伝えてこない。でも、あの子はいい子、優秀な子、才長《さいた》けた子、楽しみな子、かけがえのない子、秘蔵の秘蔵の秘蔵っ子」

「それは、あなたの方でしょう」

「どうして？」

「世界をまたにかけて、名声も実力もあげにあげ、鳴り轟《とどろ》かすミュージシャン」

「そんなことで、『いい子だろ？』って、先生、決しておっしゃりゃしないわ。あのしんから和んだ、嬉しそうな顔をして」

「どうしてですか」

「そうね。わたしも、弟子は弟子かもしれないわね。弟子だと、思ってはいるわよ。でも愛弟子にはなれないわ。先生が、してくれない。梶原鉄二郎は、そういう人」

「どういう人？」

「ほんとうよ。先生、一度だって、あなたを不肖の弟子だなんて、思われたこと、ないと思うわ。離れても、遠くで手は届かなくても、あなたは、先生の秘蔵っ子」

「喧嘩を売りにこられたんですか？」

「あら、どうして?」

「なんとかの一つ覚えみたいに、秘蔵、秘蔵」

「お気に障《さわ》りましたか?」

「僕は喧嘩っ早《ばや》い男ですよ。お聞きになりませんでしたか」

「ええ、聞きましてよ。なにかの会合の席上で、同僚だか、先輩だかの、横っつらを、ぶん殴られたんだそうですわね。先生からうかがいましたのよ。『僕のね、秘蔵っ子だからと、誰かが言ったんだそうだねえ。その一言で、やっちゃったんだ』とっても楽しそうだったわよ、その時の先生のお顔」

「そうですか」

秋彦は、先刻から何度も、眼の前の女の肢体を値踏みしてみた。五十は越えているだろうが、皮膚に艶《つや》があり、硬くひき締まっていて、たるみがない。

この体がステージの上に立つ時、どんな風に動くのか。まだ見たことがなかったから、想像してみるほかはない。

そんなことを、頭の一方では思いめぐらしていた。

「お嫌い? そんなに」

と、風子は、たずねてきた。

「女は殴らないと、思ってらっしゃるんですね」

と、秋彦は、たずね返した。

「それとも、殴られたくて、僕に会うことを、思いついたんですか」

風子は、なにかを言いかけた。

その口唇の開き具合が、妙になまめかしく、秋彦にはそのなまめかしさがなぜだかひどく理不尽な気がした。怒りに似た感情だった。

「そうですよ」

と、彼は言い放った。

「梶原さんは、僕を手放しませんでしたよ。愛していると言いましたよ。ええ。何度も、何度も言いました。こんなことが聞きたくて、言わせたくて、あなたはここまでわざわざやってきたんですか。僕に、なにをさせたくて、いや、僕になにをしたくて、あなたは、やってきたんです。それも、今頃。こんな頃になって。突然、急に、思い立ったみたいに。そうでしょ。あなたが梶原さんを知っているからといって、それがなんです？　あの人が、僕を愛したからといって、それがどうだと言うんですか。昔の、昔のことですよ。あなたに、とやかく言われる筋合いはない。なにもない。そうでしょうが！」

秋彦の声は、低いが、唐突に、激《げき》していた。

だが平静な顔だった。

「そう。梶原さんは、純粋な人でした。純粋に、僕に、愛していると伝えてくれました。君に出会えてしあわせだと、言ってくれましたよ。そばにいてくれ。そばにいて、君をずっと見ていたい。それだけでいい。純粋に、あの人はそう言ったのに、それがわからず、純粋でなかったのは、僕の方なんだ。あの人が求めているのは、僕のエロス。性的な愛。僕は、そう思ったんだ」

風子が、独り言でも言うようにして、口をはさんだ。

「だから、逃げ出したのね」

「違う。逃げたりはしない。抱いたんだ」

「え?」

「僕のエロスで、応えたんだ」

短い沈黙がきた。

「それは間違いだったと、すぐに気づかされたけど……もう、遅い。いいんだと、あの人は言ってくれた。君がそうしたいのなら、それでもいいんだと。けど、そんなもんじゃないだろ? 純粋な人に、不純で応えたんだから。愛をとり違えちゃったんだから。もう、とり返しはきかないよ」

風子は、しばらく黙ったまま、独りで盃を空けていた。

「……でも、先生、ほんとに楽しそうだったわよ。あなたの話、する時。あなたがいなくなってからも、よそで出した第一詩集、第二詩集、みんな持っててさ。いい子だろ。まだ『黒羽』でやってるよ。気に入ってくれたのかなァ、名前だけはって……言ってさァ」

風子は、ひょいと顔をあげ、

「ほらさァ、あなたも、やりなさいよォ。お料理、なんにも手がついてないじゃない」

「つけるつもりなんかなくて、きたんだからね」

「おやま、そうだったの。じゃ、これから、帰るつもり？　こんな夜中に、あの北山の山道越えて」

「やめましょうよ」

と、秋彦は、言った。

「僕は、抱けと言われたら、抱く男ですよ。もちろん、その気が僕の方にも起これればの話ですがね」

「そんな話をするために、わたしたち、ここにやってきたって言うの？」

「だから、やめましょうと、言ってるんですよ。そんなありふれた、月並みな男と女になったって、しょうがないでしょ。昔の恩師が熱帯病で、海の向こうの病院に隔離されたままかもしれない、その消息もつかめないでいるってのに……」

「不謹慎よね」

「不埒《ふらち》千万ですよ」

「でも、言うじゃない？『若々しいエロスは、つねに死の腐敗のなかで微笑する』って」

「？」

一度その言葉は、秋彦の頭の中を何事もなく通り過ぎた。

そして、ゆっくりと戻ってきた。

「なんて言いました？　今」

と、秋彦は、ちょっとかしげた首のままで風子の顔を、見た。

「え？」

と、風子も、つられたようにその秋彦の顔へ、眼を返した。

「若々しいエロスは、つねに死の腐敗のなかで微笑する……。そう言いましたか？」

「ええ」

風子は、頷いてから、独酌の銚子の方へ手をのばした。

「誰の言葉です？　それは」

と、追っかけるように、秋彦はたずねた。

「澁澤龍彦《しぶさわたつひこ》だったと思うわ。確か」

「まさか……」

と、秋彦は、独りごちた。

「え？」

「まさか、あなたじゃないでしょうね？　僕の許《もと》へその文句を送りつけてきたのは」

「まあ、そんなことがあったの？　面白そうなお話ね。教えて、教えて」

「そうだったのか。そう。時期も、そう言えば、その頃だった。僕に、突然、東京のプロダクションから、厄介な瓔珞造りの注文が入った頃だ。差し出し人の署名がない、一通の封書が届いた。一枚の便箋紙が入っていて、ワープロの文字が並んでいた。それが、今の言葉だった」

「まァ」

「なんのために、誰が送ったのか、見当もつかなかったけど、文句がね、ちょっと興味を惹《ひ》いたんで、原稿用紙に書き写して、壁にピンでとめといた。今でも、とまってるけど」

「あら、京訛《なま》りが出た。わたしねえ、男の人がつかう京言葉、大好きよ。なよなよしてなくて、柔らかいの」

「ごまかさんといて下さい」

「そう、その調子」

「大鳥さん」

「そう、そう、その顔でつこうてほしいンやわァ」

「ふざけないで下さい。どういうつもりなんですか。魂胆《こんたん》があったんでしょう?」

「そんなもの、ありませんたら。ただね、あなたが、瓔珞引き受けて下さったたっていうから、嬉しくなってね。もしかしたら、あなたに会えるチャンスもつくれるかもしれない。長い間、いい子だよ、いい子だよって言ってらした、先生の惚れ込みようったら、なかったから。一度わたしもね、会ってみたいって気にもなるじゃない。そして、ほんとに、こうして、会えたじゃない。わかってるわ。先生の話をしたから、あなたは、出掛けてきてくれたのよね。そう。だから、わたしも、説明しとかなきゃあいけないわ」

と、風子は、言った。

「あの龍彦さんの言葉。先生がね、よく口にしてらした言葉なの。お好きだったの、あの文句。わたしに教えて下さったのも、先生なの。うまく言えないけど……あなたなら、なにか感じるものがあるんじゃないか。詩心を刺戟する、なにかこう……切っ先のようなものを持ってる言葉じゃないかと、思ったの」

秋彦は、もう冷えきっている銚子を、急に摑んだ。乱暴なしぐさだった。

そして、何度も、頭を振った。

「死んだりなんか、してないだろうね……梶原さん」

にわかに瞼《まぶた》の裏が濡れてくるのを感じていた。

夜の谷川の音が畳の下を暴れまわって流れているように聞こえてきた。

5

黄色い裸婦の絵が仕上ったのは、花背の宿から帰った翌々日の夜半だった。

一つの快楽の余燼《よじん》が力を揮《ふる》い、まるでその仕上げの筆を押し動かしたかとさえ思われる、秋彦自身にも興がのった一気呵成《いっきかせい》の完成感があった。

女は女。男は男。快楽に、別の世界の興趣がある。ありはするが、快楽であることに違いはない。

享受すれば、堪能すれば、快楽は一層濃く、一層充実し、生き物のように目覚め、力を帯び、創造の血や肉となって、秋彦を奮い立たせる。

快楽が、秋彦を打つ。鍛える。洗煉《せんれん》させる。磨く。洗う。そういう男の味が、肉体に乗ってくる。香る。匂い立ってくる。

そうした人種が、世の中には、あるものである。

特別な人体の魅力を持ち、素質を持ち、その魅力をさらに錬磨し、研ぎ澄まし、さらに強健な、さらに屈強な、さらに雄渾《ゆうこん》なものへと変身させ、脱皮し、新生させて行くことを知っている、身につけている、その楽しさをまたよく心得てもいる、知りつくしている人間たちが、世の中にはいるものである。

ただの色事師などではない。

夜の獣《けもの》や、餌《え》に飢えた徘徊《はいかい》者などではない。

遊蕩《ゆうとう》者、とも呼べぬ。

だが、快楽には、目のない人間たち。

快楽好き。

そう。快楽が、創造の泉となる。鞭《むち》となる。鏡となる。その秘匿の手続きを知っている人間たち。心得ている練達な人間たち。

黒羽秋彦も、そうした人間たちの一人であるのかもしれない。

いつから、こうした人間になったのか。

秋彦は、それを思うと、もう逃れられない領土に足を踏み入れている自分を感じる。

はっきりと、自覚する。

身についたものからの逃れられなさであった。

時に、それは、漆黒の闇の手に摑まったという気を起こさせた。

明けない闇であった。

その中を歩く。深みへ向かって。もう変更することも、引き返すこともできない、そんな男になったのだと、そして、思う。

黄色い裸婦の絵、『秋のエロス』を前にして、黒羽秋彦は、今も、そう思った。

絵は、ちょうど、明けない暗黒の中空に浮かび立つように置かれていて、瞬時、そんな風にも見えた。

この夜へ捧げられた美しいなにかの牲《にえ》かとも。

快楽の闇は、深い。

明けることのない夜。

その夜を、秋彦は歩いていた。

エッセイ

風狂の途

小説を書くことは、旅に似ている。

ペンを執《と》ると、精神も、肉体も、卒然《そつぜん》として此処《ここ》より発し何処《いずく》へか、出立《しゆつたつ》する。たいていの場合、その旅は、身食《みは》み骨嚙《ほねが》む難行苦行だけが待つ、いたるところ辛酸《しんさん》な悪路つづきの道のりで、へとへとくたくたになってわたしは帰ってくる。

疲労困憊《こんぱい》の野や、山や、谷や、海や、空や、街や……憂《う》きことのみが待つ旅へ、しかしわたしは性懲《しようこ》りもなく、解《と》いた旅装をまた身につけて、一つの旅装を解くいとまもなく次の旅支度を、はじめている。因果な性だと思いはするが、この旅立ちは、やまらない。

漂泊の思いやまずと先人は言ったけれども、まさしくなにものとも知れぬ眼に見えぬ心の風に追いたてられ、その風にさらわれて、駈《か》りたてられるようにして旅立つ小説業の旅は、風狂の途とでもよぶほかはないだろう。

その小説づくりの旅の途上で、出会った天地、めぐりあわせた人間たち、関わりあったさまざまなできごとの一つ一つが、いうならば風狂の路頭に迷って得た旅の収穫物、わたしにとっては人生の旅の道連れみたいなものだ。

　なんのはずみで小説を書きはじめたのか、因果な暮らしにはちがいはないが、小説を書くことが一つの旅、書く度に遙か見知らぬ異郷の地へ旅立つという実感が習性のように身について、否も応もなく身に積む大小無数の旅の経験は、苦しいことばかり多い旅となげきはするが、やはりどこかで忘れがたい、あらたまらない、漂泊の思いや味を、たのしんでいるのかもしれない。

　旅は、ふしぎなものだと思う。麻薬のようなものだと思う。

　喫《の》むと、わたしを物狂おしい風のなかへ連れ出している。

　旅に病んで夢は枯野を駈けめぐる……と、歌った先人の歌の心が、歳を経るごとに身近に、凄惨に、わたしの身のまわりへも迫って聞こえてくる。ときに、その天空を走る声は、艶かに花めきさえすることがあって、わたしを誘う旅の風を曙《あけぼの》いろに染めたりもする。

　いつだったか、独りでパリを歩いていたときのこと、パリは五月、花の都の特別に美しく快適な季節だと聞かされていた筈《はず》なのに、異常な猛暑で惨憺《さんたん》たる思いをしたことがあった。窓を開けて走る車のなかが四十五度という型破りの暑熱だった。わたしは取材の関係で、治安のよくない街裏ばかりを選んで歩かねばならない事情があって、昼も夜もそんな区域を歩いたのだが、気がつくと、濃紺のTシャツがまっ白に変色していた。汗が塩になったのだった。毎日とり替えたシャツが、毎日塩になったあのパリの街の記憶は、不快でふしぎに忘れられないが、ペンを持って倦《う》み果てているときなどに、とつぜん思い出すことがある。ざらざらと手に触れたあの白色の塩。

あれは、現実の独り旅のなかでのできごとではあったけれど。

五体がつくる塩の味や感触もまた、わたしの旅路によく見合った添景物のようなものなのかもしれぬ。

切り穴

歌舞伎の舞台に、大ゼリ、小ゼリ、スッポンなどと呼ばれる仕掛けがある。舞台の床を切り抜いて、役者や道具などを乗せ、床下から上の舞台へ、舞台上から床下へと昇り降りする装置である。

なかでも、花道の七三に空けられたスッポンというセリ穴は、歌舞伎の最も花々しい蠱惑《こわく》の本領域を踏まえている、恐ろしい切り穴である。この穴から出入りする登場人物たちは、尋常正常な人間たちではない。妖怪、物の怪《け》、妖術使い、といった並みでないあやかしの力をふるう世界の者たちである。この者たちの出没が、この伝統芸能が持っている演劇の魔境のうちでもとりわけ陶酔《とうすい》力の強い麻薬の境地を、舞台に授ける役割りを担っている。

歌舞伎に限らず、劇芸術の核心部には、麻薬のけむりのたちこめる桃源郷があるであろう。それなくしては、芸能が芸能たり得ず、芸術が芸術たり得ない、歓楽の水源地のようなものが。

スッポンという切り穴は、そんな奥深い、正体の定めがたい、演劇の桃源郷につながっている、いちばん密かで、いちばん花々しい通り穴だと、私は思う。この穴を通り抜けて舞台に上ってくる者たちが、私は大変好きである。彼等《かれら》が舞台に運び込む魔法のけむりの馥《こうば》しさや、恐ろしさを、たのしみに出掛ける機会がこのところ少ないのが、情けない。

柔らかい緑いろの空

『月と太陽とが、柔らかい緑いろの空で行き逢う。二つとも、巨大だ』

と、ジャン・コクトオは、言った。

わけもなく、心を魅了することばである。

こんな名言に出くわすと、その意味の探索や、解釈など、まるで必要がない。口にのぼせているだけで、気分が晴れあがって行く。仕事に疲れ、心身蹌踉《そうろう》たる状態にあるときなど、殊《こと》に、このことばのひろげる水ぎわ立った世界の清涼感は、魅惑的である。

人に、大きなひろびろとした視野をあたえる。爽快で、みずみずしい展望が、造作もなく、とつぜんひらける。天も地もそろっている。光も闇もはらんでいる。森羅万象《しんらばんしょう》、ひとつとして足りぬものなく、また同時に、月と太陽のほかには、ひとつとして、余分なものの存在する気配も見せない。有もあり、また無もあますところなくある。充《み》ち足りた光景。荘厳で、初々しい眺望。この上もなく豊饒《ほうじょう》な世界。

そんな世界が、ゆっくりと、そこで動いている。目に見えない、あるかなきかの、巨大な動きを伝えてきながら。

その動向に、宇宙を統《す》べる絶妙なシンフォニーの底鳴りが、聴こえてくる思いがする。

このことばは、私の一種の呪文である。仕事に行きづまったとき、口にすると、ふしぎに創造力をかき立てられる。構想の誘発源となってくれる。

血天井雑感

京都には血天井《ちてんじょう》とよばれるものがいくつかある。

洛北西賀茂《らくほくにしがも》の山腹に、白砂とつつじの刈込みで叡山《えいざん》を借景《しゃっけい》にとり入れた小さな枯山水《かれさんすい》の美しい庭を持つ正伝寺《しょうでんじ》も、その方丈の広縁の天井が、血天井になっている。

わたしは以前に、この正伝寺の血天井を、小説のなかにも登場させたし随筆にも何度か書いた。

例の関ケ原《せきがはら》の戦のころになるのだが、伏見桃山《ふしみももやま》城にたて籠《こも》った徳川《とくがわ》勢の鳥居元忠《とりいもとただ》輩下一千数百人が、割腹《かっぷく》落城した折に、床に流したというおびただしい血痕が、そのまま残っている。これはその折の桃山城の廊下の床を、菩提《ぼだい》供養のため天井板にして張ったものだ。

話はのっけから横道にそれるけれど、足裏で踏む床板を天井に張るというこの視野逆転置、世界転倒の発想観は、いとも明晰にこの世と冥界《めいかい》とをとり扱って、対峙《たいじ》させる精神的な眺めがあって、奇妙に劇的である。

冥府へ旅立ったものたちの現世に残した血の跡が、われわれがふとなにげなく見あげる頭上に、ちょうど逆《さか》しまに存在する。

これは、七面倒くさい宇宙哲学や宗教条理を解《かい》さずとも、一瞬の間に、この世とこの世の外なる世界との構造を、とっさにわれわれに思いつかせ、知識ではなく感性の上で「ああ」と納得させてくれる。じつにふしぎな仕掛けだと、わたしには思われる。

もし現世に、人界以外の世界が関わりを持つならば、血天井は、おそらくその関わりの仕組みや状況を、きわめて端的に、しかも一目瞭然凡百の者に理解させきる、一つのある有力な景色を擁してはいないだろうか。

高邁《こうまい》な識見や説話を聴き、教養宗典を渉猟玩味《しょうりょうがんみ》したところで、たとえば彼岸、浄土、極楽、地獄などという彼方の境地は、模糊《もこ》として、つかみどころなく、わたしなどにはとうてい掌握できはしないけれど、血天井には、なにかその辺の不明瞭さを簡単にとり払ってくれる、冥界と現世の関わり口、出入口という趣がある。

死出の山、三途《さんず》の川、賽《さい》の河原、彼岸……などと、とかくあの世は野越え山越え、海川渡って、遠い彼方の仮想の地として水平思考されがちだが、水平に遠い境地という奴は、実際に旅をはじめてみない限り、いつまでもたどりつけない彼方の地という感じがする。その点、血天井は水平ではなく、上下に関わり合う景色を持っているところが、劇的である。

それも、雲上天空界とまでは距離をのばさず、すぐ眼の上の屋内の天井板に、死者たちの名残りをとどめている。

死者たちがこの世の命《いのち》を終った場所が、われわれの頭上に逆倒立、対峙の形をとって存在する。その景色を肉眼におさめることができるというこの点に、血天井の巧まざる或《あ》る巧みの仕掛けがあるように思われるのである。

さて、そんな話はおくとして、わたしがこの正伝寺の血天井を最初にあおいだのは、もう七、八年ばかり以前のことだ。

わたしはよく京都へ出かけるが、どちらかと言えば、現世の京都に興味がある。たとえば庭一つたずねるにしても、いちいち故事来歴を考え合わせて眺めたりはしない。ときには解説者や説明者が、耳もとでそいつを喋ってくれたりするけれども、たいていは聞いていない。また、手引き書や歴史書をひっくり返して、古《いにしえ》に思いを馳《は》せながら都を散策したりもしない。あらかじめ青写真を手にしてまわる京都は、どういうものか、わたしの性には合わないのである。

都には、厖大《ぼうだい》な歴史がある。あるということを、わたしは知っている。それでよいのである。わたしは、その歴史という奴を、くまなく点検したいとは思わない。また、点検できるとも、思わない。

できるかに思えることが、学問の錯覚であり、知識の幻想であるという思いの方が、わたしには先に立つ。

歴史とは、おしなべて虚構であろうという理解が、わたしにはある。

歴史的事実とか、歴史的事件とかいうことがらはわかるけれども、歴史の真相、歴史の真実となると、わたしはまずすべてに首をかしげたくなるタイプの人間である。

かりに今、わたし一個の人間の歴史を考えてみたとする。わたしがどんなに勤勉に日記をつけ、どんなに正確を期して、自らの生きた記録を書きとどめておきたいと思っても、わたしには、自分の手で、「これがわたしの歴史だ」と公言してはばからない類《たぐ》いのものが書き残せるとは、とうてい思えない。自分の手で書き残せないものが、他人に書けよう筈《はず》はない。

人間が一人生きるということは、そのことだけでも、むしろほとんど反記録的なことがらだとさえ、わたしには思われる。記録にすれば、記録にできたということですでに嘘になる部分が、人間にはある筈だ。生きるということは、そんなことだとわたしは思う。

歴史とは、そうした全き記録にあらざるものの大集積と考えてよいだろう。いや、考えなければならないものにちがいない。誰かが臆測し、誰かが判断し、誰かが添加し、誰かが解説を与えながらして、体系は整えられて行くであろうけれども、それは真実とは言いがたい。

正伝寺の血天井を眺めたときにも、わたしは、やたら血びたしの桃山城に思いを馳せたりはしなかった。最近故人となられた血液学の泰斗、古畑種基《ふるはたたねもと》博士が、この血天井の血から科学反応を検出されたという話の方が、わたしには数等興味深かった。

歴史の宝庫京都が、ときどきキラリとわたしのなかで光るのは、まさにこうしたときなのである。

花の虐刃《ぎやくじん》

さくらの花は遠くから眺めると、どうしてあんなに美しくなくなるのだろう。化生《けしよう》という言葉があるけれども、僕はいつもこの花の時季になると、特別にこの花だけが遠望の美を失うさまが心にかかって、その言葉を思い出す。満開のさくらの花に化生の世界を見る人間は僕に限ったことではあるまいが、この花が日本人の感性に特別馴じみ深い、いわば民族の花とでもいえる名花であるだけに、花の良し悪し好き嫌いはべつにして、「花は肉親、花は故郷」の情念おのずから湧きたつ部分が僕のなかにもあるせいか、忘れていても年々歳々季節がめぐってくるたびごとに、ふと心のどこかでそのことを思い出す。

なぜさくらの花は遠ざかるとたちまちに花身の精彩を消すのだろうか。

春爛漫、山や野や里を埋めるこの花の遠景色は、歌や文章、絵や芝居の書き割りなどではたいへん美しい風情をかもし出し、花はさくら木、かすみたなびくおぼろ美をほしいままにしているし、われわれもまたそれをすこしも不自然だとは思わないが、現実にこの花の群れ咲くさまを遠見にするとき、僕はいつもその嘘に気づいて、ふしぎな思いをする。

もっとも、なかには濃艶《のうえん》な紅色に身を染める鮮やかな色味の品種もあるにはあるが、概してその花色の白っぽさ、色の乏《とぼ》しさが見た眼にそんな気を起こさせるのではあるだろうけれど、それにしても、遠ざかれば遠ざかるほど、花の姿はうすよごれて、むしろ色彩的にいえばきたない品位のない花群れと化す。

実際、遠く山肌を染めていたりするさくらを見ると、僕はなぜだか、とたんにある不快な連想にとりつかれる。無粋な話だが、シラクモ、白癬《はくせん》などとよばれるあの小さな子供の頭にできる皮膚病のことを思い出すのだ。白っぽくぼんやりと頭皮をよごして、もやもやと黴《かび》のように発生するあの皮膚病の感じが、遠見ざくらの姿や色にひどく似ている気がするのだろう。僕は遠くに咲くさくらを、そんなわけで、しげしげと眺めたりすることはない。たいていはなんとなくほかの景物へ眼をそらす習慣がいまではついてしまっている。

しかし、同じ時季に、とりわけ鮮明な遠見のきく菜の花や蓮華《れんげ》の群花がいっせいに盛りをむかえることを思えば、さくらの花がひとり遠望の色を失うさまは、なにがなしに劇的で、かえっていかにもこの花らしい、物語めいた興趣もそそられなくはない気も逆にしてくるのである。

満開のさくらの大樹の真下に立ち、あの白でなし紅でなし、淡いと見えて濃密な、微妙に絢《けん》爛《らん》とした色の無さをあおぎ見るとき、眼をうばわれ、心の精を抜きとられ、「花の下にて春死なん」と嘆じた古人の心根などがふと思い起こされたりして、あわててわれをとりもどし思わず身辺を見まわしたりするひそかな忘我の刻限もあり、そんなとき、この花がわれわれに思い知らせる蠱惑の魔の美しさは、類いもなく、圧倒的である。

近よると、この花の見飽きなさが人を誘い込む酩酊《めいてい》感はたとえようもなく底深く、この花をおいて花なしとすなおに信じられるのに、いったん遠のくと花は見るまに色あせて、僕にはひどくうすぎたない、よごれた色彩の群がりにしか見えなくなるのはなぜだろうか。

「ああ、きれい」

と、はるかな山野のさくらに眼を馳せ、人が嘆声《たんせい》をもらしても、僕は、すこしもそれをきれいだとは思わないのだ。

あのさくらの下に行けば、と、そのとき瞬時思いをめぐらせ、万朶《ばんだ》の花を頭上に想像することで、その嘆声が決してまちがいではないことを心では理解できるのだが、眼にする花の遠景は、どう思い直してみても美しいなどとはいえないのだ。

白でなく紅でなく、そのおびただしい花身のひとひらひとひらが重なり合う微妙に優しい色あいの淡淡《あわあわ》としたはざまにこそ、この花の物狂おしい命の秘密がひそんでおり、人を魅了してやまぬ魔の根があると思われるのに、遠見に花の姿も見えぬただ一色に白濁した色の群れや塊りを、どうして美しいといえようか。しかも、白はやはり純白にはなりきれず、紅も紅とはいえぬまま、うす濁ってまじり合う、所在のない色なのだ。どっちつかずの白っぽいうす桃色ほど、みすぼらしいよごれや醜《みにく》さを思いつかせる色はあるまい。

さくらの花に化生の気配がまといつく物語や伝承の生まれるゆえんが、こんなとき、ある意味でふとたやすく納得できる道がここにもある、と僕には思えたりするのである。

この世の花の美しさはこれに勝るものあるまじきと思えるほどの花の身が、所を変えれば同じ身ながら、その美しさをたちまちに消してしまう。たしかに美身でありながら、同時に、醜悪の相貌もそなえている。

妖しい怪が美身をまとい、美になりおおせて人の心を虜《とりこ》にし、けれども魔力のとどかぬ場所に逃がれ出てその美身を見るならば、その下におそろしい怪異の姿が透けて見える。

そんなたわいもない想念を、しかし僕はふと真顔になって、心のなかにうかべてみることがある。

美しい妻の女身が忘れられず、黄泉国《よもつ》へイザナミを迎えに行ったイザナギが、禁を犯してふと垣間見た醜悪なイザナミの女身の話や、美女に化けた戻り橋の鬼の姿、紅葉《もみじ》狩りの人を誑《たぶら》かす美姫の怪などなどを、さくらの花を眺めるとき、僕はいつも思い出してみたりするのである。

話はとりとめもなく終りそうな気がするが、さくらと言えば、僕は昔、まだ学生時分のころ、さくらについて似非《えせ》詩風な詩（詩とは自分では思っていないが、とにかくそんなもの）を作ってみたことがある。さくらを書きたかったのだが、さくらの花が遠見と近見で身を変えることが気になって、花は「エニシダ」に変えてしまった。

『エニシダの花のアクマ』という題名のものである。今読み返せば噴飯《ふんぱん》ものだが、さくらといえば思い出す少年期のある記憶が芯《しん》になっているので、恥をかくことになるが、一部はしょって次に掲げることにする。

ま昼まのしんきな土べい
くずれた城の骨のような土べい　ま昼まの　土の囲《かこい》　恋の囲　はだかの囲　ふるい貴族の城
の囲　青年の囲
いまもとおる若い馬丁たちのゆうれいのみち
つちをぬったひるのどべい
なかから　だれかさまよいでてきた
ふるいまちの
つちでできたあやかしのひるのかこい

くずれた城のふるい囲に　えにしだの花は咲いて　少年のからだのアクマが根をおろすま昼
まのえにしだの花　えにしだの花の血に糸を曳く貴族のアクマ　森の土べいの恋のしみあと
青年の胴の匂い　若獅子のねむりおちた日向の土
それらのうえの日かざりのかげろうの囲
もえてもえてみもだえる昼の放埒《ほうらつ》
そのまんなかからえにしだの花は咲いて　少年のからだも咲いて　骨も咲いて血も咲いて
きょうれつに　きょうれつにアクマになろう

えにしだの花をみて

少年の手をとって、走ッテ走ッテ　わかいからだの涅槃をつくるこのなつかしい天までの素
ぼく

身を枢《な》げてえにしだの花野に賭ける　花が吸い花が匂うこの遠い残虐のさざめきを非道のほ
こりを嗜虐《しぎやく》のひなたを　どうしようもない若いからだの虐刃《ぎやくじん》を花の火を不条理を
風に洗われ　洗われて野の底で賭博《ばくち》を打とう

幾度カヒトニ愛ヲ植エツケ　幾度カヒトカラ恋ヲ奪ッタモウ古ビタ生体ダガ　ヤハリオマエ
ハ輝カシイ　ソノ輝カシサヲ幾度カ見捨テ幾度カ厭《ア》キタ僕ダガ　ヤハリオマエハアマリニモ
美々シイ悪魔

えにしだの花のアクマよ
少年の鎧のひびきで誑《たぶら》かし　青年《わかもの》の恋の遺恨で身を欺《あざむ》いて　みずからを花にして咲くえにしだ
の花のアクマよ　奸智《かんち》なるものよ

えにしだの花をみて
ま昼まの若いからだの遠方にきくこの凱歌

人恋うる物悲しいま昼の土べい　くずれた城の貴族の囲　若いからだを放し飼う不遜なまぼろしえにしだの花の囲　悪の囲
ま昼まのしんきな土べい

意味など汲みとっていただかなくともよいのである。ただこの文字の連なりのなかに、僕はまだ幼稚な学生のころ、ある一つのふしぎな衝撃を書きとどめておきたかったのだろうと思われる。

それは僕が四つか五つのころの記憶だが、とにかくさくらの時季だった。二人の若者が無人のさくら林を追いつ追われつ走りまわっていた。不意に彼等《かれら》はもつれあい、抱きあったまま暫く動かなくなった。僕がふしぎなものを見たのはそのときだ。歳下の若者の手にジャックナイフが握られていたのだ。ナイフは何度も歳上の男の腹を刺していた。さくらの花が咲くと今でも、僕はこの折の光景を思い出す。誰にも喋ったことはないけれど。

無論、それは年端《としは》もいかぬ童心の、たとえば春の転た寝《うたね》に棲むあの夢魔のようなもののしわざにちがいあるまいが。

編者解説

東　雅夫

アンソロジー〈赤江瀑アラベスク〉全三巻の掉尾《とうび》を飾る本書は、『妖花燦爛』と題して、耽美伝奇系の名作群を蒐《あつ》めてみた。これまで、この種の選集に収められる機会が比較的少なかった後期の短篇群に、セレクトの主眼が置かれているのは、前巻に同じである。

しかし〈耽美〉と〈伝奇〉の名作群とは、思うにこれ則《すなわ》ち赤江作品の全容に関わる言葉でもあろう。本書では、一巻のアンソロジーとしての特色を打ち出すべく、赤江作品をとりわけ特色づける〈花〉という語にこだわったセレクションを、特に前半部分で展開させてみた。

日本の古典文学で、ただ〈花〉とのみ書けば、それは桜の花を意味するという。

平家の落武者が隠れ棲んだ山奥の谷が、非在の桜に覆われる幻視の光景を描いて鮮烈な、巻頭作の「平家の桜」については、かつて赤江自身が次のような言葉を遺していた。

春は、ひとけない奥山の、たとえば廃村の跡、そこかしこに二つ三つ廃屋なども残され

ていて、ひっそりと陽炎《かげろう》などももえている、真昼間の日なたがいい。(中略)
そんな日なたの陽だまりに寝て、僕は、死にたいと、いつも思う。
(第二巻所収のエッセイ「春を探す」より)

これに続く「櫻瀧《さくらだき》」は、二〇〇〇年代に入って書かれた作品だが、ここにも作者自身の幻めく(そしていかにも赤江的な!)見聞《けんぶん》が、どうやら活かされているらしい……。

それは僕が四つか五つのころの記憶だが、とにかくさくらの時季だった。二人の若者が無人のさくら林を追いつ追われつ走りまわっていた。不意に彼等《かれら》はもつれあい、抱きあったまま暫く動かなくなった。僕がふしぎなものを見たのはそのときだ。歳下の若者の手にジャックナイフが握られていたのだ。ナイフは何度も歳上の男の腹を刺していた。さくらの花が咲くと今でも、僕はこの折の光景を思い出す。誰にも喋ったことはないけれど。
(本巻所収のエッセイ「花の虐刃《ぎゃくじん》」より)

この「花の虐刃」というエッセイには、右の見聞に触発されて書かれたという、作者自身の若書きの詩作品が披露されている。題して「エニシダの花のアクマ」。タイトルは〈さくらを書きたかったのだが、さくらの花が遠見と近見で身を変えることが気になって、花は「エニシダ」に変えてしまった〉のだと言う(「花の虐刃」前半部分を参照されたい)。

くずれた城のふるい囲に　えにしだの花は咲いて　少年のからだのアクマが根をおろすま
昼まのえにしだの花　えにしだの花の血に糸を曳く貴族のアクマ　森の土べいの恋のしみ
あと　青年の胴の匂い　若獅子のねむりおちた日向の土
それらのうえの日ざかりのかげろうの囲
もえてもえてみもだえる昼の放埒《ほうらつ》
そのまんなかからえにしだの花は咲いて　少年のからだも咲いて　骨も咲いて血も咲い
て　きょうれつに　きょうれつにアクマになろう

噎《む》せかえるような若さが放埒に匂いたつこの詩を読んで、あるいは「おや!?」と気づかれた向きもあるのではなかろうか。

そう、この詩は、「櫻瀧」のみならず、本書の三作目に配した稀代の名品「春の寵児」の、おそらくは発想の源泉でもあるのだ。

作者が終《つい》の住まいとした下関《しものせき》の古い城下町・長府《ちょうふ》には、「春の寵児」に描かれるような、迷路さながらの蠱惑的な路地が、いまも現実に存在するのだから（筆者自身の実見聞による）。

そんな長府に程近い赤間《あかま》神宮の桜を描いた「龍の訪れ」、琵琶湖《びわこ》東岸の数奇な桜めぐりを綴《つづ》る「恋川恋草恋衣《こいかわこいぐさこいごろも》」（併録した「霧ホテル」には、同篇と相共通する作中人物――杉村春子《すぎむらはるこ》を思わせる大女優と人間国宝の老爺――が登場している）と連なる桜尽くしの弥終《いやはて》に、うっそりと鎮座するのが、初期赤江瀑の精華のひとつ「阿修羅花伝《あしゅら》」——これまた巻頭の「平家の桜」と同じく、非在の花を描いた絶品であった。

孫次郎の本面は、妖しい花勢を放っていやがうえにも美しく、他流の追随《ついずい》をゆるさなかった。

〽昔を想う花の袖
月にと返えす気色《けしき》かな……

（「阿修羅花伝」より）

ここでの〈花〉とは、世阿弥《ぜあみ》の『花伝書』こと『風姿花伝』を指すとおぼしい。
そう、赤江瀑を終生にわたり魅了し呪縛した、能楽の巨魁・世阿弥だ。

『秘すれば花。秘せねば花なるべからず』

と、いう言葉が、まさしく見事な至言であり、原典の文中で果たしている効用よりも、さらにはるかに大きな広い世界を擁し、言葉は言葉として独立しきっていると考えられもするだけに、その独立した世界の深遠さにくらべれば、世阿弥の巨大さにはまだ限りがあるように思えてならないのである。

この言葉に関してだけ、なぜかわたしは、世阿弥とは無縁なところで玩味したい、と思うのである。

言葉が、あまりにも美しく、あまりにも厳然たる世界を、ただひとすじ純粋に志向するそのせいででもあるのだろうか。

策謀のない世界で、はじめてこの言葉は真の名言となり、花と化すると思われるのである。

花伝書を捨てて、花になる言葉だと思う。

（『オルフェの水鏡』所収のエッセイ「花伝書を捨てて」より）


さて、このあたりで、本書収録作の初出一覧を発表順に掲げておくことにしたい。

阿修羅花伝　「小説現代」一九七三年十二月号
血天井雑感　「歴史読本・別冊」創刊二号　一九七五年十月号
花の虐刃　「野性時代」一九七六年五月号
平家の桜　「週刊小説」一九七九年三月二日号
風狂の途　「旅」一九八一年十月号
春の寵児　「小説宝石」一九八三年二月号
奏でる艀《はしけ》　「小説新潮」一九八四年九月号
切り穴　「朝日新聞」夕刊「しごとの周辺」一九八五年二月十三日
柔らかい緑いろの空（「私の呪文」を改題）

星月夜の首　「朝日新聞」夕刊「しごとの周辺」一九八五年二月十六日
龍の訪れ　「婦人公論」一九八五年十一月臨時増刊号
伽羅《きやら》の燻《くゆ》り　「別冊小説宝石」一九八七年八月号
しびれ姫　「問題小説」一九九二年六月号
霧ホテル　「野性時代」一九九五年二月号
狐《きつね》の鼓《つづみ》　「小説宝石」一九九五年十月号
恋川恋草恋衣　「問題小説」一九九六年三月号
刃艶《はづや》　「小説宝石」一九九六年四月号
櫻瀧　「小説宝石」一九九九年十一月号
夜《よ》を籠《こ》めて　「問題小説」二〇〇〇年五月号
阿修羅の香り　「問題小説」二〇〇三年十月号
静狂記《せいきょうき》　「問題小説」二〇〇四年二月号
　「問題小説」二〇〇六年十一月号

「阿修羅花伝」にはじまり、「平家の桜」「春の寵児」といった名作群と、いかにも初期赤江的な世界を展開する「血天井雑感」「花の虐刃」といった傑作エッセイが響き交わし、作者遺愛の「奏でる艀」「伽羅の燻り」といった密やかな名品が競い立つ、前半。

　そして歌舞伎をはじめとする芝居者（河原者《かわらもの》）たちの破天荒な世界が、さまざまに繰りひろげられて、最晩年の長篇『星踊る綺羅の鳴く川』出現を予感させる後半の諸作――ここでは巻末に収めた「夜を籠めて」について、特に記しておきたい。

『若々しいエロスは
　つねに死の腐敗のなかで
　微笑する』

冒頭に記された、このいかにも思わせぶりな、詩句の如き言葉。

物語の主人公・黒羽《くろは》秋彦《あきひこ》の仕事場の壁に貼られた文句である。

物語の最後に至り、それが余人ならぬ澁澤龍彥《しぶさわたつひこ》の著作に見える言葉であることが判明する。

ただし原文は次のとおりだ。


フロイトの「死の本能」説を引き合いに出すまでもなく、エロティシズムと死とは、深い結びつきがある。若々しいエロスは、つねに死の腐敗《ふはい》のなかで微笑するのである。

トオマス・マンの美しい小説『ヴェニスに死す』のなかで、ヴェニスのホテルに泊《とま》っている五十歳の作家グスタフ・アッシェンバッハは、この水の都が怖ろしい疫病《えきびょう》に侵《おか》されて行くにつれて、いよいよ美少年タッヂオに対する愛着を深めて行く。いわば、環境の腐敗と主体の欲望とが、平行して進行して行くのである。ちょうどドリアン・グレイの画像が、ドリアンの悪徳や情欲の進行につれて、いよいよ無残に蝕《むしば》まれて行くように。そうして、ついに主体そのものも環境によって侵され、腐敗のなかに呑《の》みこまれる。情欲と腐敗とが、死のなかで手を握《にぎ》ったのだ。

「エロティシズムとは、死にまで高まる生の讃美である」というジョルジュ・バタイユの言葉を、この小説ほど見事に描き出したものはあるまい。

（澁澤龍彦「優雅な屍体について」／一九六五年七月、桃源社刊『エロスの解剖』所収）

美の化身のごとき少年に惹かれる老残の作家と、廃市に忍び寄る疫病（＝死）の恐怖……きわめて現代的な主題でもある「ヴェニスに死す」と「夜を籠めて」（生前最後の短篇集の巻末収録作である）——二つの小説は、ここに鮮やかに交錯し、輻輳《ふくそう》するのであった。

二〇二一年十月

※本稿を成すにあたり、浅井仁志《あさいひとし》さんが『赤江瀑の世界』（河出書房新社）に寄稿された「滝川に小舟を出そう——赤江瀑助手からの追悼エッセイ」を参考にさせていただきました。浅井さんには〈赤江瀑アラベスク〉全三巻の本文校訂もお願いすることに。ここに記して感謝を捧げます。三巻を通じて素敵なイラストを担当された中川学《なかがわがく》さん、デザインの山田英春《やまだひではる》さん、そして我が妄想を実現させてくれた東京創元社編集部のFさん、Kさんにも、心からなる感謝を！

本文中における用字・表記は明らかな誤りについては訂正し、原則としては底本のままとしました。また、難読と思われる漢字についてはルビを付しました。底本は以下の通りです。『霧ホテル』（講談社、一九九七）、『弄月記』（徳間書店、一九九七）、『日ぐらし御霊門』（徳間書店、二〇〇三）、『赤江瀑名作選』（学研M文庫、二〇〇六）、『狐の剃刀』（徳間書店、二〇〇七）、『オルフェの水鏡』（文藝春秋、一九八八）

現在からすれば穏当を欠く表現がありますが、作品内容の時代背景を鑑みて、原文のまま収録しました。

（編集部）

検印
廃止

著者紹介　1933年山口県下関生まれ。日本大学藝術学部中退。70年「ニジンスキーの手」で小説現代新人賞を受賞しデビュー。74年『オイディプスの刃』で角川小説賞、84年『海峡』『八雲が殺した』で泉鏡花文学賞を受賞。2012年没。

妖花燦爛《ようかさんらん》
赤江瀑アラベスク3

2021年11月30日　初版

著　者　赤《あか》　江《え》　瀑《ばく》

編　者　東《ひがし》　雅《まさ》　夫《お》

発行所　(株)　東京創元社
代表者　渋谷健太郎

162-0814/東京都新宿区新小川町1-5
電　話　03・3268・8231-営業部
03・3268・8204-編集部
URL　http://www.tsogen.co.jp
暁印刷・本間製本

乱丁・落丁本は、ご面倒ですが小社までご送付ください。送料小社負担にてお取替えいたします。

ISBN978-4-488-50506-6　C0193